Best Time

白 马 时 光

# 甜

*IN BLOOM*

# 豌豆

— 2 —

〔英〕C.J.斯库斯—著

肖心怡—译

百花洲文艺出版社
BAIHUAZHOU LITERATURE AND ART PRESS

# 图书在版编目（CIP）数据

甜豌豆 . 2 /（英）C.J. 斯库斯著；肖心怡译 . —
南昌：百花洲文艺出版社，2020.7
ISBN 978-7-5500-3739-7

Ⅰ.①甜… Ⅱ.① C… ②肖… Ⅲ.①长篇小说－英国
－现代 Ⅳ.① I561.45

中国版本图书馆 CIP 数据核字（2020）第 091295 号

江西省版权局著作权合同登记号：14-2020-0030
In Bloom by C.J. Skuse
Copyright © 2018 by C.J. Skuse
Published by Harper Collins Publishers Ltd. through Andrew Nurnberg Associates
International Limited
Chinese Simplified Character Translation Copyright © 2020 by Beijing White Horse Time
Culture Development Co., Ltd.
All Rights Reserved.

**甜豌豆 2** TIAN WANDOU 2

〔英〕C.J. 斯库斯 著　　肖心怡 译

| | |
|---|---|
| 出 品 人 | 李国靖 |
| 特约监制 | 王　瑜 |
| 责任编辑 | 叶　姗 |
| 特约策划 | 王俊艳 |
| 特约编辑 | 石　雯 |
| 版权支持 | 程　麒 |
| 封面设计 | 林术 QQ:450611716 |
| 封面绘图 | Mr 圆珠笔 |
| 版式设计 | 赵梦菲 |
| 出版发行 | 百花洲文艺出版社 |
| 社　　址 | 南昌市红谷滩世贸路 898 号博能中心 Ⅰ 期 A 座 20 楼 |
| 邮　　编 | 330038 |
| 经　　销 | 全国新华书店 |
| 印　　刷 | 河北鹏润印刷有限公司 |
| 开　　本 | 880mm×1230mm　　1/32 |
| 印　　张 | 11.25 |
| 字　　数 | 322 千字 |
| 版　　次 | 2020 年 7 月第 1 版第 1 次印刷 |
| 书　　号 | ISBN 978-7-5500-3739-7 |
| 定　　价 | 45.00 元 |

赣版权登字：05-2020-61
版权所有，侵权必究
发行电话 0791-86895108　　　　　网　址 http://www.bhzwy.com
图书若有印装错误，影响阅读，可向承印厂联系调换。

苍蝇不喜甜豌豆的气味，所以将甜豌豆放在病房，
能保证苍蝇不进来，同时病人不会有丝毫不适。

——一条来自《1899 老农民年鉴》的建议

# 6月23日，星期日

怀孕7周

咚咚咚咚咚，咚，咚——

我就在那儿，满脸通红、赤身裸体地跨坐在一具尸体上，被这敲门声撞个正着。他的尸体上到处都有我的DNA，即使现在把他从阳台上扔下去，扔到楼下停着的几辆掀背车上，证据也会直接指向我。

咚咚咚咚咚，咚，咚——

"我的老天啊！警察敲门可真响。好吧好吧好吧，快想想我该怎么办我该怎么办我该怎么办。"进监狱是绝对不能接受的。我看过电视剧《女子监狱》（*Orange Is the New Black*），我可不能接受那里面的事，看起来也太累人了。

"快去应门呀！"

"嗯，看来我是非去不可了，是吧？"

我胡乱套上睡衣，蹑手蹑脚地走到卧室门口。敲门声再次响起，惊得我一蹦三尺高。

"你这是搞什么名堂，妈妈！现在你要考虑的可不只你一个人了，你还得为我想想呢。去应门，告诉他们你现在不方便。"

"呵，他们肯定会爱死这样了，不是吗？——'真是抱歉啊，中士，能不能劳驾您出去吃两个甜甜圈，好让我把这具和我睡过的家伙的尸体处理掉，然后您就可以带着您的万寿菊回来，爱怎么搜就怎么搜了。'不管用的，你个小屁孩。"

咚咚——

"反正现在那敲门声让我不爽得要命，赶快去应门！你会想到处理办法的。"

我承认，要是没有这阴道深处的小小声音告诉我该怎么做，此刻我肯定已迷失了方向。我在冰冷的地板上踮脚走过。

咚咚咚——

"见鬼"和"糟糕"两个词突然出现在我脑中，眼前一根救命稻草也没有。

在这里杀了他本身就是一件不能再蠢的事情。我在想什么呢？一定是因为我开始孕傻了。嗯，反正就赖上这理由了。

**"别把这狗屁事儿赖到我头上！"**

我到底在想些什么呢？我到底打算怎样把这么一个六英尺高①的澳大利亚半大小伙子从我的公寓里弄出去？穿过走廊，下两层楼梯，穿过停车场，塞进我的小车，还能不被那些多管闲事的警察发现？*"我早告诉你该怎么做了——分尸！"*还好我动身去单身派对周末前，在浴室把他的血放干了。我在一间仓库的窗外看见我爸做过一次——他和他那些伙伴一起，他们几个人全戴着头套。

我可不是光有张美丽的脸噢，对吧？（眨眼的表情）

反正呢，我的心怦怦直跳，嘴唇干涩，但情况就是这样了，无法逃避。敲门声又响了一次，我深深吸了一口气，尽我最大努力做好震惊和悲伤的表情，打开了房门。

是惠特克夫人。

我把那口气又深深地吐了出来。这位偷窃狂邻居，我每次见到她，她的老年痴呆症都要更厉害些。她不请自来的到访通常会让我浑身不舒服，但今天，我甚至想冲着她长满胡楂的嘴吻上去。

"你好，丽贝卡。"她说。

我的名字叫瑞安侬，从来就没人能叫对。就连在学校里也是。甚至我出名那时候，也很少有新闻编辑能拼对这名字。我懂——人类就是这么愚蠢。我饶恕了老惠特克没戴乳胶手套也没出示搜查证。

---

① 约183厘米。

"我正要进城大采购呢，你需不需要买点什么呢？我知道你家男人最近不在。"

这话的意思是，我，作为一名年轻女性，无法应对生活。上帝保佑。她像往常一样越过我的肩膀窥探着房里，显然是想进来搜寻一番，找点没人看管的艺术小摆件之类的。

"啊，你人可真好，惠夫人。"我一边说，一边留神着楼梯上有没有警察。一个人也没有。什么也没有。

我思考了一会儿派她去买个戴森无噪声电锯的可能性，但觉得她会问太多问题。"我暂时没什么需要，谢谢啦。"

"你家男人什么时候回来呢？他是去法国了，对吧？"

"不，荷兰。他去看球赛了。"我可没时间和她细讲克雷格被捕的细节，以及随之而来的针对那三起实际上是由我犯下的谋杀案的指控，所以我只是说，"是啊，他玩得很开心，还看到些木鞋①什么的。"

"这公寓少了他肯定格外空荡荡的吧？我记得我家约翰去世的时候……"

她喋喋不休地念叨了 3 分钟，说她花了多长时间才接受自己的丈夫去世的事实。我在一切合时宜的时机"嗯嗯啊啊"地应付着，脑子里却有一百个念头奔腾不息：她到底什么时候才会走？警察什么时候会来？我该在哪里分尸？

我站在那儿，脑子里突然冒出个主意。

她要出门。她的公寓接下来几个小时都没有人。要是我能把 AJ 的尸体拖下楼，弄到她家去，警察在我的公寓里就搜不出什么来了。如果这是我的救命小舟，即使上面有几个大洞，也足够你感激的了，不是吗？于是我赶忙划起了船。

"好吧，我得走了，去赶公交车。"她说。

"实际上，我还真有几样零碎东西要买，如果你不介意的话，"我说，"我去拿清单，你请进吧。"她可无法抗拒在我满屋的小玩意儿中寻摸一

---

① 木鞋是荷兰特色的民族工艺品。

番的诱惑。

我把她安顿在客厅，自己退到厨房，在水槽下找到了那瓶食用油，开封后直接一股脑儿全倒进了下水道。她在隔断墙那边悠然自得，赞叹着我们的地暖很暖和。她的粗鞋跟踩在地上啪嗒啪嗒响，一路走向录音机。

"啊，找到了。"我说着，回到客厅找她——空油瓶就在我身侧晃荡，滴滴答答。她正翻着克雷格的黑胶唱片，抽出那张《专注聆听》（*Listen Without Prejudice*），努力想把克雷格买回来时就贴在上面的 HMV 贴纸给撕下来。她没看到我手中的动作。

"实际上，要买的只有这个油而已。家里的用完了。"

"菜籽油——"她皱起眉头，把那张乔治·迈克尔的唱片放回去，从我手中接过油瓶，眯着眼看那上面的标签，"你这是在哪里买的？"

"和其他油放在一起。如果找不到的话也没关系……"

"噢，我会找到的，我喜欢寻宝。"她笑得一口牙全露了出来，我都担心她的假牙会从嘴里冲出来，"我从没用这个做过菜。"

"这油可健康了，"我偷偷地照着标签上的宣传语念，"我想这是市面上饱和脂肪酸含量最低的食用油，不含人工防腐剂，也不会伤害牛之类的。"

我引着她走向门口，她又笑了起来，说："听起来真棒，说不定我自己也买一点。用这油炸薯条的话吃起来不会怪怪的吧？"

她走在我的前面，径直走进了我的"菜籽油"陷阱……

咚——

她倒在地上。但令我郁闷的是，她并没有撞到头。我只好手动干预，抓住她的耳朵，把她的头往后揪，好确保她失去方向。

"噢——嗷！噢！噢，怎么回事？我的头！啊！我的胳膊！我这是在哪儿？"她一边唠唠叨叨地嚷嚷，一边胡乱挣扎，活像只被翻过来的乌龟。

"噢，亲爱的，没事的，"我边说边打急救电话，"你一定是滑倒了。我现在帮你，让你躺到合适的位置……"

"噢，疼死我了！嗷！嗷——嗷——"

"没事的，疼就没事。疼意味着你在恢复。"

我把她放在电视屏幕前，让她尽可能舒服地侧躺着，屏幕上正播放着下午场电影，今天的片子是《野姑娘杰恩》（*Calamity Jane*）[1]。接着我去了我的房间，将我的秘密情人用他身下的床单裹起来。他撞到地板上，发出砰的一声。

"什么声音？"

"我东西掉了。"我一边拖着 AJ 的尸体在她身后穿过客厅，一边对着她的后脑勺说。多丽丝·黛[2]正在一个柜台上跳舞。真是个疯婊子。

惠特克老想回头看我。她说："我太痛了，亲爱的。"

"啊，躺着别动，惠夫人，救护车已经在路上了。你会没事的，但你得待着不要动。你的……你的'樱草骨'可能骨折了。"

我实在是想不起来那块骨头的名字了。该死的孕傻。

"跟我可没啥关系。这烂摊子是你自己搞出来的。"

我拖着我的人形法吉塔卷饼出了家门，下楼来到惠特克太太的公寓，汗流浃背，终于把他塞进了房间。刚做完这一切，我便听到走廊上传来急促的脚步声，我抬起头，看到乔纳森·杰拉姆斯伸开双臂朝我冲过来。

"瑞安侬！"他大叫着，飞快地朝我冲过来。

老杰拉姆斯夫妇跟在他身后，替他道着歉。

因为两年前我帮过他一个忙，乔纳森自封是我"最好最好的朋友"——我救了他一命。算是吧。以前我们这儿有个流浪汉，总在广场上晃荡，对居民出言辱骂，掀翻垃圾箱，还偷自行车。他为了吓人还戴着个猪面具，所以我给他取了个外号叫"臭名昭著的猪"。这人总找乔纳森的麻烦，因为乔纳森有唐氏综合征，他总能轻易从他身上弄到钱。一天，乔纳森喂鸭子回来的路上——这是他父母能让他单独去干的为数不多的几件事——这只"猪"朝着他的脑袋扔了个苹果核，而我看到了这一切。

保护弱者——这是我的原则之一。我别无选择。

---

① 美国 50 年代的歌舞电影。

② 电影《野姑娘杰恩》的主演。

于是，在苹果核事件发生之后，我立马大步走向这只"猪"，一把撕下他的面罩，大喊道："你要是不赶紧给我消失，我就半夜去找你，把你这张该死的真脸皮也给割下来。"我朝他的眼睛吐了口痰，死死盯着他，一直盯到他转开了目光，跨上单车，飞快地骑走了。他哈哈大笑，像是丝毫不以为意似的，但显然他并不是真的不以为意，从此我们再也没有在这一片儿见到过他。

这之后的好多年，乔纳森还会在我家门外放礼物，毫无征兆地给我寄卡片和鲜花，后来克雷格吃醋了，叫他停手。现在，他的表达方式是迎面而来的熊抱，以及穿越整个停车场的爱的呼唤。

"我们要去动物园，我们要去。"乔纳森说。他随着只有自己能听到的曲调轻轻摇摆，裤脚在微风中飘动。

"真好。"我抬起睡衣的袖子擦了擦脸上的汗。

"我喜欢动物，真喜欢。"

"嗯，我也是。动物太棒了，不是吗？"

老杰拉姆斯夫妇无缘无故地笑了起来。

乔纳森用他那多管闲事的手指头戳了戳惠特克家的门，问："里面怎么回事？"

"我在给惠特克夫人家的绿植浇水呢。她进医院了。"

"噢，天哪，"杰拉姆斯太太说，"她怎么了？"

"她摔了一跤。"

杰拉姆斯一家接受了这个说辞。惠特克是个十足的笨蛋，她总是摔跤——通常是在楼梯上。这里的大部分人都有过把她那肥胖的身躯抬上2楼的经历，这就像是我们这地方的某种仪式。

"你的狗呢？"乔纳森在两英尺外对我喊道。

"叮当在我公公婆婆家呢。"我告诉他。

"你喜欢我的 T 恤吗？"

他拉开外套，露出里面一件《大白鲨》（Jaws）的 T 恤，随之暴露出来的还有他那大大的肚子，和脖子上的一块肉酱污渍。为什么残疾人的护理人从来不给他们好好穿衣服呢？永远让他们穿着廉价尼龙搭扣鞋，和慈善商店买来的全是线头的不合身的衣服。鲨鱼瞪着我，一口牙闪闪发着光。它的牙不像乔纳森的有那么多钙沉积。

"不错，"我说，"你穿很好看，乔纳森。"

我依然在疯狂出着汗，就跟练高温瑜伽似的，尽管除了说话我什么也没干。与此同时，我在一间公寓里有具正在腐烂的尸体，另一间公寓里还有个骨折的老家伙，而警察和法医随时都可能出现。在找借口应付他们的时候我才意识到，我的睡衣散开了，胸部若隐若现，老杰拉姆斯看着我胸前，眼睛都移不开了。不得不说，我上楼的时候他朝上看着我的睡衣，还真是让我"性"致盎然。

"你在干什么呢，瑞秋？"惠特克夫人喊了一声，吓了我一大跳。我差点忘了她还在电视机前看着《野姑娘杰恩》。多丽丝和其他几个刻薄的家伙正在歌里唱着《一个总也做不完工作的女人》。

太真实了，多丽丝。

"只是去看看救护车来没来。"我用一块褪色的洗碗巾擦掉地上的油渍，对她说，"我去换个衣服，你在这里没问题吧？"

"噢，没事，你去吧，亲爱的，不用管我。"

我换了床单，翻过床垫，喷了空气清新剂，又打开所有的窗户。换好衣服后，我回到客厅，在惠特克旁边坐下，又看了一会儿《野姑娘杰恩》，直到救护车到来。

"我会给你家绿植浇水的，不用担心，"医护人员把她抬进电梯时，我在后面喊道，"我也会帮你给贝蒂打电话的。一切交给我就好了。"

救护车刚走，警察便到了。他们停车时我正在阳台啃着一根太妃糖巧克力棒。一共来了3个穿制服的人——一个发髻绑得紧紧的女黑人和两个男人，一个高个儿、金发、身材笔直，另一个则像《油脂》（*Grease*）①里的那个矮胖子，不过他的高中大概是40年前的事了。是时候进入角色，扮演一个受了冤枉的连环杀手的女朋友了。

---

① 经典美国喜剧电影，故事发生的背景是在高中。

我从 YouTube 上《鳄鱼的眼泪》纪录片里学到了很多，那些知识此刻全都像潮水般涌回我的脑海，就像你不得不抢救一个伤员时，回想起多年前上过的急救课程一样。我从来没面临过需要急救伤员的情况，或者让我们现实点说，即使真碰到了，我也不会去急救的。

我记得对警察说谎的关键点，它们是：

1. 避免强烈的情感表达——那绝对会泄露太多信息。

2. 注意微表情——尽量减少手势。擦脸意味着自我安慰／说谎；静止不动／震惊才是正常的反应。

3. 握手——如果你能制造握手的机会，很好。幸运的是，我的手足够颤抖——午餐时间为了藏尸体和残害老家伙四处奔波，让我的肾上腺素还在飙升中。

4. 脚本——少即是多。所有杀了自己妻子然后跑到电视上去请求"抓住那个浑蛋"的白痴总会犯同样的错误：他们的讲话准备得太充分了。要把谎言穿插在事实里——我去参加单身派对周末了，克雷格确实从阿姆斯特丹打电话给我说他被捕了，他习惯性地通过抽大麻来放松。

然后再是假话。

5. 合作——他们说什么就做什么，一点犹豫都不要有。

负责此次调查的是布里斯托尔重案调查组的侦缉督察尼狄·杰里科，她和探长——那个《油脂》里的矮胖家伙一起讯问了我。金发男人则戴上手套，在公寓里四处搜查起来。他们需要拿到搜查令，这大概就是他们花了那么长时间才来到这里的原因。谢天谢地。

"请随便搜。"我依然处于极度的震惊和困惑中，摆弄着无名指上的宝石。

我告诉他们我怀孕了，还有高血压——这一半真一半假的话会让他们对待我万分小心。非常有效。

"这段时间对你来说一定很难熬，我们今天会尽量简短。"杰里科说。

"我真不敢相信,"我不断重复着这句话,"请告诉我这是个错误。"

要说我有什么一直都特别擅长的事,那便是说哭就哭。我从小就发现,当你哭起来的时候,人们就会软化——并不需要哭得多夸张,只需在恰当的时候轻轻抽泣一下,你就可以得意地大笑了。

当然,只能在心里大笑。

"我认识他4年了,"我哭着说,"我和他住在一起,我和他睡在同一张床上,我还怀了他的孩子。他怎么会在我毫无知觉的情况下杀了3个人?我不明白。"

"你要喝水吗?"杰里科问我,接着又向厨房里的金发家伙示意了一下。她的左手少了几根手指——无名指和小指都只剩下肉球。我不知道他们会不会在那边的注浆里发现AJ的血迹。这种东西你只有在刻意找的情况下才会注意到,而这里并不是罪案现场。

现在还不是。

"你们问话需要多久?"我问,握着玻璃杯的手还在肾上腺素的影响下颤抖。

《油脂》里的矮胖探长说:"这可说不好。"我真感激我交的税让他有条便宜的制服裤子穿。

最后,他们在我家待了2小时40分钟,问了各种各样的问题——他们已经知道答案的问题,比如克雷格现在在哪里,他的面包车在哪里,甚至还有我爸那被完美记录在案的"正义使者"经历。

"克雷格认识我父亲的时间不长,他不知道他业余时间做的这些事。他跟他们没有关系。"

"你怎么能肯定呢?"杰里科问。

我耸耸肩说:"我想我还真不能。"他们也就没再问了。

他们说我得搬出去一段时间,我告诉他们克雷格的父母——吉姆和伊莱恩说过我可以去跟他们住。他们把克雷格的笔记本电脑和大麻装进了证物袋带走,还有一些我们的菜刀(当然不包括我的赛巴迪,毕竟那些宝贝早被我藏好了),还从我们卧室外的壁橱里带走了他的备用工具箱。

"有些人十分善于隐藏自己的真实面目，"他们离开时，杰里科说，"你不要责怪自己。"她迎着我注视的目光点点头。

从这次的会面中可以清楚地看出，克雷格已经掉入了陷阱。我充其量只是个关键证人：这个男人白天只是个好脾气的建筑工人，晚上则是个食物链顶端的凶狠猎食者，而我是他被吓坏了的怀孕女友。他们已经抓到了那浑蛋。

就这么成功搞定。

. . .

那么，我猜你现在大概想听听我之前分尸的故事吧？好吧，那是我干过的最乱七八糟、最恶心不过的事了。老天，我总会想到，以前当一个杀人犯是多么容易啊。你所要做的不过是在某人的烟草上抹点砒霜，或者直接把他们推进泰晤士河。在那个年代，他们很少能抓到像我这样的人——突然死亡总会被认为是由于水痘。可到了现在这年头，你还得分尸，还要注意不留下指纹之类的。

首先，我得为 Homebase[①] 商店的购物之旅列个清单——

- 橡胶手套（一盒）
- 塑料薄膜或者保鲜膜（很多）
- 铲子（一个）
- 漂白剂（2 瓶，有可能 3 瓶）
- 强力胶带（3 卷）
- 清洁海绵（几个）
- 电锯和/或弓锯（各一）

我怎么会知道分尸需要这些东西呢？我爸曾是个"正义使者"嘛——小孩子学东西很快的。

接下来，我把橡胶手套、漂白剂和清洁海绵从 Homebase 商店的购物

① 英国著名家庭装修用品连锁商店。

清单中删除，打算去利德超市买，这样就不会让我看起来像是在买分尸工具了。我还往购物单上加上了企鹅牌巧克力棒、Kettle 牌薯片、油和接骨木花糖浆。要把谎言穿插在事实里。

让人恼火的是，克雷格的电锯——他用斯克鲁费克斯公司代金券买的特别贵的那一把——还在他的面包车里，而那辆车，正如我前面写到的，还在阿姆斯特丹被警方扣着呢。所以我只好买新的。

我在 Homebase 商店砖石涂料区碰到的那家伙——兰吉特——非常乐意帮忙。我把自己的傻丫头角色演到了极致。我说锯子是给老公的生日礼物，因为他"想要马上开始建家里的木制平台"。兰吉特正好给了我想要的——一把电锯。我选了牧田牌的 FG6500S，带防尘罩和免费护目镜，原因有二：

**1. 它能像切黄油一样切割木头。**

**2. 它的噪声是最小的。**

我买好这些七七八八的东西，全部带回了惠特克家，放在她的浴室里。这花了我老长时间。我内心开始犹疑：万一有人听到电锯的声音怎么办？万一乔纳森和他父母提早从动物园回来了怎么办？万一我刚开始对着这澳大利亚长条猪忙活，结果惠特克的哪个朋友突然造访了怎么办？已经快 4 点了，我得去看看我的私人屠宰场外面的情况。

我穿上我最为可爱、小女孩风格的衣服，梳了梳头发，好让自己看起来跟多丽丝·黛似的，然后拿起了克雷格的备用钥匙。我跟该死的雅芳女士似的在走廊里穿来穿去，挨家挨户敲门问这钥匙是不是他们在电梯里掉的。惠特克这一层只有三户人家在家：一对养猫的同性恋、坐轮椅的夫妇，还有使吹叶机的清洁工罗恩和雪莉，他们正在看电视，从房里传出的气味看来，在吃黑线鳕鱼和土豆泥。

并不是最理想的情况，但我必须冒这个险。就拎着电锯上吧，管他呢。

"你可以的，妈咪。我相信你。"

开始后，我的脑海里总不停浮现出他的脸，他的眼睛，他的微笑。他告诉我他爱我的那一刻。

我只得不停对自己说："不过是头死猪，一头很坏、很坏的猪。"再用条茶巾遮住他盯着我的眼睛，"我可不喜欢被头瘦长的澳大利亚死猪敲诈勒索。"

但与此同时，一个小小的声音一直在反驳我：

"可这不是猪，妈咪。这是我爸爸。"

我一直吐，吐到最后除了清水什么也吐不出来了。我不知道这是孕吐，还是因为漂白剂的臭味，抑或是因为我把自己给恶心到了。

我就不必重复整个过程了。总之到了那天傍晚，他身体的每个部位都被紧紧包裹在了保鲜膜里。我把它们塞进了两个运动包里，和我的其他东西——衣服和森贝儿家族玩偶——一起带下楼，放进车里。其他东西都不重要。

我需要处理掉的东西还不仅仅是尸块，还有：

· **浴室的塑料布**

· **浴帘**

· **我所有的床单**

· **AJ 的所有东西，包括背包、护照和手机**

我得尽可能找个时间和地点把这些东西都给烧掉。

一直到坐在车里，在通往海边的高速公路上开出一半，我才哭了出来。雨狠狠地敲打着车窗，我甚至希望车子从高速路上滑下去。有那么一会儿，隔着我的眼泪和落在挡风玻璃上的雨水，我甚至什么也看不见。

等我来到位于蒙克斯湾的吉姆和伊莱恩家门口时，已经到了午夜。我抽泣着，浑身湿透，精疲力竭。我跌进穿着羊毛衫的吉姆温暖的怀里，准备好让他来照顾我。我准备好让伊莱恩给我洗脸，给我倒杯热巧克力，穿上暖和的睡衣，在二楼他们的空房间里给我盖好被子，告诉我一切都会好起来的。

准备好让别人来接手这烂摊子。

1. 洗衣粉广告里看到洗衣粉把衣服洗干净就大惊小怪的人。洗衣粉本来不就是干这个的吗？

2. 世界上第一个让女人怀孕的男人。还有第一个认为这是个好主意的女人。

3. 买假花的人。

4. 造假花的人。

5. 穿露趾凉鞋的游客——现在夏天到了，突然间到处都是发黄、粗糙的蹄子。现在我算是知道约柜被打开的时候纳粹是什么感觉了。

6. 约翰尼·德普。

前几天有那么一会儿，我还以为我杀人清单上的人已经全都杀完了，但就在这时，随着新的一天破晓，又有那么一群让我浑身不舒服的角色出现了。

我把《公报》的总机号码给了吉姆，让他帮我跟报社请病假。我可以想休息多久就休息多久。他们肯定爱死这消息了，这小镇上还从没发生过这么有新闻价值的事情呢。我仿佛能看见莱纳斯·西克吉尔那张脸，正为自己天才的新闻标题创意而得意不已：

《"修道院花园"幸存者因性变态杀手而震惊！我们都喝过她泡的咖啡！》

或者——

《<公报>女孩的男友正是同性恋变态杀手！我们早觉得她泡的咖啡味道很怪》

又或者——

《<公报>初级员工与性变态杀人狂魔同居：她也给他泡咖啡吗？》

我一整天都觉得恶心，又渴又头晕，就像在一扇旋转门里被困了10年似的。我还一直在发抖。伊莱恩说这"不是感冒就是肺炎"。她不停地给我沏茶，每小时给我测一次体温。

自从早上9点58分被门铃声吵醒，吉姆和伊莱恩已经不请自来地进了我的卧室不下12次。叮当也跳了进来，她跳上我的床，直奔我的脸，把我脸上舔了个遍。她似乎又爱我了，尽管现在她已经由吉姆接手照顾了。

天哪，我感觉糟透了。我可能要死了。这难道不讽刺吗？要是伊莱恩是对的怎么办？万一这就是肺炎呢？一个鹰嘴豆大小的东西怎么会让我这么不舒服？

*"你昨天太累了。你需要休息。我需要在平静中成长。"*

是肚子里的宝宝。现在他总和我说话，就跟《木偶奇遇记》里的小蟋蟀吉米尼似的，唯一不同的只是没有音乐插曲。

伊莱恩来给我换过一次呕吐桶，还拿来一瓶两公升的水和一片烤面包片。我不知道这些东西能不能留在我肚子里。我一点胃口也没有，什么都不想要。感觉就像是胎儿入侵了子宫，还把羊水周围点上了一圈火。

啊，我又想吐了。每次我闭上眼睛，总是会看到手上全是他的大腿肉。

## 6月27日，星期四

怀孕7周零4天

1. 那些在脸书上发"嘿，在你的个人页面上放一颗星星来支持脑癌患者吧"或者是"如果你有世界上最好的老公／老婆／爸爸／仓鼠，就转发这条状态"这类东西的人，别再扯那些世界人民一家亲之类的鬼话了，至少有我在的时候，这是不可能实现的。

2. 那些抱着格雷格斯面包房的三明治啃，在人行道上走成一条人链的旅行团游客。

3. 在悲剧发生的时候说"没有言语能够形容"的那些人。总归是有言语能够形容的，只不过你太懒了，没法把它组成完整的句子而已。

是叮当的叫声把我吵醒的。为了让我和伊莱恩省心，吉姆通常会去应门。但今天我听到了外面的一小段对话——全国媒体都在外面。我不知道他们是怎么发现我住在这里的，但从吉姆和伊莱恩卧室的窗户往外看一眼，就知道这段时间他们一直都在外面扎营。

我想过走老派路线，弄个满满的尿桶倒他们一身，但我想我需要他们站在我这边。这很遗憾，因为现在我的身体里实在是有很多尿，还有屁，还有呕吐物。

只有送花的人来电话的时候，吉姆才对我们说——我们已经收到很多花了，一共有16次。吉姆总会把它们装在花瓶里拿进来，告诉我们是谁送的——他们的朋友、《公报》、"塑料姐妹花"（我的老"朋友"，我甩也甩不掉的那群人）中的某人、以前的某个同学——然后放在我床头柜上，好让我看着它们睡去。然后伊莱恩也会进来，给我量体温，放下一盘切好片的香蕉和饼干，再把花拿出去，因为"植物会把房间里的氧气都吸走"。我也不知道那些花最后去了哪里。

今天下午，我下楼拿了一趟饼干，看到梳妆台上有一堆名片和纸片。都是记者的字条，询问我对事件的看法，想了解我与这国家西部有史以来最邪恶的连环杀手——克雷格·威尔金斯在一起的生活。"我们只想要真相。"

他们要是知道真相就好了。出现在头版的应该是我的头像。这是我的大新闻。那些事情是我做的，不是他。我想站在门前的台阶上大声喊出来：是我干的！我！我！我！是我！！！

但马上又是一阵恶心袭来，冲走了我脑子里除去"快去厕所"以外的其他所有想法。

"今天不行，妈咪。回床上去。"

我又开始吐清水了。伊莱恩说"肯定是瓶装水的问题"。她读到些什么文章，说孕妇喝了塑料瓶装的水会导致异常。

"印度的一个婴儿出生的时候长了两个头，他们说那是因为喝了瓶装水。"

我可不希望阴道被撕烂，所以，看来我最好还是改喝过滤水吧。

# 6月30日，星期日

## 怀孕整8周

呃。

# 7月1日，星期一

怀孕8周零1天

呃。我打开冰箱准备拿些冰水，结果却尖叫了起来——底层有个透明塑料袋子，里面装了个被捆起来的死去的婴儿。最后我发现，那是一只伊莱恩买来准备做晚餐的鸡。看了一眼就再也忘不掉了。

我又上了楼，爬回床上，像美版《咒怨》里的那个姑娘。

我头晕目眩，感觉做任何事都没有意义。不过我出去拿牛奶的时候，门口一个记者倒是对我眨了眨眼睛。我看起来一定像个180磅重的死胖子被塞在10磅的袋子里，但那也算是个短暂的安慰吧。

1. 伊莱恩——她往洗碗机里塞盘子的方式简直是个噩梦。好吧，我是杀过人，但至少我不会把没洗的什锦麦片碗堆在一起、放上好几天等到上面的麦片残渣都干掉。这简直是干净盘子的自杀。

2. 在高速路上超我们车的那个沃克斯豪尔车里的女人。

3. 约德尔货运公司的货车司机——他们要杀了我们所有人。

今天我感觉好了一点，所以决定在报社把我解雇前回去工作。吉姆说他们不可能解雇我，否则将"付出惨痛代价"。伊莱恩说现在回去上班还"太早了"，但我很坚决，所以她给我做了一份打包午餐——一份里面有新鲜生菜的超级食物沙拉。这沙拉"不是袋装的，因为袋装沙拉里会有李斯特菌"。吉姆开车送我，甚至提出他会在城里晃悠一天，等到我下班接我回家。我不配他们这样对我，他们也配不上我。

事实证明，伊莱恩是对的，我回去上班确实是"太早了"。我没在报社待多久。我犯了一个巨大的、计划外的错误。

我在《公报》办公室外面下了车，准备刷卡进门。门口台阶上有两个狗仔记者，他们不停地拍照，跟楼要塌了似的，还问我关于修道院花园和克雷格的各种问题。新来的前台接待员在前台迎接了我。她有西班牙或者泰恩赛德口音，看起来跟第一夫人似的——作为一个前台来讲，过于光彩照人了，我赌她在这里干不过3个月。

我走进办公室，乍一看，一切都是一样的。同样的面孔，同样的发型，同样的一盘蛋糕放在文件柜上。同样的叮当声、敲击声、呼呼声以及浓郁的咖啡和油墨香味。

呃，咖啡。过去是我的海洛因，现在却令我憎恶不已。我的小胎儿不喜欢咖啡。

"我还不是胎儿呢。一直到下周之前我都还只是个胚胎。嗯……甜甜圈。"

那个粗鄙的人渣莱纳斯正在接电话，他靠在椅背上，拿那支万宝龙钢笔戳着自己头上的秃斑。那些临时工躲在显示器后面偷偷观察我。"睾丸哥"比尔坐在门口吃着他的三明治，邮递员拿着空袋子离开，摄影师约翰尼从保罗那儿拿到工作清单。克劳迪娅·格尔珀，也就是 AJ 的姨妈正在接电话，但她还是往我这边瞟了一眼。

"你是说我爹地。克劳迪娅阿姨！喂喂！她杀了他，克劳迪娅阿姨！你得救救我！"

总之，一切都没有变。

然后我走到我的办公桌前。

我的椅子上坐着个 5 岁孩子样的小蠢脑瓜子，她穿着短裙，上衣像是从养老院的窗户上扯下来的。我所有的东西都不见了——贴有闪光吉娃娃贴纸的订书机、森贝儿家族的铅笔盒、显示器上 AJ 给我买的蛋形娃娃、我那"万物之女王"杯垫旁边的咖啡渍，全都不见了，甚至连杯垫都不见了。公文栏上"瑞安侬"的标签也被胡乱扯了下来，换上了干净整洁的"凯蒂"。

所有的眼睛都看向我，但没人说一句话。

罗恩办公室门上的把手被拉了下来，他大摇大摆地走了出来——穿着油光锃亮的古巴跟皮鞋、裆部紧绷的长裤。"小甜豆！你好吗？"

我不知该如何回答，愣在那里说不出话来。

"这是凯蒂·德鲁克，我们的新编辑主任。你请假的这段时间一直是凯蒂在挑大梁。"

凯蒂从我的椅子上站起来，朝我微笑。没等她开口我就闻到了她嘴里的味道——马麦酱的味道。她一口大黄牙。在我的脑海里，她就像是被胶带粘在我的椅子上，而我正用你所见过的最大的钳子给这椅子拔牙。"嗨，你好吗？"

"还好，谢谢。"我说。

她瞟向罗恩，他接下了这个她扔过来的"球"，踩着他那专为小个子设计的古巴跟皮鞋溜得飞快。"嗯，一切都好吗？"

"还好。"我又说了一遍。

"你收到我们送的花了吗？"

"收到了。"

"你真不容易，瑞安侬。"凯蒂·德鲁克说。真是个傲慢的浑蛋。

"要不要来我的办公室聊几句？"罗恩问。

不，我想进你的办公室，但不是去聊几句，而是看你那 500 英镑的碎纸机能不能同时碎掉五根以上的手指。

还有，可别被这轻快的语调和友好的用词迷惑了。"来"是个披着斗篷的十字军战士，而"聊几句"则是它邪恶的小跟班。这可不会是什么简短、温馨的闲话家常——这将是一段把你碎尸万段、挫骨扬灰的谈话，以"我们得把你赶出这报社的门"开始，却在中间加上些"在你滚出去之前想想克雷格的事怎么样"之类的废话，就像在臭气熏天的粪堆上洒上几滴蜂蜜。

罗恩叫来了克劳迪娅，毕竟即使你是一个强大如装在塑料袋里的屁的老板，你也无法独自面对争执。她拿起个平板电脑，一阵风般从自己座位上走过来，边走还边对我投来个灿烂的微笑。

"嗨，小瑞，小甜豆，你还好吗？"

"我还好。"这次我说得更大声了点，又发现了两个躲在显示器后窥视的家伙。就是在这个时候，时间出现了像《黑客帝国》里那样的效果。凯蒂那放在我桌旁的山寨 LV 手提袋里，手机突然振动了起来——过时的小甜甜布兰妮的歌。办公室的大门开了，拉娜·朗特里那个臊气熏天的贱货大摇大摆地走了进来。她穿着灰色紧身短裙，厚底松糕鞋，但金发没有往常那么飘逸。正是这个女人和我的男人上了床，才把我送上了这么一条路。她就是个可怕背叛行为的活人卫星导航。她低着头。我的喉咙很疼。

一切都是她的错。

看着她分发文件，然后穿过办公室走向销售部，仿佛什么都没发生，仿佛她的生活一点也没有改变。她都没注意到我。我满脑子想的都是这个。

她可没想到我会做什么。

我离她越来越近、越来越近、越来越近，喉咙也疼得越来越厉害，像是要烧起来似的——

我。

可。

没。

那么。

傻白甜。

我伸出手，一把揪过她的金发往后拉，她倒下的时候，一股草本精华的香气从我脸上拂过。我听不清我在说些什么，也不知道是谁把我从她身上拉开。我捶打着她的脸，一下又一下。

哎呀，我又干这事儿了。

我有印象的下一幕，便是吉姆给我系好安全带。我还听到汽车引擎发动的声音，还有他和罗恩透过开了一条缝的乘客窗对话的声音："一定是荷尔蒙作祟。她只是需要一点时间。我们就知道她现在回来上班太早了点。"还有相机咔咔响的声音，有人叫着我的名字："抬头看我，小甜豆。"

而我坐在那里，把指关节上沾上的她的点点血迹弄下来。

# 7月5日，星期五

1. 跳踢踏舞的人——他们带来了更多不必要的噪声。

2. 所有在下午6点前主持电视节目的人。

3. 所有那些把废弃谷仓改造成一栋四层楼，还带钻石装饰的游泳池和带遥控的花园的那种没有灵魂的健身房的房屋设计节目。

吉姆正在和罗恩通电话——拉娜没有提出任何指控。我隔着楼梯扶手偷听。他马上就会过来告诉我罗恩都说了什么的，他就是那种人。而我已经听到了我需要听到的，我就是这种人。

♪ ♪ ♪

我上头版了！标题是《钳子杀手的女友在办公室打架斗殴》。吉姆一直想让我远离新闻，但今天早些时候，我们走路去镇上，在一家报亭前停了一会儿，让伊莱恩进去买她的《妇女之友》。报亭外面放了一摞报纸。

"走吧！"吉姆说。他拉起我的胳膊，领着我朝海边走去。

其实我比他俩都更善于应对这种关注，但当然了，我得假装这些事情深深影响了我。从我搬进来的那周开始，新闻就已经铺天盖地了。那时候媒体的角度还是《"修道院花园"幸存者正是变态杀手的女友》。伊莱恩禁止任何报纸出现在这个家里——她什么都不想知道。但吉姆太想看新闻了，他只得每天买好报纸后，去海边的一家咖啡馆看一看，满足自己的好奇。我见到过一次，他手中报纸的头版是《该判终身监禁：威尔金斯的变态堕落行为震惊全国》，还配了一张克雷格头上盖了个灰色毯子被带下警车的照片。

我喜欢那个标题多过下面这个：

《钳子杀人狂的女友正是托儿所袭击幸存者……她已怀有身孕！》，还有家报纸管他叫"年度热门重罪犯"。

几乎每天早上，摄影记者们都守在门外，咔嚓咔嚓地按着快门，跟一群披着"北面"牌冲锋衣的鳄鱼似的。

"喂，修道院花园！"

"喂，亲爱的，跟我们说句话呗！给我们个微笑呗！"

"嗨，瑞安侬，你见到克雷格·威尔金斯了吗？"

"其他的尸体在哪里，瑞安侬？他告诉你了吗？"

"他在监狱里怎么样呢？"

"你之前知道吗，瑞安侬？"

"你有帮他一起做吗？"

"和一个怪物生活在一起是什么感觉呢，瑞瑞？"

人群里经常有个耀眼夺目的记者，今天早上我注意到他胸前证件牌挂绳上的名字是《普利茅斯星报》。他黑头发，方下巴，笑容令人春心荡漾。我要是在酒吧遇见他，故事的结局应该是他要给我付小孩抚养费了。

有些浑蛋是真该给我付点抚养费。

"你还好吗，瑞安侬？"他问我。

"我只是希望能继续正常生活，谢谢。"我说。我把牛奶拿进来，把门打开又关上，透过睡衣主动给他露了一下腿，就像我习惯的那样。

"你和克雷格是真的订婚了吗？"我锁上门的时候听到他问。

在我有这份心情的时候，我会戴上我的维多利亚·贝克汉姆太阳眼镜，把头发捋向一边，摆好丧气的表情（这并不是什么难事——拜孕吐所赐，我大多数时候看起来都人不人鬼不鬼的），穿过这混乱的人群，给他们留下点类似"我还好，谢谢"，以及"我什么都不知道"这样的线索。

我只是给他们想要的东西——他们会看到他们想要的东西，而不会看到过去早已被盖棺论定的事情——他们只会看到，克雷格·威尔金斯，我的男朋友，蓄意残忍谋杀了3个人。却不会看到，我，瑞安侬·刘易斯——多年前在修道院花园那起可怕的托儿所大屠杀中幸存下来的那个女人，只是他无辜的女朋友。还记得她裹着被鲜血浸透的彼得兔毯子，从凶案现场抱出来的样子吗？一个女孩怎能在一生中遭遇两次这样的不幸呢？这实在是太悲剧了。

撬不开我的嘴的时候，他们就往信箱里塞字条。名片、字迹潦草的便条，全都是想叫我和他们联系。有些字条上的字我甚至都看不清。

其中一张是胡乱涂写在一张破烂不堪的纸条上的，我几乎看不太清楚上面的字迹。大概写的是"致我甜蜜混乱的家"，下面还有一串电话号码。我想这可能是这地方的一个精神病人——他有时候会在去战争纪念碑找阵亡将士谈话的路上发表一些长篇大论来攻击政府，说他们是如何试图通过自来水来杀死我们。

对于这些疯狂的媒体，我最生气的是，他们的关注点全都是克雷格。他是怎么杀人的？他怎么能强奸那个可怜的女人呢？和这样一个怪兽生活在一起是怎样的一种体验？成为眼下这个国家最招人恨的人，他有什么感想？

他其实也算不上是了。世界上还有恋童癖。而且根据推特上的消息，还有个男人把自己女友的骨灰撒在自己的麦片上，这可要比克雷格糟糕多了。

我都不知道自己是谁了。就好像不久前我还和男朋友同居在一间公寓，怀着孕，却突然之间走进了一个电话亭，转了三圈，然后就变成了可怜的谋杀犯的怀孕女友——我甚至还有配饰：手上戴着18克拉白金钻戒，脸上带着温顺的微笑，身上穿着洗褪了色的普利马克（Primark）牌熊猫睡衣，头发油腻腻的，小腹微微隆起。

吉姆和伊莱恩每天早上都去海边散步——这是他们的惯例。他们也让我和叮当加入了。我们坐在长椅上，喝着热饮，吃着面包——他们的面包上有糖衣，我的则是加了奇亚籽之类的黑面包——我们一言不发地吃着、喝着。这里的一切都很小，小而安全。坦普利河口的对面，蒙克斯湾就像一栋小房子被一个巨人小孩从山坡上倾倒下来。它没有任何设计可言——完全就是一堆街道杂乱无章地堆到了一起，窄到连一辆福特嘉年华车都挤不过去。那里还有一条登山铁路、一座教堂、几家古色古香的小旅馆和村舍，名字还都是什么"单桨船""双桨船"之类的。

对我来说，是杀人让我的生活有意义。所以现下，我根本算不上活着，我只是具行尸走肉存在于这个世界上。我就像那头我在布里斯托尔动物园见过的北极熊，在水泥地上不停地来回踱步。我很安全，有食物，有保障，但我的思绪却越飘越远。

"接着吃吧，亲爱的，把你的面包卷吃完，"伊莱恩说，"你得吃饱了才有能量。你今天早上的蛋白泡芙也还没吃。"

我咬了一口。叮当从我的腿上跳下来——她比我更早一步知道了我要吐。我吐在了海堤上，一只海鸥把呕吐物吃了。

1.我们在海边散步时遇到的那条斗牛犬的主人，那条狗的蛋蛋奇大无比。他嘲笑了叮当的人造钻石项圈，还叫她*"死基佬狗"*。

2.牙医——但我现在怀孕了，看牙医免费了，所以去你的吧，贪婪的迈克。这可是价值300英镑的陶瓷填充物呢，所以赶紧的！

3.《轻松一刻》杂志的编辑。

与吉姆和伊莱恩住在一起也有不好的地方——吉姆的深夜鼾声交响曲便是其中之一，伊莱恩不停打扫房间的洁癖也是一点。还有些事情也让我很不高兴，却没有什么明显的原因，比如给车加油的时候非得要所有人都从车里下来，我实在是搞不明白。

但和他们住在一起最好的一点是他们有个花园。因为对所有绿色和野生的东西有同样的热爱，我和吉姆的感情增进了不少。我住在自己公寓的时候，能种东西的只有窗台上的箱子和香料盒子，它们到现在也都死了——但这里，这里有大大的花床，沿着围栏还有苹果树墙、日本枫树、开花山茱萸、大朵的白玫瑰，它们看起来像女式上衣，闻起来如天堂，还有冰淇淋郁金香、小小的荷包牡丹。我尽量数出所有我能叫得出名字的品种——大丽花、山茶花、血红杜鹃花、绣球葱、丝兰、旱金莲、银色猫薄荷、米迦勒节雏菊、深蓝飞燕草。小小的香料架上种着柠檬百里香、迷迭香和柔软的鼠尾草叶，我忍不住老把它们往我嘴唇上擦——见鬼，《哈姆雷特》里的奥菲利亚不是也这样干过吗？说出所有花的名字。告诉过你我要疯了吧。

对吉姆来说，花园永远没有完工的时候——他总在给植物修剪枯枝，抚摸树叶。他说他永远也不可能离开英国去别的地方生活，因为这里的气候和鲜花。但他也表达过对美国加州一个叫"卡利索平原"的地方感兴趣。他是在《每日邮报》上读到这个地方的。

"鲜花大盛开，"他两眼放光地说，"我很想去看看。沙漠由于野花而有了生气——紫的、粉的、黄的——不过一个月的时间，然后就都消失了。这只有在沙漠里下了很多雨的时候才会发生，极其非比寻常。噢，那么美的颜色，瑞安侬！"

吉姆是我见过的少数几个愿意让花园里有杂草的人。他让花园后面的杂草肆意生长，成为蝴蝶的乐园，花园里的小棚屋更是覆满了常春藤。吉姆说一般园丁讨厌常春藤，因为它会抑制其他植物的生长，但他认为它们很棒——"对生态系统、鸟类和昆虫都大有好处"。

他喜欢所有的植物，不管它们是好是坏、是美是丑。他连那些味道难闻的或者长刺的、还能抓苍蝇的那种都喜欢。

"常春藤也是种顽强的小东西，"他说，"不管你怎么做，它都会长回来，往上爬。没有什么东西能阻止它。老一辈的家庭主妇间有个传说，如果常春藤长在一栋房子上，它能保护人们免受女巫的伤害。"

那我们可需要好多好多的常春藤了，吉姆。

午餐后去看了牙医。《轻松一刻》杂志上有一篇关于克雷格的文章——一整版都在讲述他对同性恋聊天室和绒丝带面具的迷恋。这些全都是假的，但这从什么时候开始变得重要了？我在杂志上看到那张他在塞浦路斯的海滩上微笑的照片时非常震惊。我们拍完那张照片后就上床了，当时太阳正在下山。我被从照片上剪掉了——那是他的脸书头像——它原本是两个人的自拍合影。

吉姆说不管媒体开出什么条件，我们都不该去跟他们打交道。作为我的老东家，《公报》想要做独家专访，但吉姆拒绝了。没有采访，没有新闻报道，什么都没有。

"你还没准备好，瑞安侬。我坚决反对。我们不能让你在怀孕早期就有压力。想想肚子里的孩子吧。"

　　我是在想肚子里的孩子，但我也忍不住觉得自己错过了好多。这本可以是我的高光时刻，这本可以是修道院花园奇迹的重现。我本可以再上一次《黎明破晓时》，吃着羊角面包，坐在那个写了本畅销书的流浪猫和那个因为鸡米花而被转发了无数次推特的孩子中间。现在我却在这里，什么也不做，扮演最佳女配角——从来也没人记得获这个奖的是谁。

　　今天我倒是做了一件有用的事——更新 AJ 的脸书状态。这是脸书难得有用的时刻——让你偷别人的度假照片来制造另一个人还没死的假象。这条状态下很快就出现了几条评论，其中包括克劳迪娅的。

　　"很高兴你玩得开心。保加利亚看起来和你说的一样漂亮。偶尔给你阿姨打个电话也无妨呀！爱你的，克劳迪娅，亲亲。"

　　我得赶快找个地方埋了他。

　　吉姆进来了——警察完成了对公寓的搜查，所以我可以去取我余下的东西了。他说他可以开车送我去——下次吧，我说。现在我要睡觉了。

# 7月12日，星期五

怀孕9周零5天

　　伊莱恩在图书馆看到了布丁俱乐部的宣传单——这是个每周一次的社交活动，在这里，"在一个对妈咪们友好的环境里，准妈妈们和经验丰富的妈妈们聚在一起，闲话家常，品品茶，享用小点心"。她建议我也去参加。

　　"闲话家常"和"品茶"这种词让我简直想把自己的眼皮撕下来。

　　我知道肯定要见到一群乏味的老女人，但我还是去了这个"闲话家常"和"品茶"的聚会，因为伊莱恩说"总是一个人待在家里可不健康"。她简直就是直接把我推出家门的。

　　在海边的一家装修成淡紫和白色调的茶馆里，我见到了这帮人。茶馆的名字叫"紫罗兰"——在蒙克斯湾，如果你：1.喜欢吃蛋糕；2.是个妈妈；3.有几个吵吵闹闹的缠人的孩子，那么这地方再适合你不过了。

　　里面的场景就像布偶娃娃在致敬索姆。

　　茶馆里简直就是一片噪声的海洋。喊叫声，尖啸声，纸杯蛋糕导弹、小三明治手榴弹和小蛋糕卷爆炸物飞来飞去，婴儿在大人怀里哭闹，或是用酸奶勺敲打高脚椅上的托架。一个金发的幼童全身心投入地在地毯上发着脾气，像是很痛苦。我立马就想离开这里。

　　布丁俱乐部的妈妈们坐在靠后面一个相对安静的卡座里。这个团伙的头目叫佩内洛普，她更喜欢别人叫她"佩"。她48岁，希腊人，正怀着她的第五胎。她是个博士，开吉普车，老公叫克莱夫，在金融行业工作。佩声称自己和安德鲁王子有过一腿，但"那是好几年前的事了，他可能都不记得了"。她特意这么补充，大概是生怕我们中有人会给王子打电话确认吧。

还有内维亚（Nevaeh）——就是把"天堂"（Heaven）反过来拼，她29岁，黑人，是同性恋，喜欢大家称呼她"内维"。她和她的伴侣、孩子以及孩子的父亲卡尔文住在一起。要是我也有三个父母，那我现在还能剩下一个在身边。内维打算给她即将出生的双胞胎取名叫"布莱克利"和"史泰龙"，大概是因为恨他们吧。她"为了控制他们的体重"而抽烟，管所有人叫"亲爱的"。我问了问她关于分娩的问题。

"人们说你第一次看到宝宝的眼睛时便会感觉到浓浓的爱意，但你不会的——你只会想'谢天谢地总算是生出来了，赶紧给我个赛百味三明治吧'。真是这样的，亲爱的。嘉迪丝出生的时候，我已经两天没吃东西了。她真是从头到脚把我给撕裂了，我下面就跟笑起来的小丑的嘴似的。"

斯嘉丽是最年轻的，才19岁。她无聊得像太太团那些女人，脑子发育也不怎么健全，但我想这并不意味着她是个坏人。她每20分钟都要自拍一次，以为第二次世界大战是由于一座冰山。她的预产期和我的很近——同一周。我说：

"我简直能想象休·格兰特那部可怕电影里的一幕：我们的宝宝在产房出生的时候，某个奇怪的外国医生在我们张开的阴道间来回穿梭，就像全速奔跑的犀牛。"

没有反应。

斯嘉丽完全没听明白我的梗——也可能她不明白"想象"这个词是什么意思吧。她只问了一句："休·格兰特是《国王的演讲》里那个演员吗？"

接下来就是乏味的那个了：海伦。她红头发，雪白的皮肤上满是星星点点的雀斑，肚子奇大无比。她有点轻微斗鸡眼，下巴上的青春痘看起来像一个个西班牙腊香肠球，当然了，这两件事都不能提。

"海伦·卢瑟福，"她捏着嗓子邪恶地说，"很高兴认识你。"

"我也是。"我用更邪恶的语调答道。她只有在纠正一些统计数据时才说话，要不就是吹嘘自己上次怀孕有多容易，是如何"一直母乳喂养迈尔斯，直到他上学"，再不然就是说她下面有多紧，因为她"一直坚持锻炼"。她认为任何不母乳喂养或者是自然分娩的人都是魔鬼的化身。布丁团成员里我最讨厌的就是海伦了。实际上，我已经开始恨她了。

一个婴儿在邻桌的高脚椅上开始尖叫，所有人都用同样的"啊，上帝保佑你"的表情看着他。我被吓坏了。对于对噪声敏感的人来说，这可真不是个好地方。

布丁团成员里有一个不像其他人那样迟钝、傲慢或是乏味得让人烦躁的人，她叫玛妮·普伦德加斯特，28岁，板栗棕的眼睛，还有轻微的勃朗特乡村口音。她的预产期在9月，但肚子并不大，所以孕前的衣服还能穿。她的父母也都不在了——她妈妈是生下她弟弟之后去世的（好像是血凝块还是什么的，当时蛋糕上来了，我没听清），她爸爸是因为什么肾脏问题。她弟弟住在国外，他们没有来往。

"孤儿找到组织了，"她微笑着，用手中的咖啡和我的白开水碰了个杯，"我们就像安妮和她夜里唱歌给她听的小孩，不是吗？"

"莫莉？"我说。

"没错。"她笑了。今天我说的每一句笑话她都笑了。除了她，没人能接到我的梗。我立刻喜欢上了玛妮。

我也喜欢她今天的打扮：一件上面写着"弗兰基说放轻松"的T恤，黑色外套，运动中裤。她也穿着一双黑白相间的万斯（Vans）牌帆布鞋，我曾经也穿那么一双，直到克雷格给它涂了颜色才没穿了。我们还聊到森贝儿家族——她从小就喜欢它们。她甚至还有棉尾兔一家和"舒适小屋"简易房，尽管它们"还在阁楼上的某个地方"。我能原谅她这一点。不过没错，尽管她不停看手机，翻领上还别着"接招乐队"的徽章，我还是很确定我交到了一个朋友。

我问她哪里可以买到好看的孕妇装，不要海伦身上的看起来像是整个人摔在了一块印花棉布棚子上的那种。

"想要去淘好衣服的话，我就是你要找的人，"她说，"我可喜欢购物了。"

"我讨厌购物，"我说，"但是，我们周末可以去个商场什么的。"

"那可就说好啦！我们互相留个联系方式吧，我周末给你打电话。"

这是我在布丁俱乐部里唯一一段愉快的谈话——其余的聊天内容要么是子痫前期，要么是乳头硬化，要么是小便失禁。我在此起彼伏的叫嚷声中勉强听着这些对话，尽管我一直在附和着微笑，还对参加她们的产前培训班充满热情，但实际上我对这一切毫无感觉。我一直在想，这就是我现在的生活吗？我的生活就只剩下这些了吗？她们唯一的好处是没有人提起克雷格的事。

最后还是有人提起了克雷格的事。

"庭审怎么样了，瑞安侬？"佩嚼着她的杏子丹麦酥，问我。除了玛妮，所有人的脑袋都转向了我。

"呃，现在还没什么消息。他要在 11 月进行辩护，然后庭审应该会在明年什么时候吧。"

内维正吃着一块纯素布朗尼，牙齿上沾了一块块的棕色。"他会朝什么方向辩护呢？"

我摆弄着我的订婚戒指："无罪。"

"可是他真的做了吗？他杀了那些人吗？"

我耸耸肩："我不知道。流程很复杂。"

玛妮清了清嗓子："谈这些可能会让瑞安侬不舒服——"

"是啊，如果你不想谈，就直说啊，瑞安侬。"佩大声地说。佩在军队里待过，所以她的声音很容易就大得像是要和地雷争夺关注焦点。她的话让其他桌上的几双眼睛转向了我们，"但你一定知道些什么，肯定的。"地毯上那个发脾气的小东西又开始闹了，为大人给她擦脸而愤怒不已。

我温顺地笑了，是那种"我只是个普通孕妇"的微笑。"我是真的什么也不知道。"

其他人也跟着点点头，像是被卡在汽车的后挡风玻璃上似的。

"我几个月前在《黎明破晓时》上看到你了。"斯嘉丽说。

"噢，'世纪女性人物'奖那一期？"我说，"是啊，那很有意思。"

那一点意思也没有。

"是啊，你的上衣很好看。桃粉色带褶边的那件？"

"塞尔福里奇小姐①。"我告诉她。

"真好。"她说着，马上拿出手机开始搜索。

"为什么你不接受媒体的采访呢？"海伦说，"要我说，你这是有点浪费机会了。"

玛妮叹了口气："海伦，老天啊——"

"没关系，"我说，"就是觉得这不太好，感觉我是在出卖他。"

"为什么你不出卖他呢？"海伦问，她颤动的双颊扑打在手中的香蕉面包上，"他在你怀孕的时候把你置于这样孤立无援的境地，你当然需要钱，只要是能挣到的钱。"她低头看着我的订婚戒指说，"这个肯定也花了不少钱。"

"我很好，"我说，"我和我姐姐塞伦继承了我们父母的房子——"

"他可是个杀人犯啊，你不觉得那些骇人听闻的袭击事件的受害者应该得到一些说法吗？"

"什么受害者？"内维扑哧了一声，"运河里那个家伙绝对是罪有应得。公园里那人是个——"她顿了一会儿，压低了声音说，"——是个性侵犯者。还有采石场里那个女人——"

"那个女人怎样？"海伦扬起眉毛，展露出一副消极对抗的姿态，"采石场那个是一个母亲，她被关押了几个星期，遭受折磨，然后被强奸，扔进坑里。她也是活该吗？她有3个孩子啊，内维亚！3个！"

内维不作声了。斯嘉丽看向佩，海伦看向斯嘉丽，傲慢得像只狐狸。我的胃灼热一直烧到了喉咙，屁股开始扭了起来。佩叫服务员过来结账。玛妮在我的胳膊上拍了拍，用口型说："真是抱歉。"我想她是认真的。

我转向海伦，说："庭审都还没开始呢。"

"你站在他那边，是吗，瑞安侬？"

她们全都看向我。店里的服务生也看向我。那个发脾气的小东西也看向我。若是以前的我，现在会说些温和而没有争议的话，但今天，我实在

---

① 英国女性时尚品牌。

是懒得装了。我都能看到布丁俱乐部未来会变成像"塑料姐妹花"那样——太他妈难应付了。在某个平行宇宙，情况可能会不一样吧。我们会在夜晚聚餐，喝普罗塞克葡萄酒直到凌晨，通过聊羽毛手铐、皮鞭之类的下流话题来增进感情。也许我们会一起烧烤、一起玩耍，在校园里针对耶稣诞生日的服装交换意见。但在现在这个时空里，想也不要想。

"是的海伦，我站在我那个挥舞着刀、强奸成性、折磨成瘾、杀人不偿命的浑蛋男友那边。现在，在我昏倒之前给我拿个甜甜圈来。"

# 7月15日，星期一

怀孕 10 周零 1 天

1. 那些讲亿万富翁的电视节目。他们都花好几百万美元买灯罩和摆件什么的了，居然还有可抱怨的。

2. 那些讲社会福利骗子的电视节目。他们有钱买烟、文身、喝喜力啤酒，却"没钱养孩子"。泪流成河。

3. 那些把"可能已经"和"本也可以"说成"可能也是"和"本来也是"的人。

我从前门出去，把鸟食架上的海鸥赶走。《普利茅斯星报》那个家伙正在门口，旁边还有个卷发的摄影记者。

"嗨，瑞安依，你还好吗？"

"很好，谢谢。"

"能对《星报》说点什么吗？"

"可以。我有两个词，非常非常适合你。"

"拜托了，和我说点什么吧。我入职 10 周了，碰到过的最有价值的新闻还是个小孩在辖区里放火烧了个菲比小精灵①。"

"我知道那是什么滋味。我也在一家地方报纸干过，提醒你，不是那种令人兴奋的记者工作——我只是个编辑助理。"

"那么你知道那是什么滋味喽？"他说，"拜托了。我需要点独家新闻，不然他们该炒我鱿鱼了。这件事就是个大新闻，而你正是事件的焦点。"

"说得再对不过了。"我叹口气，在胸前交叉起双臂。

① 一种互动式电子宠物玩具。

"拜托了，好不好？给我点我能带回去交差的东西吧？你也能让世人听到你的声音。有些小报上还说，你自始至终都知道威尔金斯在做什么。"

"我什么都不知道。"我说。我发现他手机上开着录音软件，那个摄影记者也在不停地咔咔拍着。我深呼吸，让自己平静。"告诉我为什么我要向你袒露自己的灵魂。给我一个好的理由。"

他往后退了一步："我不能。"

"为什么不能？"

"这是我的工作，"他说，"我靠这个吃饭。这算不上是个太好的理由。"

"来啊，给我讲个催人泪下的故事。为什么我要让你进入第二轮？你爸癌症快死了？有个兄弟在阿富汗打仗？疗养院里的奶奶都快认不出你的脸了？告诉我为什么我要把我的故事告诉你，而不是《镜报》或者《每日快报》？他们给我开的条件可远远不只是几句'拜托了'。"

他皱着眉向后退去："我没有什么可以给你的。我需要休息一下。"我盯着他，直到他和那个摄影记者都走出前门，消失在我视线之内。

●●●

我犯了个错误——我对伊莱恩大喊大叫了。实际上，比大喊大叫还要糟糕。我对她大发了一顿脾气。我发现她在客厅角落里擦着我的森贝儿家族乡村旅馆，还把房间里的摆设重新摆过了。

"别碰它！你为什么要碰它？！"

我不是故意这样的，但就是没忍住。我知道他们一直都对我很好，照顾我，诸如此类的，可是，老天啊，为什么人们不能做到别碰我的东西？我的要求并不多，不是吗？她把前台的桌子搬去了客厅，还把猫咪一家卧室里的床给铺好了。人家家里的女佣显然在去铺床的路上啊！她还把冰箱里所有东西都拿出来，放在了厨房的地上。

敢碰我的森贝儿家族，可真是有胆子。

"瑞安侬，我只是看一看，亲爱……"

从她的脸上，我仿佛能看到我妈妈的样子——"有什么大不了的？不就是几个玩具嘛，瑞安侬？你已经过了玩玩具的年纪了。"

"你可不是'看一看'而已，你碰了我的东西！你就不能别碰它们吗？"我的手指在伸长，我盯着她空洞的脸，呼吸也变得越来越急促。房间里的一切都模糊了，清晰可见的只剩下那根电话线和伊莱恩松弛的脖子。就那样把电话线一圈一圈缠上去，用力一拉，一挤，那张脸就会变紫。

"对不起，"伊莱恩脸涨得通红，"对不起。"她冲出了房间。

我把我的乡村旅馆搬上了楼，塞进我房间的壁橱里，这下彻底安全了。我早知道楼下太显眼了，但在这里我没地方把它们摆出来。我的森贝儿家族玩偶比我的衣服还要多。

我重新走出房间的时候，房子里很安静，门厅的桌子上有张字条——伊莱恩去了教堂，参加她们那个基督教妇女组织的手工集会，吉姆带狗去了海边。我去海边找他，看到他正坐在一块大岩石上，看着叮当在石头上的小水洼里嗅来嗅去。他并没有一开口就提到森贝儿家族大争吵事件，而是随便找了个无关紧要的话题。

"你帮我看那个什么'爱尔碧'的东西了吗？"

"爱彼迎？"我说，"看了，都搞定了。"

"你都搞定了？"

"嗯，我待会儿给你看。我们已经收到一些咨询邮件了。我想8月份生意应该会不错。"

"噢，那太好了。谢谢你。"

"别客气，我也只能为你们做这些了。"

他微笑着，望着大海："我对这些互联网啊什么的一窍不通。这地方得有点收益才能付得起银行账单了。"

看吧，这就是一派胡言。自从搬到这里以来，我的发现之一就是吉姆很有钱。他有一系列房地产投资，这是他的又一大爱好——买下那些破烂房子，把它们变成抢手的房源。我看过他的银行对账单，他手里现在有3

处房产：一处克雷斯韦尔平台的公寓，那地方遍地都是瘾君子；一幢位于坦普利的5间卧室的房子，名叫"骑士休息处"，某个囤积癖在那里藏了足有几百个冰淇淋盒那么多的破烂东西；还有克利夫路上的一处刚刚翻修过的度假小屋，叫"井屋"。多年来这里一直是荒废的青少年聚会场所，他们在这里乱搞、砸酒瓶。吉姆让我把它放到网上去，现在这里已经可以接受假日预订了。

这就是吉姆的问题：他信任我。而我，我这样的一个女孩，将要让他失望了。我确实把这房子挂到了网站上，但给他看过之后，我会马上把它撤下来。我已经决定了，我需要井屋——它会成为我的避难所。它将成为一个我随时可以去吃东西，随时可以用来逃离伊莱恩关于洗热水澡会导致流产、肥胖母亲会导致孩子自闭症之类的无稽之谈的地方。

"伊莱恩说你俩因为你的娃娃屋吵了一架？"

我在吉姆下方的岩石上坐了下来，说："我的豪华乡村旅馆。是的。"

"有点反应过度了，是不是呀？"

"没有。"

"瑞安侬，她只是在给它擦灰。"

"我不想别人给它擦灰。"

"好吧，好吧。亲爱的，今天荷尔蒙波动很厉害嘛，是不是呀？"他笑了起来。他居然真的笑了起来。

我怒视着他："你不明白。"

"明白什么？"

"在修道院花园事件后，我进了格洛斯特的一家儿童康复中心。那地方很可怕，空气里全是花椰菜和屁的臭味。我很孤独。一天早上，我的爸爸和姐姐上了个晨间电视节目，在上面聊我的境况。塞伦提到我喜欢森贝儿家族。后来我收到了好多，各种商店，各种动物。塞伦把它们带来给我玩。康复中心里的那些玩具要么被咬坏了，要么很脏，但这些，这些是全新的，是只属于我一个人的。我重新学会了说话，用森贝儿语言。我学会了怎样抓握东西。它们对我的帮助比任何人能想到的都要大——"

"你不用再说下去了——"

"——除了塞伦，没有人可以碰它们。而塞伦也知道，只有我也在玩的时候，她才可以一起玩。我那时候还会把兔子的耳朵放在自己嘴唇上擦，还会去吮吸它们的衣服。我也不知道为什么，我就是喜欢这么做。我妈总是抱怨——她说这会让它们发臭。她说我这样太幼稚了。我 12 岁的时候还在和它们玩。后来有一天，我从学校回到家，发现它们都不见了。"

"它们去哪里了？"

"我妈把它们全都处理掉了。我的邮局，我的超市，我的乡村旅馆，所有的动物，所有的小东西，全都消失了。她把它们全送去慈善商店了。我尖叫起来，朝她扔东西，瓶子、遥控器、鞋。但她摔上了门，把我关在外面，拒绝谈论这件事。"

吉姆长出了一口气，叮当连忙跑到他面前，求抱抱。狗永远都知道你什么时候需要它。"这真让人难过，瑞安侬。"

"它们被带走之前，塞伦设法留下来了一些。理查德·E. 格朗特，几只兔子，几本小书，还有浴室用品。一天晚上，妈妈睡着了，我们偷偷溜出去，把它们埋在花园里。月中人是那天晚上唯一见证了这件事的人。"

"瑞安侬，你不必解释——"

"就是从那个时候起，我开始存钱。我所有的零用钱都花在了森贝儿家族上，我就这样一点一点把它们买回来。我给人送报纸、洗车、割草，存下我所有的零用钱。关于长大这是我唯一喜欢的一点：你可以重新赢回小时候输掉的仗。"

"我理解的，"他抚摸着叮当那光滑似苹果的脑袋说，"我们的克雷格提起过你头部受伤的事情，他说过你喜欢事情保持原来的样子。我会和伊莱恩谈谈的，别担心。"

"我想塞伦。"我说。这时我才意识到我大声把这话说了出来。吉姆似乎在等我继续往下说，但我没再说话。

"这个自然，她是你的姐姐呀。"

"我能成为今天的我，她有一半的功劳，"我说，"她教会了我很多东西，好的东西。她教我编法式的发辫，教我系鞋带，教我怎样包礼物才能把所有的角都折进去。她很实际。她是个好妈妈。"

"我想她在你小时候也照顾过你吧？"

"有时候。"我说。皮特·麦克马洪死去的那一夜在我脑中闪过。他的身体压在她的身上，她醉醺醺地喃喃抱怨，刀子刺穿他的肋骨，就像勺子刺穿果冻。"有时候我也照顾她。"

我们之间陷入了短暂的沉默。然后什么也没说地站起来走了。叮当在我们之间一路小跑。我把自己的脚踩在别人留下的脚印上。你没法完全重复走别人的路，这很有趣，不是吗？这就是行不通。最后你要不就会脚步迈太大，要不就会不自然地把脚步落在你自己想要放的地方。

大概走了10分钟，吉姆停了下来，从裤子后面的口袋里掏出一张纸。"这是今天收到的。"

我从邮戳上就看出来那是什么了——那是克雷格的来信。自从伊莱恩拦下了上一封，一把火把它给烧了之后，我便一直在等着这一封了。

吉姆在嘴唇上擦了擦，说："总不能永远当他不存在。这已经是第4封信了。"

我把信粗略浏览了一遍。他的字写得好看了些。我以前只在建筑工作收据或者购物清单上见过他鬼画符般潦草的字。显然他在候审期间上了书法课。"我不认为去看他有什么意义。我们只会听到更多谎言而已。"

他摇摇头，说："我知道证据已经足够说明问题了，但它不能说明所有的问题。证据不能解释为什么在那个女人的尸体被扔进采石场的当晚，他根本就不在那附近。他在温布利被摄像头拍到了，非常清楚。"

"那其他事情呢？"我说，"公园里那个男人？那个女人身上全是他的精液又怎么解释？那个……他车里那根被切下来的阴茎呢？"

我拼命忍住没说"车焖仔鸡"①。现在不是开这种玩笑的时候。从来就没有合适开这种玩笑的时候，但你无法否认这是个好笑话。

---

① "红酒焖鸡"是一道传统法国菜，法语中红酒"vin"与面包车"van"发音接近。这是一个谐音笑话。

"他还是说他是被陷害的，"吉姆说，"他说是拉娜。他还是我的儿子，瑞安侬。我不能放弃他。"

"他也是伊莱恩的儿子。她已经放弃他了。"

"她会想通的。我们不能就让他在那里毁灭，尤其在他有可能是被陷害的情况下。"

叮当用鼻子蹭着吉姆的臂弯。吉姆转过身来看着我，眼里噙满泪水。"我是这个世界上第一个抱住他的人，甚至在医生之前，在伊莱恩之前。我不会在他最需要我的时候离开他。"

吉姆把我们的东西从公寓里搬了回来，一个又一个的盒子：他的衣服、黑胶唱片、除湿机，他存下的以前的足球比赛，他牛仔裤上残留的锯末。打开盒子的时候我哭了。我发现了一瓶他的须后水——华伦天奴的Intense。陷害这家伙的时候我干得滴水不漏，可现在我居然为他哭了。我跟你说，怀孕真能毁了你。

"我跟你一起去，"我说，"去看他。我会去的。我还没准备好，但我会去的。"

吉姆伸出胳膊搂住我，眼里泪光闪闪。我们看着叮当追着一只杰克罗素犬跑，像阵毛茸茸的旋风一样一圈一圈追着它。我们都笑了。这太有趣了。但我们的笑容都太勉强。

1. 海鸥——这个小镇就是个泡在海鸥粪汤里的钢筋大楼形面包块。

2. 那个骑摩托车的男人，他嘘我，说我在花园中心卖贺卡的货架那儿占了他的地方。

3. 桑德拉·哈金斯。

怀孕的副作用之一就是会做特别生动的梦。我经常整晚整晚地做着噩梦，不是对着我妈尖叫，就是眼睁睁地看着我姐姐塞伦被鸟或者狼或者穿着帽衫的陌生男人攻击，然后一身冷汗地被吓醒，心脏狂跳不止。这些梦似乎一直在我脑海里循环播放。昨晚的梦却是新的——是关于那个单身派对周末上的占卜师。梦中几乎是当时的场景重现。

我走进她开在海边的那家店，那个红头发女人有着老烟民的皱巴巴的嘴唇和画得十分难看的眉毛。爪足支架上有个水晶球。塔罗牌在桌面上摊开着：上吊人、审判、隐士、宝剑之王、魔鬼。

"你并不擅长和其他人相处，"她说，"你最好孤身一人。"

她紧紧盯着水晶球，过长的眉毛在眉头中间拧成一团。她将手从球上挪开。她的呼吸开始急促起来。

"我不会孤独终老的，对吧？"我问她，"我还有孩子。"

"不。"她说着，开始收拾那摊纸牌。

"我的孩子会死吗？"我问她。

"我看到一个婴儿……满身是血……"

我用水晶球砸向了她的脸。她蹲在桌子后面，缩成一团，双手举过头顶。她失去知觉后我还是一下一下不停地砸着，没有什么能够阻止我。"我不能杀掉一个婴儿，我没法那样做。我也有好的一面。"

"可那一面藏得太深了。"她说。这是她说的最后一句话。

· · ·

今天早晨，等到吉姆的晨屁终于从大浴室里挥发完，我给自己洗了个泡泡浴，还用两瓶洗发水和伊莱恩买的高级产前护发素洗了个头发。可是，我的头发还是很油。孕妇的身体会发生怎样的变化，让头发变得这么油呢？为什么有了孩子我身体的美好就全都被夺走了？

还有——手脚皮肤干燥的问题——搞什么鬼？我喝的水跟泰坦尼克号一样多，四肢却干得跟修女的衣袖似的。这孩子吸干了我所有的水分，还转移到了我的头皮上。我对着伊莱恩的镜子看了看自己，哭了。这段日子以来我没事都能哭。吐司烤焦了我会哭，看到皇家防止虐待动物协会的广告我会哭，睡衣的绑带被前门卡住、露出下体被 UPS（联合包裹）的快递员看到了我也会哭。我看这也是肚子里那胎儿的原因吧。

"是你自己想让他看到的。"

我以为这周末玛妮会打电话叫我去买孕妇装的，但看来她也和我生活中的其他人一样，满脑子狗屎。狗屎城市，这就是我生活的地方。

结果今天我被拖出了房子，来"呼吸一点新鲜空气"，尽管我对我正在呼吸的空气很满意。伊莱恩认为我很抑郁，但我并没有。我只是有点低落，即便是连环杀手也有情绪低落的时候，你明白吗？

我们正行驶在去往花园中心的高速公路上，闷热到我五脏六腑都要跟着汗一起流出来了。

"还要薄荷糖吗，瑞安侬？"

"不用了，谢谢。这一颗还没吃完呢。"

我坐在汽车后座，跟个孩子一样被安全带绑得死死的。还是孩子的时候，我们就经常去海边玩——我和塞伦坐在后座共用一副耳机听音乐，妈妈坐在副驾驶，爸爸开车。妈妈喂爸爸酒胶糖，爸爸会放辣妹合唱团的歌，我们一起大声跟着哼。我的森贝儿家族跟我坐在一起，天冷的时候，我和塞伦就依偎在一块大大的绿色野餐毯下面。

吉姆和伊莱恩把收音机开到了 Coma FM 频道。通常情况下，这个频道是我无法忍受的，因为他们话说得太多，午间小测试栏目拨进电话去的都是些蠢货。但他们刚放了一首《父亲一般的人》（*Father Figure*），就让我流下了眼泪。多年前，克雷格和我爸爸把一家宠物店给重新装修成文身店时，干活时听的收音机里放的就是这首歌，那是我和克雷格第一次见面。他被捕前一周，还曾对我说这应该是我们婚礼上的第一支舞曲。我想按惯例放一首《异性相吸》，但他说这取决于他有多生气。

没错，他过去常惹我生气。

没错，他出轨了。

没错，他过去常在看电影时不停说话，还在我的 Hygena① 餐具柜上掐灭烟头。

但曾经，他是我的。我想念那时候。现在这样的家庭生活不是我想要的。

♪ ♪ ♪

我们在看盆栽树——好吧，吉姆和伊莱恩在看，我在更新 AJ 的脸书状态——他此时正"在莫斯科，这里的水比伏特加贵"。找到了张照片一起发了上去，照片上有克里姆林宫，还有几个穿着冬衣把自己裹得严严实实、完全看不清脸的人。

他俩以为我去上厕所了，开始议论我，而我听得一清二楚。

"我不明白她为什么不给孩子买任何东西。她把所有的钱都花在那些玩具上，这真让人担忧。"

---

① 英国餐厨用品品牌。

"如果这能让她开心的话，我不觉得有什么害处，伊①。就让她去吧。"

"我不是说这有什么害处。她应该开始为孩子的到来做准备了才对。她从来不读我给她买的那些书，也从不谈论关于孩子的话题。"

"我知道，我知道。"

"我们需要搞清楚她是怎么想的。"

这番谈话听得我很不爽，但我咽下去了。11点45分，我们进了一间咖啡馆，因为伊莱恩想"在开始排队前去"。我们点了份海鳌虾，吉姆让我先去儿童游乐区附近的那张桌子占位。

我看着几个幼童骑着弹簧木马之类的东西。一个妈妈站在一个小女孩身后，手放在她背上。另一个在安慰一个撞到膝盖的小男孩，她摇着他，吻他的前额。还有一个60多岁的老太太，正推着两个女孩荡秋千，两个女孩喊着："再高点！奶奶！"她笑了。她们都笑了。

阳光从金属秋千杆上反射到我的眼睛里，我从包里拿出一瓶盖胃平，大口大口喝了起来。

吉姆端着一盘餐具和调料出现了，像只愤怒的獾一样叽叽喳喳地嘟囔，砰地把餐盘摔在了桌子上。

"怎么了？"

"简直不敢相信，"他一边摆着餐具，一边生气地说，"那该死的女人。"

"谁？伊莱恩？"

"不，"他愤怒地呼出一口气，说，"那边，右手第3张桌子。"

我又喝了一大口盖胃平，开始数桌子。我看到他说的那张桌子上坐着两个女人，她们在吃羊角面包。我暂时还没想起什么。

"桑德拉·哈金斯。"他说。

世界在我周围静止了。这时候哪怕一颗炸弹在我旁边爆炸，我都不会有任何察觉。那个名字足以让我忘记其他的一切。胃灼热的感觉和一些别的什么感觉融合到了一起——几个星期以来，这是我第一次感觉到心脏重新跳动起来，它越跳越快，我盯着她的脸看得越久，心就跳得越快。那感

---

① 伊莱恩昵称。

觉就像是，我原本已经死去，而她让我复活了过来。

从来没有任何一个人，像她这样让我有杀人的冲动。

"我不认识她。"我撒谎了。我几乎都要坐不稳。

"你认得她的脸，不是吗？她染了头发，但那就是她，"吉姆说，"我猜她已经有了新名字，一个新家，全都是纳税人埋的单。我打赌那些孩子从来都没得到这么多。"

"哪些孩子？"

他隔着桌子凑过来说："你不记得了吗？就是她把托儿所那些孩子给拍了照，把照片发给那些变态男人。小男孩，甚至婴儿。我想他们应该还在监狱里吧。真可惜她已经出来了，而不是在监狱里烂掉。我希望伊莱恩不要发现她回来了。"

"噢，天哪，太可怕了。"哈金斯在吃丹麦卷，我盯着她的三层下巴。那个词像鳗鱼一般在我脑海中反复盘旋：婴儿、婴儿、婴儿。她对婴儿做过这种事。

哈金斯还是跟几个月前报纸上登出来的那张自拍照一样奇丑无比。她的牙齿没有一颗是整齐的，前臂上有最恶心的文身（阿拉伯语写的名字、《哈利·波特》里的重要台词之类的）。她旁边的空椅子上放着一件绿色外套和一个红色皮包，皮包的口大张着，活像一张皮肤松垂的大嘴。

"卑鄙的女人，"吉姆说，"不，她算不上是个女人，她是个怪物。我都想去那边——"

"别去，吉姆，想想你心悸的毛病。"我知道自己很虚伪，因为当时我自己的心跳也相当快，但那完全是为了另一个原因。

他开始深呼吸。"我没事，我没事。我只是不敢相信她居然被放出来了，重获自由了。真该把她牢房的钥匙扔了。我不知道我现在还吃不吃得下去那只虾了。"

"试试放松，吉姆，没事的。"《辣进你生活》①的副歌突然在我脑海中响起，像丝带般飘舞起来。

———————————————
① 辣妹合唱团名曲。

"如果伊莱恩看到她，她会发疯的。她们'袋熊会'里有人的孙女就上那家托儿所。那个哈金斯浑蛋自己也有4个孩子，都被送进了看护中心。真可恶。"

真是让我惊讶，就这么一个疤猪样的女人，居然还能有人跟她上那么多次床。但很快你就能看到是什么样的玩意儿在上她——某个8英石①重的死电线杆子，只剩下3颗牙、每根手指头上都戴着闪亮大戒指的家伙。这种类型你懂的。不过今天她身边倒是没见有男人的样子——只有个穿着旋涡纹裙子和怪里怪气短靴的女人，像只老鼠似的。

桑德拉离我是如此之近，我都能闻到她身上的烟味。

*"你要把这想法扼杀在萌芽状态。你不能杀了她。别再闻那烟味了，这对我不好。"*

我得提醒你，要干掉她，我需要一把猎象枪。

伊莱恩把我们的虾端过来的时候，桑德拉把她的椅子往后挪了挪，短靴老鼠女人也是。桑德拉快步走向咖啡馆门口，走到我们的购物手推车旁边的那辆跟前，把它推开了些。

"不好意思，我又想上厕所了。"我站了起来。

我跟在哈金斯和她朋友的后面，穿过花坛植物区，来到陶罐区，一堆堆陶罐在木垫片上堆成高塔。那两个女人朝香料植物区走过去了。那个老鼠样的女人看来是个社工——她胸前挂着块胸牌，上面写着"新叶"——我迅速上网搜了搜，证实了自己的猜测。"新叶"是一个为刑满释放的犯人设立的机构，他们最近的分部就在普利茅斯。她显然是负责桑德拉的工作人员。

*"妈咪，你在做什么？"*

老鼠样的女人的包在她自己身上，但桑德拉的皮包还在手推车里，旁边是两盆天竺葵和一袋堆肥。她正挑选着香料。我回避了一下。等了好一阵子，他们才终于从手推车旁走开，转过弯去挑选薰衣草。鉴于时间非常有限，我决定不要贪心——我伸手碰到的第一样东西——一个小小的棕色

---

① 约51千克。

信封——接着便慢慢走开了，消失在那片庆祝用的玫瑰中。

我从信封里得到的东西比想要的还多——一张梅尔与柯利农场商店的工资单。他们的店标是交叉的胡萝卜和土豆。工资单上的名字是简·里奇——这可能是她的新名字。我知道那家商店在哪里——就在高速公路外面。我有了她的新名字，她的国民保险号码，她那个月的工作总时长。

我甚至有了她的地址。

# 7月22日，星期一

怀孕 11 周零 1 天

吉姆问我井屋在爱彼迎上有没有收到订单。

"没，还没有，"我说，"但我相信会有的，随时会有的。"当然不会有了。尤其现在我还把 AJ 埋在那边的花坛里了。

我无法不去想那只叫哈金斯的老母猪。你可能会以为在浴缸里肢解一具尸体能让我很长时间不用再去想杀人，但事实并非如此。如果连环杀手周期在孕期会更短呢？如果当你不再只是为了你自己而杀人的时候，每次得到的平衡和满足感无法持续那么久呢？孕期读物里不会提供这样的内容，这是肯定的，而谷歌在这方面也几乎毫无用处。尽管我子宫里那个小蟋蟀通过各种疲劳、胃灼热和恶心的恶作剧想让我停下来，我还是太渴望了。我太渴望杀了她。

《普利茅斯星报》那家伙又回来了，就在门口待着，但没敲门。他只是坐在那里，帅帅的样子，在那儿等得无聊得不得了。我很好奇他是不是想要我的身体。现在状态正好，他可以尽情享用。

我下了楼，透过门帘往外看了看——他旁边的台阶上还放着一束花。我打开了门。

"这是什么？"

他一惊，赶紧站了起来。

"嗨。"他拿起那束花——黄色的和白色的玫瑰——递给我，"为打扰到你道个歉。"

"你道歉打扰了我的方式，就是继续打扰我？这花里装了窃听器吗？"

他咬着嘴唇笑了起来。

"果然装了，是吧？"

"不不，没有窃听器，我向你保证。"

"即使真装了也是白费时间。我们在家不聊这案子的事。"

"噢？为什么呢？"

我做出封上嘴的样子说："这条路也行不通的，你个狡猾的家伙。我知道你在玩什么把戏。"我闻了闻那束玫瑰，一点香味也没有——是那种超市买来的工业化栽培的便宜货。喊。我把花递还给了他。

"你还得再努力一点才行。"

"那你喜欢什么呢？"我关门的时候，他这么问道，"告诉我，我就给你找来。什么都行。"

"你不是在贿赂我吧？"

"不，可是——"

"如果你是的话，试试甜甜圈吧。比如，卡卡圈坊的。"

<br>

• • •

<br>

那天傍晚，伊莱恩拉着我去参加她每月一次的"袋熊会"聚会。这是一个基督教妇女团体，她们会组织郊游，为不同的慈善机构筹款，分享蛋糕，一起祈祷。今晚的聚会主题是她们新提出的"善意圈"。

没错，这活动本身就跟这名字听起来一样无聊。

"袋熊会"是"蒙克斯湾与坦普利女性协会"的缩写，伊莱恩说这团体"极富个性与特色"。协会会员包括：自大的艾德娜、病态的玛姬、随便女人波茨——她穿得就像那种和其他女人共享一个丈夫的女人、脸长得像针垫的格蕾丝、过于友好的巨人怪艾丽卡、神烦的贝亚·摩尔、轮椅帕特、轮椅玛丽、总坐在暖气片旁边的丽塔、下面像大象一样松的玛奇，以及大烟鬼珍·科克尔，她中过风，搞得整个人看起来像是随时要吃了自己的脖子。还有黑南希和白南希。黑南希叫我"宝贝"，浑身都是狗毛。不管我想不想要，她都总在给孩子织毛衣。我和白南希只简短地打过几次招呼，但就我目前的观察，她是个浑蛋。

这就是我现在做的事情。我已经变成了这个样子。我每个月都会去认识一群我根本不想认识的女人，和她们一起闲聊、祈祷、吃蛋糕。等孩子出生后，我的生活就会恢复正常，我非常确定这一点。但现在他还在我的肚子里，我被困在了原地。我就像头被绳子捆住的怪兽。

这感觉很奇怪。也不是说不对，但就是哪里都不对劲。一切都太小了，也太平常。我就是个方头钉子，可所有的钉子眼都是圆的。没错，肚子里的熊宝宝可能很满足，但你妈咪母暴龙都要退化成灰熊了。

"袋熊会"的秘书艾丽卡提出把"善意圈"这个主题加到她们的活动中来，今晚是第一次。她认为人们需要"挤出时间来变善良"。所有人都被分到不同的小组，就跟布朗尼蛋糕似的，然后参加各式各样的活动，比如为"食物银行"[①]组织募捐，为社会地位不够高的交通管理员创作十字绣图案，或者围坐在一起谈论一切是多么美好。

今天晚上我听到"美好"这个词整整 126 次。我真想把"美好"这个词暴打一顿。我想把"美好"从头到脚仔仔细细揍一个遍，把它捆在麻袋里活活淹死。

对了，教堂小厨房的"美好"顺口溜也是艾丽卡编的：

洗，洗，洗，洗洗你的盘子

轻柔地冲下下水道

冲，冲，冲，把它们冲干净

再把它们晾晾干

在冰箱门上

写着"欢迎欢迎"

欢迎享用我们为大家提供的红茶加奶

但如果你喝光了壶里的最后一滴

我们希望你能重新把壶加满

---

①   "食物银行"是一家福利机构，为需要帮助的家庭提供食物发放。

更别提那什么“如果感到快乐你就洗洗手……”了。

她们如此矫情，让我简直想去啃混凝土。艾丽卡今晚宣布“教堂礼堂基金同意在吸烟区挂上吊篮了”，她叽叽喳喳就没停过。你懂的，挂上吊篮后人们就可以欣赏三色堇的肿瘤转移了。

现在我每个月都得和这帮变态家伙坐在一起，轮流说一些让自己感到幸福的“美好”事物。和我一组的有艾丽卡、发髻超紧的多琳、黛比、一只胳膊的乔伊斯和总坐在暖气片旁边的丽塔。艾丽卡唠叨了一长串让她感到满足的“美好”事物，这可真是让我惊讶，毕竟她长着一张盲孩子看了都会吓哭的脸。接下来就轮到我了。

“呃，我没什么好说的。”我说。

“来嘛，”黛比说，“你一定能想到什么的。”

“现在一时也想不起什么来。世界上糟糕的事情太多了。”

“是啊，但是我们选择去爱，”丽塔说，“我们可能得更加努力一点才能看得到爱，但它一直都在。你总归有一些开心的小念头吧。”

“不，我没有，”我说，“我一点也没有。我就不是一个乐观的人。”

发髻超紧的多琳也开口了：“如果你是个乐观的人，是不是就会更容易想到点什么来分享呢？”

“也许吧。”胃灼热让我难受死了。在我脑海里，她正仰面躺在一台液压钻床下，而我的手指就放在开关上。

多琳噘起嘴唇：“那你或许是时候换个角度看世界了？”

“大概吧。”我说。

“所以呢？想到什么快乐的想法来分享了吗？”她问。

“怎么，就因为你告诉我非得有一个，我就马上能有一个？好啊，那也行，我有一个。”

多琳皱起眉，等了一会儿，又问：“嗯？是什么呢？”

我继续盯着她，微笑着说：“这我可不能说，否则就实现不了了。”

后来，黛比读了一段《圣经》，是《路加福音》里的一段，讲的是耶稣为一个有罪的女人施以恩宥的故事——这个故事告诉我们，一个有罪的人可以得到第二次机会，因为"她相信主"。

当得到一本《圣经》成为某个夜晚的高光时刻的时候，你能想象这个夜晚有多糟。我得到了一本《圣经》。

我觉得"袋熊会"的女人们不喜欢我。我听到她们窃窃私语着什么伊莱恩"禽兽不如的儿子"，还有些不怀好意偷看的眼神，主要来自艾德娜和多琳。这些日子以来，激怒别人是我能找到的最有乐趣的事了，所以我要继续参加下个月的聚会。实际上，我还要读我的《圣经》呢。

让我们看看上帝对于我这种罪孽深重的女人是怎么说的。

1. 桑德拉·哈金斯。

2. 在社交媒体上用"#家庭就是一切"标签的人。

3. 吹嘘自己从白金汉宫偷了东西的人——你想怎么样呢？想要个奖章？要是这样的话，你倒是可能去对了地方。

4. 布丁俱乐部的海伦，她想禁掉烟花、禁掉查尔斯·狄更斯的作品以及推特上的小丑动图。她觉得它们都在"触发些什么"。

5. 彼得·安德烈。

我卧床不起，在精神错乱的边缘摇摇欲坠。我把《拯救厨房大作战》翻来覆去看了好多遍，尽管我早就全部看过了。我只有在喝水、尿尿或者呕吐的时候才起来一会儿，可就连这样我都会头晕。我就这样躺在这儿，掉进互联网这个没有尽头的兔子洞。我手边还有伊莱恩从图书馆借来的一本孕妇读物可以读——《准妈妈的生活什么样：陪伴你度过生命中最神奇日子的每日指南》，但我不喜欢图书馆借来的书出现在我的床上。你永远不知道之前借书的人对它做过什么。

所以我只好靠网上的东西度日了，我打发时间的网站主要是Buzzfeed、Bustle 和 Jezebel。你也知道，当你搜索一样东西，网站总会给你继续推荐下一个，你自己都还没意识到呢，就开始读关于杰弗瑞·达莫①，开始读水球或者是关于如何对付银屑病的长篇大论了，尽管你根本就没有银屑病。我不知怎的就开始在 YouTube 上看起了《谋杀让我出名》

---

① 20 世纪美国的著名连环杀手。

（*Murder Made Me Famous*）①系列纪录片。

《修道院花园的奇迹》。

每当我想看到爸爸的时候，我就去看这部影片。片子从头到尾都是对他和妈妈的采访，他们坐在我们老屋的暖房里那个藤条沙发上，紧握着彼此的手，就像是马上要进行一次生死跳跃。

其他孩子的家长回忆了他们得知自己孩子死讯的那一刻，然后我的父亲回忆了他得知我是唯一幸存者的那一刻。妈妈把他的手抓得更紧了。爸爸低下头，用手去擦眼睛。

"我不知该如何反应。我本来很确定地以为她已经死了。她是我们的奇迹。"

我那高大威猛的拳击手爸爸，哭得眼睛都红了。

"那一天，一定是天上的神明眷顾了我们，这一点是肯定的。"

纪录片里，妈妈很少说话——她只是附和着爸爸的话，眼神像兔子般四处躲闪张望。影片里还有一段她在我出院时在医院外拥抱我的镜头。随着年龄的增长，我开始想念她的拥抱。

影片里还有一些死去的孩子从前的家庭录像片段——两岁的杰克吹灭了他的生日蜡烛；产科病房里，吉米被她爸爸抱在怀里；阿什莉穿着红靴子站在雪地中；双胞胎在吃着冰淇淋。他们的妈妈去年还参加了《英国达人秀》，但如果你连唱歌都不会，这么一个悲伤的故事也没法帮你走太远。

还有一段老新闻片段，那播音员现在都已经死了——人们在 12 号的门前摆上鲜花的镜头。奋力冲破警戒线的父母们不绝于耳的哭喊声。亮闪闪反着光的门垫。3 个小担架。然后便是焦点镜头——我，奄奄一息地被裹在一条血迹斑斑的彼得兔毯子里。

还有几周后我坐着轮椅从医院出来，被剃得光光的脑袋上还缠着绷带的照片。

在《今晨》节目上，戴着毛线帽的我收到一只巨大泰迪熊的照片。

我上学的第一天，爸爸把我的轮椅推到前厅，停在那里让媒体拍照。

---

① 一部讲述凶杀案遇难者遗属故事和生活现状的系列纪录片。

我上中学的第一天，对我竖起大拇指。拿到 GCSE（英国普通中等教育证书）考试成绩的时候，再次对我竖起大拇指。《每日镜报》头版的《她干得太棒了！》文章，里面写的是我开始了大学预科的学习，日后想当一个作家。

还有一段对心理医生菲利普·莫里森的采访，他是谋杀犯安东尼·布莱克斯通的主治医生，为他的心理疾病做过治疗。

菲尔（菲利普的简称），你就这么一份工作，居然还干不好吗？

"他就像个定时炸弹，"菲尔说，"艾莉森的家人知道这段婚姻并不幸福——有迹象表明他是个控制狂，还有虐待倾向。他会不停地给她打电话，时刻掌控她的行踪，甚至监控她的饮食好让她保持体形。她姐姐恳求她离开他，终于有一天，艾莉森鼓起了这个勇气。这看起来——刚开始看起来——是个彼此认可的安排，布莱克斯通也接受了。可这点燃了火药桶里的火花。"

修道院花园事件过后，正是菲尔诊断我患上了创伤后应激障碍，不过妈妈发誓那只是"成长的痛苦"，在我长大一点后，那是"荷尔蒙的影响"。他总在治疗结束后给我史酷比贴纸。长大这件事最令人沮丧的部分之一就是——再也不会有人给我们贴纸了。

房子的原址现在已经成了操场，滑梯旁边的日晷上有一块牌匾，上面写着所有孩子的名字。金威尔夫人的名字也在上面。当然，我的名字不在。我是那个幸运儿。

爸爸谈起这件事的时候，我能感觉到他的悲伤。除此之外我什么感觉也没有。我甚至没法恨布莱克斯通，因为他已经死了。

纪录片最后的镜头是我和塞伦在康复中心一起玩森贝儿家族的玩偶。我们周围到处是扎了大蝴蝶结的盒子，我躺在床上看着她，把那些小人放在自己肚子上挪来挪去，塞伦则给我讲着老鼠的故事。当我想到她是我在这个世界上唯一的亲人了——也是唯一一个了解真实的我的人，我深受震动。尽管现在她讨厌我，我还是很想她。

修道院花园是我火药桶里的火花，是妈妈生病的原因，是爸爸放弃的原因，是我对除死亡外的任何事都没有情感反应的原因。除了杀人，没有任何别的事情能让我有所感觉。而杀人能让我感受到一切。

我们又收到了一张字条。这次我看到了那个送字条的人，他正大跨步离开，往海边走去——是个穿着牛仔裤和连帽衫的大个子。字条上并没有什么新鲜内容，和之前一模一样："致我甜蜜混乱的家"，还有一个电话号码。

"我他妈的不想和你说话！"我越过信箱朝他大喊了一句，把字条揉成一团，懒洋洋地走回客厅。电视上，卫星频道已经开始播戈登·拉姆齐的节目了——他正给一个失去了所有微波炉的厨师提供心理咨询呢。

, , ,

吉姆来过了——房地产经纪人说有两对夫妇对克雷格的公寓感兴趣。法医取证工作已经完成，所以他把房子公开出售了，用来付律师费。其中一对夫妇已经怀孕了。我想象他们手拉着手在房里走来走去，查看我们的衣柜，谈论着"阳台上视野不错"。他们打开我们的橱柜往里看，那是我和克雷格认识后的第一个秋天，我亲眼看着他搭起来的。也是在那个秋天，我们从皇家防止虐待动物协会接回了叮当，她是个温暖的小太妃糖冰淇淋球，我一抱起她，她就舔了我的脸，马上止住了颤抖。这些天来，我也做不了什么把她从吉姆身边拉走。

1. 那些提前给吐司或烤茶饼抹上黄油的咖啡馆。

2. 往我们前门里塞字条、笔迹却潦草到看也看不清的那个家伙。

3. 站在大到足够把你眼睛里的白内障吹跑的大飓风里，还说着"真是不敢相信这风有多大"的天气预报员。

我还是感觉自己在崩溃的边缘，至于那本《圣经》，除了"将自己献给主""只要心存相信，主的大能之手自会将你托举"之外，似乎没能给我任何指引。读读倒还是不错的。那个大利拉有点疯疯癫癫的。

玛妮发来了短信："想去商场找你要的孕妇装吗？我可以当司机——小玛，亲亲。"

我还在为她这么久了才找我而生气，但她主动提出当司机，那我也就原谅她了吧。

去商场的路上堵车堵得要命，但玛妮的心情很好。在有话可聊的情况下，困在车里几小时也不会让你有什么感觉。我们聊到各自的家庭，聊到我们的家人都死光了，聊到我和远在西雅图的塞伦几乎不说话，她和她在意大利开居民艺术班的弟弟桑德罗也几乎不说话。

"你和他是为什么不说话了呢？"我问。

"噢，你懂的，就是长大后就慢慢疏远了呗，你们不也是吗？"她说，后来又补充了一句，"你和塞伦不也是那样的吗？"

"不是。塞伦说我和我们的爸爸一样是个精神病。"

玛妮的目光从川流的汽车中移开："那你是吗？"

我耸耸肩："有一点吧。"

她笑了。大概是以为我在开玩笑吧，我也不知道。我们玩了猜车牌游戏，她车子的手套箱里还有可乐和酸樱桃，蓝牙音箱放着碧昂丝的歌，所以我很开心。

"蒂姆不喜欢我在家吃甜食，"她说着，还咬了咬嘴唇，像是说了什么不该说的话似的，"他让我爱上了蓝莓，所以我就只吃蓝莓了。那玩意儿对你的身体有很大的好处。"

"是啊，伊莱恩也给我灌输过蓝莓的好处。她给我做了蓝莓燕麦卷，让我饿的时候填填肚子，真是难吃得要死，味道像用过的茶包和臭脚。蒂姆为什么不让你吃甜食呢？"

"担心糖尿病之类的。"

音乐播到了《光环》（*Halo*），而更让我非常高兴的是，玛妮把音量调到最大。她说："这是我最喜欢的一首。"

"我也是。"我撒谎了。我最爱的一首是《柠檬水》（*Lemonade*）那张专辑里的《6英寸》（*6 Inch*）。但我不想扫兴。

我们很快跟着音乐哼唱了起来，唱得毫不害臊，高音也吼了上去。一切都那么自然，那么直接，好像我们已经是多年的朋友。这都要感谢碧昂丝本尊。我们唱完了整首歌——

这时她的手机响了。

手机响了两次，都是蒂姆。第一次是问她在哪里、和谁在一起（我还不得不跟他打了个招呼），第二次是问他们家里有没有蚂蚁粉。主要都是玛妮在说话，而且我注意到她不停地问"可以吗"——"基辅鸡肉卷做茶点可以吗？""6点左右回家可以吗？"他的声音让我想起我爷爷。

"我爷爷也从来不给我奶奶任何自由。"她挂掉电话后，我说。

"不，不是那样的。"她说，这一次，句尾没有一丝笑意，"他只是担心我，尤其是现在这个阶段。"

"我奶奶觉得爷爷的死都是我的错。她说我杀了他。"

玛妮打了转向灯，准备下高速公路，她匆匆转过头瞥了我一眼："她为什么那么说？"

"因为爷爷去世的时候我在场。他游泳的时候心脏病发作了。他喜欢游野泳。我当时在岸上，我就那么眼睁睁地看着，什么也没做。他淹死了。"

"噢，天哪！"她说，这时候绿灯亮了，"那时候你多大？"

"11岁。"

"那你当然什么也做不了啦，你还只是个孩子。作为一个成年人，给小孩子冠上这样的罪名真是很糟糕。"

"嗯，也许吧。但那个夏天她也带我去看了斑点先生（Mr Blobby）①。真是个虐待狂啊，我奶奶。"

她没有笑，而是在我膝盖上拍了拍。我本打算告诉她的。那些话都已经到了喉头，马上要脱口而出——我本打算告诉她，那天早上我看到爷爷打了塞伦，因为她没把鸡蛋拿进来。我本打算告诉她我有多想杀了他。我想把他从楼梯上推下去，或者推进泥浆里，在他劈柴的时候把斧头深深插进他的后颈。但我什么也没说。我没告诉她，看着我的爷爷淹死是一件美妙的乐事。我把这些话咽了下去，因为玛妮拍了拍我的膝盖，似乎很介意我有多无辜。我喜欢这种感觉。我想要抓住这种感觉。

商场里挤满了人。尽管玛妮对到处闲逛试衣服兴致盎然，我却实在对孕妇装一点兴趣也提不起来。她什么也没买，甚至她说很喜欢的东西也没有买。所有她认为"惊艳"或是"太美了"的裙子，她都只是拿起来，在身上比了比，便又挂了回去。我叫住她的时候，她却说："噢，我可能买回去也不会穿。浪费钱。"

"但是他每周会给你零用钱的，对吧？"

"不，"她说，"我花的是我自己的钱。"

"我爷爷也给我奶奶零用钱，但她也从来不花。她那时候总是把钱藏起来。我一直也没搞明白为什么。"

午餐时间我们去了约翰·路易斯咖啡馆，我点了个柠檬香草冰淇淋可

---

① BBC一档电视节目中的一个卡通形象。

丽饼，玛妮点了个沙拉。

"我的老天，就吃点碳水吧，"我们排在队里，等店员给我舀香草冰淇淋的时候，我对她说，"你看着我这盘都要流口水了。"

"我不该吃。"她咬着嘴唇说。

"为什么？"

"这是条不归路啊，不是吗？"

我们一坐下，玛妮便马上把手机拿了出来，放在手边。

"跟我说说蒂姆吧，"我说，"他是个什么样的人？"

她的态度又一次变了，声音变得很低："他是环城路上那个塑料架子店的区域经理。这工作上班时间很长，但他喜欢。"

"你怀孕之前做什么工作呢？"

"行政，在议会的垃圾处理部门。但我只干了7个月。再之前我是个舞蹈演员。"

"跳什么舞呢？"

"芭蕾和踢踏舞。我在舞蹈班教课。"

"为什么不教了？"

"因为蒂姆的工作，我们搬到这里来了，后来我就怀孕了。"

"但你以后还可以继续教的吧？"

"这可不好说。议会这份工作的工资更高一些。不过我确实喜欢教舞蹈。"

她的手机响了。"不好意思，等一下……嗨……是的……那样很好……听起来不错……嗯，我还跟瑞安依在一起。需要我买什么东西吗？……好……爱你。"她放下手机。

"蒂姆？"我咬着我的可丽饼问。

"是的，"她微微一笑，眼珠子夸张地转动，"他在预订下周末的旅馆。那是我们结婚6周年。也算是个产前蜜月吧。"

"6周年，"我说，"是木婚，对吧？"

"我不知道。"她说。

"送他个木制的花园小饰物之类的？"

"他不喜欢装饰品。我从妈妈那里继承了一堆瓷器，但他不准我摆出来。"

"不准？"

"呃，只是几个陶瓷的芭蕾舞者，背后的发髻都破了。我小时候常玩它们。我每通过一次考试我妈就会给我买一个。"

以下几点是我为自己骄傲的地方：我能保护弱者，我在文明社会中坚持扮演一个正常人，还有，我能发现人们的弱点。我可以很轻易地嗅出它，就像在满园玫瑰中嗅出咖喱味道一样。玛妮的身上，弱点简直不要太明显。

"真的不是蒂姆让你放弃跳舞的吗？"

她皱着眉笑了。"不，这是我自己的选择。不过他是对的，工资很低。"她摸着自己的肚子，接着说，"我不后悔。我想要的一样也不缺，一幢好房子，一份稳定的工作，还有一个健健康康的儿子马上就要出生——"

爷爷过去在蜂蜜小屋里放满了他的动物标本，黄鼠狼、白鼬、小鸟，都是他用猎枪从树林里打来的。奶奶从来不喜欢这些，她说它们看起来像是永远陷在痛苦中。奶奶喜欢卡波迪蒙特茶壶、小天使和陶瓷玫瑰，但那些东西都被她用气泡膜包起来，放在盒子里，因为"它们总被打碎"。

"我觉得你应该把那些芭蕾舞者摆出来。"我一边对玛妮说，一边用可丽饼擦着盘子里化掉的香草冰淇淋。

"没什么大不了的。"她说，继续埋头吃她的沙拉。

我本想问她这话什么意思，但她一边又叉着生菜，一边换了个话题："你的孩子出生后，你还会和公公婆婆住在一起吗？"

我还没来得及开口，她的手机又响了。

"嗨，亲爱的……呃，好的，我可以买一点……好……是的，还和瑞安侬在一起。噢，太好了。嗯，我会的。谢谢，亲爱的，一会儿见。爱你……再见。"

我扬起了眉毛。

"叫我买土豆。我们说到哪儿了？"

"我们正在聊天，然后你的男人中途给你打了两次电话，屁事儿也没有。"

她继续吃起生菜。我们沉默地坐在那里，看着妈妈们推着婴儿车，孩子在她们身边蹦蹦跳跳，老朋友们见面拥抱。旁边的桌上，一位父亲正在给他两岁的女儿介绍菜单上的菜，好像在教她认字。他们的餐点来了——他帮她把薯条切成小块，教她把它们吹凉。那孩子不想自己吃，想要他喂，于是他一手吃着自己的，一手喂女儿。

过了一阵子，我们重新开始聊天，开始聊些轻松的话题——我和她讲"袋熊会"的故事，请求她下次一起来，好把我从所谓"善意"的洗脑中拯救出来。我还向她介绍我给那些人取的外号——

这时候她的手机又响了。我看了眼屏幕——蒂姆来电。

她的脸抽动了一下，写满歉意："这是最后一次，我保证……嗨亲爱的……嗯，我想是的……噢，那很好，做得真棒……嗯，听起来——"

我从她手中夺过手机，挂了电话。

玛妮猛地站了起来，抢回手机。"你为什么要这么做？"

"第一，和别人聊天的时候这样很不礼貌——"

"他在午休！他只有这个时间能打电话！"

"——第二，你的丈夫是个没完没了的小婊子。"她给他回了个电话，花了足足 10 分钟的时间道歉，并十分专业熟练地接受着他的抱怨。我吃完了我的可丽饼，开始喝茶。她终于回到桌边时，慢慢地、长长地呼了一口气。

"他不生气了，他不生气了。"

"谢天谢地，"我一边嚼着食物一边说，"我真是担心得不得了呢。"

"你为什么要这样，瑞安侬？"

"因为你和敌军上床了，我进行了干预。"

"请你再也不要做这种事了。"又是一阵沉默。

"艾莉森，修道院花园事件里那个保育员，她就是个受虐的妻子。"

"我不是什么受虐的妻子！"她大叫起来。

周围的人朝我们看过来。玛妮瘫坐在自己的椅子上。

"我可没说你是。"

"你不了解他。我不介意他这样的。"

"那你就让我了解一下啊。"

玛妮皱起眉:"实际上,这实际上不关你的事。"

"你说了两次'实际上'。"

"我不管。"

"给我看你的手机。"

"什么?"

"给我看你的手机。"

"不!"

我又一次把手机从她手里抢了过来。她想要抢回去。

"还给我,瑞安侬!就现在,我要你还回来,快给我!"

"喂,这里有人搭讪孕妇啦!"我大声喊道。我使劲推开她的时候有些人朝人群看了看,但这咖啡馆里似乎没什么人把这当回事。再正常不过了,人们根本不会关注孕妇。

屏保是一张玛妮和蒂姆的自拍合照。她微笑着,他从后面把她抱住——就像要掐死她一样。嗯,挺帅的,有点雅利安人的感觉,但在我看来显得太冲动了。

我翻了她的通话记录和短信,证实了我的怀疑后,便把手机还给了她。她双颊滚烫,一把把外套从椅背上拿下来,往身上一披。

"57个电话,在两天内。而且你们还生活在一起。"

她不肯看我。她把提包的肩带往肩上一甩,拖着脚从长沙发上起身走出来。

"一个星期发了176条短信。"

她以最快的速度摇摇摆摆从咖啡馆后门冲了出去,我跟在她后面喊着。

她猛地转过头:"那又怎么样?他保护意识很强,我和你说过。"

我们走到了自动扶梯的顶端。"你和他结婚了,并不意味着他拥有你。

这种想法已经过时了。"

"他和你爷爷不一样，好吗？他和那个修道院花园的家伙也不一样。他以前是部队的，所以他喜欢这样，只是有点大惊小怪，仅此而已。我了解他。我知道他为什么这样，而且我不介意。我爱他。就这样。"

"不，可不是'就这样'。是不是他不让你跳舞的？"她不说话，"他打你吗？"

我想找点什么安慰和支持性的话来说一说，但一个字也想不出来。我满眼看到的都是她连眼泪也不敢流。我唯一能想到的帮助她的方式就是径直去那家塑料厂，拿根什么尖尖的东西狠狠捅那浑蛋懦夫的菊花。

她上了扶梯，下楼去了。

"欸，那我怎么办？搭公交车回去吗？"我大声喊。

她在下面等着我。我也下了楼，默默站在她身边。

"他没打过我，我保证。他需要我。但我不想再谈这个话题了，行吗？我在请求你。拜托？"她的声音渐渐低下去，低到如耳语一般，"今天就好好做个朋友吧。"

不知怎的，"朋友"这个词一下改变了我的想法。我不想她离开，也不想她生气。我想继续和她做朋友。

"我们去别的地方，好吗？去博物馆怎么样？"

"为什么去博物馆？"

"我小时候经常和朋友去博物馆。我们也去吧，好不好？"她看了看手机，"噢，对不起，戈培尔①要你什么时候回集中营？"

她扑哧笑了。我没想到她会笑。"6点。"

"还有大把时间，"我说，"走吧，不远。"

我们开车穿过镇上，没再提一句关于那个人的事。我带玛妮参观了布里斯托尔和海港。我们沿着公园街慢慢逛，在帽子店试了帽子，在鞋店试了鞋子，最后来到我最喜欢的地方——博物馆。我首先带她去看了最好的——礼品店，埃及木乃伊，石头和宝石，一块我脑袋那么大的紫水晶，

---

① 戈培尔是纳粹的宣传部长。

还有钟乳石。然后是在巨大的玻璃柜里落灰的动物标本们——我和乔管那叫"死亡动物园"。我们还没到"死亡动物园"那儿呢我就闻到它了——霉味和日渐浓烈的刺鼻味道——我就像飞蛾扑火一般对那味道着迷。我们找到了大猩猩阿尔弗雷德，它可以说是最有名的布里斯托尔之子。

"我和乔过去常常想象自己在丛林里，这些都是我们的动物，"我对她说，"我们住在吉卜赛大篷车里，到了晚上，木乃伊就会活过来，我们就只能躲起来，以防被他们抓住。阿尔弗雷德会咆哮、捶胸，把所有木乃伊都吓跑。这就是阿尔弗雷德，你来这里一定要和它打个招呼。这是布里斯托尔的规矩。"

"你好，阿尔弗雷德，"她对它挥了挥手，"乔是谁？"

"乔·里奇。他是我小时候最好的朋友。我们只一起度过了几个暑假。他死了。被车撞死的。"

"噢，太可怕了。我真遗憾。"

"据说阿尔弗雷德还在动物园的时候，经常向人类扔便便，还对着从它笼子下面经过的人撒尿。它恨留胡子的男人。我也不喜欢留胡子的男人。不要相信他们。"

玛妮笑了。

"蒂姆现在有胡子吗？"

她眯起眼睛："不，他没有。"

"只是问问。我和乔过去常常在这里一待就是几个小时。"

"味道有点怪怪的。有些动物看起来好伤心啊。"

"嗯。但是看看咧嘴笑的那几个，它们看起来像疯子。"

"那倒是。"

"你不觉得这很迷人吗？我觉得死亡很迷人。"

"不，"她说，"我倒是觉得有点毛骨悚然。"她小心翼翼地在玻璃柜间走来走去，仿佛那些豹猫、苏门答腊虎或面无表情的犀牛随时有可能撞穿玻璃冲出来，把她压成肉泥。

"这里还有只渡渡鸟，"我说，"那是乔最喜欢的。"

"你在这里看起来真是发自内心地高兴。"她说。

"嗯，我想是吧。我小时候是很快乐的，在修道院花园那件事以前。我和乔在一起也很开心，还有克雷格。后来就很少感觉到快乐了。"

这句话似乎困扰了玛妮整个下午。我们四处闲逛的时候她提起了好几次，但最后都归结于"克雷格在监狱里"和"孩子爸爸不在身边"之类的。

在礼品店里，玛妮又看到几样她喜欢但不会买的东西。逛完后，我们过马路去了罗科蒂洛斯，我和乔·里奇以前会在那儿吃早餐，吃堆堆松饼，喝奶昔，还会比谁胆大敢把冰樱桃往服务员身上吹。我们坐在高脚凳上看外面的街道，玛妮说她不饿，但我给她点了一份和我一模一样的巧克力布朗尼奶昔和咸焦糖酱，她吃得一点不剩。天渐渐黑了，雨点打在窗户上。

她使尽力气吸着杯里的吸管，说："嗯，我都忘了巧克力是什么味道了。吃太多甜食不健康。"

"蒂姆怕你会长胖吗？"

她点了点头，似乎嚼着吸管头让她暂时忘记了自己。"他担心糖尿病，仅此而已。他认为我长胖了对身体不好。"

"不，我认为是因为长胖了挨打就不那么疼了。"

玛妮冲我翻了个白眼，就像她认识我好多年了，而我刚刚的表现是"果然很小瑞"。"当你有了孩子之后，一切都不一样了。男人可能会……偏离方向。我想那才是我最害怕的吧。我可接受不了那个。我爸爸出轨了，这让我妈和我都伤透了心。"

"所以如果他对你不忠，你可能会找到离开他的力量？"一个小小的念头突然在我脑海闪过。

"想都别想，"她坚定地说，"我永远也不会原谅你。"

我的思绪又开始活跃起来。"我想见见蒂姆。"

"为什么？"

我从自己那杯奶昔里舀出一勺奶油，说："只是想交际一下。"

"你可不是喜欢交际的那一挂。"她咯咯地笑了。

"我这不是跟你出来了吗？你还想要怎样？"

她看向窗外，我知道她不想看我。"他会去佩家参加奶酪葡萄酒派对的。佩还打算 11 月重新办一次隆重的生日派对，她请客。"

"噢，天哪，"我呻吟了一声，"她不会邀请我去这些派对的，对吧？"

"她当然会啦，"玛妮说，"你现在可是我们这个团体中的一员了。"

"呃，我太需要这个了，就跟子宫需要一个洞一样。"

"佩家的房子可好了。他们是百万富翁。"

"哇哇哇！"我往路过的服务员身上吐了颗樱桃。没砸中。

外面的雨很大。人们把公文包或者报纸折起来顶在头上，当成帽子，在窗前冲过。"那你想聊些什么呢？"我问，"你来挑，问我任何事都行，任何你一直想听到答案的问题。修道院花园，克雷格，随便你问。开放提问时间。"

玛妮盯着窗外，咬了两口食物才回答："如果要去数每一颗雨滴，你觉得一共会有多少滴呢？"

"嗯？"

她大笑："我喜欢这种深不可测的问题，你呢？这让我觉得自己在这世界上如此渺小。比如，你要花多长时间才能数遍蒙克斯湾海滩上的每一粒沙子？"

"你一定是这个国家唯一一个和我单独见面，却不问关于克雷格的任何问题的人了。"

"这不关我的事，不是吗？"

"是不关你的事。"

"我又想到一个，"她的眼睛深处闪着光，"你怎么知道你是一个真实的人，而不是在别人的梦里呢？"

"这不是接招合唱团的歌词吗？"

餐厅的长凳下，我们都在柜台下摆荡着双腿，仿佛又回到了孩童时代。我多希望我们是真的回到了那时候。

我不知道我们在那儿坐了多久——久到足够我们分享一杯樱桃贝克韦尔挞奶昔和两块蓝莓派——我们还在不断问着彼此这样的问题。

"海水为什么是咸的？"

"谁给盲人的导盲犬捡屎？"

"你还记得你从什么时候开始不再是孩子吗？"

"你学会说的第一个词是什么？"

"你听见过肚子里的宝宝对你说话吗？"

我当然回答了"不"。这可不是我打疯子牌的时候。

"你能给你孩子的最好建议是什么？"玛妮问。

"我不知道，"我说，"什么也想不出来。"

"我喜欢'找到你的福佑'，"玛妮说，"有一次我听到别人这么说，就忘不掉了。你的福佑是什么呢？"

"不知道。我还没有找到。"

"在博物馆的时候，你说你不像小时候那么快乐了。也许有了孩子你又会快乐了呢？也许他 / 她会让你快乐起来？"

"嗯，生活里有太多'也许'了，不是吗？你永远无法确知答案。"

"太多'也许'，太多孩子。"她笑了。

"我觉得我自己都还是个孩子呢。"

"你会没事的，瑞安侬。一切都会有最好的安排。会突然有那么一个瞬间，咔嗒一下，然后你就清楚地看明白自己是谁了。"

我努力挤出一个看起来像是发自内心的笑容。要是我真能发自内心地笑出来，一切都会容易得多。

1. 那些怕狗的成年人。就不能稍微像点男人样嘛，废物点心。

2. 做弹窗广告的人。事实上，任何"弹出"的东西。

3. 伍迪·艾伦。

"我不明白，"吉姆嚼着他的全麦维麦片说，"一个预订也没有吗？"

"抱歉。"我尽最大努力摆出一副谦卑的表情。

"不，不是你的错，亲爱的。要我说，旅游局才是欠我们很多答案的那个。这地方再也不是旅游胜地了，没有孩子玩的地方，缆车都几十年没有重新刷过漆了。市政局还不断提高房价，弄得那些小商铺都难以为继，而那个新的娱乐中心到现在都还没建好。他们说这事儿都已经说了 6 年了。"

注：他一点也不会责怪我。注：他自己是不会去爱彼迎上查看的。你看，这就是信任，完完全全的信任。我有时忍不住觉得吉姆真是万分性感。

上楼的时候又是一阵头晕——似乎是海拔高度的问题。昨天我在去井屋的路上也发作了这么一次，我在 AJ 的坟墓顶上躺了半个小时才缓过来。这跟我的血压也有点关系。我要开始像圣伯纳犬一样随身携带巧克力救急了。

我去翻了翻蒂姆·普伦德加斯特的社交媒体账号，想了解一下这个男人。他的头像是一张他自己在海边的剪影照片——一个穿着条纹泳衣的胖男人，戴着一顶帽子，上面写着"快吻我"。

真是智慧啊。

他的眼睛是蓝色的，里面有碎冰。我都不需要见到他本人，就知道他是个脑子被真菌给腐蚀干净了的家伙。作为一个自称喜欢爬山的"户外人士"，他还真是花了好多时间在推特上骚扰名人们——你懂的，就是各种转发各种吹爆他们的书/电影/电视节目的推特，不停艾特他们，还说"今晚在《金铅笔》（*The One Show*）上真是棒极了……"，或者"爱死你的电影了——你可真是个天才！这个世界有你真是幸运呢！"之类的，还要求他们感谢你或是送你免费票。最糟的一点是他们还会回复他。他利用了那条历经考验的逻辑——只要是赞美，说什么人家都会信。而这还真的管用了。

我真是不知道玛妮看上了他哪一点。

说到玛妮，上周六以后我就再没听到她的任何消息了。到目前为止，我已经给她发了两条短信都没收到回复了。我不知道她是不是被他掐死了。我不知道我是不是该去她家看看。我知道她家在哪里——就在米迦勒庭院那边的一幢新房子里。她在布丁俱乐部的活动上提到过，因为门牌号正好是他们相识的周年数——15。

《普利茅斯星报》那个家伙今天又出现在门口，此外还有其他几家小报的人。老实说，他还真是挺养眼的，逗我玩让我很是兴奋——现在我知道他有多想跪舔我，我就可以和他玩玩禁忌游戏了。当我穿着高跟鞋和飘逸的上衣，在家门前的小路上快步走过时，他迫不及待地想成为我的第一个追随者。我为他感到遗憾。

"你给我带甜甜圈了吗？"我冲他喊道。

"你是认真的？"

"当然啦。"我微笑着，穿过花园的门。老天，今天我还真是在状态呢。到了门的另一边，我转身对着他，他微笑着，好像我们在分享一个秘密。

底裤干干的时代已经成为过去啦。

# 7月31日，星期三

怀孕 12 周零 3 天

我自己开车回了趟公寓，把我最后剩下的东西搬走。只在高速公路上停了一次，在路边吐了。除此之外，这趟旅程平淡无奇。

公寓几乎已经被搬空了——克雷格的大部分东西都进了储藏室。房间里还有些 AJ 的血点——正常人类的眼睛是看不见的，但精神病人的眼睛不可能看错。它们现在看起来已经不再是鲜红，而是棕色的。

惠特克夫人搬了出去——她搬去了马盖特，和她妹妹贝蒂住在一起。他们觉得"不能再让她一个人住了"——这是落叶清理工罗恩在电梯里一边在手肘上绕着吹叶机的电线一边告诉我的。

"那现在有人搬进她的房子了吗？"我问。

"还没呢，"他说，"但昨天有人去打扫了，我想大概中介已经找到买家了吧。"

"这也许是最好的办法。"我努力不去想那天晚上我在浴缸里分尸的事。肚子里的宝宝不喜欢。

*"我喜欢想象我爸爸还活着，而不是在一个老女人家的油毡地毯上被切成了 6 块。"*

之后，我买了些脆皮米糕，还有一束粉色非洲菊和玫瑰，去了拉娜家。我不确定她是不是还住在原来的地方——我们这一区慈善商店的楼上，但打算去碰碰运气。瞧，我按响了侧门的门铃后，出来开门的正是拉娜。她差点没把门直接摔在我脸上，被我在最后一刻伸手挡住了。

"拜托，拉娜，让我进去吧。我是来道歉的。"

她轻轻把门拉开一条缝，我第一次看到了我这双手的杰作：她的脸从前额到下巴一片青紫。我差点没笑出声来，但总算忍住了。

"真不敢相信你没起诉我，"我说，"你应该起诉我的。"

"啊，是啊，"她说，"我觉得这也算我欠你的吧。"

"谢谢你。我是真的非常抱歉。我带了蛋糕。"

她把门又拉开了些，我跟着她走上狭窄的楼梯——想象一下安妮·弗兰克的房间，只不过堆满了垃圾邮件，里面还有楼梯扶手。

我经过了她的卧室——门半开着，床没有铺，地上全是一堆一堆的衣服——短裤、袜子、上面印满小黄人的奇丑无比的睡裤，床上还散着件睡袍。

"我去烧水。"她说着，领我穿过客厅来到厨房。狭小的米黄色厨房里，每一个工作台面都乱七八糟——有的碟子上黄油都硬了，还有脏兮兮的玻璃杯、黏糊糊的餐具、油乎乎的煎锅，还有个炒过鸡蛋后不知多久没洗的平底锅。

"报社最近怎么样？"她端来一杯茶的时候我问她。沙发上，一条紫色羊毛毯被随意地揉成一团，扔在她平常窝着看《淘宝记》（*Bargain Hunt*）的位置。我坐在了扶手椅上。

"他们给了我一段离职前的带薪假，"说着，她在沙发上坐下，裹起那条毯子，"已经有人接替我的位子了。"

"我明白你的感受。"我说。

"凯蒂·德鲁克？"她说，"嗯，她吧，怎么说呢？可塑性很强。你知道莱纳斯做完眼睛手术回来了吧？那地方，谁也不敢请病假，分分钟就会有人取代你。你觉得你还会回去吗？"

"不，我觉得不会了。说实话我现在觉得很自由。"

"我还挺怀念的。"她说。

"欸，我们要进入正题吗，还是继续假装没这么回事？"

拉娜深吸了一口气，放下了杯子："我不敢相信克雷格能做出那样的事。"

"我都不知道了，"我也放下杯子，说，"我也不想相信，可证据都摆在那儿呢，拉娜。"

"但至少新年夜他肯定是和我在一起的。"

"你们整晚都在一起吗？"

"那倒不是，但——"

"你们在哪里呢？这里？"

"嗯。"

"他是什么时候离开的？"

"钟声敲响之后，大概 0 点 15 分的样子？"

"警察说丹尼斯·威尔斯被杀的时间在 0 点到凌晨 4 点。我没听到他进家门。"

"那另外两个呢？"

"他说 2 月 12 号他和他那些哥们儿出去了。盖文·怀特是晚上 10 点左右在公园被杀的。他们说他大约那个时间出去抽了根烟。我想说的是，他是有可能作案的。"

"噢，天哪！但采石场的那个女人呢？那不可能是他，对吧？"

"我不知道，他们在现场发现了好多证据。"

"可他在伦敦呀，他不可能杀了她的。"

"我也和你一样疑惑，"我在她的玻璃橱柜上瞟了一眼自己说谎都没红的脸，说，"我只知道我很害怕。我害怕他们放他出来，而他会因为我没给他做不在场证明而报复我。我跟他说我不会为了他撒谎的时候，他的表情有点可怕。"

"他也叫我给他做了。"

"你看吧。"我说。

"但他新年夜确实是和我在一起。在一起了一会儿。"

"你得跟着自己的良心走，拉娜。我还得考虑肚子里的孩子。要是他被放出来，来伤害我们怎么办？"

"别这么说。"

"你要是知道什么对自己有好处，你就会离他远点。"

"我已经好几周没见过他了。我也不会去见他，至少现在不会。"

"但你要为他做新年夜的不在场证明？"

"那不是'不在场证明'，那是事实。"

"你和他在一起，直到他杀了那个男人，割了他的阴茎。警察听了这话会怎么想？"

她绞着双手："我不能对警察撒谎。"

"我不是说你应该撒谎。只是在你说你整晚都和他在一起前，你应该仔细考虑考虑。因为如果他倒下了，他也会把你拉下水。他就是这样的人。我知道这很让人震惊，但我们必须保护自己。克雷格什么事都干得出来。"

* * *

从拉娜家离开后，我匆匆赶到镇上，在博姿药妆店买了些孕期维生素和盖胃平。我在香水柜台看到了克劳迪娅。她没看到我。

**"我的克劳迪娅阿姨！"**

我一点也不怀念《公报》。我为什么要怀念那里呢？我为什么要怀念克劳迪娅居高临下给我下指令，怀念罗恩色眯眯的眼神，怀念每小时就要放下手头的工作，给那些受教育程度比我高以至于不能自己泡咖啡的人去泡咖啡？我为什么要怀念婊出天际的莱纳斯·西克吉尔和他那折磨人的搞笑尝试？还有，郑重声明，我可根本不在乎他现在戴着个眼罩——癌症并不会让一个讨厌鬼突然变得不那么讨厌。

我怀念我电脑屏幕上面的那个蛋形娃娃。那是我唯一怀念的东西。

**"那是我爸爸送你的。"**

我还看到了"塑料姐妹花"之一——安妮，她正推着婴儿车从德本汉姆走出来。安妮和皮奇最后成了挺好的朋友——她俩都各自去了警察局，汇报了克雷格的疑似虐待行为：她们都对警察说在我身上看到了瘀青，还提到了我被问到克雷格有关的事情时回避的态度。那当然了，我一直都演戏演得很好——一个可怜的、被洗脑操纵了的女朋友。一个无辜的受害者。

否认，否认，否认。很快她们就不再搭理我了。那群我甩也甩不掉的人就这样正式被我甩掉了。

总之，我设法避开了安妮和克劳迪娅。我太过忙着避开我认识的人，结果直接撞上了一个我不想认识的人。

希瑟——就是我在采石场杀掉两个强奸犯的那晚不小心救下的、戴黄围巾的女人。今天她的围巾是淡紫色的。她在花园附近追上了我。

"瑞安侬？"她的眼睛瞪得老大，大气都不敢出，满怀希望地看着我，"噢，我的天哪！"

"不。"我有气无力地说。我原本是要去曲奇车烘焙店的，现在换了个方向，开始往大教堂后面的停车场走，准备回自己的车里，那里相对安全。她挡住了我的去路。

"我每天都在期待着能遇到你。我们能说几句吗？"

我转向河边那条路。她跟了上来，不停地想和我交谈。

"几个星期以来我常常往《公报》报社跑，就是希望能见到你——"

"我不在那里上班了。"

"我想和你聊聊。拜托了，给我5分钟就好。"

"不。我就知道不能相信你的。给我滚开！"

她完全不识趣，蹬着她的泡沫厚底鞋，像踩着《比利·吉恩》开场和弦一般跟着我。"听我把话说完吧。我保证不会耽误你太多时间。"

我仿佛看见她跨上我汽车的引擎盖，声音热情性感，于是和她一起来到花园的长椅上坐下。在世界上的其他人看起来，我们并不像是一个差点被强奸的受害者和拯救了她的英勇的连环杀手追忆着那个一个被吓坏了，而另一个杀了两个强奸犯的夜晚，倒像是两个同事，在一个夏日的中午来到户外，一起吃一顿随性而美味的午餐。

"那天晚上之后，我就一直在想你。"

"你说得好像我俩有了外遇似的。"我环顾了一下四周，确保没有人在偷听。水在小小的堰板流成了瀑布，两只鸽子在对面的长凳下啄一根丢弃的香肠卷。

"我老公还真以为我是有了外遇。"

我冲她挑了挑眉毛。

"那件事发生之后的几天,我一直坐立难安,不停查看手机上的新闻。我很害怕有人看到了我的车,或者看到我们从采石场走回来。"

"给我小声点!"

"那几天我整个人一团糟,瑞安依。我晚上总会做噩梦,在梦里重现那天的场景,然后一身冷汗地惊醒。我的工作也受了影响,糟糕透了。本——我丈夫——他追问我原因,我告诉了他。"

"还真是棒——"

"不,不,他非常感激。他绝对不会去找警察的,我保证。他为什么要去呢?他又不欠那些人公道。对他来说,他们的结局就很公道。警方认为那几个男人在他们抓走我的那条路上犯下了七起强奸案。要是没有你,那晚对我来说就会完全不一样了。我不明白的是你为什么会在那里,为什么你的车在那里停得好好的,为什么甚至在那样一个伸手不见五指的夜里你都能找到穿过田野的路。"

"我是在那一片长大的。"

"你是不是在那里等他们?"

"是的,"我不带一丝感情地说,"你挡了我的道。"

花园中央的那棵栗子树已经被议会砍去了。我过去常常坐在那树下吃午饭。它能帮你遮蔽突如其来的倾盆大雨抑或炎炎烈日。现在它看起来就像一只伸向天空的大手,所有的手指都被切去了,只剩下光秃秃的手掌。

希瑟盯着我问:"你很享受的,不是吗?杀死他们你很享受。"

我盯着她脖子上一下一下跳动的脉搏。

她压低了声音,像是耳语:"其他人是不是也是你杀的?你男朋友——"

"我大可不必在这里听这些。"我边说边站了起来。

"不,请你不要走,"她也站了起来,说,"对不起。那些人——据我所知,他们都是坏人。"

这回轮到我盯着她了。她穿着一件淡紫色的紧身连衣裙,尽管她并不胖，这裙子还是太紧了，我都能看到她的肚脐，能看到她肚脐的痣。真是太荒谬了。

"你想要什么？钱吗？难缠的家伙。"

"我什么都不想要。"

"你想威胁我吗？"

"瑞安侬，过去20年我都在代表强奸案受害者。我看到了强奸对人们各方面的影响，有对女人的，也有对男人的，还有对他们的家庭的。而当他们不得不上法庭，回忆这段经历的时候，情况会更糟。原本这也会发生在我身上，但现在没有，这都多亏了你。"

"你说的'代表'她们是什么意思？"

"我是个律师。本也是。我们——"

"好了好了，我不想听你们的人生故事，谢谢。"

"我想把这个给你，并再说一遍，谢谢你。即使你本意不是要救我，即使你很享受这过程——我还是要谢谢你。"她递给我一张名片，一面印着"W&A"的字样，另一面则是一个电话号码，还有一条烫金的小船。

"怀瑞曼与阿姆菲尔德。"我说。

"阿姆菲尔德几年前去世了，所以现在只剩下怀瑞曼了。我们的办公地点在布里斯托尔，本和我住在这里，和我们的儿子们在一起。对不起，我知道你不想听我的人生故事。如果你有任何需要帮助的地方，就给我打电话吧。任何事情都可以。即使我帮不上忙，我或许也能找到能帮得上忙的人。"

她站起身，从我身边走开，并没有再看我一眼。可突然，她毫无预兆地停了下来，转过身面对着我，说："我知道你以前干过，那天晚上我就知道了。"

她看上去好像想说点别的什么，嘴唇却一直翕动着不肯完全张开，像是在说"嘘——"，像是不敢把那些词句说出来。可她还是说了出来。

"帕特里克·爱德华·芬顿。"

"谁？"我问。

　她又开始走远，颈上的围巾在微风中飘动。"我最后得知的情况是，他在托基的疯狂体育商店工作。"

　"这跟我有什么关系？"

　"他是我没能解决掉的那一个。"

　她走后，我盯着那张名片看了一会儿。留下它，那将是一种联系——与她，与那个晚上，与那两个死去的强奸犯。我正要把它扔进长凳旁边的垃圾桶时，一个想法突然蹦入我的脑海。嗯，不要过早给礼物下判断。

1. 那个想在医院外面的栅栏上画万字符，却总把尖头对错方向的人。

2. 阔恩素肉的制造商。快别骗自己了，这尝起来哪里像肉了？

3. 桑德拉·哈金斯。

我又做噩梦了——这次是关于孩子的。我在一个花园里，花园中间有个深坑，坑底有个婴儿，光着身子，又踢又叫。我爬下去，到了坑底却发现孩子不见了，可我依然能听到他在哭。我往上看，坑边站着一个怀抱襁褓的女人。我出不去了，头顶上的天光变得越来越小，越来越小。我也不能叫，因为我连嘴也张不开。这到底是什么意思呢？

吉姆和伊莱恩很早就去了医院，给吉姆做体检，留下我来喂叮当。我在洗澡时大声哼妮琪·米娜的歌，还爽爽地给自己来了一发。这些天来我的世界里根本没有像样的男人，这已经算是我有过的最棒的性生活了。倒是有那么 3 个并不算靠谱的潜在对象：一个是收垃圾的男人，他长得挺像瑞安·雷诺兹；一个是干洗店穿钢铁侠袜子的金发小伙；还有一个人，伊莱恩叫他"元素"，他总穿着沾满尿渍的慢跑鞋坐在战争纪念碑脚下，喝着白钻石葡萄酒，向过路的人絮叨法兰克·辛纳屈（Frank Sinatra）①夺走了本属于他的奖牌。

但眼下，我只能靠自慰了。

老人不在家真是自在多了。你倒是试试看，在你的婆婆用女高音唱着

---

① 20 世纪美国著名歌手、影视演员，曾多次获得各项格莱美奖项和奥斯卡奖项。

耶稣圣歌《善良美好的一切》时，在墙壁薄得跟纸一样的隔壁卧室自慰，还得确保不发出什么声音。我现在好像不怎么会恶心想吐了，其他症状倒是显现了出来。饥渴便是其中之一。另一个症状是情绪波动。没错，我知道，我是个精神病，情绪波动不是什么新鲜事，但现在这种波动要更加频繁——就像被挂在钟楼绳子上的卡西莫多。

每一天我都会从愤怒开始（比如，娱乐节目），然后转到悲伤（比如，电视上播了一个女人生下来的孩子没有眼睛），之后内心又被罪恶感填满（比如，冲着过马路的老人咆哮，或是在噩梦里见到 AJ），再接着又是心满意足的幸福（比如，在花园里待着的时候，或者和叮当与吉姆一起看纪录片）。有时候短短 20 分钟内我就能把所有这些情绪全部经历个遍。

我很想吃垃圾食品，于是去了趟小超市，又带着叮当去了井屋。

这是一座宁静的捕鱼人住的小屋，最早建于 18 世纪初，又在 18 世纪 50 年代被烧毁。这小屋现在新盖了茅草，又刷了白漆，一条砾石小路在树林中蜿蜒穿过，一直铺到屋门前。门漆成了蓝色，绳结形状的黄铜门把手。穿过后面的花园门，映入眼帘的是一个天井，它正好在阳光照射之下，还摆了两张椅子和一张玻璃台面的小桌。墙壁是厚厚的花岗岩，天花板低矮不平。一层的地板是石灰铺的，已经磨损得很厉害了，楼上的则是硬木地板，客厅里还有个传统的壁炉，是烧木头的，旁边还放有装木柴的篮子。你可以在里面烧各种各样的东西。

我真想烧掉伊莱恩为这个地方挑选的所有家具——把它们全烧掉，再把灰烬射到茫茫太空，那里是凯斯·金德斯顿[①]去手淫的地方。各种崭新的碎花布，但毕竟还是碎花布。我真是烦死碎花布了。

井屋是吉姆 3 年前买下的。它当时已经被挂牌出售一年了，却由于需要花一大笔钱修缮，还有地板上那个大洞，一直没能卖出去。这正是这房子被称作"井屋"的原因——厨房地板上有一个真正的中世纪的井，啥用也没有。这玩意儿就是个深深的洞，还是个登记在册的洞，所以吉姆也不能把它填上。这地方被一块坚固的有机玻璃砖围了起来，四边用螺栓固定

---

① 英国著名服饰及床上用品品牌，特色就是各种碎花图案。

住。要是没有这个，从后门走进厨房，走不过三步你就会直接掉进去。吉姆在井壁中间的位置安上了电灯，这样你就能对着下方的深渊惊叹了。我很喜欢盯着井底看，可以预见地，它也会朝你回望。

房子的一部分修缮工作是克雷格做的。一个周末，他在这院子里给天井铺石板，我和叮当和他一起来了。我就坐在花坛边上，看着他工作。

"对你我真是怎么也看不够，"我对他说，"我喜欢看你扛石头时的肌肉。"他过一会儿就要过来亲我一下。我抬头看看天，鼻子里有忍冬花的香气。那年夏天我被爱情滋润着。直到拉娜·朗特里把它从我身边夺走，我才意识到爱是什么。

今天我花了很长时间在花园里和叮当玩，以及胡吃海塞各种平常在家时伊莱恩不让我吃的东西，比如薯片、面包、牛奶巧克力，还有浇上融化的牛奶巧克力和奶油，再配上四勺咸焦糖冰淇淋的热华夫饼。这让我非常满足。吃完这些，我又吃下了更多面包、更多牛奶巧克力及涂上牛奶巧克力的吐司片。伊莱恩和吉姆从来都不会来井屋——吉姆不来是因为他爬坡的时候心绞痛会发作——所以我在这里想干啥就能干啥。这里成了我的避难所。

我给花坛里的花浇了水——在这炎炎烈日下，香水月季的香味是如此浓烈。割过草，我和叮当躺在 AJ 坟墓上那温暖的泥土之上，欣赏醉鱼草丛中飞舞的蝴蝶，倾听远处海鸥的嘶鸣。躺在这温暖柔软的土地上，我的内心被一种奇怪的平静占据。不知是因为天气太热，还是海风太轻，抑或是想起了埋在我脚下几英尺深的旧情人腐烂的尸体，总之我感受到了幸福。

甚至可以说充满了喜悦。

也许这就足够了。也许我不再需要穿梭在黑暗的小巷去跟踪别人，不再需要在读过某人的庭审消息后跑去他家门外等上几个小时——就像那些个蓝卡车强奸犯，就像盖文·怀特，就像德里克·斯卡德，就像被我在他家客厅里闷死的那个恋童癖——解决他可真是让我欣喜若狂，我的内裤都湿透了。

也许我从此可以把我的生命奉献给 #MeToo 和 #BalanceTonPorc[①]运动。

也许我并不会。

我走进厨房，拉开餐具抽屉，抽出一把面包刀和小号水果刀，将它们放在一边——在勺子和抹刀下面，还有一把刀——一把 12 英寸长的不锈钢切肉刀，刀柄是铆接的。那刀该磨了，但它可用洗碗机清洗。

"不要。"

"就哈金斯一个人，"我说着，将刀锋贴上自己的脸颊，"只是想看看这刀是不是还和从前一样锋利。"

"不。"

"没事的，我不会被抓的。"

"你不会被抓才怪呢。她还住在保释招待所，那地方有监控摄像，24小时有人看守。用你的脑子想一想，别用我的。"

我有点恐慌发作了——我整个人喘不上气，又开始犯恶心，脑子也一阵晕，只得拉出个凳子坐了下来。我把切肉刀放回抽屉，它马上便融入了其他餐具中。

"你不想让我杀人，是吗？"我说，"刚才是你干的。"

"这不安全，妈咪。如果你不安全，那我也不安全了。"

♪ ♪ ♪

走回镇里的路上，我看到了那个女警探——侦缉督察杰里科。她坐在海边的长椅上，就那么望着大海，什么也没做。她身穿一件卡其色雨衣，裹得紧紧的，头发向后梳，用贝母发夹别了起来。一个棕色皮包放在她的膝盖上，脚尖并在一起。她的眼睛一眨不眨，尽管海边风还不小。

她已经看到我了——既然这样，再装也就没什么意义了。

"再见到你很高兴。"

---

① #BalanceTonPorc 与 #MeToo 一样，最早是推特上一个为反性暴力和女性平权运动发声的标签。

"你好，瑞安侬。"她懒洋洋地转过身来，面对着我，仿佛刚刚从愉快的美梦中醒来。

"不好意思，我没吵醒你吧？"

"没有。事实上我正是在等你，"她打开包，拿出一个小记事本和一支笔，"我还有一些关于克雷格的问题要问你。我们去哪里谈比较方便？"

"家里肯定不行，"我说，"伊莱恩没法承受这个。我们可以去海湾小食馆。"我指了指那家小咖啡厅。

我们点了一杯卡布其诺（她的），一杯加了奶油和双份糖屑的热巧克力（我的），她向我询问了各种上一次没问到的问题，关于克雷格的——关于他的朋友，他以前在采石场共事过的人，他最近在建筑活计中合作过的人，还有我爸爸。

"克雷格和汤米很亲密。"

这些问题很夸张，但我还是回答了。"是的，他们确实很亲密。爸爸对他的评价很高。"

"而且他们一起工作过。"她把铅笔放到唇边，但并没去咬它。

"是一起工作了一阵子，没错。爸爸生病以后，他就接手了他的建筑生意。"

"他也认识了汤米的朋友喽？"

"这是什么意思呢？"

杰里科就这么提出了这个问题，在这咖啡厅温暖的空气里。我知道她是什么意思——她也知道我知道。

"如果你是要问我，克雷格是不是跟我爸一样是个'正义使者'，答案是否定的。"

"汤米和克雷格可能有共同的熟人吗？会不会哪天晚上下班后，汤米在酒馆里把哪个人介绍给了克雷格？某个和他一起工作过的人？"

"我不知道。"尽管那杯热巧克力烫得跟火一样，我还是大口大口地喝着，并竭力装出一副温顺的样子，"这你就得去问克雷格了。"

"我们问过他。"

"他怎么说？"

"没说太多。现在跟克雷格走得比较近的都有些什么人？"

"埃迪、盖瑞和奈杰尔是他来往时间最长的朋友了。他和埃迪是同学，跟盖瑞和奈杰尔是在技校的时候认识的。"

"你和他们相处得怎么样？"

"我还能忍受他们吧，就像我忍受别的事情一样。他们似乎共享一个大脑，我都不知道什么时候是谁在用那个脑子。"

她没有笑，只是问我："为什么？"

厨房有个女人，一边跟泼妇骂街一样聊着她儿子的婚礼，一边没完没了地把盘子里的剩菜往可回收垃圾桶里扒拉，实在是让我受不了。

"你为什么没告诉我们你和克雷格在他去荷兰的前几天订婚了？"

"我不觉得那是什么重要的事。"

"你最近卖掉了你父母的房子？"

"是的。"

"假如你和克雷格结婚了，那么你出售你父母房子得到的钱——差不多30万——也就有一半将是他的了？"

"我想是的吧。嗯。"

她查看了一下自己的笔记："卖房子的另一半钱给了你住在……西雅图的姐姐？塞伦·吉布森？"

"她要搬去佛蒙特了，不过没错。扣掉律师费之类的开销之后的钱，我们平分了。这和克雷格又有什么关系？"

"他就在因谋杀多人而被捕的前几天向你求了婚，你对此一点都不感到担心吗？"

"我倾向于看到人们好的一面。"我说。我真不知道自己是怎么做到不笑的，"克雷格不是为了我的钱。他不是那样的人。说真的。"

她往后靠了靠，搅拌着杯里的咖啡，说："你爱他，我能看出来，非常明显，"她用两根手指指了指我，"你愿意为他做任何事。"

"你想说什么？"

"瑞安侬——不需要我提醒你，协助和支持重罪犯，和你自己犯罪几乎是一样严重的罪行吧？"

"不，不需要你提醒。我也不会做那种事。我从来没怀疑过克雷格，我甚至都不知道他和我的同事上床了，更不用说引诱别人上钩再……就是你们说他干过的那些事。你要想问关于克雷格的事，我建议你去找拉娜·朗特里。我知道的已经全部告诉你们了。"

"你父亲汤米是一名已被定罪的杀人犯，瑞安侬，他专杀性犯罪者，结交的伙伴也都是些以性犯罪者为目标的人——多巧啊。而现在，两男一女被残忍杀害了，其中至少一人也是性犯罪者，而现场到处都是你未婚夫的 DNA。要我说呢，我跟你聊再合适不过了。你不这么觉得吗？"

● ● ●

晚饭后，我和吉姆、伊莱恩坐在客厅，却没看《英国达人秀》——吉姆临时拉了张小桌子来，往一个小发芽盘里放种子，伊莱恩在为"袋熊会"制作公益十字绣。我则喝着盖胃平，在网上搜索帕特里克·爱德华·芬顿。午餐时间应付杰里科的盘问让我想起了这件事。

我真后悔搜了这个名字。

这家伙的长相很好认——连恩·盖勒格（Liam Gallagher）[①]的发型，啤酒肚，文着大花臂，戴着撑大耳垂的那种耳环。他还长着大得出奇的鼻孔——大到我给他两边各插进一只马克笔去，他都不见得能注意得到。还有一张他拿下耳环后的照片，他的耳朵看起来像在融化。

好吧，我跑题了。我最开始找到的是这只仰鼻蛆下载了数千张儿童色情图片的新闻。一共是 65000 张。

芬顿，50 岁，警方在搜查了他在格洛斯特郡温特伯恩的家并收缴了两台笔记本电脑和一台电话，之后将其逮捕。

---
① 英国摇滚乐团绿洲乐队（Oasis）主唱。

我的胃酸又开始反流，真是百爪挠心。

警方分析显示，这些设备中存有超过 65000 张 2 岁至 12 岁儿童的不雅照，其中包括 966 张 A 类图片——性质最为严重的，6722 张 B 类图片，其他均为 C 类图片。

芬顿对所有指控供认不讳。他的辩护律师声称，自被捕后，芬顿已在布里斯托尔的"新叶"分部完成了一项自我完善课程。"新叶"是一家专门治疗性犯罪者的诊所。他对自己的行为感到深深的歉意和羞愧。

他在布里斯托尔刑事法庭被判缓刑。

控方律师正是希瑟·怀瑞曼——我的遇险少女。

但我找到的关于芬顿的文章还不仅此而已。那个案子已经是 10 年前的事了，而最近又发生了 3 起事件。显然他对自己的行为并没有真的感觉到羞耻。

他在普利茅斯马纳迈德的一个操场上袭击一名儿童，被判 12 个月监禁。去年，他又被发现在迈恩黑德一家图书馆的童书区手淫，被控公然猥亵罪。但真正让我不能忍的，还是第三件事。

他的邻居向皇家防止虐待动物协会报告称听到动物的悲鸣，协会的调查人员赶到他位于滨海韦斯顿的家，发现一些毛色灰暗、饿得半死的猫，死在脏兮兮水箱里的蛇，病恹恹浑身是屎的兔子，还有一只长得跟叮当很像的狗被关在浴室里饿死了。浴室的墙纸上有挠痕，墙壁的踢脚板被一块一块咬了下来，它是慢慢死去的，非常痛苦。

就是这件事，这唤起了我想要杀人的冲动。

"放轻松呀，妈咪。这些酸对我可一点都不好。"

我猛地喝了一大口盖胃平。

这个帕特里克·爱德华·芬顿还在假释期，接受治疗来帮助解决他的上瘾问题。他还大摇大摆地走在大街上，经过孩子们玩耍的操场，说不定手上还有着图书馆的借书证。没错，他不能再养动物了，但谁会去检查呢？再说如果他再养动物，他又会得到什么惩罚呢？一张罚单，一份社区服务通知书？

为什么他还逍遥法外？如果他因为精神状况而得到自由是他的人权，那么我因为精神状况而杀死他就是我的人权。

"你敢！"

"你宁愿这家伙逍遥法外，在外面的世界等着你？"我把笔记本电脑的屏幕折下来，对准自己的肚子，"看看他，看看他对那些动物都做了些什么！上帝啊，如果能亲眼看见他受折磨，我情愿用整个世界外加好几个星球来换。难道你认为我们应该允许他像小鸟一样自由自在地四处走动？"

"严格来说，如果他是一只鸟，他应该用飞的。"

"没错，而我会拿猎枪指着他。"

"我害怕，妈咪。你会惹上麻烦的。"

"不，我不会的。托基离这里不远，就在海岸线上——"

"现在不是时候。你会被抓的。忘了他吧。"

"我可以去那家烤肉店，跟踪他，假装跟他搭讪，用伊莱恩的曲马多①，给他下药——"

"我说了不行！"

既然肚子里的宝宝都这么说了，那我最好还是把这个老帕特里克先放一放吧。

---

① 一种镇痛药。

## 8月6日，星期二

怀孕 13 周零 2 天

1. 桑德拉·哈金斯。

2. 帕特里克·爱德华·芬顿。

3. 那些始终不明白女人不喜欢在公共交通工具上被人摸来摸去的男人——你们敢来抓我下面，就等着提着自己被割下来的鸡鸡回家吧。

《圣经》上说，如果我忏悔我的罪，并且爱主，我就能做任何我喜欢做的事。但这对任何人都有效，不是吗？比如说，如果那几个蓝色货车强奸犯在天堂门口忏悔他们所犯的罪，他们就也能进天堂了？还有德里克·斯卡德，那个侵害 10 岁孩子的人呢？盖文·怀特？以及皮特·麦克马洪——要是那天我没在，这男人就会强奸了我姐姐。我们不一样。你不能用几句万福玛利亚就解决这一切。一切都是假的，是错的，我恨这个世界。

我把书扔了出去，扔到了房间的另一头，开始研究宝宝的事儿。据网上的说法，胎儿现在已经有桃子那么大了——而且是毛茸茸的那种桃子。它身上覆盖着一层"叫作胎毛的细绒毛，它可以调节胎儿的体温，并会在出生前消失"。那好吧。

总之今天我读了些文章，吃了维生素，遛了叮当，还对吉姆胡扯了一大通关于井屋的谎话——我说 8 月原本有个预订，但是取消了（"就差那么一点点"），我看了戈登·拉姆齐的节目，还拼好了森贝儿家族的邮局。说实话，我有点失望。易趣上的卖家说了这是二手的，但我可没想到这邮局堆叠的货架上还夹着头发，收银机上还有用过的灰泥。有些邮票居然还被人舔过了。呃。

我还去井屋打理了花园——嗯，我修剪了枯枝，给植物浇了水，还修剪了草坪，但我最喜欢的还是又能和 AJ 在一起。不过我不能再把叮当带到那里去了——她会不停地想要把他挖出来。狗永远知道。

现在我无聊死了。我不停地把桑德拉·哈金斯的工资条拿出来看。蒙克斯湾滨海大道 17B 号公寓。我知道那栋楼。那楼有警卫，还要刷卡才能进去，我没法像搞定德里克·斯卡德那样假装他的护工进去——

"你不能去杀她，我是认真的！你要真去的话我会很生气的。这风险太大了。"

"我又不傻，我当然知道这风险很大。可我还能怎样接近她呢？"

"你不能去接近她。至少我还在你肚子里的时候不行。保护我是你最重要的事情。我不想你杀人。"

"就她，或者芬顿。杀了她或者芬顿，我就停手。拜托了。"

"我说了不行！"

看到了吗？这就是我的处境：在每个拐角都被一只毛茸茸的桃子堵住了去路，它监视着我的一举一动。真头疼。我需要一个爱好。我需要去钓鱼。

在网上钓。

● ● ●

我一整天都待在网络世界的河岸上，看着河里有些什么样的鱼儿在游动。一旦你选定了需要哪种鱼，这样的活动就很有趣。没必要去引诱那些自信、漂亮的人。此外，一旦剔除了那些瘸子、懦夫、花花公子、古里古怪的人、罪犯和只会发老二图片的，你就可以把精力集中在少数几个白痴身上。目前我的关注对象包括：

·被爱冲昏头的"印度王子"；

·爱闻内裤的"白书呆子";

·"拜伦勋爵",这人唠叨得要命。

这些人我都是通过一个交友网站认识的。这网站专门帮助那些想要被贬低、殴打、践踏、支配、被当成女人对待或者想要贬低、殴打、践踏、支配别人、把别的男人当成女人对待的人寻找合适的对象。所以,你可以想象,对于我这样的人来说,这可是个真正的游乐场。

印度王子根本不会拼写,或者他会,但是把这个技能隐藏得太好。

"我能感觉到内裤里的'选举'①。"他说。

我的老天,别再选了。我还没从上次选举中恢复过来呢。

"你欢喜(他就这么写的)你的小'没没'(妹妹)被锁起来吗?"

我都不记得我的"小没没"上一次被锁起来是什么时候的事了。他说了好几次要请我出来吃饭——他请客——但我对他说,在我们发展到共进氟硝安定和薯片之前,我想再多了解了解他。

一天晚上白书呆子花了3个小时的时间诉说他有多想自杀。我说他就该快去自杀,这样我就好继续睡觉了。但他的痛苦还挺有趣。他在工作还是其他什么方面有些问题。他不停地跟我说我的眼睛漂亮极了,他想"把我绑起来,不分昼夜地……"。别忘了我现在可是看《东区人》都能睡着的。我倒挺想看他试试。白书呆子还是很喜欢小甜豆的,他愿意为她做任何事。

比如才聊了几个小时就发信息对她说他爱她。

或者在自己的皮肤上刻出一朵花。

---

① 英文中"选举"(election)和"勃起"(erection)两个单词比较相像。

我的孕期慢性饥渴症开始发作得厉害。我已经把情色网站上每一个类别的视频都看了个遍，还去买过无数对金霸王电池——再买下去的话人家要开始怀疑我在家造燃烧弹了。《黎明破晓时》节目现在换了个新的天气预报小哥，我看他就挺合适。汤姆金森在睡了那个实习生后被开除了，我没法再偷窥他了。现在这位叫尼克，一个 30 多岁的气象学家，他就是头种马。他指向东盎格鲁的时候你能看到他衬衫下壮硕的胸肌收得紧紧的。嗯，我管这叫"暖锋"。

"你要是敢让什么人类器官插到这上面来，我就咬断它！"

一声叹息。我急需赶紧杀个人，或者找个人来让我恶搞一下。而到了现在这时候，我已经不在乎是哪样了。

也许我能在网上钓的鱼里找一个吧。印度王子目前是我的最爱。他自己都不知道自己有多搞笑。今天早上他给我发来了消息——

印度王子：小甜豆，昨天晚上你为什么又不回我消息了？我等了好久你都没来。我向你求欢，告诉你你俘获了我的灵魂，你就是天"屎"下凡，结果你却走了。我做错什么了吗？期待你的回复。

小甜豆：不好意思，我睡着了。你按我的要求做了吗？

印度王子：是的，我做了！我给你发照片！我在我腿上画好了。我真高兴我们昨晚一起高潮了！

他倒是高潮了，我可是一边看着《朱门巧妇》（*Cat on a Hot Tin Roof*）

一边在做 BuzzFeed 网站上的小测验。结果 50 个国家的首都我只填对了 12 个，我的科特·柯本①指数比 Goldie②指数高 56%，而我的守护神是刺猬。《朱门巧妇》里有一句台词真的很对我的口味，是一句酒鬼说的什么话——我真希望我抄下来了，说的是他喝多了的时候听到脑子里突然有个声音之类的，那声音关掉了滚烫的灯。我身体里现在就有这么一盏滚烫的灯，时时刻刻开在那儿，没有什么能让它冷却下来。杀人可以让它冷却下来——至少曾经可以。谁又能想到，保罗·纽曼③居然会有解决办法呢。不过伊莱恩不让我吃那种奶油恺撒酱，那可是唯一一种让她做的沙拉味道变得可以忍受的东西啊。没完没了的老巫婆。

过了一会儿，印度王子发来一张他自己在腿上弄的"文身"的照片——他用马克笔在右大腿上画了一朵可怜兮兮的花。

印度王子：你看到了吗？我的天"屎"，这是我为你做的，为了向你展示我对你的爱。

小甜豆：你不够爱我，连个正经文身都不愿意为我做。

印度王子：我很爱你啊亲爱的！我爱你可爱的头发，你闪亮的眼睛，爱你的下体。我太想和你亲热了。

小甜豆：（好容易才忍住笑）那就好好文一朵花，否则你就不是真的爱我。其他男人都为我做了，为什么你不肯做？

印度王子：我的宗教不允许文身。

小甜豆：我也没叫你去文身呀。你自己做，用刀子刻。你要是爱我，就为我做。

印度王子：我能和你再共度一夜吗？

小甜豆：如果你为我做这件事，你每天晚上都能和我一起过。

印度王子：真的吗？你不会再和其他男人聊天了吗？

① 涅槃乐队主唱。

② 英国著名电子音乐人。

③ 电影《朱门巧妇》主演之一。

小甜豆：嗯。我的身体将只给你一个人看。你要是喜欢，我们 Skype 的时候我可以自慰给你看。

印度王子：真的？你保证吗，我的亲爱的？

小甜豆：当然啦，我会为你保持纯洁。但你必须先完成这朵花。不需要很大的花。

印度王子：我会为你做的，亲爱的，我最珍贵的爱的天使。

小甜豆：去做吧。我想看你的血。

两小时后，我的信箱里突然弹出一条视频消息。那是他，一条腿搭在浴缸上，颤抖着手在大腿上刻下一朵花的形状，哭得跟个小婊子似的没完没了。和我想象的一样，那朵花可小了。像他这样的娘娘腔是不可能忍受太长久的痛苦的。紧接着我又收到了他的消息——

印度王子：我的爱人，我为你做了。真是疼死我了。这下你高兴了吗？我很痛苦，但这意味着你现在是我的了，对吗？我们终于可以在一起了对不对，我的天"屎"？

我拉黑了他。

哈哈。

# 8月8日，星期四

怀孕 13 周零 4 天

　　1. 从盘子里把葡萄干挑出来的人。你们就不能别再点有葡萄干的菜了吗！

　　2. 那些成天问我"预产期是什么时候"的人，而且每次我告诉他们，他们总会说："肯定是双胞胎。"因为我的肚子太大了。

　　3. 科学家们。他们居然还没发明出一种让怀孕更简单些的办法。

　　我那些无比生动的噩梦似乎完全没有减少的迹象。噩梦的内容花样百出，从《公报》到修道院花园的保育员，到餐桌上折断活鸡的脖子。我有时候也梦到 AJ。每次见到他，他总是活着的——活着，微笑着，而不是被埋在井屋温暖的地下。宝宝不喜欢我梦到 AJ。我总会满身是汗地醒来，耳朵里响着可怕的尖叫——"不！不！不！！我要我的爸比回来。我要我的爸比回来！"——就这样，一遍又一遍。

　　今天凌晨 3 点，我就是被这样的梦惊醒，满身是汗，再也无法入睡。我在社交媒体和网页的新闻频道上浏览关于克雷格的消息。24 条报道中有 4 条提到了我，而在所有这些新闻故事中，我都只不过是"杀人狂的怀孕女友"，而且他们接下去就开始说修道院花园了。我根本就不是一个独立的、有自己思维的人——我要么是从那个人手下得以幸存的小孩，要么就是另外那个人的女朋友。他们是头条新闻，而我只是个他们生活中的小角色。

　　我转而开始看我的交友 APP，看看周围有没有鱼儿游动。"白书呆子"首先咬了钩——

白书呆子：嘿，宝贝儿，这么晚没睡在干吗呢？亲亲。

小甜豆：做噩梦了。

白书呆子：真希望我在你的床上，抱着你。亲亲。

小甜豆：我也是。你的大腿怎么样了？

白书呆子：还痛着呢，不过值得。我没法不想你。

小甜豆：啊啊啊，你真好。

白书呆子：我的小宝贝儿，你今天都干什么啦？亲亲。

小甜豆：上学呗，和平常一样。我数学测验得 A 了呢。

白书呆子：太酷了，宝贝。你今天也会穿裙子吗？亲亲。

小甜豆：嗯。你喜欢我穿校服裙子吗？我会给你发新照片的……

白书呆子：嗯。我喜欢小姑娘，越小越好。

小甜豆：我就很小呀，爹地。

白书呆子：那你要做爹地的乖女儿吗？亲亲。

小甜豆：是的爹地。我们来假装你刚从学校接了我……

白书呆子：我们穿过公园，在一群陌生人面前，你穿着短裙，我用手抚摸着你。大家都在看。

小甜豆：噢，真是好性感呢！（火焰的表情符）

白书呆子：你舔着一根棒棒糖，头发扎成两个羊角辫。爹地喜欢手里有点东西能抓着呢。亲亲。

小甜豆：你还真是好好设想过这个场景的呢，是吧？（眨眼的表情符）

白书呆子：天哪，我真是太想你了。亲亲。

小甜豆：我也是，爹地。

白书呆子：你真的想吗？你想见面吗？亲亲。

小甜豆：我还从来没见过网上认识的人呢。你保证不会有问题吗？

白书呆子：肯定没问题的宝贝。你真的想要给我你的（樱桃表情符）吗？

小甜豆：是的爹地。我们见面吧。

那天晚些时候，我和玛妮在公园那个可以划船的湖里见了面。这是吉姆最新的一艘模型船第一次下水——那是一艘小小的 HMS 胜利号战舰，大炮、绳索和船帆一应俱全，甚至还有个缺了一只眼睛和一只胳膊的纳尔逊[①]站在瞭望台上。我们周围还有几个人也在玩迷你机动游艇和蒸汽船，但多数人都租了真人可以划的划艇，好打发下午的时间。吉姆自豪地把胜利号放在水面上，我们则在岸边看着，直到它慢慢漂远。

玛妮看起来对这艘船很是着迷。她似乎对一切都很着迷。"这船装了引擎吗，吉姆？"

"不，胜利号没有引擎。"吉姆笑着说。他双臂交叉在胸前，露出父亲般的骄傲神色，"它是艘帆船。"

"可你要怎么把它从池塘里弄出来呢？"

吉姆看看我，又看看玛妮，我们全都看向小船。它已经漂到湖中心去了。"我还没想过这个问题呢。我只想看看它在水里能不能立起来。"

他那只剩一条胳膊的纳尔逊此时已经朝着普利茅斯扬帆而去了。我俩让他去找公园管理员，想办法把船给弄回来，自己则在公园里散步。今天才周四，可公园里人还挺多，大多是跑步的、遛狗的，还有带娃的家庭在喂鸭子或者打迷你高尔夫。我们在甜品站停了下来，买了一磅混合果味冰淇淋，坐在一棵垂柳的树荫下大快朵颐。

"你的肚子比我的好看多了，"我一边说一边用舌头舔着我的柠檬冰糕，这冰糕里的二氧化碳比我想象的要多，"你的比较圆。我的看起来像是条随便塞起来的羽绒被。"

玛妮哈哈大笑，她咬着一根甘草糖说："欸，我想到了一个新问题——为什么小熊维尼从没被蜜蜂蜇过？"

"我也不知道。他确实捅过很多蜂窝啊，是吧？"

"他永远都在捅蜂窝，但从来就没有被蜇过。"

---

① 英国海军名将，在战斗中失去了右眼和右臂。

"也许熊就是不会被蜇的吧。可能蜜蜂比较清楚到底是怎么回事。"

"牙医会去看其他牙医吗,还是自己给自己治牙呢?"

"很好。那么这个呢:谁是胖女人,她什么时候唱歌?"

"这个我知道!"玛妮坐起身来,说,"噢,不,我不知道。这跟棒球有点关系,还有比赛结束的时候的一个歌剧演员什么的。大概就是这样。"

"有道理。"

我们很少谈论怀孕的话题,也很少八卦我们都不喜欢的男孩或者其他人。我们跳过了这一切,直接开始互相问那些从小时候起就塞满我们脑海、却从来没有问出口的问题。我们似乎更喜欢这样。

也有些时候,现实世界的影子还是会突然投射进来——比如公园花坛上突然出现的一张报纸,上面写着"杀人狂是个'正义使者'?",玛妮假装没看到。

"你要是想问我的话就问吧。"我说。

"这事情与我无关。"

"你肯定也好奇的吧。"

"这倒是,可是——"

"那就问我吧。问我和一个连环杀手嫌疑犯生活在一起是什么感觉,问我有没有见过哪个受害者,问我克雷格有没有用他们的头盖骨做汤碗什么的。随便问什么都行,我不介意。"

"他有被虐待过吗?"她问,"他是因为这个才去杀性犯罪者的吗?"

"他没有被虐待过,"我答,"我也不认为他杀的人全都是性犯罪者。巧合而已。就是那些记者编出来的,假新闻。"

"这样啊,"她说,"报纸上说他是个什么正义使者组织的成员,和你爸一样。"

"据我所知,他都是一个人干的。"我说。

"噢。"我们朝着一棵柳树走去,在树荫下坐了下来。"你还爱他吗?"

我想都没想,答案就那么脱口而出:"爱。"

除了吉姆的胜利号灾难，我们的早晨过得基本上可以算是毫无波澜，平静到根本没什么值得记录的——除了一个小意外。我们坐在垂柳脚下，看着来来往往的人们，赶走身边的苍蝇。一颗蒲公英的种子飞呀飞呀，落在了玛妮的头发上。我伸出手想帮她拿下来，她躲闪了一下——像是我要打她似的。

我从她头发上拿下那颗种子，递给她看。

"噢，"她笑了，"我还正在想你到底在干吗呢。"

"你以为我要打你？"

"当然不是了，只是没有心理准备而已。"

"我们在修道院花园的保育员也会那样，"我说，"一有动静就会往后缩。"

"不过这么一次，别扯远了。"

"我们的保育员这样做已经是条件反射了。你也是。"

"我没有，瑞安侬，"她用手撑地转过身朝向我，脚也转了过来，说，"我们能换个话题吗？"

"好吧。"我说，接着便躺倒在草地上，闭上了眼睛。没过一会儿，我闻到了她头发上的椰子味道，感觉到她也在我身旁躺了下来。"人们为什么要放风筝呢？说真的，这到底有什么意义？"

"我也不知道。我猜大概是因为它们好看？这算是一种技能吗？"

"风筝飞起来主要是风的功劳呀。"

"确实，"她打了个哈欠，"同样的问题，也可以提给吉姆和他的船，还有那些付钱去划上半个小时船的人——这到底有什么意义？"

"相信我，年轻的朋友，没有什么——绝对不会有什么——能比乘船游逛更有价值的了。"

她眯起眼睛看向我："嗯？"

"《柳林风声》（*The Wind in the Willows*），"我说，"我最喜欢的书。"

"我也是！"她露出一个大大的笑容，亮出 8 颗牙，"这太有趣了！"

"算不上有趣，这是一本好书。"

"鼹鼠在野树林里迷了路,小老鼠来救了他,然后他们一起去了獾的洞里,在炉火前取暖。我一直喜欢这一段。你最喜欢哪一段?"

"蟾蜍穿上女装,偷了一辆火车的那一段。这是我印象中她给我们读的最后一段。"

"谁?"

"艾莉森。在修道院花园的时候。我们本来打算喝完果汁吃完饼干再继续的,结果他就来了。"

一阵沉默。玛妮躺了回去,闭上眼睛。

"如果你吞下一颗苹果核,你身体里会长出一棵树来吗?"

"应该不会吧。我都吞过无数颗了。"

"要是它长在你身体其他什么地方呢?比如脾脏之类的?"

"不知道。为什么胶水不会粘在瓶子内壁上呢?"

"这是个好问题。"

我们就这样继续来来回回了一个多小时,互相问着这些无法解决的问题,听着船桨的嘎吱声、水花溅起的哗啦声,还有阳光下海鸥的叫声。直到有某个人的比特犬过来舔我的脚底,我才发现我们睡着了。天色已经暗了下来,公园里的人已经走了一半。

"几点了?"玛妮沙哑着嗓子问道。

"5 点半。"

"5 点半了?!"她尖叫一声,用最快的速度爬了起来,在羊毛开衫的口袋里摸索着自己的手机。"17 个未接电话,我的天哪!"她把屏幕给我看,"我开了静音。噢,天哪!"

"呃,没事的。"

"是你开的静音?"

"不是的。"

"天哪,他可能都出来找我了。"她四肢着地,慢慢站了起来,收拾起她的背包和羊毛衫。

"老天,你脚踝上的防走失标签响了吗?我跟你一起去见他,帮你解释。"

"不，别来。他已经觉得我们俩有一腿了。"

"我们？"我问。

"他有时候很偏执。"

"玛妮，我喜欢你，但还是要跟你打声招呼，我对你的肉体不感兴趣。"

她笑了，暂时放下了焦虑。"别开玩笑，这是很严肃的问题。"

"不，根本不是。听着，你整个下午都在和我聊无聊得要死的宝宝话题，看模型船什么的。你什么违法犯罪的事情都没有干。叫他像个男人一点。"

她露出一个"说起来容易做起来难"的笑容，说："我得哄他好久。我们下次再见，好吗？"

"你打算怎么哄他？一起在网飞（Netflix）上看电影还是在家休息？"

"我们没有网飞。蒂姆说那是浪费钱。"

"呃，你还是趁早甩了那个家伙的好。"

1.伊莱恩——这周到目前为止她已经就以下话题唠叨过我：我不能在生产时用止痛药，因为那样我就"不能和宝宝建立情感联系了"；我不能给孩子取哪些名字；更不用提她还不停念叨着我有哪些东西不能吃。

2.游客们（又一次）。

3.上帝。

今天想出去逛逛。就我一个人，来一个沿着海岸线一直到托基的轻轻松松的小旅行。没什么特别值得写的。在商店和海边惬意地散着步，看了看货架上的明信片。在商店街玩了会儿。买了双好看的鞋子，又把好看的鞋子脱了下来，因为它们磨脚。在一家冰淇淋店吃了一大份超高热量的冰淇淋。我在"疯狂体育"商店的大门对面观望，就像谚语里的老鹰那样。

"顺便说一句，我不能容忍这种行为。"

第二个全脂浓缩奶油覆盆子圆筒冰淇淋吃到一半的时候，我才意识到，帕特里克搞不好今天不上班。搞不好我这纯粹是在浪费时间，让我自己陷入慢性的失望、胃酸过多性消化不良和烧心。但今天，众神和太阳都在对我微笑。中午 12 点差 5 分的时候，他来上班了。我马上进入了游戏状态。

"你别指望这次能全身而退。在这光天化日之下，还是在一个你根本不熟悉的城市？这行为等同于自杀。"

"不，不是这样的。相信我，行吗？"

我在那儿待了一整个下午。我不能太心急，又没办法太含糊。我得在"我不是疯子"和"我想干死你"之间找到一个快乐的平衡。

告诉你吧，这可不是件容易的事。

我在店里逛了很久，拉开我根本不想买的运动包的拉链，试穿无论如何都不可能适合我的荧光色运动装备，还试了用一根手指头转篮球。我不停地和芬顿偶遇，我尝试着和他聊各种话题，从怎么转篮球（他也转不来），到我该给我的网球拍配哪种颜色的握柄，再到记忆鞋底运动鞋的优缺点。他一开始很冷淡——几乎一句话也没说——我只好买了两双斯凯奇鞋，他这才勉强笑了笑。

但他确实是笑了，我也笑了。那是个大大的微笑，包罗万象——维纳斯的嘴大张着，就等着那只好奇的苍蝇飞进去了。

# 8月10日，星期六

怀孕13周零6天

1. 南多世的那个女服务员，中餐时我多要了一份辣米饭和薯条，她居然就皱起了眉头。她自己穿的可是带松紧带的牛仔裤，妊娠纹都长到脖子上去了。

2. 坐大巴去旅行的时候，坐在我旁边，一路上嘴里的薄荷糖渣都在不停地从牙缝里往下掉的女人。

3. 坐大巴去旅行的时候，坐在我旁边，非要和我聊艾飞·鲍伊[①]的女人。

找了个合适的理由避开佩内洛普家的奶酪红酒聚会——伊莱恩为我在"袋熊会"组织的约克郡大巴之旅中争取到了一个位置。嗯——我是想被放在煎锅里煎还是被放在火上烤呢？我还是选煎锅吧。其实我倒是更情愿回"疯狂体育"去，找帕特里克玩。但伊莱恩非要我来，我就只好来了。她说"换个环境对我有好处"。到目前为止，我唯一看到的风景就是M5号公路——这路上堵车堵得要死。车里的空调不太管用，车厢里还弥漫着一股浓烈的香奈儿香水味道。我受不了这味道，因为妈妈以前老用它。

这里的每个女人都是个巨型华夫饼怪，她们还来轮番评论我的孕肚，告诉我她们分娩时的恐怖故事，包括死胎、阴道撕裂，我还听了一场"母乳喂养最好"的演说，两个在分娩池里拉出屎来的故事，还有好几个人警告说你下面的洞变得松弛不堪后丈夫会对你提不起"性"趣。黛比热情地

---

① 英国演员，也译作阿尔菲·博。

向我描述她在史密斯文具店尿了裤子，还正巧碰上托尼·哈德利①从旁经过。

我根本不知道托尼·哈德利是谁，但事情都已经过去 30 年了，黛比似乎依然对此感到羞耻。

我们刚刚还进行了一次临时的"善意圈"活动，所有人都要热情高呼"让爱传出去"——"爱"当然也是指善意。我提到凯文·史派西在同名电影中有出演，但他在《非常嫌疑犯》（*The Usual Suspects*）里表现要更好，结果她们全都安静下来，把话题转到了昨晚的《金铅笔》艾飞·鲍伊的表现上。我忘了"善意圈"的第十一诫：你不能提这些老帅哥。这会让这些老女人想起外面还存在着一个真实的世界。

好在还算有那么一件事让生活略有希望……

我又要杀人了。就在今晚。宝宝似乎也不介意。

"**我只是认为你不能完成而已。（小小的胳膊交叉在胸前）**"

昨晚伊莱恩一提到约克郡的时候，我便想到我那条小鱼——白书呆子就住在不远处的诺丁汉。我说我"为了见你甘愿去杀人"。我知道——这描述实在是太准确了，但你们的小甜豆实在是需要找到点乐子。（长了角的小恶魔的表情符）他打算提前下班。他非常想要我。

大巴在服务区停下的时候，我收到了一条消息。我走进服务区的商店，买了一包薄荷糖、一块奶酪和一个酸黄瓜三明治，还有一袋即时分享装的奶酪洋葱。我可没打算分享它。

白书呆子：嘿，宝贝，我上火车了。等不及要见到你，亲亲。

小甜豆：想到要见你我还是有些害怕呢。

白书呆子：没什么好怕的宝贝，聊了这么久，你现在也已经了解我了。亲亲。

小甜豆：我会痛吗？

白书呆子：只有一开始的时候会痛，因为你太小了。但接下来你就会

———
① 出生于 20 世纪 60 年代的英国歌手。

很享受了。

小甜豆：你知道我还只有 13 岁，对吧？

白书呆子：是的宝贝。只要你不介意，我就不介意，亲亲。

小甜豆：酒店还有空房，我问过了。

白书呆子：真是好孩子。我比我之前说的年纪要大一点，你会介意吗？亲亲。

小甜豆：你多大？

白书呆子：27 岁，宝贝。可以吗？亲亲。

小甜豆：没问题。现在你可以告诉我你的真名了吗？

白书呆子：卡梅伦。

小甜豆：真棒！我喜欢这个名字。

白书呆子：谢谢宝贝。你呢？

小甜豆：我叫莉亚。

白书呆子：（星星眼表情符）

小甜豆：你会确保今晚之后我的童贞就彻底消失了，对吧？

白书呆子：噢当然，宝贝。这个你完全不用担心。亲亲。

我一直竭尽全力让白书呆子相信，我真的是自己口中所说的那样一个不谙世事的女学生。我想，由于那位潜伏在暗网的"正义使者"，恋童癖们这段时间都会格外谨慎了，你得分外小心才能找到那些对孩子有特殊"性趣"的变态。弄一辆刷着"免费提供孩子"字样的面包车开来开去，指望他们看到了就会跳上来？想都不要想了。

"莉亚"的照片是我从佩内洛普大女儿科迪莉亚的脸书上找的。她是个痴迷于噘嘴自拍、胸比脑袋还大的姑娘，隐私设置也很宽松。我想她就是那种会随随便便和一个"长得像贾斯汀·比伯"的卡梅伦聊天的人。他还真有那么一点像贾斯汀·比伯。

嗯，如果这个贾斯汀·比伯是我画出来的话——而且是用左手画的。

黑灯瞎火的时候。

我还恰好中了风。

$$\bullet \bullet \bullet$$

我在一家叫贝蒂的茶室，吃着奶油茶点，周围全是些叽叽喳喳的女人。我真希望其中的大部分能马上七孔流血。长时间的假笑让我的脸直疼。我们花了好长时间逛一个关于维京人的展览，被迫吃了乳脂软糖，在约克大教堂听了一场关于扶壁的没完没了的讲座，主讲人是个可恶的老女人，叫格伦达，腿上有个小苹果那么大的肿块。这么一路逛下来我的腿都疼了。唯一支撑我到现在的动力是我自己之后的安排。他的消息又来了：

> 白书呆子：火车晚点了，宝贝，亲亲。
> 小甜豆：卡，我也迫不及待想见你呢。
> 白书呆子：晚上6点见，亲亲。
> 小甜豆：你能给我带些花来吗？
> 白书呆子：当然啦，宝贝。你想要什么我都为你做，亲亲。

这个城市里摄像头太多了——它们就跟鸽子似的，每个屋顶都有——但不知为什么，这家酒店却没那么夸张。这是在叫他来这里之前，我刚从谷歌地图上查到的。对于我这样的人来说，谷歌地图可是个好朋友。这家酒店位于市郊，是家普普通通的普瑞米尔连锁酒店——3层楼，停车场上到处散落着被风吹乱的垃圾，后面是一家护理院。酒店有一条绿树成荫的小径通向那护理院，很黑，很安静。

我们的大巴停在离这里一英里的一家酒吧，会在一个小时之后离开。"白书呆子行动"开始了。

"请不要这么做，妈咪。"

❜ ❜ ❜

我手上那块崭新的和大本钟同步的腕表告诉我，现在是傍晚 6 点 25 分。白书呆子已经迟到 25 分钟了。他可能是临阵退缩了。

❜ ❜ ❜

傍晚 6 点 39 分，他还是不见踪影。我还没有放弃。这是一个太好的机会，再说我已经做了这么多准备。

❜ ❜ ❜

傍晚 6 点 43 分。现在我拿着购物袋躲在一块写着"周日午餐"和"孩子免费"的广告牌后面。有人在"孩子"前面涂了个"S"，太搞笑了。我的牛排刀在口袋里颤动。真是浪费时间浪费精力。这些浑蛋太不靠谱了。

"这儿不安全。回'袋熊会'那里去。大巴马上要开走了。"

❜ ❜ ❜

傍晚 6 点 46 分——我恨这男人。那感觉又回到了我的身体——反酸，还有纯粹而无法抑制的愤怒。这两样东西组合到一起真是糟糕。而且我把盖胃平放在大巴上的前座口袋里了。

"停手吧，妈咪，回大巴那儿去。这儿不安全。"

❜ ❜ ❜

傍晚 6 点 48 分——一群人吵吵闹闹地从酒店门口走过，进了饿马餐厅。也许他们把他吓跑了吧。也说不定，他就像我一开始想的那样，那些在火车上之类的都是胡扯，他可能根本就还赖在他父母房子的一间卧室里，对着他的笔记本电脑，舒舒服服待着根本不曾离开。

我本打算给他个痛快，可现在，我想把他的内脏都给掏出来。

"请不要这样做。这片地方你不熟悉。谁都有可能看见你，风险太大了。回大巴上去！"

• • •

傍晚6点51分——一个男人出现在那条林荫小道上。他穿着红色帽衫和牛仔裤、运动鞋，拖着脚走路。他的牛仔裤里臀部平平——恋童癖的典型特征——还背着个背包。我好奇那里面是不是我要求他带来的酒。他在看手机。我看不见他的脸。我得确认那就是他。

"别把手机拿出来。别开机。警察可以对你的手机三角定位，他们会知道你来过这里。"

但就在这时，那男人转过身来，他手里拿着花。

甜豌豆。

就是他！

"请不要这样做，妈咪。求你了！求你了！"

"我是不会置我们于危险中的，我确定没问题才会做。"

我的心开始怦怦直跳。我喘不过气来。

"求你了！我怎么办呢？我可能会受伤的。"

"安静点。妈咪要干活儿。"

"不，我不会让你干的。快回大巴那儿去，就现在！回去！回去！不要干这个！"

• • •

结果大巴也没按时走，因为有人的结肠造瘘袋破了，支路上还发生了一起交通事故，搞得司机只好重新调他的 GPS 导航。现在我们被堵在了路上——我的心还在跳个不停，脸也还冒着汗。身边的叽叽喳喳声不绝于耳，不断重复响起的几句包括"噢，约克大教堂真是美啊！"以及所有人都在附和的"我们的丈夫都不理解我们"。

我，瑞安侬·刘易斯，今晚放弃了一次原本万无一失的杀人计划，放弃了那种特殊的快乐。我以前从没这样过。没能释放的肾上腺素开始反噬，让我很不舒服。胃灼热侵袭而来，而盖胃平已经被我吃完了。空调也坏得很彻底。

我的胃疼得厉害。

# 8月11日，星期日

怀孕整 14 周

因为我要吐，我们不得不在高速公路上停了两次车。我本该十分不好意思，但我太生气了，而且我的胃还在疼。

我以为到了昨晚上床睡觉的时候情况会好一点，可却更糟了。在服务区上厕所的时候我在卫生巾上看到有血迹。只有一点点，但错不了。我没法把它放到厕所的灯光下，也没法用我疲惫的眼睛直视它——它是红的。

卧室的窗外一片漆黑，还下着雨——我能听到雨点拍打七叶树树叶的声音。我又想上厕所了，但我不敢去。上一次去的时候血流得比之前更多了。

"请别再伤害我了。"我说。

"我不喜欢你杀人，妈咪。你得停手。"

"我没杀他。我停手了。"

"你会像失去爹地一样失去我。当我跟鲜血一起从你体内流出来的时候，你得拿床单把我包起来。"

"别再伤害我了。别让我再疼了。"

"不。你得受到点教训。这对我不好。你的肾上腺素激增，血压升高，我很害怕。你得保证我的安全。"

放射性的疼痛折磨着我的下半身，连膝盖都不能幸免。我吃了两片扑热息痛，内裤里有种悸动的感觉。我把大腿夹得更紧了些。

我在床上铺了浴巾，尽可能平静地躺着。"我要失去你了吗？"

"如果你杀人的话，你就会失去我。我不想你那么做。我不喜欢。"

"不久前你才叫我把你爸切成碎片。你这是在长出眼皮的同时也顺便长出良心了还是怎么回事？"

"我那是为了帮你摆脱困境。你已经杀了他，我没能阻止。但现在我能阻止你了。你要是被抓，就等于我被抓。我不能让这种事情发生。"

"我不会被抓的。你得相信我。你知道我不杀人会怎么样。我痛苦，你也痛苦。别让我再痛了，拜托。"

我屏住呼吸直到实在憋不住了，才长嘘一口气。我不断深呼吸，直到我再也听不到那个声音。不到一个小时，剧痛慢慢减轻了，变成轻微的疼痛，然后是一点点不适，最后完全消失。

"谢谢你。"

他没有回答。

今天早上醒来，我想要尿尿，但我没往马桶里看。我知道从我身体里流出了很多液体，沉重的液体。我冲了马桶，瞥了一眼卫生巾——更红了。

"和我说句话，随便什么都行。我要知道你还在那里。"

没有。我想他是不在了。我想我刚刚冲走了他。

## 8月12日，星期一

怀孕 14 周零 1 天

　　我预约的时间是 20 分钟以前，但他们晚了。我倒是并没有多么生气。我不介意晚一点再听人通知我，肚子里的宝宝没有了。对于一个没有什么真正情感的人来说，我现在的情感很强烈。

　　内疚。愤怒。当然还有胃酸反流。肾上腺素。害怕。空虚。如此空虚。

　　我不想就这样结束。没错，这个孩子确实不在我的计划里，怀孕也不是什么享受的事情，但我喜欢这孩子在我肚子里。我喜欢躺在床上看着自己的肚子，知道我并不孤单。现在，面对即将被告知我的肚子已经空了这个事实，我很痛。我知道我不配。我知道如果有人活该因为自己犯下的罪而牺牲掉他们的孩子，那个人就是我。但我宁愿自己现在就去死，也不愿意失去孩子。我把我那本《圣经》也带到了医院。我想这可能会有所帮助。我很长时间都没法把注意力集中在它上面——我的脑子一直不停地想着接下来将会发生的事情——但我觉得，就那么拿着它也会有所帮助。书架上还有一本《古兰经》，还有一本《摩西五经》，等一下我也会去试试。

　　"瑞安侬·刘易斯？"那女人说。过去半个小时里我一直在盯着那扇门看，她却像是突然从虚空中冒出来的，而不是从那扇门里走出来。一个装满水的气球在我胸腔里爆裂开来。我没发现有人在往我这边看，却听到周围的嘀咕声："这是新闻里那个女人吗？""修道院花园。""男朋友在监狱里……"

　　我被领进了那个放着轮床的昏暗小房间。两周前我也是在这里做了我的 12 周孕检。那个超声波医师还挺一言难尽的——棕色波波头，厚底高跟鞋，下巴上长了个疣，戴着婚戒。下巴上长了疣的人是怎么找到丈夫的？

这可真是难倒我了。她在轮床旁边坐了下来。

"好啦，你要不要上床，舒舒服服躺好？我要把你的 T 恤撩起来，裤子往下拉一拉，可以吗？这样就好了。"

"撩一点""拉一拉"，这些词跟抹了蜜糖似的——真是恶毒的前奏。这会儿，我的心脏在身体里不断翻腾。

"你还好吗？有点难过？好啦，我们赶紧开始吧，好吗？"她往我的胸衣和腰带下塞了些刺痒的纸巾，又在肚子上喷了凝胶，然后开始拿探针按来按去。我朝上看着天花板。我不想去看那黑黢黢的屏幕。

下巴疣女士在我的肚子上按着，而我仰面躺着，数着天花板上的瓦片，眼泪流进了我的耳朵。屏幕的画面映在她的眼镜片上。

"你不想看看吗？"她问。

"现在怎么办？我该做点什么？"

"你的意思是？"

"他要怎么处理？"

我听到了声音，怦怦的声音。

"那是我的心跳吗？"

"不，那是你宝宝的心跳。"

下巴疣女士给我看了屏幕。他在那里。他还在那里。他有脑袋，有头骨、脊椎。长长的腿，粗壮的小胳膊。他还有心跳。

"他还在？"我深吸了一口气，"没有被我尿出来？"这下我毫无顾忌地大哭起来。

"没有，"她皱着眉笑了，"你以为你流产了？"我点点头——我没有力气给出别的反应了，"他就在这儿呢，你看。"

图像是扭曲的，就像是在水下，像是我们进入了一个不同的世界。但他就在那里——这个小小的外星生物，长着和 AJ 一样的长腿。我一直在想他出生后会不会像 AJ——如果他最终会出生的话。如果他没被溶解在我身体的酸性液体里。

"我真不敢相信他还在那儿。"我说。下巴疣女士又笑了，像是在说

"不然呢？他还能在哪儿？"

"啊，亲爱的，"她递过来一张纸巾，说，"没事的，一切都好。"

该死的感觉又涌了上来。还是该死的同一种感觉——那种可怕的疼痛。可怕的、剧烈的疼痛。"我真不敢相信。"

我注意到这外星人的身体轻轻地动了一下。他不只是一个小肉团——一粒米，一个无花果，一颗柠檬。他是一个小小的人，在我让他经历重重磨难后依然幸存了下来。我无法将眼睛从他身上移开。在这个世界上的各个地方，每天都要做几百万次的 B 超，而对每一个女人来说，看到她们的孩子都是最最令人心醉的事。而在这里，此刻，唯一的不同是，这是我的孩子。我这么一个杀人犯的身体是怎样养育出这么一个活生生的生命的？

"他现在有多大了？"我用袖子擦擦眼睛，问道，"我一直在用水果蔬菜来作比较。"

"噢，要说水果的话，我想大概柠檬吧。"

从罂粟籽到今天，我们已经走了很长的路。我能看见胳膊、腿、眼窝、大脑和骨头。在我犯下的所有错误中，这是一件正确的事。

"你确定他没事吗？"

"我非常肯定。"她说。我和她说了流血的事。"问问你的医生吧。目前在我这里看起来，一切都好。"

我从来都很难相信人，但我想我必须相信她。下巴疣女士是有从业资格的，而我本以为我把我的孩子和尿一起冲掉了。她说昨晚的疼痛可能是演练性宫缩造成的。

"如果一切顺利的话，没有迹象表明你不能坚持到足月。"

这句话里有一个令人不安的词——"如果一切顺利的话"。在这个游戏里，没有什么是确定的。

"我能做些什么让他高兴吗？"

"坚持吃孕期维生素，吃合适的食物，放轻松，不要做剧烈运动，不要做任何会让血压升高的事情。"

显然在网上钓恋童癖和引诱强奸犯上钩都不能干了。

"我会做个好姑娘的，我保证。"

这只柠檬在屏幕上弹来弹去，就像在小蹦床上似的。我看得笑了。

我大步走出医院，仿佛自己是碧昂丝 MV 的主角。我在地铁站特易购商店停了下来，买了些健康的食物——奇亚籽、羽衣甘蓝，还有那些瘦身专家在 Pinterest 上推荐的那些难吃的玩意儿。我还顺道在工具商店买了那个橱窗里的奶昔机。我朝井屋走去，感觉像我杀了那个公园里的强奸犯、那个运河里的家伙的时候一样，充满活力。会不会玛妮其实是对的——做一个妈妈真的是我的福佑？也许给予生命真的比夺走生命要好？

走在克利夫路上的时候，我听到了一个声音……

"我回来了。"

"你个狡猾的东西……你去哪里了？"

"没去哪儿，只是吓唬你一下。"

"难以置信。"

"是啊，我知道。但你得接受教训，不是吗？"

"你说得没错。现在一切都是关乎你和我两个人的。我会乖乖的。"

"你保证吗？"

"嗯。我感觉太棒了，好多年没感觉这么好过了。现在我知道我还拥有你，我不需要再杀人了。有你我就足够了。"

"你确定有我你就足够了吗，妈咪？"

"是的。"

"那桑德拉·哈金斯呢？"

"我不需要她。"

"帕特里克·爱德华·芬顿呢？"

"我谁也不需要了。"

我在大门外停下脚步，呼吸着悬崖顶上的海风。我闻到了后墙上紫藤的香气。我踢掉鞋子，爬上我埋葬 AJ 的花台，脚趾揉搓着，让松软的泥土像沙子一样穿过它们。那感觉就像回到了家。

我想这就是我所需要的。这样就足够了。这是我的福佑。

六周后

　　1. 吉姆和伊莱恩。他们完全无法在不进行二人联合评论的情况下安安静静看完任何新闻、电视节目或电影。

　　2. 看电视的时候切换频道太快的人（吉姆）。

　　3. 吉姆和伊莱恩的邻居马尔科姆。他正在重建他的阁楼，每天从黎明到黄昏不停地敲着木头。我希望你从脚手架上摔下来，摔断你那该死的脖子。

　　我发现，要"乖乖的"就意味着很无聊。

　　生活毫无波澜。说真的，一切都平淡得不得了。我就不和你一一描述我的大便时间表、跟吉姆和伊莱恩去花园中间散步、看《呼叫助产士》（*Call the Midwife*）和吉姆喜欢的战争片的电视马拉松了。和以前的我相比，现在的我已经成了无所事事的行尸走肉。

　　好的一面是，宝宝的情况还不错。还有——我的头发更浓密了。但与此同时，自然又毫无预兆地给我带来了另一种副作用。我已经放弃刮毛了。你把自己刮得跟海豚一样光溜溜地爬上床，结果第二天一早醒来发现自己又变得跟《哈利·波特》里的海格似的，这有什么意义？有那么一段时间，这并不困难，因为我的注意力转移了。可现在，它又移了回来。

　　就身体状况而言，我感觉好多了。我不再恶心想吐，不再长期口干舌燥。我开始精力充沛起来。我还会有奇怪的头痛，常常便秘，乳房感觉就像两块嫩牛排，但我的情绪呢，从整体上来说，还算保持在一个平稳的水平。我常跟玛妮在前面的房间跟着 DVD 做孕期瑜伽（这常常会发展成一个叫作"我们的地板是熔岩"的游戏，或者我们陷入歇斯底里的放屁大比拼）。此外我在 YouTube 视频教程的指导下练习呼吸（好吧，我就看了一个视频，看了 10 分钟），还尽可能地避免可能会让我生气的情况（比如：见人）。

简而言之，我一直信守着我的承诺，做个乖乖女。嗯，算是吧。

一直到今天。今天，我被推到了悬崖边，吊在了悬崖上。

首先是早上，我自慰被伊莱恩撞了个正着。他们说要去圣佰利超市，俩人都和我说了"再见"，而且我发誓我听到了他们出去后关上大门的声音。结果呢，那只不过是吉姆出去把购物袋放进车后备厢。伊莱恩之后自顾自地决定要上楼来拿她的"蜂蜜卡"，然后突然转过来跟我道别，却见到我双腿大张。

我还没法假装自己在做其他事，因为我正一丝不挂，而气氛正被推向高潮。我甚至都没听到门开的声音——她就那么突然出现在我的床尾，像是个幻影突然显形了。尽管我赶紧假装若无其事，还把我的震动棒扔到了屋子另一头，那玩意儿却没关，像条疯狂的蠕虫般在地毯上抖动个不停——我开的是"舌头"模式。

该死的女人。

他们购物回来的时候，气氛还稍稍有点尴尬。但我的荷尔蒙已经稳定下来，我去花园里找了他们——吉姆在摘生菜，伊莱恩喝着咖啡做数独游戏，叮当咬着她的玩具吱吱鸭。我盘腿坐在日本枫树下，一边读我的孕期指南，一边听他们闲聊。我们又成了相亲相爱的一家人。

直到午饭后。他们吃了烤羊肉，我吃了洋葱和菲达奶酪馅饼，还有大黄碎饼作甜品。饭后我们坐下来喝茶，下午看了梅尔·吉布森主演的电影《天荒情未了》（*Forever Young*，又译《永远年轻》）。

现在的我可能比那些街头传教士还要狂躁，但我想，即便是最温和的人，跟吉姆和伊莱恩一起看电影大概也会恼火吧。何况那么一大顿超高碳水的午餐也让我感到累得不行——就好像你拖着一头熊到处走来走去溜达了一大圈的那种累——我睡着了好几次，每次都被那些见鬼的"二战"战斗机的环绕立体声吵醒。

作为一个易怒的精神病孕妇，今日份的自慰还被人给打断了，我此刻最不想干的事情就是浪费整个下午来给一对智商不够用的老东西解释电影情节了。这俩人现在一个在织毛衣，另一个则绞尽脑汁地做着报纸上的拼字游戏——他现在正看着第 21 行，需要找到个以"L-Y"结尾的单词。

一切是从梅尔·吉布森从他那个军营里的冷冻舱中出来开始。

"他现在是在哪里呢？"伊莱恩一边咔嗒咔嗒地打着毛衣一边问。

"在 1992 年。"我完全清醒了。

"《干杯酒吧》（*Cheers*）①里的诺姆这是怎么了？"

"看下去你会知道的，别着急。"

"他死了，对吧？"吉姆问。

"谁？"

"梅尔·吉布森。"

"不，他在那儿呢，看到了吗？在那个盒子样的东西里面。他只是冷。"

"他为什么冷呢？"

"因为他被冷冻了 50 年。"

"那是不可能的。"咔嗒咔嗒，咔嗒咔嗒。

"我们要不看点别的？"

伊莱恩："不不，就看这个。我喜欢梅尔·吉布森。"

这时，我已默默在心里把她所有的血管和动脉都扯出来，缠在她那烦死人的脖子上。

吉姆也高声问道："这小孩是他儿子吗？"

"不，他就是个无关紧要的小孩，在军营里发现了那个盒子而已。"

咔嗒咔嗒。"另外那个男孩是谁？"

"他朋友。"

"那是哈利·波特吗？"

---

① 20 世纪 80 年代美剧。

"不，那是伊利亚·伍德。他是《指环王》里的弗罗多。"

编织针咔嗒咔嗒。钢笔咔嗒咔嗒。然后……

吉姆："杰米·李·柯蒂斯是他从昏迷中醒来的妻子？"

"杰米·李·柯蒂斯是生活在 1992 年的一个女人。她和梅尔·吉布森一点关系也没有，好吗？她的儿子找到了他被冻起来的那个盒子，仅此而已。"

"那么她现在和梅尔·吉布森住在一起喽？"

"不，是梅尔·吉布森和她住在一起，在她的房子里。他要搞清楚到底发生了什么事。"

"那么到底发生了什么呢？"咔嗒咔嗒。

我长叹一声，等着情节的发展让他们自己搞明白。然而并没有。

吉姆又来了："那他现在又是怎么了？"

"他变老了。"

"为什么呢？"

"因为他被冻起来处在假死状态 50 年，人体在过了这么久之后醒来就是会这样。"

"那是他妻子吗？"

"不，那是现在这个时间线里《干杯酒吧》里诺姆的女儿，她刚刚告诉梅尔·吉布森诺姆死了。"

"啊。为什么他很痛苦？"

"因为他在变老啊。这让他很痛苦，因为变老的速度太快了。"

"噢，他的妻子没有在昏迷中死去？她还活着？"

"是的。"

"那他们的儿子肯定也变老喽。"

"伊利亚·伍德不是他们的儿子！！！"

咔嗒咔嗒。咔嗒咔嗒。咔嗒咔嗒。

"她现在应该是个老太太了吧，他妻子，对吧？她也被冻起来了吗？"咔嗒咔嗒。

"不，他以为她在昏迷中死去了。"

"什么时候？"

"1952 年的时候。你们就……好好看不行吗？"

电影最后以梅尔·吉布森和他并未死去的妻子在家中相拥的浪漫一幕结束，她老了，他也老了，他们终于又在一起了。这时吉姆的问题又来了……

"她得了和梅尔·吉布森一样的病吗？"

"我的天哪，去他妈的没完没了的王八蛋！"我大叫一声冲出客厅，砰的一声摔上了门——水晶吊灯依然在我身后丁零作响。

我冲到楼上自己的卧室，扑通一声倒在床上，把脸埋在枕头里尖叫起来，直到声音都沙哑了。我再也没下楼去。

# 9月27日，星期五

吉姆和伊莱恩熬过了这个夜晚——光为了这个我就该得到一枚奖章了。早餐时伊莱恩跟什么都没发生似的和我说话，她甚至说："这个周末我们开始建婴儿房怎么样？你喜欢干这个的，不是吗？"

我都不知道她是和我说话还是和叮当——她当时正用茶匙喂她炒鸡蛋。

在过去的 10 周里，除了昨天吼了他们以外，我做过的唯一一件不好的事就是上个月和"袋熊会"去华威城堡的时候吃了个金枪鱼蛋黄酱三明治——蛋黄酱是我尤其不该吃的食物。希望宝宝不会因此少个手指什么的吧。

玛妮这个月早些时候生下了她的宝宝——一个男孩，重 7 磅 11 盎司。一切顺利没有并发症，整个生产过程蒂姆都紧握着她的手。他们给他取名叫拉斐尔。

"噢，和那只忍者神龟一样的名字？"她告诉我孩子的名字时，我问她。

"不，致敬我去世的父亲。"

原来她父亲是意大利人，看看，他也叫拉斐尔。我倒是挺喜欢这个名字的。尽管我从小就喜欢那只叫米开朗琪罗的神龟，它个子小小，又承担了最多的笑点。这很奇怪是不是？喜欢一只乌龟？我想应该算是吧。

我今天去做了超声波胎儿异常检测——没有发现异常。我的超声波医师叫米西提，她的手是我迄今为止见过最柔软的手了。同时她还有另一个消息要告诉我。

"你想知道胎儿的性别吗？今天我们就可以很清楚地知道了。"

"嗯，我已经知道了，但我想你可以帮我确认一下。"

"噢，上次做超声波的时候他们告诉你了？"

"没有。妈妈总是知道的，对吧？"

"有时候是的。"

"是个男孩，对吧？"

米西提咬着嘴唇说："你想知道确定的答案吗？"

"你可以告诉我确定的答案吗？"

"是的，我可以给你确定的答案。"

"好的，那就给我确定的答案吧。"

她指着屏幕上的一块区域说："是个女孩。"

"是女孩？太荒谬了，"我说，"他的声音像雷·温斯顿。"

"雷·温斯顿？"

"是啊，雷·温斯顿。"

米西提似乎不知该说些什么。"我不确定是不是听明白了你的意思。"

"我能听到他，听到他和我说话，从很远的地方。"不，她依然皱着眉，还是那副要是这神经病还继续神神道道的话就赶紧叫保安了的表情，"不好意思，听起来很疯狂，是不是？我……做了个梦，梦见雷·温斯顿……在我的子宫里。"我完成了一个不可能完成的任务——我让这事儿听起来更奇怪了。

她大笑起来："你们这么早就开始建立感情了，这真好。很多父母如果得知他们孩子的性别和他们期待的不一样，都会很失望。"

"不不，我倒不是因为那个。我只是很惊讶而已。我原本很确定是个男孩，结果却不是。是个女孩。我怀的是个女孩。"

从诊所出来的时候，我迫不及待地想要告诉别人这个消息。我很想告诉妈妈。但妈妈已经不在，而我能想到的和妈妈最接近的人就是塞伦了。所以我给塞伦打了电话。

西雅图现在是早晨 6 点 31 分。电话响了 12 声后，她嘶哑的声音终于在那头响起。

"瑞安侬？你想怎样？你把我们吵醒了。"

"塞伦，我想告诉你一件事。"

电话那头一阵咕哝和叹息声。"什么事？"

"是个女孩。"

"什么是个女孩？"

"宝宝，"我哽咽着说，"我的宝宝。我的宝宝是个女孩，一切正常。我没有失去她！我要在亚马逊上买个多普勒超声波仪——所有论坛上都说那玩意儿用起来很复杂，而且你可能会把自己的心跳和婴儿的弄混，但我想，如果我仔细读说明书就不会有问题的。你那时买过吗？我只想随时能听到她的心跳，你知道吗？"

"瑞安侬，我甚至都不知道你怀孕了。"

1. 那些穿高跟运动鞋的人。

2. 那些在人行道上吐痰的人。

3. 翻拍那些完全不该翻拍的电影的人——像是翻拍后的《极盗者》（*Point Break*）、《欢乐满人间 2》（*Mary Poppins 2*），以及任何翻拍版本的《捉鬼敢死队》（*Ghost Busters*）和《大白鲨》。

之前我可能说了个小谎，对此我也很不好意思。这里是我唯一一个能够诚实的地方，所以我就直接说了吧：在过去的两个月里，我并不是一直保持着乖女孩的做派，它偶尔也会跑偏。我有时候会去帕特里克·爱德华·芬顿那里——只是去看看他而已。我会开车去托基，监视他。也可以说是去逛商店吧。在希瑟已经告诉了我他曾经在哪儿工作、现在还在哪儿工作之后，搞清楚他住在哪里、最关心的事情是什么，那简直是小菜一碟。买电脑游戏，卖体育装备，盯着孩子。

今天我又回到了托基，回到了"疯狂体育"商店，盯着他。

我那宝宝似乎并不介意。到目前为止，没有疼痛，也没有人跳出子宫来用各种方式指责我"不该在这里""不该这么做""应该放过帕特里克·爱德华·芬顿，就让他安然度过余生，继续做一个恋童癖"。

我可不会让这样的事情发生。

我晃晃悠悠来到他身边。他正在给一个金发小男孩量脚，准备卖给他一双新足球鞋。他的手指紧紧跟随着那男孩脚上的每一个动作。我看着他那么和善地和男孩的妈妈聊天，帮孩子系好鞋带，又免费送了些擦鞋的清洁剂，因为"我们希望我们的顾客开心地离开"。

真是太虚伪了——他的名字可是芬顿啊。

金发男孩穿上球鞋，和他的妈妈一起拿着万事达卡走向收银台的时候，我开始行动了。

"嗨，你好吗？"

他从一大堆鞋盒和不要了的足球鞋中抬起头，看向我。他朝我笑了——舌钉、黄牙，还有三颗牙是填充的。

"前几周的时候我来买运动鞋，你帮我量过脚。"

"噢，这样。鞋子怎么样？不会太紧吧？"

"不紧，挺好的。我现在就穿着呢，你看。"我亮出鞋子给他看了看，他点点头，"我说，我知道这很疯狂，但我向你保证我不是什么神经病。我刚搬到这里来，什么人都不认识。我在这里见过你几次，觉得你很不错。我想问问你，愿意跟我出去喝一杯吗？"

"喝一杯？"他抬起手腕擦了擦油乎乎的前额。

"是的。"我摆出了和发型最搭配的微笑，试着调整自己脑袋的角度，好让眼睛在这简陋的灯光条件下也能闪闪发亮，"就是出去玩玩而已，我请客。我觉得你很有魅力。我从你这里买了两双鞋呢——你一点都没多想吗？"

"我还真没有。"他露出一个直男在被女生表白时的典型尴尬笑容。我当然并不真正觉得他很有魅力。恰恰相反，我觉得他很恶心。而且也太瘦了——简直就是一袋子细长的白骨头被包在画得超级难看的文身里，再用些脏兮兮的节日腕带绑了起来。他还有很重的口气，闻起来跟臭鸡蛋似的。他没有任何可取之处——没有社交礼仪、不幽默，也不卫生。这大概就是为什么他喜欢去找幼儿园的孩子吧。

*你打算告诉他我的事吗，还是我只是跟着去凑热闹？*

"嗯，那好吧，"他咕哝着说，"但我要到18点才下班。"

"没问题。我的车就在楼下，我到时候来接你。待会儿见。对了，我叫莉亚。"

"帕迪，"他说，"全名是帕特里克。"

"很高兴认识你，帕特里克。"

♪ ♪ ♪

我把车停在小矮妖酒馆外面。从谷歌地图上看，这是镇上唯一一家没在停车场装监控摄像的酒吧。3杯拉格啤酒才让我给他下的药起了作用。他在我的汽车后座上打起了鼾。我信守我的承诺正在送他回家。不过严格来讲，我可没说要送他回哪个家。现在他要是出什么事，可都是他自己的错了。

## 10月1日，星期二

怀孕 21 周零 2 天

    1. 那些不会拼我名字的人，比如：所有人。

    2. 那些根本就没征求过我意见，就认为可以叫我昵称的人，比如：所有人。

    3. 那些没经过我同意就来摸我的肚子的人（超市里的女人、医生那里的女人、公共汽车站的孩子）。

今天早上在《心理牙线》（*Mental Floss*）杂志上读到一篇文章，是讲动物世界里的坏妈妈的。格陵兰海豹在宝宝出生的前两周都是非常好的妈妈，可一旦不需要喂食了，它们就会扔下孩子，自己出去觅食。布谷鸟把蛋产在别的鸟巢里，因为它们懒得自己养孩子。而熊猫更是众所周知不擅长养孩子的动物，它们吃不该吃的东西，每天睡 23 个小时，也没有足够的性生活来怀孕。

这样看起来，我就是个披着人皮的熊猫。

你知道杀婴行为在动物界很常见吗？我以前还真不知道。但昨晚和吉姆一起看的自然节目里提到，狮子会杀婴，猫鼬会杀婴，还有超过 40 种猴子也会做这种事。动物们这样做，是确保适者生存的方式之一。嗯，宣扬善良和人性是很好，但如果人类的本性就是残忍呢？如果这一切都是本能呢？

我还是会做那些生动的梦——现在比以往的任何梦境都更清晰了。昨晚，我梦见我把孩子放进冰箱冻了起来，再拿出来，放在砧板上，切成薄片，加在两片多重谷物面包片中间。我不知道这意味着什么，除了告诉我一个事实——我可能会是个没用的母亲。但这一点我早就知道了呀。

为了让自己感觉好受点，我去了井屋。我坐在井沿上，吃了一袋杂拌儿糖果。我刚一坐下，就开始听到尖叫。

"我的脚都摔断了！快把我弄出去！你这臭婊子！"

我把手电筒往里照了照，看见一缕棕色头发和一张脏兮兮、满是斑痕的脸。他突然安静了下来。

"嗨，帕特里克。"我挥挥手，咬着我的可乐瓶子。

"你他妈的……要做什么？我受伤了！"

"我知道。"

"把我弄出去！"

"怎么弄？"

"我怎么知道？找人帮忙啊！我痛死了。"

"你饿吗？"

"当然饿！我在这井底下困了 3 天了都！"

"很好。继续饿着吧。"

这段对话过后，没多久我便离开了。在我自己的房子（假的）被人用这样的语气和我说话，我才不干呢。

我还没为宝宝的降生做任何准备呢，一点都没有。我甚至连婴儿床都还没有挑。这算是我从那些个孕期指南之类的书籍中学到的一样有用的东西——每个女人多多少少都会觉得自己是个没用的母亲。在分娩前的几个星期，没有人会觉得自己准备好了，或是足够清醒、足够舒服来完成这个身份的转换。大多数准妈妈整个孕期都会觉得自己肮脏、不舒服、油腻而丑陋。

这里的"大多数女人"不包括莱斯利·麦特斯基。

本着要做一个好妈妈的精神，我开始读一些妈妈的博客，看看她们都在做些什么，好让我效仿一下。其中一个博客的名字叫"小青蛙"，就是这个身材无比健美的健身教练莱斯利·麦特斯基写的。她生活在洛杉矶，如果你还有点自知之明，她就是那种最不适合交朋友的人。

首先,她嫁给了一个百万富翁,他是那种科学家用的描图纸的发明人。这样莱斯利就不用工作了——她所有的时间都花在了如何在不停生孩子的同时还能保持身材上——她"唯一真正的热情所在"。她在博客里发自己做瑜伽和跳钢管舞的照片,还有每天喝的奇亚籽、亚麻籽和螺旋藻奶昔,就为了让我这种无法抗拒猪油美味的人感到羞耻。她还会分享那种激励人心的心灵鸡汤,比如"消极的思想无法给你带来积极的生活",以及"人的身体就是一座庙宇——保持它的干净和纯洁,好让你的灵魂居住其中"。

我的刀倒是很想居住到她的头骨里去。

她是那种会在享受美食的半途中停下来计算一下卡路里的人。莱斯利正怀着她的第 6 个孩子,博客上则记录了她每天的健身计划——之前提到的瑜伽、壶铃和慢跑。

我仔细研究了一下她的 Instagram——至少有一半的照片都是她的六块腹肌,她超级可爱的满脸洛杉矶笑容的孩子们,还有段视频,是其中一个孩子在他们钻蓝色大餐桌上品尝了她那看着都恶心的奶昔后说:"干得好,妈咪!"

她在 Instagram 上的粉丝比我的还多。我要提醒你,还有一个叫"玛吉·撒切尔的牛肉窗帘"的账号粉丝比我的都多。

莱斯利的丈夫查德觉得她"怀孕的时候超性感",显然,他们"在卧室里简直怎么也亲热不够,嘿嘿"!

嗬嗬。我想把她那自以为是的耳朵给切下来。我想把她那结实紧翘的屁股给劈了。我想刺穿她那充满洛杉矶气息的脑袋。

我可不是莱斯利那样的女人。怀孕没什么好让我高兴的。到处都疼死人了。我的头疼得厉害,我总想大便,却无法让屁股上的肌肉好好工作,以至于我都 3 天没拉过了。照这个速度,婴儿都要比大便先出来了。老天,如果我连大便都挤不出来,又要怎样才能把个娃给挤出来啊?

我还全身都肿胀得厉害。我觉得自己就跟动画片里的侏儒薇布尔似的。我小时候就把我所有的薇布尔玩偶给砸碎了。我让它们都摔倒了,然后留下来过夜。

还有个博客是一个叫克劳德特·比林顿 – 普利斯的英国模特的。她记录她孕期的每一步，就像这是地球上最最美妙的一件事。她在生下第一个孩子后"在普拉提的帮助下迅速恢复了体形"。我猜有帮助的是她一开始也就只有 4 英石<sup>①</sup>重，而且产后除了健身什么别的事也不用干。她说"世上没有能让你大吃特吃的借口"。

有种出来单挑啊，贱人。

我随时想吃什么就吃什么，你个晒得皮肤黝黑、鼻子里全是硅胶、胸大屁股翘的虚伪做作的完美贱货。

去他的必需营养素。在花了那么长的时间控制饮食和体重后（虽然我的确是没控制多久，也没减下来什么体重），我的身体现在选择想长多胖就长多胖，而且它现在最急需的必需营养素就是面点。

所以，去他的莱斯利·麦特斯基，去他的克劳德特·比林顿 – 普利斯。去他的伊莱恩。

去他的。

"干得好，妈咪！"

---

① 4 英石约为 25 千克。

# 10月3日，星期四

怀孕 21 周零 4 天

      1. 诊所的前台接待员。你去诊所预约阴道检查，他却在那儿和同事聊摩洛哥坚果油。

      2. 在挤满了人的房间里和你确认你的处方的诊所接待员。这下所有人都知道你在等阴道洗液和安那素①了。喂，后面还有人没听清的吗？

      3. 那些会说"今天早上真清凉呢，是不是？"和"今天是有减价抛售吗？"的人，比如：伊莱恩。

今天去看拉娜了，给她带了些自己做的脆皮米糕，在她那儿待了一个早上。我还带了叮当过去，因为我知道她喜欢狗。她的衣服在客厅烘干机里烘干，叮当尿在了她的小黄人睡裤上。我什么也没说。

她的冰箱是空的，所以我去街角的商店给她买了些必需品——牛奶、鸡蛋、比萨。她又割伤自己了——她的右手臂上现在有了 10 条割痕，以前只有 3 条。

"哎呀，哎呀，"我说，"你这是去打仗了是吧？你的急救箱呢？"

我真是个好朋友。即使这都是装出来的，我也比大多数人好得多。

不过我还是一直很饥渴，就连看到一块烤猪肉或是看见吉姆给柏宾士（Brabantia）垃圾桶套塑料袋都能被激起"性"奋来。情况已经发展到了荒谬的程度。有天晚上我们一起看《限制级诊疗室》（*Embarrassing Bodies*），一个像蜜瓜那么大的蛋蛋的镜头让我下身透湿，可伊莱恩看得

---

① 治疗痔疮和肛裂的药。

浑身不舒服，切到了电视购物频道开始看他们卖钻石。

昨晚我们一起看了部关于塞伦盖蒂草原上的动物们的纪录片，我和吉姆两个人。伊莱恩吃了药早早去睡了的时候，我俩常一起看电视。看得最多的是园艺节目和新闻报道，通常都把声音调得很低。他很关心时事，尤其是国际形势。他对增税以及"那起公交车车祸里受害的可怜人"发表愤怒的评论时我看着他的脸。我不知道看这些东西的时候要怎样才能让自己落下泪来。

我有时候也会看得很生气，特别是看到虐待儿童或动物的新闻的时候，但仅仅是愤怒而已。除了愤怒也不会有其他的了。

昨晚我们看着母狮子在沙地里打滚，吸引公狮子来与她交配。我坐在他旁边的沙发上，想要依偎着他。广告时间，他起身给自己倒了杯茶，回来的时候，他坐在了对面的椅子上。纪录片的解说员讲到狮子饥饿或者饥渴时可能会很危险。危险的可不仅仅是狮子啊，我的朋友。绝不仅仅是狮子。

根据某本书上的说法，孕期饥渴是正常现象。这本书叫《孕期的你和你的阴道》：

"你可能会经历性欲的增强。这是由骨盆区域的血流量增加和激素水平升高导致的。你的胸部会更加敏感，你的阴道会更加润滑，所以邀请你的男人，准备进行有史以来最好的性爱吧！"

我怀念有人能解决我这方面需求的日子。尽管我是个精神病，我还是喜欢拥抱。我想念亲热后拥抱的感觉。克雷格喜欢拥抱，AJ 则不太喜欢——他也会试着给我个大大的熊抱，但大部分时候，他的小弟弟一碰到我的屁股就会再硬起来。我想知道那个《普利茅斯星报》的家伙对一对一的游戏有没有兴趣。我能把他抱得屁滚尿流。

莱斯利·麦特斯基的丈夫查德不管从哪个方面看起来都是完美的——这个自然啦。今天早上，她除了各种发奶昔配方外还又一次赞美了他："查德不管我身材怎样都喜欢，但我生完孩子后一周就能穿回我的紧身牛仔裤，这真是太棒了。"

可不嘛，再长胖个3英石①，看你家查德还爱不爱你。查德显然更喜欢他的女人有胸有屁股——要不然这女人为什么要这么苛求自己？如果只是为了自己，谁会让自己的身体经受这些折磨啊？

她今天的 Instagram 照片，是查德在她的孕肚上比出一个爱心的形状。我想用一大缸她的"超健康的超级食物汤"把查德给煮了。

● ● ●

现在是凌晨 3 点 12 分，我刚汗流浃背地尖叫着从一个关于 AJ 的噩梦中惊醒。我们在树林里亲热，他突然不见了，只剩下我一个人。雨下得很大。我听见有声音，于是开始跑了起来。这时我回头一看，发现他在后面尖叫着追赶，每跑一步，四肢便掉下去一块。

"救救我，瑞安侬！救救我！别带走我的孩子！"

跑过树桩的时候，他的脚掉了下来。手也掉了下来，血泪泪往外流。接着他的胳膊也掉了下来，然后是一条腿。他跌跌撞撞，倒在了地上，开始爬行。而我只能站在那里，看着他的身体朝我蜿蜒地爬过来，就像一条蛇。最后掉下来的是他的头，径直掉进了我的手里。我盯着手里的他的脸，他一遍又一遍地重复着那同一句话：

"别带走我的孩子！别带走我的孩子！"

现在我心跳个不停，怎么也无法平静。肚子里感觉也很奇怪——一个个的气泡在爆裂。这要不就是我要放屁了，要不就是宝宝在闹别扭。我买的多普勒已经拆了包装，它看起来很不错——一个小小的白色电器盒子，附有一根小棍子，就像一根粗粗的白色蜡笔系在一根绳子上。我往肚子上挤了些凝胶，用"蜡笔"在上面涂了起来。在足足 10 分钟的时间里，我什么也没有听见。我试着戴上耳机好让声音放大些，最后终于成功了——那是代表一切正常的声音。

怦。怦。怦。146BPM。152BPM。140BPM。

① 3 英石约为 19 千克。

但我依然坐立不安。这个梦太真实了。"别带走我的孩子！"这是什么意思呢？孩子要被带去哪里？我总想起伊莱恩和我说我们这周末要装修宝宝房的事——她打算把我隔壁那间用作宝宝房，也就是我现在的衣帽间。我所有的森贝儿家族玩偶都在那里面。要是宝宝占了它们的房间，我的森贝儿家族玩偶们又要去哪里呢？我总不能把它们赶出去。

等着多普勒仪器探测出声音的时间里，我摆弄了一会儿手机——内存已经满了，我得删掉些文件，里面存的主要都是叮当在海滩上或是吉姆的花园里的视频。我翻着翻着，看到了一段 AJ 的视频。我都忘了还有这么一段视频了。那是一次我们去树林里吃午餐时拍的。那是我们亲热的那片树林。我爸爸和爸爸的朋友正是把皮特·麦克马洪埋在了那里的地下，而我站在一旁，举着手电。

在视频里，他脱下了上衣，阳光从树上洒下来，在他的胸膛上跳动闪烁。他在跳舞，而我躺在地上拍他。他向我走过来，弯下腰，直视着镜头，嘴里唱着"无法把你从我的脑海抹去"。这段视频录了 32 秒。

就是在我放这段视频的时候，多普勒仪器里传来了宝宝的心跳声。

我关了视频，心跳渐渐恢复了正常的频率。我又放了一遍，心跳便又快了起来。这错不了。那声音是如此坚实。我把那首歌放了 20 遍。我上了 AJ 的脸书，想看看有没有更多他的视频。我找到了一段他弹着吉他唱《永远不要把我们分开》的视频，那是他参加《澳大利亚达人秀》的试镜。

多普勒仪器里传来的心跳声又变响了。绝对错不了。听着 AJ 的歌声，我的泪水也一下子涌了出来，来得那么突然，我都没能忍住。

"你爱你爹地，不是吗？"我对着一片漆黑的卧室说。

没有听到回答。我不需要回答。我一遍又一遍地播放那首歌，听着心跳声一次一次变快。"我真高兴你爱他。这意味着你不像我。"

# 10月4日，星期五

怀孕21周零5天

1. 侦缉督察尼狄·杰里科。

我终于大便了！量非常大，而且很痛苦，长得还有点像哈维·韦恩斯坦[①]，但现在它总算是出来了，狂野而又自由地跑了出来。我感觉自己今早达成了一项挺了不起的成就，下楼的时候我差点就要高声宣布这个消息，我太为自己骄傲了。但吉姆的声音让我打消了这个念头。他正严肃地在客厅里和什么人交谈。

刚一推开门，我的胃灼热立即开始发作。

"瑞安侬，这位是督察……"

"杰里科，"我说，"我们之前见过了。你好啊。"叮当原本坐在她的腿上，我一打开门，她就向我跑了过来。叮当，不是杰里科。

看来她还没让叮当忘了自己的身份……

那女人站起来，朝我伸出手。我和她握了握手。她面前的茶和姜汁饼干已经吃了一半。

"伊莱恩呢？"我问吉姆。我知道她不想见到警察。

"她在卧室躺着呢，亲爱的。"这话翻译过来就是：她在楼上跟吃巧克力豆一样吞着曲马多，顺便隔着卧室门偷听，"杰里科督察想简单聊几句。"

他没说杰里科想跟谁聊几句，但鉴于杰里科正盯着我看，我猜大概是我吧。

---

① 美国电影界大亨，米拉麦克斯公司创始人，后因性丑闻而入狱。

"可以吗？"她补充道。

"当然没问题。"我说。我看了一眼吉姆，希望他能明白我的意思，把叮当带出去，让我俩聊。但吉姆就是吉姆，我暗示得再明显他也理解不了，所以我只好直接说了。他走后我在沙发上他原本的位子坐下，面对着杰里科："抱歉我还穿着睡衣。我没发现已经这么晚了。我最近总也睡不够。"

"没关系，"她一页一页翻着自己的笔记本，问，"孩子一切都好吗？"

我鼓起肚子两边，让它尽可能地看起来更大一点。"噢，你懂的，快了吧。孕期至少过了半程了，不过呢，唉，总是觉得很累。"我差点和她说了刚才大便的事，但我猜现在还不是时候吧。或者对象不对。也可能是主题不对。你能对谁说这样的话呢？谁又会感兴趣？医生吗？刚才那大便量是真的非常大。

我以为杰里科会和我聊聊她怀孕时的感受，但她并没有。她完全就没提过自己有孩子。她向我露出一个皮笑肉不笑的微笑，把笔记本朝我推过来，说："我刚才告诉威尔金斯先生案子有了新的进展。我们，截至昨天上午，又指控了克雷格两起新的谋杀案。"

我的嘴张得老大，又立即伸手捂住，像是生怕有什么东西要从里面掉出来。"噢，我的天哪！真的吗？"

她从座椅扶手上拿下一个iPad，解锁之后滑了几下，将屏幕转过来面向我。屏幕上是两个男人的照片——入狱登记照——其中一人面色憔悴，胡子拉碴；另一个是黑人，戴着金色耳钉，额头上还有痘坑。我认识他们——红手套和头套男，也就是那两个开蓝色卡车、想绑架和强奸希瑟·怀瑞曼的男人。

"他们是什么人？"我像往墙上刷水泥般给自己的脸贴上了一副困惑的表情。

"凯文·弗雷泽和马丁·霍顿-威克斯。他们犯过入室盗窃和其他轻罪，另外我们相信他们还犯下过多起强奸案。他们在4月10号被——"

"噢天哪，我想起来了，"我插嘴道，"那时我还在《公报》工作。

他们的卡车在采石场被发现了。"

"是，没错。"

"你们认为是克雷格干的？"

"没错，我们相当肯定这案子与他有关。我们需要你告诉我们克雷格那天晚上人在哪里。"

"4月10号，"我在脑海里搜索了一番，说，"他大概在家吧。"

"大概？"

"4月10号，4月10号，"我继续说着，"我能看看我的手机吗？不管我们干了什么，那里面会有记录的。"

"没问题。"

我从睡衣口袋里拿出手机，打开日历。根据我的记录，那天是皮奇生日，我们在她家过夜。"我在我朋友家。皮奇——爱丽丝·皮尔。那天是她生日，我们在她家过夜。"

"你在朋友家过夜？"她微微一笑。

"是的。嗯，看剧、吃雪糕、化妆，干女人们爱干的事，就这样。"

"克雷格也在吗？"

"我猜他那时候应该回到公寓了吧。"

"所以他肯定是没和你在一起喽？"

"没有。你们去问过拉娜·朗特里了吗？如果他知道我整晚都会不在家的话……"

杰里科抿了一口茶，说："我们已经和朗特里小姐谈过了，她说她那晚没和克雷格在一起。"

噢，老天啊老天。

"那他就没有不在场证明喽。"我说完才意识到这听起来太轻快了些，于是拿出了大撒手锏——中等距离的凝视和泪水，静默而纯净的泪水。"天啊，5个人。他杀了5个人？"

"事实上，朗特里小姐收回了她之前给他做的所有不在场证明。"

我认认真真给出一个皱眉的表情："他新年夜不在她那儿？"

"看来并不在，"她丝毫不为所动地盯着我，"你和拉娜·朗特里有联系吗，瑞安侬？"

"没有。我怎么会跟她有联系？受不了那个女人。"

"你最近都没和她说过话？"

"克雷格被捕后几周我去了趟办公室，那之后就没有过了。确切地说，那之后我就再也没回去过了。"她还在等着我往下说，"发生了一点小事故。我打了她。打得挺厉害。好几下。"

杰里科的眼睛像猫一样凌厉起来："她没告你？"

"嗯，她没有提出指控。噢，我想起来了，我几周前还给她送了花算是道歉。不好意思，我这是孕傻了。"

客厅的门吱呀一声开了，叮当屁颠屁颠地跑了进来。她跳上杰里科的膝盖，疯狂地舔起了她的脸。她这是在警告她关于我的事，我知道她就是这个意思。不——舔舔——要——舔舔——相——舔舔——信——舔舔——她——舔舔——她——舔舔——杀——舔舔——了——舔舔——人。杰里科保持了冷静，她只是抱起叮当放回了地板上。

"她喜欢你呢。"我咯咯笑了。

督察在她的本子上潦草地写着什么。

"我想你肯定认为我很傻吧？"我擦了擦自己的脸颊，说，"我什么都没察觉，都没看出来他是个什么样的人。"

她抬起头，说："现在，让我们开诚布公地来聊聊茉莉亚·柯德纳。"

我摆出那个和白人眨眼动图上一样的表情："不好意思，你说什么？"

"那个在采石场被发现的女人。你们之前是同学。"

被发现了。

"我们确实上过同一所学校，但我和她不熟，完全不熟。我们算不上朋友。"

"你之前为什么不告诉我们这个信息？她的尸体被发现的时候为什么不说？知道克雷格和她的死有关的时候为什么不说？"

"我不觉得这有什么重要的。她只在我的学校读了一年。那学校挺大的，我们之间并没有过什么交集。你想说什么？"

"你男朋友被指控谋杀了你的一个同学，这太巧了，不是吗？"

"不算巧，她并不是我朋友。"

"现场到处都是克雷格的 DNA，她尸体上也是。然而，我们确切地知道，她死的那天晚上克雷格根本不在采石场附近。"

"嗯？"

"他在伦敦看一场球赛。"

"所以呢？"

"这说明他有同伙。也有可能，茉莉亚·柯德纳根本就不是他杀的——有人把现场伪装成是他杀的样子。"

我注意到自己嘴唇周围肌肉的抽动。"你的意思是，有人陷害他？"

"我们在考虑一切可能性。"

嗯……她嗅到我的不对劲了吗？她是在等我认罪吗？

"我不知道还能和你说些什么。"我低头盯着她那缺了几根手指的手。她看到我在看它，"你的手指是怎么没的？"

她一刻也没犹豫，开口问道："茉莉亚被杀的那晚，你在哪里呢，瑞安侬？"

我往后一靠，竭力装出震惊而骇然的样子："现在我也有嫌疑了吗？我是不是该去找个律师？"

"不，我们只是需要搞清楚状况，查清楚每个人都在哪儿，每个人自己说他在哪儿。你没有和克雷格一起去温布利吗？"

"我讨厌足球。那天晚上大部分时间我都在家。"

"你确定吗？"

"确定。"

"大部分时间？"

我叹了口气："我出去倒了垃圾，遛了叮当，还下楼看了我的邻居，惠特克太太。她住在我们楼下的一间公寓，至少以前住在那儿。现在她搬走了。我以前有时候会去她家陪陪她，和她一起看《杀机四伏》（*Midsomer*

*Murders*）。她可以为我做证。"

"我们已经和你的所有邻居都谈过了。"她的语调轻轻软软的，像是在点鸡尾酒。说着，她又翻了翻那本笔记，"惠特克太太可没提到你那天晚上去了她家。"

"她有老年痴呆症，很容易忘事。"

杰里科盯着我看了很久。我无法判断她在想什么。她的身上没有气味，没有一丝情感流露。她就像是本没有封面也没有内容的书，像是一扇紧闭的门。她是我见过的在情感上最为封闭的人了。除了我自己吧，我想。

"拉娜说她那天晚上在哪里呢？你问过她了吗？"

"她在自己家，一个人。"杰里科吸了口气，说。

"那不就得了。"

"是啊，那不就得了。"

我不知道她手上是否还有对我不利的信息，抑或她只是在聪明地打太极。那晚唯一能把我和茱莉亚联系到一起的就是亨利·克里普斯的车，我是用那辆车运的尸体。但杰里科又怎么会知道这件事呢？她不会知道的。她没法确定任何事，但作为一名警察，她受到的教育是：不要做任何预设，不要相信任何人，要质疑一切。不是吗？

什么都不要再说了。

所以我没再说话，接下来的好几分钟都保持了沉默。她在本子上潦草地记着，我则站起来，看向飘窗外。

终于，督察收起她的 iPad 和笔记本，站了起来："我想今天就到这里吧。"我的心怦怦直跳，身体松弛下来，"谢谢你的配合。"我们又握了握手，"替我谢谢你公公给我泡的茶。"

"他不是我公公。我和克雷格还没结婚。"

"噢，可不是，抱歉，"她说着，用左手上仅剩的几根手指挠了挠太阳穴，又说，"不过，他们让你住在这儿真是好呢，对吧？像现在这样让你进入他们的生活。"

"我没有其他人可以依靠了，"我一边引着她走到前门，打开门闩，一边说，"他们都是好人，我怀的是他们的孙子。"

"是啊。"她跨出门去，却在门阶上回了头，看向我，"噢对了，我们打过你电话，0718 开头的那个号码。"

"啊，见鬼，对不起，我是换了个号码。"

"能告诉我吗？我们要保留个记录。"

"没问题。"她告诉我她的号码，我往她的手机上发了个空白短信。

"非常好。谢谢你的配合，我会再和你联系的。再见。"

我在她身后关上门，把额头贴在靠走廊的那面墙上，好让自己冷静下来。我在发抖。"这是什么鬼？"

"她盯上你了。"

"不，她才没有。"

"那不然她为什么要找你要新号码？"

"留个记录而已。"

"她迟早会来问你，为什么旧手机号码的合同期还没结束，你就要开始用一个一次性手机号码。"

"你太多疑了。"

"要是她查了胜利公园谋杀案那天晚上你和克雷格手机的三角定位呢？我在《重任在肩》（*Line of Duty*）里见过警察这么干。"

"我每次打算出手的时候都会关机……再说了，她为什么要查我的手机呢？克雷格才是嫌疑犯。"

"警察什么都会查。她还可能会查法医那边的异常情况。"

"什么样的异常情况？"

"比如犯罪现场的一根长头发啦，一块旧的衣物纤维啦，你在伯明翰杀出租车司机那晚曾经在监控摄像里出现啦……"

"那个案子他们还在查呢。再说，不是有连环杀人犯声称是他们做的了吗？"

"没有。"

"反正我并没有惹上麻烦。"

"那也并不意味着你就可以高枕无忧。而且现在她知道你和茱莉亚是同学了，万一她找到见过她欺负你的目击者呢？你摊上事了，妈咪。"

"冷静点，她什么都不知道。对克雷格不利的证据太多了，她不会怀疑我的。"

"但茱莉亚死的那晚克雷格不在。他们知道她肯定是别人杀的。"

"看看现有的情况吧，拉娜尽在掌握，克雷格在监狱里，没有动机、没有机会、没有目击者也没有凶器来让他们怀疑别人。一切都好着呢。"

"呵呵，也就是目前而已。"

# 10月5日，星期六

怀孕 21 周零 6 天

1. 在硬木地板上把椅子往桌边拖的人。

2. 有些人啊，推特上看到有人死了——"噢，多么悲伤的消息啊。我的心与你的朋友和家人同在！"结果不过 30 秒后，便开始大发特发花花绿绿的表情，庆祝哈利·斯泰尔斯出了新单曲（比如：布丁俱乐部的斯嘉丽）。

3. 在和我聊天的时候接电话的人，比如：玛妮。

当上帝都站在你这边的时候，谁还需要杰里科呢？我在读《罗马书》的时候看到了第 13 章第 4 节："……你若作恶，却当惧怕，因为他不是徒然佩剑；他是神的用人，是申冤的，刑罚那作恶的。"

看看，原来我是在做上帝的工作啊。算是吧，在某种程度上。还有比上帝更好的助攻吗？

今天早上又收到了一张那个字写得像鬼画符的幽灵般的人物送来的字条——"致我甜蜜混乱的家"。这已经是我们收到的第 4 张了。摄影师们也成群结队地回到了家门前的台阶上，跟之前那拨又不太一样了，就像一群工蜂。不过只有一只工蜂知道我喜欢甜甜圈。我面前有一盒打开的卡卡圈坊的甜品。

"嗨，瑞安侬。"《普利茅斯星报》那家伙举着盒子送到我面前，仿佛呈上来个镶了貂皮的垫子，上面摆着皇冠，"今天想吃甜蜜草莓口味的吗，还是柠檬芝士蛋糕？巧克力之梦？我还买了蓝莓口味的，因为我知道孕妇应该多吃蓝莓。"

"请给我一个原味的。何必要给百合花镀金呢？"

他往盒子里看了一眼："噢，那个好像已经被人吃了。"他回头瞪了一眼他的摄影师。尽管我还穿着脏兮兮的睡衣，下巴上还沾着奶油，那家伙已经在朝着我摁快门了。这一次我倒不在乎。我想怀孕到了这个时候，尊严已经被我抛在脑后，对于外表是否会冒犯他人的担心我也早已免疫了。

我无视了其他所有记者的喧哗，招呼《普利茅斯星报》的这家伙上前来。"那么你今天早上又想怎么样呢？"我一边问，一边又拿了巧克力卡仕达酱口味的那个，酱汁有一半都抹到了脸上。客厅里的网眼窗帘动了一下，伊莱恩在飘窗后看着我。

"想听你聊聊那最新的两项指控。我有这个荣幸吗？"

"我显然深感震惊，无比骇然。"

"哦？"他一下子来了精神，双目炯炯有神，"克雷格今早成了英雄。你看《镜报》（*The Mirror*）了吗？"

"这段时间以来，对于镜子我都是能躲则躲。"[①]

"不，不。"他说着，拿出自己的手机给我看。屏幕上是《镜报》的头版文章：《钳子杀人狂的目标是性犯罪者：关于变态威尔金斯是'正义使者'的新说法》。

"噢。"我嘴里还在嚼着甜甜圈。

"今天早上，这在一定程度上改变了全国人民对他的态度。现在他有点像是个英雄人物了。他被控杀害的人中至少有 3 个是性犯罪者。社交媒体上全是关于他的讨论。"

他又打开了自己的推特，5 条热搜全是关于克雷格的：

# 正义使者

# 钳子杀人狂

# 蓝色卡车

# 威尔金斯是救世主

---

① 《镜报》的英文名正是"镜子"的意思。

## # 德克斯特 [①]

"看来他们忘了采石场那个女人嘛。"我说。

"《每日邮报》在报道里写，现在看起来她不太像是他杀的了，因为她不符合他的杀人规律。看到了吗？"

"我看是不符合他们的规律吧。"

"公众似乎还挺买他们的账的。"

"真有意思。"

"那么能对我们说说你的看法吗？"他向我露出微笑，那是我见过的最灿烂的微笑，比上一个还要好看。

我也回给他一个微笑。我从来没有拒绝过一个给我买甜甜圈的男人。他很性感，欲火中烧，虽然我可能是误把"我想要你"的信号理解成了"我想利用你"，但我并不在乎。

"想来一个吗？"我拿出最后一块甜甜圈。他犹豫了一下，只有很短的一下，然后便向前凑了过来，张嘴包裹住了它，他的嘴唇慢慢擦过我的指尖。这是我几个月来有过的最性感的时刻了。身体某个部位开始苏醒。我都忘了我还有那个部位了。

他笑了："太好了，所以我们可以进来了？"

"不，这里不行。我婆婆承受不了。我们在海滩上那家咖啡馆见吧——海湾小食馆。下午1点怎么样？给我点时间收拾一下。"

他笑着点点头，合上装甜甜圈的纸盒，迎上我的目光，说："我会把剩下的都带上。我叫弗雷迪，顺便提一句。"

"一会儿见，弗雷迪－顺便提一句。"我盯着他的眼睛，大步流星地走回屋，比起瑞安侬，此时的我倒更像蕾哈娜呢。

我随手关上了门。我没有误会他给的信号，可我不太理解——也许他迷恋孕妇，或者他是个喂养癖——喜欢养着一个30英石重的胖女人，还要给她的食道接根管子，直接往里面倒融化的冰淇淋的那种人。我可能也会成为那样的女人。那倒是能同时解决这男人的饥渴问题和我的连环杀人

---

① 德克斯特是美剧《嗜血法医》的主角，也是一位专杀逃脱法网的罪犯的连环杀人犯。

问题了。嗯，那很不错，宝贝，那很不错。

"那是谁？"我的拖鞋刚一碰到厨房的地毯，伊莱恩便绞着手问道。

"地方小报，没什么大事。"

"你和他们说什么了吗？"

"当然没有。"

"你在撒谎，瑞安侬。你每天都和那个人说话，我都看见了。"

"我觉得他很可怜。他只是个初级记者，想弄到点大新闻。"

"你和他约了见面。你打算和他说些什么？"

"没什么。他又带了甜甜圈来，我一时慌了。"

"别去，拜托了。我求求你。和那些秃鹫说话没有任何好处，他们会扭曲你说的每一句话。我知道他们会这样的。求你，瑞安侬。"

我挣扎不已，一边是在咖啡馆里和这个"弗雷迪-顺便提一句"从彼此的手掌心舔食面包屑、享受另一段短暂的性感时光，另一边是伊莱恩可怜巴巴的哀求，这让我左右为难。

"我当然不会去跟他们说什么啦。"我叹了口气，把她搂在怀里。

她在我怀里哭了起来："别让他们把你也带走了。"

● ● ●

帕特里克已经不好玩了。他现在不怎么叫了。我坐在井沿上，往他身上倒水，往下面扔"Go Ahead"牌饼干——伊莱恩老给我买这个，可我根本不爱吃，他就那么干坐在那里，流着眼泪，说他的腿都变绿了。

当一个人到了生命的最后阶段，一切都变得相当无趣。我可能很快就得处理掉他了。我还没想好怎么做。今天吉姆说要去井屋，让我有点慌张。

"没这必要，"我说，"那里挺好的。我经常上去帮你看看的。"

"嗯，我知道，但我可以带上我的工具，上去看看在学校期中假前还能不能做点什么，这样如果我们幸运的话，可能会有几个订单呢。你觉得呢？"

"嗯，是有可能。但确实没必要，吉姆，我说真的。那地方很干净，我也一直在修剪草坪，替你浇花。"

"啊，你真是个好孩子，我都不知道要是没有你该怎么办，瑞安侬。这几个月来，你真是帮了我的大忙了。"

"这让我挺充实，没时间想别的烦心事，不是吗？"

他张开胳膊，给了我一个大大的拥抱。

布丁俱乐部今天下午的聚会还是和往常一样吵吵闹闹，十分吓人。唯一的区别是，多亏了气候变化引发的秋季热浪，我需要面对的还有晒伤和皮肤瘙痒——这次的活动是在海滩上野餐。大家都有些新闻要分享——内维正在和"史上最严重的感冒"作斗争；海伦的互惠贸易咖啡早餐会"获得了无与伦比的成功"；斯嘉丽的婆婆被诊断出得了帕金森症，她事无巨细地向我们描述了整个家庭是如何被告知这一消息的种种细节。

我把脑子放空，对着她身后在那片平坦空地上啄食薯条的海鸥，想象它们喙下的是她所剩无几的大脑组织。

我有一周没见玛妮了，但我们一直在 WhatsApp[①] 上聊天。我想她了。她看起来很憔悴，眼窝深陷，头发蓬乱。她的套头衫都穿反了，打底裤膝盖上还有一小块白色污渍。我什么也没说。

佩带来了我们怎么也不可能吃得完的食物——当然主要是布丁——自家做的纯素食布朗尼、无麸质椰枣核桃蛋糕、柠檬蛋白派、杏仁奶油小饼、橙姜纸杯蛋糕。好像这样她就有了权利花上两个小时讲她丈夫的升迁和加薪问题。我和玛妮白眼翻到眼睛都痛了。我只带了能多益巧克力榛果酱三明治和商店买来的果酱馅饼。玛妮根本就忘了还要带吃的。

"如果我们躺下假装睡着了，可能她就能停下来不说了。"她悄悄对

---
① 类似微信的国外聊天软件。

我说，然后拿出毛巾铺在身下的沙子上。我也照做了。

"要是其他3个人不这么讨厌，我也就无所谓了。"

玛妮咯咯笑了："就是啊。海伦真是个百事通。"

"斯嘉丽胖得跟个球一样。"

她咯咯地笑了："内维的奶头吓死我了。"

"也吓死我了！"

斯嘉丽把话题转到了她昨晚看的一部鲁比·洛斯主演的电影。

"噢，我太喜欢她了！"内维说着，倒了一杯接骨木花汁。她看起来简直就要和胸前那对双胞胎一起跳起来，"她是我的灵兽。"

"你不能说这种话。"海伦说着，一团柠檬酱顺着她的下巴滴到了她那胎盘色的背心裙上。

"不能说什么？"

"说什么东西是你的'灵兽'，这是对其他文化的不恰当借用。"

"你也这么说肯德基。我只是随便聊聊天。"

"这是不人道的，内维亚。"

"对谁不人道？"

"比如说，对美洲土著就不人道。"

"噢，那你是美洲土著吗，海伦？"

"我即使不是美洲土著，一样觉得你冒犯到我了。"

"老天啊，还有什么话是说出来能够不惹到什么人的吗？"

"我之所以在这里教育你，是为了你不被其他人骂。"

"我不需要被教育，亲爱的。相信你会发现很多人都这么说话。"

"那也不意味着这样做就是对的。你知不知道，每一天，我们都要犯几百次小小不起眼的种族歧视错误……"紧接着她便开始一条一条列举起来。

佩听得睡着了，斯嘉丽开始补涂防晒霜，我和玛妮则背着婴儿背袋里的拉斐尔，爬上了沙丘，留下内维一个人在那儿被这演说折磨。

我们在沙丘上坐下，我发出一声长叹："生活什么时候开始变成这样了？"

玛妮笑了："前不久她给我们所有人发了张表，列出了所有我们不应该说的'不人道'的却已经渗透到日常生活中的话。我是真的不知道还有什么话是能说的。"这时，拉斐尔开始哭闹起来，"噢天哪，拉斐尔，别这么快就醒来呀，别这么快，别这么快，求你了。"

"嗯……和我说说生孩子的事吧。"我说。

她凝视着远方的地平线，说："你不会想知道的。"

"像噩梦？"

"最恐怖的那种噩梦。"

"阿道夫有没有擦去额上的汗水，给你放瓦格纳的磁带让你放松呀？"[①]

她白了我一眼。

"我的丈夫全程都在我身边，没错。他剪拉斐尔脐带的时候还落泪了。"

"他要到什么时候才肯剪你的脐带？"

她叹了口气，抚摸着拉斐尔的背。他的小腿乱蹬，玛妮只好把他从背袋里抱出来，抱到胸前，摇了起来。她闭上眼睛，说："说真的，我现在都可以睡着。"

"那就睡吧，"我说，"我帮你照看拉斐尔。"

"嗯，"她喃喃着躺在沙滩上，把他递给我，"多谢了，我睡10分钟就好。"

一家人出现在了海滩上：老怪咖爷爷在炫耀着他的足球技术，怀孕的妈妈帮他捡球，奶奶像是要补救什么，却一个球也踢不准，爸爸则举着手机记录这一切，好在老人都死光后还能留下些回忆。一个小孩子尖声叫着追着球跑。他们脸上全都洋溢着笑容。这是他们总有一天要紧紧抓住的美好回忆。

我把玛妮的宝宝抱在胸前，摸了摸他的头。他比花瓣还要柔软，睫毛

---

① 阿道夫是希特勒的名字，瓦格纳则是德国著名歌剧家、作曲家，希特勒非常喜欢他。这里是将玛妮的丈夫比作希特勒。

蹭在了我的皮肤上。我像她刚才做的那样摇晃着他，摸着他的背，想象他是我的孩子，想象这是正常的，是我生来就要做的事情。然而，尽管我愿意用我的生命来保护他不受任何伤害，我却不想永远这样抱着他。我没有感觉到再次抱着他的必要。

有时我会忘记，我自己身体里也有这么一个生命，慢慢成形。那不仅仅只是 AJ 往我的烤箱里喷进去的一个面团，我尽量不去烤焦它。有时候我只觉得那是一块凸起的肉。我不曾总去抚摸自己的孕肚，像玛妮当初那样，像我看到的其他准妈妈那样。也许如果我真的那样做了会有所帮助吧。拉斐尔开始哭闹，玛妮一下子就醒了。

"妈妈在呢。"她边说边支起身子，强迫自己睁开眼睛。

"他好着呢，"我说，"我在看着。"

"噢，谢谢你，"她又躺了回去，说，"他没拉屎吧？"

我闻了闻，说："没有。我看他有点喜欢和瑞阿姨共度时光呢。"

她笑了："你把他哄得真好。"

"嗯，要是我照顾不好，我自己这个怎么办？"

"你不会的，"她说，"你会爱她胜过爱自己的生命。"

"这正是我害怕的事。"我自言自语道。

"什么？"

"没什么。"

她翻了个身，侧躺着，把外套折起来垫着头，问我："你的婴儿房准备好了吗？婴儿床和寝具之类的？"

"没有呢。"

"我们可以再去逛次街，挑一挑。"

"大部分东西我可能会在网上买吧，或者付钱找人帮我买。"

"但这是最有趣的事情啊，为宝宝的降生买东西。你还没到'筑巢'的阶段，但很快就会到的。"

"我连个巢都还没有，'筑巢'又有什么意义呢？"

"你在吉姆和伊莱恩家有自己的房间呀，"她咯咯笑着说，"爷爷奶奶随时待命。你有很强大的支援力量，瑞安依。"

"他们不是爷爷奶奶。"

"什么？"

"孩子的父亲不是克雷格。"

"这样啊。"

"是我之前的同事。他出去旅行了，要旅行一整年。"

"他知道吗？"

"嗯。但他不想负责任。"

"欸。我真不知道你是如何能够面对你自己的，妈咪。"

"你打算告诉吉姆和伊莱恩真相吗？"

"要是告诉了他们，我还能去哪儿呢？我没有任何别的人可以依靠了。在理想的世界里，他们应该是孩子的爷爷奶奶；在理想的世界里，这应该是克雷格的孩子，而他也不会行差踏错，我也就不需要……"

"不需要什么？"

"搬来和他们住，"我说，"我也不知道。我看着其他的妈妈们，看着你，做妈妈该做的事情，清理呕吐物，亲吻他的额头，做得如此自然随意。"

"这是本能。你爱孩子，也就无法不表现出来。"

"要是我不爱这个孩子怎么办？"

"你会的。我说了，这是本能。"

"但我的本能和其他人不一样。"

"你也一样。你只是自己不知道而已。"

"一天晚上我和吉姆看了个纪录片，是关于孩子出生的科学的，里面说婴儿容易受到母亲恐惧或焦虑情绪的影响，他们会继承来自母亲的这种情绪。"

"我想这是有道理的。"玛妮的眼神飘向水面上的小船。

"那如果这个妈妈没有恐惧呢？这是不是意味着，孩子也不会有恐惧？那她会不会知道要远离能伤害她的东西？"

"比如什么？"

"烫的炉子、高的树、恋童癖……世界上有无数的东西都会威胁到宝宝的安全，我到底要怎样才能保证她的安全？"

"你会做得很好的，瑞安侬，我知道你一定会的。"

"你怎么知道呢？你认识我的时间不长，你不知道我是一个什么样的人。纪录片里还有实验室的小白鼠，鼠妈妈会咬那些试图把她的孩子带走的科学家。有一次她真的把自己的孩子给吃了，因为她觉得这样反而比较安全。与其让自己的孩子被别人杀掉，她宁愿自己动手。"

"你想太多了，"玛妮说，"你会成为一个了不起的母亲。你已经在担心如何保护她了，这还不能让你感觉到吗？"

"没有。"

"你可能觉得自己没有感受到这份爱，但你已经感受到了。这是自然而然的。"

"但我读到过一篇文章，讲的是没法和自己的孩子建立感——"

"那就别再读那些文章了，"她说，"你不会有问题的。如果连我都能做好这件事，那随便什么白痴都能做好。再说了，如果你需要任何帮助，我随时都在。"

一些亮晶晶的东西在我胸膛里闪烁起来。缆车在我们身后嘎吱嘎吱停下来。"真的吗？"

"当然。"她和我说话的时候看了看手表，这让我很生气。

"我们去坐一趟那玩意儿吧，"我建议道，"从悬崖顶上看看这海湾，怎么样？"

她转过头看了看，大笑起来："你一定是开玩笑的。"

"去吧去吧，这玩意儿从维多利亚时代就开始运行了，从来就没坏过。"

"不，我不行，瑞安侬。我连看都不敢看。我9岁的时候从游乐园的滑杆上摔下来过，之后就一直怕高。"

"这就意味着拉斐尔也会有恐高症。他会是他的伙伴里唯一一个在奥尔顿塔主题公园里临阵退缩的，他永远也不敢坐飞机，没法去旅行——"

"不会的。我不会让这种事发生的。"

"你对此无能为力。他会发现你恐高，然后他也会恐高。你会把这恐高症传递下去的。"

"我不会的。"

"你会的。不要去想，就去坐一次吧。不要让恐惧支配你——你要去支配它。把恐惧杀死在摇篮里。"

"你害怕的事情是什么呢，瑞安侬？"

"我没有什么害怕的。"我撒了个谎。

她笑了："我真希望自己也能什么都不怕。我就是个胆小鬼。"

"那就别当胆小鬼了呀。"

"嗯，也许吧。"她又看了看那条缆车道，缆车此刻正开始缓慢爬升了。她把脸转回来，闭上了眼睛，"但今天不行，好吗？"

"好吧。"

"喂，我又有个新问题，"她的视线越过我看向海滩那边，"为什么那个女人一直在看我们？"

视线那头，离我们大约 200 米远的地方，一张能俯瞰海湾的长凳上，坐着督察杰里科。她正看向我们的方向，没在读书，也没向我们挥手，就那么静静看着。胸膛里亮晶晶的东西瞬间被沉重所取代了，仿佛它们从未出现在那里。

## 10月10日，星期四

怀孕 22 周零 4 天

今天，吉姆开车带我去了布里斯托尔探视克雷格。按照规定，我们在探视时间前半个小时到那里，被领到一幢单独的大楼去检查证件，搜查随身的包袋。我的包已经被放到了储物柜里，一个大腹便便跟藤壶似的制服男瞪着我把它搜了个遍。我还被照了相、留了指纹，还有人检查了我的护照。真是这样的，一点没夸张。这到底什么意思？

在这一堆冗长的流程过后，我们终于来到了主监区。又是一次全身安全检查，一个金属探测器之类的东西从上到下滑过我全身，然后是通过一个类似机场安检门的装置，我们所有佩戴的东西，包括手机、钱包、背包、外套，则全被扔上了传送带，进入安检仪。所有的门都是坚固的金属质地，带有生物特征识别功能。里面那个坏家伙肯定是跑不出来了。

这里也没有任何有生命的物事，没有鲜花，没有绿色。走廊里弥漫的全是汗味和烟味，还有焦油味——滚烫的焦油味道。

大厅里一股水煮卷心菜的难闻气味。坐在那里等着犯人被押出来的时候，幽闭恐惧症如斗篷一般爬满了我全身。小卖部旁边的角落里，有一个儿童娱乐区，里面有小塑料椅子、一桶桶的乐高玩具，还有一张繁忙小镇主题的大游戏毯。6 个孩子径直往那儿走了过去，开始拿起积木和玩具车往外扔。

克雷格看起来糟透了。他瘦了大约 2 英石，肤色看起来和墙壁一样灰乎乎的，穿着统一发放的灰色廉价运动套装，上面一根带子也没有，运动鞋也是尼龙搭扣的。这些东西穿在他身上都显得过于宽松了。

会面的气氛十分尴尬。我们没有拥抱，在开头的 5 分钟他甚至连看都没看我一眼，就好像他并不是我同居了4年的男人，倒是个陌生人。吉姆说话的时候，他偶尔低下头朝我的肚子投过来匆匆一瞥，却完全无视我的存在。吉姆不停找着话题，他聊到了伊莱恩的教堂轮值、镇上新修的支路、井屋，还有他对电脑有多一窍不通。

他还是不看我。

"我和你的律师谈过了，"吉姆说，"看来庭审会在6月。"

克雷格摇摇头，紧抿着嘴唇，说："我才不要在这里待到那时候。我会了结我自己的。"

"你怎么能说这种话呢，儿子，"吉姆说，"你现在可是身负着责任的父亲了。"吉姆指了指我的肚子，又说，"你一分钟也不能忘了，还有她呢。"

克雷格怒视着我，说："他们上次讯问的时候给我看了照片，我'做下的'那些事情的照片。那个叫茱莉亚的女人……她的手指被砍掉了，头发也被扯掉一些，脖子被砍到能看到骨头。"

我假装孕吐，说需要起来走动一下。吉姆帮我拉开椅子，我去了小卖部。排队的时候，我回过头看了看我们的会谈桌。克雷格第一次看向了我，他越过他父亲的肩膀看向我这边。他的眼里满含着泪水。

他正向他父亲恳求着什么，他的声音很低，身体前倾。吉姆不停地摇着头，眼睛看向一边，不断发出深深的叹息。

我走回桌边，一名警官走了过来，吉姆则站起身，说："我去上个厕所，亲爱的。我会慢慢的。他想单独和你谈谈。"

"好的。"我说，把给他买的奇巧巧克力和茶放在我们中间。

警官领着吉姆从我们进来的那扇门走了出去。好长一段时间，克雷格什么也没说。他歪着头，手在桌下摆弄着自己帽衫的下摆。

"你爸爸给你看了宝宝的X光照片吗？它现在和梨子一样大了。我也不知道具体是哪种梨，大概就是小小的黄黄的那种吧。"

"警方又指控了我杀了另外两个人。"他说。

"我知道。"我说。

"死在采石场的那两个男人。他们在一块泥地上找到了我的鞋印，在我的黑色帽衫上找到了血迹。"他的双腿在桌下飞快地绞来绞去。他就像个全速运转的引擎，呼吸沉重，头埋得很低。

"我知道。"我重复着这 3 个字。

这时，他抬头看向我，说："他们有我的手机信号记录，显示我的平板电脑在现场，尽管我非常清楚我当时并不在那儿。你说你在你朋友家过夜。"

"我确实在。"

"放屁！"

"小声点，亲爱的……"

"别叫我'亲爱的'。我的脚印、我的 DNA，还有藏在我车里的那个……玩意儿。这世界上只有 3 个人能做到这一切：你、我，还有拉娜。"

我冲他抖了两下眉毛。我觉得他活该被我那样看他。

"而那辆卡车开进采石场的那天晚上，拉娜和我在一起。知道我是怎么知道的吗？因为我在我们的床上干了她。所以就只剩下你了。"

我眨了眨眼，吸了一口气，又眨了眨眼，最后耸了耸肩。

"就这样吗？"他大吼起来，眼睛不停地眨，像是鬼上了身。

两名警官向我们这桌子包抄过来。克雷格举起双手作投降状，两名警官在警告他后便走开了。

"说点什么吧，瑞安侬。"他咬牙切齿地说。他的眼泪在眼眶里打转，整个人看起来随时要向我扑上来，仿佛身体里的每一条经络都想要缠死我，"我和你一起生活了 4 年。我们本来就要结婚了。我们还一起计划了将来。"

儿童娱乐区现在越来越吵了。两个小男孩这会儿正在吵着抢一盒乐高积木，一个剃着莫西干头，穿着崭新的耐克，另一个则穿着巴斯光年的连体衣和儿童马丁靴。他们朝对方大声尖叫，"巴斯光年"从莫西干头手里夺过那桶子，他重心不稳，一屁股跌倒在地上，瞬间响起整个地球都为之震动的干号。大人们赶了过去，把他俩拉开了，可他俩开始大哭起来，还踢来踢去。大人们于是开始骂骂咧咧，"巴斯光年"的妈妈还打了他的屁股，因为嫌他丢人。

"说句话吧，瑞安侬！"

"你在里面有被强奸过吗？"

他看起来很生气。

"我想作为一个专杀性犯罪者的连环杀手，你在这里多少也算是个英雄吧，不是吗？承认吧——自从他们开始管你叫'正义使者'，而不是'变态'了，日子就好过多了。"

他一动不动地看着我。

"拉娜收回了不在场证明，这是个问题，不是吗？但是，让我们假设是她陷害了你，这样就容易多了，不是吗？拉娜把那家伙的阴茎放进了你的车里，她在公园里杀了那男人然后把精液弄到了你的外套上，至于茱莉亚·柯德纳——她用沾满你精液的假阳具强奸了死后的她，为什么呢？因为你甩了她。就这样。激情犯罪。她已经够疯的了，所以这是个很容易做出的假设，不是吗？"

他的眼睛死死盯着我，张开嘴，像是要说些什么。我等了一会儿，却什么声音也没有。

"实际上，我非常肯定，如果我现在去找她，一定能在她的柜子里找到装着你的精液的果酱罐。比方说在厨房的柜子里，就水池下面那个。她借过你的帽衫，还穿过你的靴子。她做了这一切来陷害你。因为她深深迷恋着你无法自拔。明白了吗？"

他摇着头，眼睛依然盯在我身上。

"当你为了我和孩子把她抛弃的时候，她完全崩溃了。她之前谈过好几段糟糕的恋爱，她以为你会是她的真命天子。报社的所有人以前都说她整个人一团糟，还曾经数次想自杀，她的胳膊上还有无数尝试割腕留下的伤疤。我想说的是，如果有人要做这样的事，那一定是拉娜，不是吗？"

一滴眼泪顺着他的左脸颊落了下来："为什么？"

"因为愤怒吧，我想。"愤怒是一种如此具有破坏性的情绪，你只能控制住它一段时间，而终有一天，总会有些什么事情发生——丧亲之痛、被裁员的痛苦、发现你爱的人偷吃别的女人——而这冲动将会一股脑儿地回到你的身体。跟后街男孩乐队的歌词似的。

"老天……"他看起来就要喘不上气来。

"所以，事情是这样的：一切都是拉娜干的，那个胳膊上有伤口、家里有奇怪果酱罐子的心碎女人。她走错了一步。一旦她进入陷阱，你只需要等待时机就可以了。让你的辩护团队改变调查角度，从'我没做过，长官！真的没做过！'变成'我没做过，但我知道是那个女人做的。'，然后很快，一些令人信服的新证据浮出水面，你就摆脱困境了。你将又可以自由地透过没有栏杆的窗户看风景了，又可以自由地在草地上光着脚跳舞，自由地看着自己的孩子长大。"

"我不能这样对她。"

"不，你可以。而且你会的。"

"不！"

"会的。"

"我的天哪！你为什么要这么做？我是和她上了床，仅此而已。大多数女人无非会剪破我的衣服，捅我一刀，这事儿也就过去了。"

"你还没注意到吗，我可不是大多数女人。"

"我不会让你这么干的。你就是个神经病，一个煮兔子的神经病<sup>①</sup>！"

我猛吸了一口气："你怎么能这么说？我无论如何也不可能干出这种事来。但如果你想这么玩，那么好吧。不过这可是你的损失。"

"你这是什么意思？"

"我的意思是，克雷格——我和你父母住在一起。"

他咽了一下口水。

"我还怀着你的宝宝。"

一颗泪珠从他的另一侧脸颊滚落。他的头埋得更低了，眼神里的蔑视、

① "煮兔子"是电影《致命诱惑》（*Fatal Attraction*）中的一段情节，英语国家有时用"煮兔子的人"来形容疯癫的女人。

挑衅消失无踪，取而代之的是一片虚空的灰色。他向后靠在椅背上，喘得厉害。我上一次看到他的脸变成这样，还是在我们看《权力的游戏》时看到临冬城的阿多死去的那一幕。

为了效果更好，我低头看了看自己的肚子，才开口说道："我什么事都做得出来，克雷格。你现在应该已经发现了。"

又一滴眼泪。他抬起头来，再次看向我："你一定是想让我死吧。"

我摇摇头："不，我不想。有时候看一个人徒劳挣扎要比让他死更有趣。"

吉姆回来了。

"拉娜——"克雷格喃喃着发出几个几乎听不清的音节。

"嗯？"为了效果更好，我用手环在耳边，比出杯状。

"——杀了那些人。"

吉姆凑到桌前，看到克雷格的脸，皱起了眉头。克雷格望向他，像是恳求着父亲能读懂自己的心。

"他有点担心孩子，"我对他说，"但我和他说了，上次 B 超的结果一切正常，10 个小手指，10 个小脚趾，全都好好的。"

两颗泪珠，四颗泪珠，然后是连成线的泪珠。

"他很快就会重获自由的，"我说，"对吧，吉姆？"

吉姆叹了口气，说："警察不觉得有其他嫌疑人，儿子。"

"他们会的，"我说，"我们必须抱有希望。"我看了看克雷格，他看起来马上又要发飙了。我抚摸着自己的肚子说，"你得让你的律师好好查查，克雷格。即使不为自己考虑，你也得为了孩子考虑呀。"我靠在桌边，够到桌子那头去亲吻了他的脸颊，"拉娜就是你的欧比旺①。"

他似乎是花了很长一段时间才让自己振作起来，但最终，他奇迹般地做到了。他说："是拉娜干的。"

真是棒极了。此处应有"伯恩先生的手"表情符。

---

① 电影《星球大战》中的角色。

1. 玛莎百货里从我身边挤过去的那个女人，她穿的那件上衣也太紧了。

2. 那些遛狗时把狗屎捡到袋子里却又把袋子扔在那儿的人。

3. 我自己的胃口——我总是很饿。伊莱恩现在都开始前一天晚上切好水果放在外面，用保鲜膜包起来，好让我第二天早上醒来就能狼吞虎咽地吃掉，就像贪婪的圣诞老人似的。

我又做了一个噩梦——这次是在惠特克太太家的浴缸里。我从梦中惊醒，汗流成了一条河。这一次我在浴缸里剁碎的不是 AJ，而是宝宝。我在把宝宝碎尸万段。

整个上午这个梦都在我脑海中挥之不去。吉姆让我帮忙整理花园，"为过冬做准备"，这让我短暂地忘了这个梦，可我并没能真正从中解脱。我们清理了排水槽——吉姆站在梯子上干活儿，我负责在下面递水桶，还擦干了花园里的水，把那些花园家具收拾了起来，耙平树叶。吉姆还让我去收罂粟、百子莲和起绒草的种子——他说我们可以留到明年再播种，或是把它们喷成金色，做成圣诞节的装饰。

你不会知道我有多么希望自己能够对圣诞节满怀期待，但我做不到。我唯一能想到的就是，到圣诞节的时候，我还有两个月就要成为一个妈妈了，而生活再也不会像以前一样了。

午餐时间，又出现了一件帮助我分散注意力的事："弗雷迪 - 顺便提一句"出现在门口，看起来十分生气。我知道他对我十分生气，因为他说：

"瑞安侬——你让我很生气。"

"为什么?"

"你和我约了3次见面,"他的脸色阴沉下来,"你却一次也没出现。昨天我在舷窗咖啡馆等了两个小时,你连个影子都没有。现在我明白了,瑞安侬。你要是想叫我走开,就直接对我说,不要老给我些空头支票。"

"对不起。"我说。

"你是原本就是这么不靠谱的人,还是怎么回事?我实在搞不懂。"

"我和你玩呢。我喜欢和人玩,很有意思。你不喜欢吗?"

"什么?和别人约好见面却不出现,这有什么好玩的?"

"我觉得好玩。"

他摇摇头,把手插进头发里拨弄了一番,又把双手在大腿两侧拍了拍。我把这动作理解为一种挫败感的表达,以及/或者"快看看我光滑的头发和无比健美的大腿"。不管是哪种,这都让我赏心悦目。

"好了,我放弃了,说真的,"他说,"你放心,我再也不会来你家门前守着了。我还没有想要你的新闻到那个程度。你赢了。我退出。"他沿着门前的小路向院门走去。

"拉娜·朗特里。"我说。他回过头来,"你要的新闻。"

"拉娜·朗特里是谁?"

"你想在推特上炒热'#别再讨论克雷格·威尔金斯'这话题吗?拉娜就是你要找的人。克雷格去年一直都在和她约会。警察说至少一起谋杀不可能是他干的,而她没有不在场证明。"

他环顾了一下四周,说:"你又在和我耍什么花招吗?"

我摇摇头:"我可以给你她的地址,你自己带着相机去找她,自己和她聊。克雷格的律师团队现在把调查的注意力转移到她身上了——这就是你要的独家报道。如果他是无辜的,拉娜就是下一个嫌疑人。如果不是她,你除了白跑一趟也没什么别的损失。"

"那如果就是她呢?"

"你就得到了一个和杀人嫌疑犯面对面的机会。"

## 10 月 18 日，星期五

怀孕 23 周零 5 天

过去几个星期里，我们接到了几个奇怪的电话——到目前为止已经 3 个了，每次都是接起后对方就挂断，来电号码不显示。第三个这样的电话就是今天早上打来的。

"可能是个记者，"吉姆说，"你别管他，瑞安侬。让我来处理就好。"

今天拉娜也突然打了这里的座机。她倒是没有挂断——她是打来问我能不能过去看她的。她的声音听起来很忧虑，至少在我听来是这样。我不知道弗雷迪是不是已经去过她那儿了。自从他在前院指责我浑蛋以来，我就再也没见过他。

说句公道话，我确实挺浑蛋的。

我给她带了自制的甜点和鲜花——我是小甜豆嘛，当然会这么做。开门的时候她就已经在哭了，状况看起来比上次更糟糕：松松垮垮的睡裤下摆离脚踝半英尺高，头发油乎乎的，袜子就像西班牙猎犬的耳朵——完完全全就是个躁郁症患者的标准形象。今天天气很热，我没穿外套，她对着我的大肚子赞叹不已。她脸上的紫色瘀青已经完全消失了——我打过她这件事已经完全无迹可寻。

"对不起，对不起，我忍不住哭。"我摸了摸她的背。

"你要把蛋糕压坏了。好啦，没事的。和我说说吧。"

是关于弗雷迪的。周二我给过他线索后他便径直来了这里，在这儿待了一下午，第二天早上又来了一次。拉娜对他敞开心扉，把该说的不该说的全说了：关于他们的出轨，他们做过的事、说过的话，克雷格发现我怀孕后如何甩掉了她。

"你怎么会把这些全都跟他说了呀？"

"我没控制住自己，他那么帅，又那么友好。可现在他不会放过我了。"

我从她客厅的窗户往外看了看："他今天不在这儿呀。"

"今天那篇新闻送去印刷了。他说国家级的媒体明天会来这里。老天啊，我该怎么办？"她哭了起来。

我把蛋糕上的保鲜膜撕开，连着盘子递给了她，她拿下一块吃了起来。她内心的某个部分在呻吟，在枯萎，正如我内心有个声音在惊醒，开始咆哮。

"看来你一直忙着啊。"我面对着一片被纸片淹没的座椅沙发，和满满一洗衣篮我都不知道是干净还是脏的衣服，说了这么一句。公寓里每一个角落都堆满了信封，整个地方还散发着一股香草味的空气清新剂味道。"这些信是怎么回事？"

她走到地毯上一个"拉娜"形状的地方，盘腿坐下，开始折信，然后塞进写好地址的信封。"不好意思，我得在 4 点以前把这些全寄出去。"

"你的脸恢复得很好呢。"我一边说着，一边把手提包滑落的肩带往肩膀上拉了拉。那些罐子越来越沉了。

"嗯。"她去舔信封的时候把舌头给划破了，我跑去厨房给她拿了一杯水来洗掉血迹，顺便偷偷把果酱罐放在了洗碗池下面的橱柜了。安然无恙。

"我一直在回想我对警察说过的话，"她说着拿起了杯子，"我好担心啊，小瑞。"

"为什么要担心呢？你说的是实话——他有一段时间的去向你不清楚，那段时间里他是有可能行凶的。仅此而已。"

"是的，可是他们扭曲了那些话。他会恨死我的。要是他出来了，来找我算账该怎么办？"

"如果他不是谋杀犯的话，你也就没什么好担心的。"

"他告诉我你怀孕的时候我表现得太孩子气了，"她说，"我在他面前割了腕。我说如果他离开我，我就自杀。这些现在都对我很不利。"她抽泣着，说，"我为我对你做的这一切感到很抱歉。"

"我和你说过了，那些都过去了。这件事比那些事可要大。那个督察杰里科，她来问过你话，对吧？"

"那个没完没了的婊子。"

"她只是在完成她的工作而已，对她公平些。"

"不，我才不要对她公平。这件事跟我一点关系也没有，她为什么就不能放过我呢？为什么大家就不能都放过我呢？"

"杰里科告诉我，茱莉亚·柯德纳被杀的那晚克雷格在伦敦看一场球赛。他们在监控摄像头里看到他了。"

"你想说什么呢？不是他杀的她？"

"也可能是他杀的，但不是他弃的尸。警察认为他有帮手。"

"我的天哪！"

"我倒是知道那晚我在哪里。你那时候在哪里呢？"

"这里。"

"就你一个人吗？"

"嗯。"

"有邻居能为你做证吗？"

"我根本没有邻居。4月份的时候隔壁公寓的住户因为擅自占用房屋被赶出去了。这里只有我。"

"外面的摄像头呢？"

"只有朝着莫里森超市停车场的方向有……"

"也就是说，如果你出去了，没有摄像头能拍到你喽？"

"嗯。但我没有出去。我晚上很少出门的。"

"除了去见克雷格的时候？"

"嗯。"

我靠上椅背，发出一声叹息。她伸手去够蛋糕，拿起一块，闻了闻，又放了回去。

"你不爱吃这个了吗？"我问。

168

"不，我现在不饿。"

"很抱歉我跟你说了这些，但我只是想帮你做好准备应对即将发生的事情，拉娜。你和我都是无辜的，我们必须统一战线。"

我走到窗前，往街道两边望了望。"你必须坚强，坚持你后来的说法——他是有时间杀人的。他完全可能做到。而你什么都不知道。"我又把鼻子贴到了窗户上。

"你在看什么？"她站了起来。

"间谍。"

"间谍？！"

"嗯，克雷格的律师团队。你知道那辆红色奥迪是谁的吗？"

"什么红色奥迪？"她猛地把我挤开，朝窗外看去。

"我来的时候看到有个男人坐在那辆车里。他现在还在。"

"我不知道。我不认识那辆车。"

"你要小心点。克雷格的律师可冷血了，他就是头真正的斗牛。"

"他为什么要来监视我呢？"她朝外看去，眼睛紧紧盯着那辆车。

"找你证词的漏洞。如果他能证明你在撒谎——"

"噢，天哪！为什么这些事会发生在我身上？先是那个《普利茅斯星报》的家伙不肯放过我，还有杰里科，现在又来了个他们！"

"有必要的话，他们会全天 24 小时全方位地监视你，就为了挖出点什么。"我说话时吐出的气让玻璃窗蒙上了一层雾。

她推开了我，自己透过窗户看着。她推我的时候撞翻了桌上的一堆信封，我帮她捡了起来——那都是她收到的信，大部分都是垃圾邮件，信封上写着"致住户"的那种，产品手册、地毯清洗公司的床单之类的。其中混杂着一个干净的白色信封，上面盖着监狱的邮戳。

"不好意思，能借用下你的洗手间吗？"我问。

"里面没纸了，"她的注意力依然全在那辆奥迪上，"用厨房的吧。"

我偷偷把那封信塞进衣服，去了厕所。

他一定是在我走之后便马上写了这封信。

编号：MM2651
名字：威尔金斯
监区：G554

亲爱的拉娜：

首先我想对你说，很抱歉我之前那样对你。我实在是不知道该怎么对你说，因为我做了我认为对 R 和我的孩子正确的事情，却为我和你分手感到万分愧疚。我依然还爱着你。

我心如死灰。

我根本没杀人，你要相信我。我知道我们相识的时间还不算长，但你对我已经很了解了。我不是同性恋，我不可能做得出那些事情，尤其不可能那样折磨一个女人。我连只苍蝇都舍不得杀呀！

"他挥起苍蝇拍来就像个魔鬼，所以首先这就是句谎话，"我说，"他还很讨厌黄蜂。"

很抱歉警察一直找你麻烦——我知道是瑞安侬让你修改不在场证明的，那不是你的错，我不会怪你的。我知道这一切看起来有多糟糕，但我发誓我是无辜的。我知道你也是。我以我孩子的生命发誓——

呵呵，真有趣。

如果说我有罪，我的罪就是爱上了你……

啊，你这个从最臭不可闻的地狱里爬出来的、躺在地上舔臭鼬的猪狗不如的家伙。

但是，你听我说——瑞安侬很危险，离她远一点。我真不明白为什么以前我没发现这一点，大概我是没开眼吧。现在我没法说太多了，因为老实说，如果被她发现我在联系你，我都不知道她能做出什么样的事来。又或者，我知道她能做出什么样的事来，而正是因为这样我才害怕。请你离她远一点，她这个人有毒。

请你记住——我爱你，拉娜，全心全意地爱着你。


**克雷格，亲亲亲亲**


他亲了她4下。我们在一起4年。

"早和你说过了，爹地才是那个爱你的人，不是他。和他纠缠就是浪费生命，妈咪。"

我把信折起来，塞进牛仔裤口袋。我的喉咙发烫，像火烧似的。我冲了马桶，走出洗手间。

脑海中的警报响了起来。

"我再也不想待在这里了，"拉娜这会儿已经回到了窗户下她的位子上，她说，"我一直想要结束这一切。"

"噢。"

"我知道你要说什么，但我坚持不下去了。我身边一个人也没有。"她手中那块脆皮米糕吃到一半，眼泪滚滚滴落在那个空荡荡的蛋糕纸杯里，"如果你是我，你会怎么做呢，瑞安侬？"

我吐了一口气，坐在她旁边的沙发扶手上。我抚摸着她的头发，说："如果我是你，我也不想活了。我还算是有一群人支持我——克雷格的父母、孕妇小组的好朋友们，还有我们镇上的基督教妇女团体。有很多事情能让我的生活充实起来，更何况，我还怀着克雷格的宝宝呢，也算是有所寄托。"

她又拿了一块蛋糕："我想自杀。我想在他们来找我之前死去。"

"看来我是没法说服你改变主意了。"

她摇摇头。

"你想怎么做呢？"

"我不知道。"

"去镇上的多层停车场？"

"我不喜欢高处。"

"反正你只要上去一次就好了，对吧？"

"我觉得我做不到。结束自己的生命需要很大的勇气。"

"你就很有勇气，拉娜。你是如此坚强。事情不会变好的，不是吗？再接下来就要庭审了，你要怎么熬过去呢？"

"我熬不过去。"

"可不。"

"你会帮助我吗？"

"怎么帮你？"

"在我身边陪着我，帮我叫救护车什么的。"

"你不会想要救护车的，对吧？"

"嗯，我想不会。"

"你这么说不是为了让人来劝你对吧？你这是表明自己的意图，对吧？"

"是的。"

"好吧，那你打算怎么办呢？继续说下去？没有正经工作，也没有人生目标，都没有人支持你，就这么继续在自己胳膊上划口子，在这个又小又破的公寓里哭哭啼啼？"

"我妈妈和爸爸——"

"他们最终会理解你的，别担心他们。你要是想的话，可以给他们写个遗书什么的。"

"我可以吃药。浴室的柜子里有一些扑热息痛。我想我可以吃药。"

"如果你需要的话，我包里还有一些。"

"真不敢相信我要这么做了。真不敢相信一切要这样结束。"

"这很容易的，拉娜。你会沉沉睡去，然后这一切就会永远结束了。不再有烦恼，不再有不眠之夜。两手一拍间，就结束了。"

"什么？"

"没什么。"

"那你会留下来吗？确保我不会中途醒来。"

"当然。这是我唯一能为你做的了。"

1. 那个每天早上起来让我的头发和耳机线打结，在我给吉姆的花园浇水之前把水管缠在一起的小精灵。这已经太过分了。

今天回了我们之前的公寓——那对夫妇要搬进来了。我去看了工人搬家具进来，都是宜家的破玩意儿，还有件约翰·路易斯咖啡馆的厨房电器。他抱着她过了门槛。她是那种除了肚子，身体其他部分一点都没胖的孕妇——就像是一根中间贴了块橡皮的铅笔。那个落叶清洁工罗恩停下来和他们说了会儿话，他没看见我。

开车去了趟克劳迪娅·格尔珀家。我知道她在上班，所以家里不会有人，而我还有 AJ 的钥匙。所以严格来说这不算"破门而入"，我只是"入"而已。

这是一个适合一家人住的地方，可惜这里却并没住着一家人，而是只有一个苦兮兮、扭曲变态的老悍妇的琐碎残迹：没有学期时间安排，没有家长会的通知信，有的只是冰箱上贴着张购物清单，软木板上钉满的待办事项，瑜伽课表和写得整整齐齐的食谱。屋里的装修以黄铜色作为点缀，整座房子弥漫着咖啡和鲜花的香气。还有水果篮，打理得精精致致的一大片后花园，铺了奶油般顺滑的地毯和棉花糖般柔软的沙发的超大客厅。AJ 的空房间旁边是个小房间，里面空空的，除了墙上黄色蜜蜂和花朵图案的镶边什么也没有——这是她本打算装修成婴儿房的地方，却只是开了个头，她最终一个孩子也没能成功保住。

我们其实挺像的，我和克劳迪娅。她也从来没能得到她想要的。她的被动攻击性和我的攻击性一样。我一个人就有足够两人份的攻击性。

之后我去镇上买了几条孕妇裤——我没法再无视自己怀孕的事实了。我已经穿不下所有怀孕前的裤子了，胸罩尺寸也大了两个罩杯，我现在只能穿那种拖沓难看的老女人胸罩了。我现在正式成了那种鲸鱼般臃肿不堪的孕妇——鲸群中最年轻的成员。

胎儿不是才西柚那么大嘛，怎么我就变成这样了呢？

"我早就不是西柚了，我现在是玉米棒。但凡你是个正常母亲，你都该知道的。"

接下来我延续了最近日子的主旋律——《小鬼当家》式的生活。我继续今天的旅程，来到悬崖顶上我那小世外桃源，吃吃垃圾食物、看些毫无营养的东西——这里不会有人突然冒出来阻止我。

我搜索了一下拉娜·朗特里，没看到什么新闻。看来尸体还没被发现。她现在肯定都臭了。

我躺在花床上，AJ 的残骸上方，就这么睡着了。新买的孕妇裤一点也不紧，很舒服，悬崖下遥远的地方，海水汹涌澎湃。天气还算温暖，我身下的土壤也是暖暖的。宝宝的心跳并没有我想的那么快，我的心却跳得很快。

• • •

今晚的"袋熊会"聚会主题是烘焙之夜。我完全忘了烤任何东西。不过其他人毕竟都是善良的基督徒，她们都带来了"丰富的食物和大家分享"，有司康饼、果酱夹层蛋糕、马卡龙、巴腾堡蛋糕、整盘整盘的果仁蜜糖千层酥、糖霜小点心、上面装饰了小笑脸的纸杯蛋糕。她们可是倾尽全力了。但想都不用想，我自然是一点都不会去吃的。在没有全面检查过她们厨房的情况下，我是不会信任人家自制的食物的。想想看吧，你又不是不知道我的厨房里有些啥。下一项活动是一堂创意写作课，因为好几个"袋熊会"成员都在写她们自己的小说。艾丽卡把这活动命名为"抓紧你的机会"。我也不用再多说什么了。

比较年轻的成员之一艾米·普莱恩菲斯把她的双胞胎宝宝带来给大家看。现在我倒是挺喜欢孩子的，可这俩实在是太丑了。一个肥嘟嘟的，长了双金鱼眼，另一个脸上长了个巨大的血疱。你实在是没法不注意到那血疱，因为它太大了，简直有那婴儿脑袋的四分之一大。这不应该是长在腿上的东西吗？

我希望我的宝宝不会长这玩意儿。你能给婴儿做整形手术吗？要我喜欢一个人已经够不容易了，更别提当他脸上还长了个跟挤坏了的番茄似的东西的时候了。

但艾米爱他们爱得不行，她脸上的笑容就没断过，很骄傲地向大家炫耀着。整个"袋熊会"全都挤在她那双人婴儿车旁边围观，仿佛他俩是班克斯。大家全在说："哇，他们也太可爱了吧！怎么会这么可爱！"我也跟着心不在焉地"哇"了几声。

"下一个就是你了，瑞安侬。"艾米摇着她的婴儿车，冲我笑了笑。

"嗯。"我尽全力挤出一个看起来像那么回事儿的笑容。

"你想好是要自然分娩还是剖腹产了吗？"

"呃，我不知道。"

"你还没开始想这个问题吗？"

"没有。"

"我是自然分娩的。毫无疑问，这样是对孩子最好的。虽然没挨刀，但我的阴道可是全被撕裂了，从上缝到下。你每天都给长妊娠纹的地方涂乳液吗？"

"嗯，每天都涂。"

"你现在是不是到处都是妊娠纹了？至少我是这样的。不过这一切都很值得。"

"是吗？"我低头看向那对双胞胎，说，"嗯，那就好。"

我看着她做着妈妈的工作：给孩子拍嗝、抱着他们哄之类的。我试着想象自己做这些事情的样子。我无法想象。

"我可以给你些我的旧孕妇装，如果你想要的话。我现在不需要了。我是肯定不会再要孩子了。"

"噢，是吗？那样就太好了。谢谢你。"

我实在无法忍受穿别人的衣服，连想都没法想。她那全是屎印的打底裤和沾了婴儿呕吐物的束腰衣？还是不要了。

"他们的旧连体衫马上也要穿不上了，我会把这些都积攒起来，到时候一起给你。"

"真是谢谢你。"

大家开始喝茶、吃水果蛋糕的时候，双胞胎中的一个哭了起来。艾米坐在大厅角落的椅子上，露出了下垂得厉害的乳头。

"我就不打扰你了。"我边说边像大盗比尔似的想要开溜。

"如果你想留下，可以留下的，瑞安侬，"她微微一笑，拿了块棉布搭在肩膀上，"也许能学到点窍门什么的。"

"嗯，太好了。"

"我现在算是有经验了，但刚开始喂奶的时候可痛苦了。我以为我肯定学不会来着。"她裸露在外的胳膊上有一块干掉的呕吐物。我干呕了一声。

"不要这么惊讶嘛，这是很自然的事情。"

"嗯，嗯。"她把她那汉堡包似的奶头塞进哇哇叫的孩子嘴里，那孩子一口狠狠咬住了它。我脱口便是一句："我的妈呀！"这地方音响效果可真是好，这句话回荡在整个大厅，所有人都开始评判我——耶稣基督雕像、成堆的圣经、厨房那边煮茶的女人，甚至纸杯蛋糕上的那些笑脸装饰。"对不起。只是这看起来太痛苦了。"

艾米倒并没生气。"没关系的。一开始确实很不舒服，但你会习惯的。现在我的乳头就跟'一战'时候的头盔一样。"

"双胞胎都饿了的时候怎么办？"

"我就同时喂他们两个呗，"她又指了指婴儿车下方隔层里一个折起来的枕头，说，"或者拿奶瓶喂。怎么方便就怎么来。我是他们的妈咪，他们需要什么我就得做什么。这是本能。"

又是这个词——本能。我知道我有什么样的本能，但母性绝对不在其中。我的本能让我想和人吵架，想扇人耳光，想要踢人、骂人，想割开别人的喉咙，拿刀刺别人，把人绑在木桩上，想要剥皮，想把人打倒然后眼睁睁看着车轮在他们身上轧过，我则在一边哈哈大笑。无论我怎样尝试去扼杀这种本能，它依然一直都在。

我不知道当我生孩子的时候，我的母性本能是不是会有办法突出重围战胜一切，我也不知道我是不是真想这样。

我身体里每一个分子都想要躲开眼前的这一幕，但我又不可能不假装感兴趣，于是我只好开始和她聊该买什么样的婴儿车，想尽一切办法不去看她胸前的巨乳和哇哇哭个不停的小孩。

"嗯，双胞胎，"我使劲压下一阵恶心，说，"你的下面一定被毁得不轻吧。"

# 10月24日，星期四

怀孕24周零4天

1. 那些发孕妇照片，说她们在"炫耀"她们的大肚子的记者。我们想藏也没法藏啊，白痴。倒是自己去试试往衣服下藏一艘小艇什么的啊，你要是能藏好才奇怪呢。

帕特里克现在完全不说话了。我拿手电筒往井底照的时候只能看到他的头顶——他瘫在那儿，靠在井壁上。他把井壁都给挠出了印子，井里的臭气也越来越浓。我扔了点零食下去就把盖子又盖上了。我晚些时候再来处理他。

今天早上又接到一个奇怪的电话。伊莱恩很想换个号码，不再往居民黄页上登记，但吉姆说这些打骚扰电话的人很快就会停手的。这已经是我们接到的第10个这样的电话了。

"要不下次让我来接吧，说不定对方会说话呢。"我提议道。

吉姆坚决不同意。他说："我不会让你来忍受这种骚扰的。就让我来应付吧，他们总有一天会停手的。"

我的身体现在难看死了。乳房涨得超级大，上面血管都看得清清楚楚，简直像斯蒂尔顿蓝纹奶酪上的蓝纹。奶头就像是插在奶油蛋糕上。一个妈妈博主在自己博客上大谈特谈孕妇的身体有多美："你在创造生命，你在成为大自然一直希望你成为的那种不可思议的奇妙女人。拥抱生活吧，去拥抱你和你孩子的生活！"

我想，如果你是个住在玛莎葡萄庄园的百万富翁，还有个石油大亨老公及7个女佣，还有吃也吃不完的奇亚籽，那么一切大概确实会容易得多吧。可惜对我们这些平常人来说，这实在是糟透了。

我在《永世》杂志上读到一篇关于怀孕的生物战的文章，上面说有一种蜘蛛会让幼虫吮吸自己腿上的血，直到母体变得十分虚弱，然后宝宝们会直接把她给吃了。文章还说，哺乳动物的胎儿"也能将自身的荷尔蒙释放到母亲的血液中，从而控制她"。

多有意思啊。

"我可没有在控制你，是你在控制你自己。你疯了，妈咪。"

"你确定你要拉这根线吗，你个小东西？"

早上给玛妮发了个消息——没有回复。从布丁俱乐部野餐以来就再也没联系上她。上帝的朋友都好奇怪啊。

伊莱恩觉得我需要出去走走，于是带我去进行了一趟"购物疗法"。高速公路上有辆大巴出了车祸，所以购物广场周围的道路全都被堵得严严实实，我们被困在滚滚车流中，在滚烫的车里坐了整整一个小时，才开出去两英里。她想去"婴儿世界"，那是个跟大飞机库似的地方，从地板到天花板塞满了你可能需要为一个新生儿准备的所有东西。她说我是时候开始为婴儿筑巢了，于是便开始强迫我开始筑巢。就这样，我被困在了这车里，试着让自己成为一个筑巢的女人，然而这并没有什么用。我不停地在想出车祸的大巴，想着到底死了多少人。

她刚一停车，便马上把方向盘锁给锁上了——她和吉姆不管去哪儿，总会这么干。就这么个小动作也让我很生气。她生怕把任何东西落在任何地方，生怕去任何陌生地方。她每年10月的同一时间都和吉姆去湖区的同一家破烂小旅馆度假，同一个房间，样的风景，同样的餐具。啊，今天我恨她的一切。我现在也不想去考虑宝宝到底会需要些什么。我只想考虑一下我现在需要点什么。

我需要的是桑德拉·哈金斯，在我的刀下。

婴儿世界里的东西多得吓死人，除了真正的婴儿，他们什么都卖。我根本不知道该从哪里开始。还好伊莱恩列了整整一张A4纸的购物清单。

"嗯，首先，我们得订张婴儿床……"

店里闷热难当，空调是坏的，所有的货架之间都挤满了推着尺寸超大的婴儿车的年轻妈妈，要么就是一家5个人并排走在一起，别人根本挤不过去。一排汽车的婴儿座椅旁边，一个女人正训着她的孩子，那是个大约8岁大的女孩，她一边说话，一边使劲去拉女孩的手腕。

"你怎么就是说不听呢？你是不是傻呀？"

小女孩脸上挂着笑，还挖着鼻孔。女人一放开她，她便又继续干起了被女人粗鲁打断前在干的事——从一个矮架子上抽出来一堆吱吱叫的长颈鹿。女人立马又抓住孩子的手腕，猛地往自己面前一拉，不停挥舞着手掌去打她的后背。

"你就是不长记性，是吧？你这个没脑子的小东西！"

那孩子只是无聊而已，这一点太明显了，连我都知道，为什么她妈妈就是不明白呢？

你知道当你无聊的时候，你会想趴在地上爬，把脑袋往地毯上蹭，对，就是那种无聊。我太理解了。我小的时候，每次无聊了我就很想点火烧掉点什么，通常是塞伦的衣服。把吱吱叫的长颈鹿扔得满地都是已经算是很温和的了。

女人又打了那孩子一下，女孩呜咽起来，随后呜咽声变成了哭声。我听到耳边传来一阵粗重的呼吸声，离我那么近。我猛地一转头，意识到那是我自己的呼吸声。我太生气了。

"你要做什么？"

"我要拧断那该死的女人的脖子。"

"别管她，这事跟你没关系。"

"谁能来为这孩子出头？啊？"

"反正不是你。别去管闲事。"

啪啪声一声接一声地响起。

"别——管——她！"

就在这时，我的胃里突然砰的一下，像是爆炸，一个小炸弹爆炸了。

"啊——这他妈的怎么回事？！"整个店里的人都转头朝我看了过来。

我在一个小蘑菇形状的餐椅上坐了下来。

"抱歉，"我对着空气，也算是对所有人说，"大概是宝宝踢我了。"

"噢，天哪，怎么啦？"伊莱恩大叫着，急匆匆地从一个拐角处冒出来，手里拿着一大堆无香湿纸巾和一个粉红色围嘴。

"她踢我了。嗷！她又踢了！"

"书上说宝宝不会这么早就开始踢的呀。"伊莱恩说着，放下围嘴和湿巾，从包里拽出那本《孕期指南》。

"总不会是我编出来的吧。"我捂着肚子，生怕它从中裂开，宝宝就那么掉到地板上。

*"挺疼的，是吧？"*

*"想让我叫救护车吗？"*

"不用了，没事，"我说，"我只是需要坐一会儿。"

她让我一个人坐在那棵蘑菇上待了一会儿，就像个杀人魔小精灵。没过几分钟，一杯温水神奇地出现在我面前，是一个黑发男孩收银员送来的。他符合我的一切幻想，我觉得他是一个非常合格的性幻想对象，于是我对他有了感觉。他开始和我聊天时，我尝试着对他露出那种调情的笑容，而伊莱恩以她的各种关心让这游戏更加有趣起来。

宝宝还在踢我，我不停地嗷嗷叫，那个性感的收银男孩没了兴致，跑去乳垫货架那边去，对着一个长得像爱莉安娜·格兰德①的孕妇露出了魅惑的笑容。我开始觉得自己可能再也不会有机会见到男人下体了。而等到宝宝出来，我的阴道就该变得丑陋无比，至于性爱，用内维的说法，就会变得"像是往伍基洞②里扔一颗李子"。

*"很高兴你知道什么事才是要紧的了，妈咪。"*

我把那杯水喝了下去——我都没发现我有多渴，还成功地摆脱了伊莱恩，我说我需要新鲜空气。我绕着停车场边缘的草地走，直到宝宝终于不再踢了。

---

① 著名流行歌手。

② 英国的一处旅游景点，是一个山洞。

"你怎么回事？"我说，"为什么踢得这么狠？"

"我不喜欢你在众目睽睽之下杀人，妈咪。这让我很难过。我不想你被抓。"

"我又没有要杀她。"

"你的胃酸在冒泡泡，这让我不舒服了。你得冷静冷静。"

经过哈福德自行车部件商店门前时，我的嘴里念叨了一句："你到底怎么回事？"一个男人推着一辆崭新的山地车走了出来，车把上还贴着一张小票。他用奇怪的眼神看着我，和其他所有人见到我自言自语时给我的眼神一模一样。"没错，我就是在自言自语，有什么好大惊小怪的？"

"你的行为越来越古怪了。"

"我出于好奇问一句，关于你遵循的这个'胎儿行为准则'——帕特里克是怎么回事？我整天在那家体育用品商店外面盯梢他，怎么就一点也不难受？还有我给他下药的时候，我把他推下井的时候，嗯？那些时候你在哪里？"

"那都是在家里。在公共场合这样就太冒险了。人太多，摄像头太多。你会被抓的。"

"我不会。"

"你会的。你脑子不清楚。你又累了，你要慢下来。"

"我不需要你来告诉我怎么让卵子受精，好吧？你得让我自己做决定。我知道我在做什么。"我找了张长椅坐下来。我发现了孕后期的又一个乐趣——我连站都站不了多久了。

"你时时刻刻都想杀人。我看到你的梦了。我看到你研究桑德拉·哈金斯的工资单。你在她上班地方的停车场等她的时候我也在。你这也太明显了，你爱杀人胜过爱我。"

"那为什么我会放过白书呆子？为什么我还没把桑德拉·哈金斯给杀了？为什么都好几个月了我还没杀过一个人？"

"因为你还是爱我的，只是还不够。"

我看到一对夫妇走进婴儿世界——她大着肚子，走路有点摇摇晃晃，他留着和克雷格一样的发型。他们手拉着手，伊莱恩走出来叫我进去的时候，他们停在旁边让了让。

"快来吧，"她说，"换尿布台。他们可以在 10 天内送货。"

伊莱恩开始领路，我跟在她后面，尽力假装感兴趣的样子。我们的购物车都装满了：

·睡衣（6 套新生儿的、6 套 3 ~ 6 个月的、6 套 9 个月的。因为——"我们不知道她生出来会有多大嘛，对吧？"）

·一堆背心和围嘴、羊毛衫（3 件）、帽子（4 顶）、袜子（6 双装 2 包）、平纹细棉布（"为口水和吐奶准备的"）

·4 包尿布（新生儿的）

·一个上面画着小丑的妈咪包

·环保湿巾

·吸奶器（唉）

·两盒硕大无朋的胸垫（唉，唉）

·孕期枕头（"仰卧会让流往子宫的血液变少，所以最好是侧卧着睡"）

·两个哺乳文胸（尺码巨大的那种）

·两个带各种不同尺寸奶嘴的奶瓶

·两瓶杀菌液 + 瓶刷

·两张莫扎特音乐的胎教光盘（因为"现在她什么都能听到了，我们要把她培养得更聪明"）

·新生儿牛奶加 6 个奶瓶

·一个婴儿睡篮（"这样她就可以睡在你身边了"）

·婴儿床用的床单和松织的毯子

·新生用的婴儿背袋

·一个吸鼻器——这玩意儿能把鼻屎从宝宝鼻子里吸出来

·一个婴儿手推车和配套的毯子

·一个小小的塑料浴盆

· 婴儿油（我都不知道这玩意儿真的可以用在婴儿身上）

· 一个后向的汽车婴儿座椅

这么多的东西！这里一点、那里一点，零零碎碎的，各种小包装、盒子和袋子。这些玩意儿都太贵了，但要是我不把它们全买下来，宝宝就会活不了。我需要所有这些劳什子。我必须弄明白这里面的每一样东西怎么用，好在宝宝需要的时候能用上。这些都成了我的任务。但这也太复杂了。伊莱恩就该把购物车里所有东西都放下，全换成一包一包的薯片，我才不会在乎。我身上就是没有这样的母性。一点也没有。

"我真不想干这个。"我嘟哝着，在刷卡机上按下银行卡的密码。

"你宁愿我死吗？"

"当然不是。我只是不想要这些。这些责任，这些改变。现在一切都要以你为中心了，那我自己怎么办？"

"你自由自在的日子都过去了，妈咪。现在你只能好好承受这一切。"

"你确定？"

1. 在广播 1 台的《给我 10 分钟》（*10 Minutes Takeover*）节目里打电话进去点播，还把我们每周 7 天每天 24 小时都能听到的那些该死的歌反反复复来点去的那些人。

2. 地方电视台的那个新闻男主播——你倒是清清喉咙再说话呀。

3. 那些问你周末过得怎么样的人——没人真的在乎。

和伊莱恩去湖区度假前，吉姆表现得很奇怪。他在厨房里转来转去，拿块抹布到处擦，尽管那些地方根本就干净得不需要擦。他还把冰箱贴挪来挪去，又去抖烤吐司机里的面包屑。我觉得他有话想说。

我不知道是不是跟今天早上的事有关——早上他做麦片粥的时候睡衣散开了，不小心被我看到了下体，而我的眼睛久久没有离开。这样的事情时有发生——我会锁定某个目标，一直盯着。肉眼可见的男人下体便是这样一种类型的目标。

"瑞安侬——我在想，如果我们带叮当和我们一起去度假……你会同意吗？我知道她是你的狗，而且主要是你在照顾她——"

"没问题。"我说。

他的表情瞬间明亮了起来。"你知道我们会好好照顾她的，对吧？"

"当然了。她爱你，吉姆。她也喜欢新地方、新味道。"

"我今年想做些不一样的事情。我们每次都去同一家酒店，住同一个房间，参加同一个登山团，每天都在同一家餐厅吃午饭。要是叮当和我们一起去，说不定能激发我们做一点不一样的事情。"

"我以为你喜欢这种千篇一律呢。"

尽管伊莱恩根本不在家，他还是压低了声音说："我建议过去牙买加、夏威夷、巴巴多斯，参加邮轮游，但她每次都要去爱丁堡看城堡。我建议过我们买张卧铺票，再租个车，就能沿着西海岸玩上几周了。什么都不用提前订，就……稍微自由一点。"他摇摇头，又说，"不过今年，我想最好还是简单一点吧。我不知道。"

我们同时看向了外面的叮当，她正拽着一根什么东西往草地上拉。我说："度假还是能让你们好好休息一下的。也算是让你俩都换换环境。"

"你确定不介意我们带走她吗？我们可是要去整整两周呢，亲爱的。"

"她会玩得很开心的。再说了，有时候啊，你得为别人考虑考虑，对吧？不能只顾自己。"

这句话从我口中说出来的那一刻，我便知道我说的已经不再是叮当了。我知道我该怎么做了。

♪ ♪ ♪

我在客厅坐着，等一个重要电话。手机在我口袋里响了一声，却不是我在等的那个消息。这条消息是拜伦勋爵发来的，他是我的一条鱼。他很有钱，住在一幢巨大的还有屋檐的房子里，是那种正宗的都铎式屋檐，房子里还挂有金边画框的肖像。我是在他一些照片的背景里看到的。

拜伦勋爵61：我穿着我的大男孩尿布去参加会议了，就像你让我做的那样。真是太刺激了！

小甜豆：我真为你高兴。

拜伦勋爵61：噢，小甜豆，我亲爱的，你真是太棒了。你不觉得我太奇怪？我都无法用言语表达这对我有多重要。我的会议地点在韦茅斯。我记得你告诉过我你就住在海边，对吧？

小甜豆：是的。

拜伦勋爵61：我能见你吗？我可以去你家玩吗？

小甜豆：你在身上文好花了吗？

拜伦勋爵61：我今天就为你做，我保证。做完这个你是不是就能告诉我你家在哪儿了？

小甜豆：我会告诉你我家在哪儿，我会在这里等着你，做你叫我做的任何事。当然，前提是你在自己身上文一朵花……

拜伦勋爵61：噢，亲爱的，真是太棒了！

大概两小时后，我收到了照片。当时我正在花园里修剪树篱。照片上是一条皮肤粉红、腿毛灰白的大腿，上面完美地刻着一朵花，边缘刚刚结痂。那花并不是甜豌豆——他发挥了想象力，刻上的是朵郁金香。干得还挺不错。很显然他今天的会已经开完了——我在照片里看到了水池边宾馆的厕纸。

小甜豆：真是个乖孩子呢。小甜豆一定会和你玩得很开心。

拜伦勋爵61：可疼死我了。不过要是能见到你，怎么疼都值得了。你也有变态的一面，这我很喜欢。你待会儿能喂我吗？我想要吸吮你的乳汁。

小甜豆：我以为你想要的是个玩伴，不是妈咪。

拜伦勋爵61：我都想要。我有两套衣服你可以穿——一套护士服，一套和我情侣款的连体服，不过是粉红色的。我都会带上的。

小甜豆：嗯，只要能让你"性奋"的就行吧。

拜伦勋爵61：我会带好我的吸管杯，还有我所有的玩具。你的地址是？

♪ ♪ ♪

如果说世界上还能有什么事比在女厕所听见有人在隔间里放屁更糟糕，那就是紧接在另一个女人的后面进去，抽水马桶的马桶圈上还残留着她的体温。唉，要是可行的话，我真想走到哪儿都带着我自己的马桶圈。

188

为了见我，克劳迪娅特意请了一天假。她从电话里听出来我"需要一个朋友"。这里我得说一句，她可不是什么朋友。

我们在烤屋见了面。这是潘文克巷的一家独立咖啡店，就在《公报》办公区附近。现在我倒是不介意闻到烘焙咖啡豆的味道了，但还是没法喝咖啡。AJ和我在这里见过一次面，来吃香肠面包——不，这不是隐晦说法。我感觉，宝宝想要以某种方式亲近她的父亲，不仅仅是躺在他腐烂遗体上面的柔软土地上。对，她就是这么奇怪。

克劳迪娅刚走进来，她就开始踢我了。

"噢，上帝啊！"我喊了一声。疼痛呈放射状在我的肚子周围扩散。我吸气吸得太快，牙齿都冷了。

"怎么了？怎么回事？"克劳迪娅一脸紧张。

我紧紧抓着自己的肚子，宝宝每踢我一下，我便如风向袋般猛地吐出一口气来——她还真是手脚并用，拳打脚踢啊。"没事。宝宝特别喜欢踢我。"

她笑着闪身坐了下来。她长胖了些，上衣的肩膀处被绷得紧紧的。"我想那感觉一定无比美妙吧？一切都好吗，小甜豆？你看起来棒极了，整个人简直在发光呢！"

"嗯，还不错，"肚子周围依然像有一群青蛙在跳来跳去，我扭了扭身子，说，"但我就跟一辆卡车似的，原木就这么一批一批地往上面堆。我以前从没想过我有一天会需要穿着胸罩睡觉。怀孕真的让我的生活有了很大的改变。"

"我想也是。"她笑着说。

"告诉她。"

除了长胖了些，还换了梅子色的口红，克劳迪娅并没有什么变化——脖子上依然长着3颗痣，那双青筋凸起的脚依然踩着细高跟，呼吸依然带着咖啡味，还有分岔的头发，和那张永远不苟言笑的臭脸。

"报社那边怎么样？"

"很好啊，"她哈哈一笑，摆弄着矿泉水瓶子下面的纸巾，说，"我们都很想你呢。"嗯……"最近有好几个同事离职了。那个前台小姑娘吉娜也走了……"

果然正如我所料。

"……你有没有听说黛西也走了？"

"黛西·陈？"

"嗯。《曼彻斯特晚间新闻》给了她一个职位，她就搬到北部去了。罗恩气得直冒烟呢，他花了那么大的力气培养她。"

我微微一笑："所以她待了不到一年就走了？那还真是浪费呢。"

"你应该得到那个职位的，瑞安侬。"

"是啊，我知道。"

"我应该多为你做些什么的。"

"嗯，你确实是应该。"

我们点了菜，她点了一份塔布勒沙拉、一杯矿泉水加冰块，我要了一个混合面包篮（我对碳水化合物的热爱仍在继续）和一杯苹果汁："千万不要加冰。"

我们聊了天气，聊了英国脱欧。她问起我那根本不存在的产前培训课程，我编造了一大堆关于"怀孕的状态有多么好"的谎言。

"你开始感受到和宝宝的情感联系了吗？"她问我这话的时候眼里闪烁着光芒，就好像今天是圣诞节的早晨。

"噢，当然，"我微笑着说，"这是我最美好的期待。"

"你个骗子！"

我们聊到莱纳斯的眼部癌症，和这个老浑蛋戴上眼罩以后过得怎么样。我在一切恰如其分的时机以奇怪的"啊"和"可怜的家伙"进行了回应。莱纳斯就是我最希望得上眼部癌症的人了。

"看起来他至少是战胜了它，真是让人开心呀。"她说。

"人是没法'战胜'癌症的，"我答道，"相信我。你就是它的掌中玩物，过一阵子它无聊了，就放过你一会儿，但迟早它还会回来的。"

"他得到了很好的治疗。"

"癌症会复发的，克劳迪娅。他会因癌症而死的。"

她清了清喉咙，开始抱怨这桌布黏糊糊的。我其实也注意到了，但根本没当回事。克劳迪娅从她那个玛丽·波平斯款的莫斯奇诺手包里翻出一包抗菌湿纸巾。她那包里什么都有：梳子、水，手机充电线绕得整整齐齐，还有记事本和笔，魅可随身彩妆盘。有条不紊，有备无患。

后来我们便聊到了那些杀人案。

"镇上办了一次守夜活动，"她吸了吸鼻子，"7 月里的事了。是《公报》组织的，找了些本地的赞助商。你读到过这则新闻吗？"

"没有。我好久没怎么关注新闻了。"

"来了好几百人。现场有风笛演奏，还进行了一分钟默哀。几个月前我们还做了一次 10 个版的专题报道，讲述受害人的情况。"我能听到那个问题从铁轨上轰隆隆向我驶来的声音，"你觉得是他做的吗，瑞安侬？"

"不是他干的，克劳迪娅阿姨。是她干的。她干的！"

我的眼睛盯住不远处的一个地方，开口道："刚开始我也不想相信。到现在我依然觉得无法想象。"现在这情况下，还需要多说些废话，"我一直觉得，拉娜知道的比她说出来的要多。"

"拉娜·朗特里？"克劳迪娅呛了一口水，说，"真的？"

"嗯。她身上有些事情不对劲。我们都知道她精神状态不太好，但是，受害者中有一个——茱莉亚·柯德纳——她肯定不是克雷格杀的。他那天根本就不在镇上，他在温布利。可尸体阴道里却发现了他的精液。拉娜那天晚上没有不在场证明。"

克劳迪娅以她那惯常的鄙夷神态打量着我："你那天在办公室攻击了她，我觉得不是你的错。我能感受到你的痛苦。"

"真的吗？"

"当然。我发现丈夫出轨的时候，我发出的声音和你朝她扑过去的时候是一样的。"她拍拍我的手——为什么所有人都喜欢一直摸我？"但你看起来状态好极了，瑞安侬。很明显，你已经从玫瑰的香味里走了出来。"

"也不算是玫瑰吧，"我说，"至少是甜豌豆。"

"嗯，我喜欢甜豌豆。"

"我听说拉娜的情况不太好。"

她摇了摇头："好几周没见她了。你见到她了吗？"

"我几个月前去她家了，为打她那事儿道歉。我还带了束花去。她看起来不太好。她胳膊上的伤也都结痂了。"

"瑞安侬，天哪，不要花时间为拉娜过意不去了。她对你做出了那样的事，她一点也不值得你同情。"

"你说得也是。"

**"告诉她，就现在。"**

"AJ 最近有和你联系吗？"我问。

"没有。不过他的脸书一直有更新，还在那上面给我发过几条私聊消息，说 Wi-Fi 很差劲。他似乎玩得很是开心。他爱上了西藏，在一户超级善良的人家住着。他有和你联系吗？"

"没有。"我说。

"他走之前，你们在约会，对吧？"

"只有很短的一段时间。"

**"然后你朝他脸上泼了开水，还在他胸口捅了 28 刀。"**

她吸了吸鼻子，说："我就知道。"

"有一个人真正关心我，那种感觉真的很好。克雷格已经对我们的关系心不在焉了——我想是尝试要孩子这件事让他变心了吧？我对出轨感到很内疚，但没过多久我发现，他一直都有小三。"

"我完全理解，"她说，"我前夫也是一样的。尝试要孩子变成了我生活中的一切，他觉得自己不受重视了。"

"不过，"我说，"至少克雷格有他的小'爱好'来让自己开心。"我笑着说——我马上就意识到，现在这样还太早。

克劳迪娅抿了一口矿泉水："AJ 一直说起你。"

"我知道，"宝宝又开始踢我了，"你和我说过一次。"

**"快快快！赶紧告诉她呀！！！"**

克劳迪娅深吸了一口气，说："我只是想照看好他。我希望他能专注于工作，可他只想专注于你。他说我这样只是因为他找到了真爱，而我却找不到，他说我太沉浸在这样的心态里。我们为这事还大吵了一架。那么，你俩现在算是结束了？"

"要我说啊，那肯定是结束得干干净净，因为他都被埋在 3 英尺深的地下了。"

我们点的菜被端了上来。"他好几个月没跟我联系了，所以我想，算是结束了吧。我想听到这个你应该挺开心的，对吧？"

克劳迪娅打开餐巾纸，铺在腿上。她说："什么？"

"我知道你一直不喜欢我，克劳迪娅。"

"不，不是这样的。我只是在照看他而已。"

"我有一次无意中听到你和会计部的丽奈特聊天，就在《公报》的女洗手间。"

她正嚼着生菜的嘴停了下来，张成一个完美的圆形。

"我听到你说我总是给你不舒服的感觉，说尽管我一年接一年不停地申请，你们肯定是不可能给我初级记者的职位的。对了，你还叫我怪胎呢。"

她的嘴张得更大了，侧门牙之间还镶着一片绿色的菜叶。这让我对我的面包篮没有了食欲。

"没什么，也不是没发生过这种事，"我说，"我就是个怪胎，我是个超级怪胎。但我得为自己说句话，我脑子受过伤。"

"瑞安侬，我没有任何恶意——"

"说真的，没什么，还是省省吧，克劳迪娅。别再跟我说什么我应该得到那个职位了，说什么你本该为我做得更多，说你一直都喜欢我，因为这些都是假的，我已经听够假话了。"

她把叉子放在了沙拉盘旁边，说："天哪，现在我觉得太不好意思了。"

"你好意思才怪呢，因为我把你拆穿了。"

"不管怎么说，说话那样鲁莽是非常不专业的行为。我很抱歉。"

"你也经历了很多，我理解。3次试管婴儿都失败了，是吧？"

她皱了皱眉："嗯。好几年前的事了。"

*"要让她大声哭出来……"*

"还有两次领养失败，对吧？还是3次？5次流产——一次是死产。你不苦谁苦呢？"

她把面前的盘子推开，刻意避免和我四目相对。餐馆现在人越来越多，餐具的叮当声和咖啡豆的香气都被放大了。

"我明白你为什么会变成现在这个样子，"我说，"而你也明白我为什么会变成现在这个样子。我们都经历了很多。老天，我太苦了，我要是往地上一个坑里吐点口水，那里都能长出一千棵柠檬树来。而你呢，不过想要一个孩子，生活给了你其他的一切，却偏偏不给你孩子。"

她的脸色变得难看起来："你为什么给我打电话呢，瑞安侬？我还以为你是想叙叙旧，或者想看看能不能回来工作。"

"不，不是的。"

"那么，你只是想让我难看喽？你到底想怎么样？"

肚子里的宝宝踢得更厉害了。餐厅的某个角落里，另一个宝宝正大喊大叫着想要引起大人的注意。我揉了揉肚子，深深呼出一口气，吹落了餐桌上的纸巾。

"孩子的爸爸是AJ，克劳迪娅。"

她的眼光闪烁，咖啡杯在咖啡碟里抖动。"什么？"

宝宝终于不再踢了。

"他是孩子的爸爸。我现在没法证明，但他确实就是。"

她坐直了起来，瞪大了一双疲倦的眼睛："我的天哪！克雷格知道吗？他父母知道吗？"

我动了动眉毛算是回答，呷了一口接骨木花果汁。

"天哪！这是我的侄孙还是侄孙女呢？"

"侄孙女。是个女孩。"

她盯着我的肚子，就好像肚子会发光。

"你希望进入她的生活吗，克劳迪娅？"终于说出了这句话，我感觉仿佛从肩上卸下了千斤重担。

她脸上一片空洞："我希不希望？你愿意我进入吗？"

"我不相信自己能为她做好一切。我需要后援。所有关于怀孕的书都在说你要有后援力量，很多后援力量。我身边谁也没有，孩子又和你有血缘关系，所以——"

"我的老天！"克劳迪娅在手包里摸索着找到纸巾，擤了擤鼻子。服务生过来问菜品味道如何，我们谁也没理他，他于是自己走开了。她低下头，一直等到他走开才抬头问我："你真的愿意吗？"她的眼睛晶亮亮地闪着光。

"没错。我不是多么虔诚的教徒，但我们可以举行洗礼仪式之类的，把这事儿正式定下来。你可以做她的教母。"

克劳迪娅死命绞着自己的衬衫，泪水夺眶而出。她有好几次想控制住自己的情绪，却失败了。"对不起，这太让我意外了。"

"好的意外吗？"

她笑了，鼻子里冒出个鼻涕泡，马上迅雷不及掩耳地擦掉了。"太好了！"接下来她干了我最害怕的事——从卡座里走出来，径直冲向我，拥抱了我，然后是必不可少的摸肚子的环节，毕竟我的肚子现在已经是人人能摸的公共财产了。

"她会变成世界上最受宠的孩子。"她咯咯笑着说。

"我也这么觉得。她家有个游泳池，对吧？楼下那间书房改成游戏室再好不过了。飘窗上摆着温迪屋，小小的迷你厨具，再来一辆儿童用的电动小汽车。"

她的面部表情松弛下来，都不再像克劳迪娅了。现在的她不在工作模式——她不再是那个穿着紧身西装、鼻孔朝天的浑蛋，成天把我使唤来使唤去，给我派没人干的活儿，拒绝给我涨薪，还叫我小甜豆。现在的她只是克劳迪娅——用罗恩的叫法，是"克劳迪"。

"我喜欢她会受宠。"我说。

"噢，她一定会的。我保证我会为她做任何我能做到的事，任何事。噢，瑞安侬，我真是笑得停不下来呢！你有地方住吗？你们两个？克雷格的父母一旦发现，就不会让你住在他们那儿了。"

"我们暂时还好。谢谢。"

"那 AJ 呢？他知道吗？"

"嗯，他知道。他不想和我们扯上任何关系。这可能也是他要跑得远远的原因吧。"

"**骗子！**"

克劳迪娅皱皱眉说："这可不像我认识的 AJ。"

我耸耸肩："他不想我告诉你，因为他知道你会联系他，叫他回来。拜托了，这件事情上，请你听我的。不要把他牵扯进来。我也不想他的妈妈和后爸知道这件事。"

"但他们有权利知道。我来给他们打电话，他们可以找他——"

"不，我不想这样。"

"可是——"

"你还想不想做她的教母了？如果你要开始干涉我的话——"

"我一个字都不会去说的，我一点也不会干涉你，我向你保证。这是你的孩子，你想怎么做就怎么做。"

"我就知道你值得我信任，克劳迪娅。只要我能做到，你想见她就可以见她。她可以成为你生活的一部分。"

她重重地点了点头："我明白，瑞安侬。你说什么就是什么。"

"嗯，就是这样。"

## 10月30日，星期三

怀孕 25 周零 3 天

　　1. 阿斯达超市的沃伦。他一边问我："需要塑料袋吗，女士？"一边冲着我的奶子挑了挑眉毛。谁让你冲我挑眉毛的？你个死猪，小心我把你干掉。

　　2. 那些用"小可爱"来作爱称的人。"小可爱，希望你一切都好呀，小可爱。"这种叫法是怎么开始流行起来的？我也要开始用形容词称呼别人了："谢谢你啊，无袖。""干得好呀，小可怕。""当心点哟，小讨喜，那钢琴看起来不太安全呢。"……

　　3. 那些自以为是的加州旅游局广告。

　　我的子宫里有棵花菜，脑子里还有只蜜蜂在嗡嗡嗡。

　　今天是我妈妈的忌日。每年10月开始的时候，我就能看到这个日期向我逼近，就像洒在马路上的油一路蔓延开来。而每年的10月30日，我都要重温我最后一次和她说话的情景，她最后一次和我说话的情景，是我在饮水机旁往杯子里倒水时，回响在我耳畔的她死前的喉鸣。

　　孕激素让我的情绪变得更糟，火上浇油的还有孤独感，它从未如此强烈。所有的事情像是被搅在了一起，卷成一个长满刺的可怕小球，在我脑子里弹来弹去，从左边弹到右边，又从下面弹到上面，就那么弹呀，弹呀，一刻也不停歇。

　　在今天这样的情况下，待在这空空荡荡、冷冷清清的房子里感觉实在是不太好。这里太安静了，甚至连叮当四处嗅着面包屑时脖子上的铃铛声、踩在她塑料玩具上发出的吱吱声都没有。也没有吉姆在餐桌上摆弄船模，没有伊莱恩给我切水果当零食，或是喋喋不休地和我唠叨想吃什么东西代了什么意思，问我有没有得上痔疮。除了外面的大海掀起狂风巨浪外，什么声音也没有。

蒙克斯湾的人尤其害怕风暴。几年前这里发生了一次，切断了电力，掀翻了停在悬崖顶上的几辆房车。那次风暴的名字叫"爱丽丝"。"爱丽丝"杀死了3个人。有一个很奇怪的现象：以女性名字命名的风暴通常导致的伤亡人数更多，因为没人把它当回事。美国的一些科学家对此做了些研究，结果显示，和"飓风克雷格"相比，你更容易被"飓风瑞安侬"杀死。女孩们很小的时候就被教育要远离陌生的男人，却没人警告小男孩们要提防我这样的女人。

性别偏见再次帮了我的忙。

我是想着妈妈从睡梦中醒来的。在那家临终关怀医院的最后一天，是我最接近灵魂出窍的日子。尽管我们的关系自"修道院花园"事件以来便开始恶化，到那时已经8年，但失去母亲这件事还是让人觉得自身的一部分没有了根。妈妈和爸爸就像两根固定住我的绳子，妈妈去世，其中一个绳子啪的一声断掉了，等到爸爸也不在了，我便再也没有了归属感。大概只有在克雷格那儿能找到一点吧。

我走进那家临终关怀医院，内心很清楚自己将会看到什么，却依然没有做好心理准备。我从窗户里看到坐在公共休息室的大扶手椅上接受化疗的其他女人。我看到丝巾和淡淡发黄的脸，一排排枯萎的郁金香。妈妈的房间里弥漫着薰衣草和免洗洗手液的味道，爸爸正用一根湿棉棒擦拭她干裂的嘴唇。她的脸是如此干瘪、瘦小，我一只手便能握住，把它捏成粉末。

"妈咪，死是什么感觉？"

"走开，瑞安侬。"

"告诉我这是什么感觉。你疼吗？"

"走开。"

"带我走吧。"

"不。你留下来，和他们一起受苦。"

塞伦说是我让妈妈得了癌症。她说是我在学校的暴躁脾气和行为让她的日子很不好过——老师说我是在发泄，我需要时间来调整自己。后来我开始撒谎、偷东西、放火，我还剪她的头发，用厨房用的剪刀捅她的腿。爸爸是唯一能理解我的人。

"你说起爸爸就跟他是个神一样。他可不是什么神，他就是个精神病，就像你一样。"

我要是塞伦，我也会恨我。我还是给她打了电话。

在这样的日子里，这样做才得体。尽管面具早已滑落，我有时候还是要努力做一个得体的人。

"你好？"

"是我。"

和平常一样，信号有延迟。"瑞安侬？你还好吗？"

"我还好。你怎么样？"

依然有延迟，大概10秒钟的样子。"嗯，我很好。怎么了？"

"没什么，我只是想问候一下。又到了这个日子了。"

"嗯，我在日历上看到了。我也想给你打电话来着。"

"骗人。"

"瑞安侬？一切都好吗？"

我点点头，尽管她看不到。

"瑞安侬？"

"一切都好，"我说，"我今天有些情绪化，仅此而已。"

"宝宝怎么样？"

"我的肋骨疼，胃里像是有个沙滩球，奶头胀痛，也没法躺着睡觉了。"

"肚子里的宝宝都好吧？"

"嗯，宝宝挺好的。"接下来是到目前为止最长的停顿。她还没听到我的话吧。也可能这句话还没传过去。

"你去参加产前培训了吗？我怀马布里的时候觉得那些培训还是蛮有用的。"

"嗯。"

"大家都说蓝莓对孕妇也很有好处。我怀阿什的时候就吃了很多。"

天哪，蓝莓演讲又来了。前 8 次我可都听得很享受呢。

"克雷格怎么样？"

这问题让我的脑子嗡的一声。她知道了吗？

"他很好。"

"我们搬到新地方后，科迪可能会做建筑相关的工作。他需要克雷格的专业知识，来给他指点指点。他现在有空聊几句吗？"

"现在恐怕不行。你们什么时候搬去佛蒙特州呀？"

"不到一周就要搬了。但是新家还需要好好收拾收拾才行。我们打算邀请你俩来过感恩节。到那时候我们应该都安顿好了。科迪和克雷格可以做他们无聊的男人活计，我们可以好好聚一聚。当然，我们会帮你们付机票钱的。"

"那时我就到孕晚期了，不能再坐飞机了。"

"噢，也是。"她的声音明显高了八度。

她开始试着联络感情了，真是见鬼，我想。她想见我，想见我们，她对克雷格的被捕和即将到来的审判一无所知。我敢肯定，她哪怕对克雷格进监狱这件事稍稍有所耳闻，都会毫不犹豫地相信一切都是我干的。

她应该知道。我想让她知道。

"你敢……"

"欸，我得挂了，"我说，"我会尽快让克雷格给科迪打电话的，好吧？听起来对他是个很好的机会嘛。"

"嗯。你们两个都还好吧？"

"嗯，都很好。我真得挂了，我这儿还烧着水呢，不好意思。再见啦。"

"再见，瑞——"

我挂断了电话。见鬼，太不像样了。我没准备好。我的原则之一就是永远要做好准备，但这该死的孕傻让我忘了这样的一种可能性。塞伦从来没问过我克雷格的事，我更没想到她会邀请我们去过感恩节。这都是怎么回事？为什么偏偏是现在呢？

"为什么你总把一切想得那么坏呢？为什么这就不能只是一个很善意的邀请，让你在感恩节去见见自己的姐姐，两人相拥而泣一下呢？"

"呵呵，你也不看看是谁在说话？我已经算是说得好听的了。"

"也许她只是觉得孤单呢？毕竟要离开自己成年后一直生活的地方，要搬去美国的另一边了。也许她只是想见见自己的妹妹呢。"

"也许你该继续好好做你的胎儿，合上你的腮帮子，嗯？"

我关掉手机，把它放回了床头柜上。我们小时候，她就很清楚地表达了对我的态度。我就是个精神病，是颗毒瘤。一顿感恩节的火鸡配蔓越莓酱大餐可抹杀不了这一切。再说我也不会吃那玩意儿。

"是你给他们带来了太多的烦恼，瑞安侬。你就是个恶毒的小贱人。我真希望死的人是你，不是妈妈。"

没错，我失控了一段时间，可是你能怪我吗？大多数青少年都有叛逆期，何况他们中间还没有几个人被锤子砸过头。

第一次世界大战不就是个青春期的孩子引发的吗？和那家伙相比，我简直太让人省心了。

我自己的妈妈，在死前的几周甚至都没有正眼看过我一眼。"为什么要那样对你的姐姐？""你到底怎么回事，瑞安侬？""住手，瑞安侬！""别在我面前读葬礼清单了，你自己不知道你有多麻木不仁吗？你甚至都不会哭了。"

像我这样的人都能想到要孩子，这是个多么莫名其妙的世界啊。

♪ ♪ ♪

玛妮今天不能来见我，她和蒂姆"带拉斐尔去乡下玩一天，喂喂鸭子，在小餐馆吃个中饭什么的"。那孩子才两个月大，但是好吧，喂鸭子，我相信他会从中大有收获的。我到现在有一周没见过她了。一定是他要她离我远一点，一定是这么回事。我注意到她也不上 WhatsApp 了。

还是她把我屏蔽了？我还真是自作自受了呢。

今天，拜伦勋爵似乎是这个星球上唯一关心我死活的人。收到他的消息时，我正在井屋的厨房，吃着世界上最油腻的薯片，尽量不去理会从"地下区"散发出来的臭味。尽管我把有机玻璃瓷砖贴了回去，那气味也掩盖不住。

手机叮的一声，拜伦勋爵的消息出现在屏幕上。

拜伦勋爵61：我等不及今晚见到你了呢，我的天使。你现在能给我你家的邮编吗？我好设GPS导航。

小甜豆：别开车。有一班火车晚上6点从韦茅斯开过来。

拜伦勋爵61：为什么呢，亲爱的？

小甜豆：因为这是我说的。我说什么你就照做，否则我不玩了。

拜伦勋爵61：你会扯下我的尿布，打我屁屁吗？

小甜豆：嗯，你一到这里我就会的。我会把你屁屁整个都打红。

拜伦勋爵61：噢，太好了，小甜豆，太好了！我真是等不及要见到你了！

我一切都计划好了，没有人会知道他去了哪里，他上下火车都不会有监控摄像头。我只需要等他来了，在他的酒里下点药，一切就尽在掌控了。

一直到我在凸起的花坛下——AJ的旁边挖出我的赛巴迪时，那棵"花菜"的声音才响了起来。

"不行，现在给我住手！这是错的。我不会让你把那男人带到这里来的。"

"只是睡一觉，不会怎么样的。"

"你会杀了他。这就是为什么你要把这些刀挖出来。不，妈咪，你不能你不能你不能。"

"他又不是什么好人，他是个变态。他都61了，还穿得跟个婴儿一样。他喜欢别人爱抚他，和他玩。他喜欢喝母乳。他穿成人尿裤，喝水要用印有他名字的特制吸管杯。你不觉得这有点恶心吗？"

"他没有伤害任何人。好多人都有些奇怪的嗜好，你的嗜好才最奇怪呢，你还记得吗？"

"我要找点乐子。"我把脏了的刀锋在厨房水龙头下清洗干净，把它们铺在厨房台子上的一条干茶巾上，擦去不锈钢上面的水滴。"你要做我的爱人，就得接受我的朋友。"我开心地哼唱着，拿起最大的那把刀贴住自己的脸颊，那感觉就像是一阵冰冰凉凉的爱抚。

"你不能做。"

"你是没法阻止我的。"我在抽屉里翻来翻去，想找出那卷我发现的绳子。

"你想让我从你身体里流血流出去吗？你想失去我吗？"

她开始踢我，这回踢得很重。我在厨房的矮凳上坐了下来。"你现在长大些了，安全风险也就小一些。你每晚的胎心都很有力。再说这也不是什么公共场合——他会来这里。安全，安静。只要我愿意，我可以和他待一整晚，没有人会来影响我。"

"你不会想这么做的。你不会想再拿我的生命冒险的。"

我砰的一声合上抽屉："你说过只要不是在公共场合，我就可以干的！"

"你害怕了。"

"在约克郡的时候你不让我杀那家伙，是因为你害怕有人会看到。你还不让我去杀桑德拉·哈金斯，尽管我现在对她的一举一动了如指掌，还想出了一个把她引到这里来的办法。"

"你真的害怕了。"

"我费了老大的劲才把这人钓上钩，还和他说得好好的，行程不能告诉任何人，你居然还不让我杀他？"

"你对把我送给克劳迪娅这件事很害怕。你害怕自己会爱我太深。"

"不，我没有！我还真就没什么怕的！"

"你就是害怕。你不想让世界上任何人拥有我。你宁愿杀了我也不愿意让我来到这个黑暗的世界。"

我开始发狂。

一切没被固定住的东西都被我扔了出去，在厨房里乱飞：盘子、玻璃杯、锅子、罐子、袋子、水果盘、水果、筛子、勺子、铲子、森贝儿家族玩偶，还有我刚买的那袋薯片。我重新回到凳子上坐下，深呼吸，看着橱柜门上的油渍在阳光下闪闪发亮，破碎的碗碟还在水槽里叮当作响。

但我还没完。

我拿起了刀，走到客厅，把我视线可及之处所有软的东西都捅了个遍：地毯、窗帘、椅背。我就这么一刀一刀地捅着，最后坐在了地毯中间上气不接下气，周围全是羽毛和各种白色填料，我就像个坐在雪地里的孩子。

我的大肚子绷得紧紧的。

"现在感觉好些了吗？"

"你给我滚开。"

我的手机又叮了一下。

拜伦勋爵 61：把你的地址给我，我的天使。我要提前结束会议，收拾好我的玩具来找你。我等不及要见到你了，我满脑子全是你！

"如果你不阻止他过来，我就用脐带缠住脖子自杀。这是我最后一次警告你。"

小甜豆：不好意思了哥们，我的脑海里有个声音说我必须放过你。享受你对着成人纸尿裤手淫的变态生活吧。噢对了，给你最后一条建议：买一根你能找到的最粗的绳子，在你家那土豪屋檐上吊死吧，你个可悲的败类。

拉黑。

我把手机扔到了沙发上。

"很好。看啊，你现在是英雄了呢，妈咪。你救了一个人的命。"

"离我远点。"

"这可不是真心话。"

"就是真心话。有你之前我的生活比现在好多了。我喜欢做的事情你一件都不让我做。你让我的身体朝一个我以前从未想过的方向改变——你让我的乳头变丑了，阴道变青了，头发油不拉几，屁眼都裂了。我天天拉，天天吐，体重的一半都给吐没了。每一天都有几件曾经合身的旧衣服我再也穿不上了，我的脚肿得只能穿洞洞鞋。我恨 AJ 把你种在我的身体里。我恨他。"

"你才不恨我爹地。"

"我恨，我恨他！你个小东西，你现在明白我说的了吗？我恨你长在我的身体里，我恨我甚至不能把你割掉！"

直到看到电视机屏幕上映出我自己拿着刀的身影，我才终于停了下来。我手中的刀正对着自己的肚子。我一把扔开那把刀，它被淹没在那一堆散落一地的填充物里。我试着站起来，但脑袋一阵晕，只得又坐了下来。

"我再也受不了了。"

"好了好了，冷静点。"

"别再和我说话了！"

这时我才注意到身上的血。我把自己割伤了。我不知道血是从哪里流出来的，但它流得满手都是。我走到走廊上，照了照镜子。

是肚子。血是从肚子上流出来的。

我的肚子被我划开了一道口子，不大，只是顶上那么一点点，但我的刀太锋利了，也太长，刺破了我的 T 恤和皮肤。我看着那一道血迹蜿蜒着从我肚子上流过，流出一条完美的红色弧线。

"你并不擅长和其他人相处，你只能……孤身一人……"

"我不会孤独终老的，对吧？我还有孩子。"

"不。"

"不什么？我不会孤独终老，还是说我不会生下这个孩子？"

"我看到一个孩子……满身是血……"

"请告诉我，我用那水晶球砸碎她脑袋前她在球里看到的就是这些。请告诉我这就是她看到的那一幕。事情不会再变糟了。"

我不知道我在那走廊上的镜子前站了多久，用餐巾纸一遍又一遍擦拭着肚子上的伤口。突然，前门响起了一阵响亮的敲门声。我僵住了，瘫倒在地毯上，心怦怦直跳。

"不是警察，不是警察，不是警察……"砰砰砰，"你好？"是一个男人的声音。

我又等了一会儿。又是两声敲门声，一阵清嗓子的咳嗽声。那清嗓子的咳嗽声后来便开始往后花园的方向移动。我听到路上有脚步声。还有门的吱嘎声。

我锁了后门吗？我拿刀出来的时候把那个洞盖上了吗？我不确定。我无法呼吸。

又是一声轻咳，接着是敲打后窗的声音。接下来我听到了我的名字。我完全停止了呼吸。

"瑞安侬？你在吗？"

# 11月1日，星期五

怀孕 25 周零 5 天

1. 每年这个时候的巧克力和蛋糕制造商——为什么我就不能买到任何没渗着绿色黏液，上面也没有鬼图案的甜品呢？

2. 我明明觉得自己像是张着嘴被人从下水道里拖出来，却还说我像是"鲜花绽放"的那些人。

3. 那个模特世家哈迪德家族。

成功地靠一把糖果就撑过了万圣节。伊莱恩非常体贴地买了一大桶棒棒糖供我给上门的小孩分发，尽管她其实"并不同意把这作为一个节日"。一个打扮成吸血鬼的小孩身上长了牛皮癣，我给他那桶糖的时候他碰到了我的手腕。那之后我一直觉得身上很脏。

今天早上，一个叫作"宝贝的福佑"的妈妈博主赞颂了她尝试"莲花式分娩"①的经历，感叹这是一次多么丰富的体验。她把胎盘埋在了花园里的一棵树下（简直想吐）。她最好的朋友——名字叫"金盏花"，嗯，你没看错——开了个派对，把自己的胎盘烧在俄式酸奶牛肉里给客人吃掉了。还有一个女人——不记得她的名字了，但我记得看到了一张她穿着毛茸茸的开襟毛衫的照片，她看起来显然从不用洗发水——她的孩子 10 岁了，依然在母乳喂养。

我知道我没什么立场这么说，但有些女人在做了妈妈之后，真的就会心智不正常吗？我可不能再变得更不正常了。

我每天都收到克劳迪娅的短信——我还好吗？我需要她过来帮忙吗？

① 一种非人为剪断脐带，而是让脐带自然断裂的分娩方式。

我吃了足够的蓝莓吗?

再吃蓝莓的话,我都要变成紫不拉几的博雷加德将军了。

克雷格今天在布里斯托尔刑事法庭出庭了——对五项谋杀罪名不认罪。我关注了晚报网站发布的新闻。押送他的面包车开过法庭的黑色大门时,摄影记者们蜂拥而上,为了透过那小小窗户拍到一张值钱的照片争先恐后地拼抢。午餐时间的新闻头条上也有这个消息。

今天我摘下了和他的婚戒——我那只内侧刻着"永远"字样的18克拉的白金钻戒。我的手指肿得老粗,戒指硌得我很疼。在游乐场外面看到了"元素",依然絮叨着法兰克·辛纳屈,依然喝着他的白钻石葡萄酒。我们一起吃了午饭。他的人尿牌古龙水的香味已经不像以前那样让我反感了。我把戒指给了他,告诉他可以去当掉。

我刚把手中格雷格斯面包房的袋子揉成一团,便看到玛妮推着婴儿车走在海边。她穿着一件长长的黑色风衣,戴着飞行员墨镜,手里有一杯Costa的外卖装咖啡。我过了马路,径直站到了她正前方,挡住了她的去路。

"你好啊,陌生人。"我说。

"噢,嗨。"她的微笑只持续了一秒。

"有阵子没见你了呀。"我说着,走到她身边。她没有减速,所以我不停地跑着追赶。

"嗯。我们太忙了,说真的。不知为什么,10月简直太疯狂了。"

"现在是11月了。"

她停下来,看了我一眼,又继续向前走去。

"宝宝把我所有的时间都占满了,我甚至都没法好好思考。很抱歉我一直没和你联系。你过得怎么样?开始上产前培训班了吗?"

"没有。你不联系我的真正原因是什么?就省省那些鬼话吧。我猜猜——"

"你要是再管蒂姆叫纳粹的话,我跟你保证,我就继续往前走,再也不和你说一句话了,永远不说了。"

这时我们都停了下来，面对面站着。"我什么都没打算说。这话可是你说出来的，小玛。"

"少来了，"她把太阳镜推到额头上，黑眼圈很重，"别再刺激我了。"

"刺激你？我只不过跟你打了个招呼，说我好久没见到你了。是你自己紧张兮兮的。"

"我累了，真的累了。拉斐尔昨晚睡得不好，今天早上我都不知道我自己在想什么。我需要透透气，需要点不同的视角，能看到点除了我卧室的墙还有我家客厅、厨房以外的东西。"

我们都抬头看了看，正好看到缆车在山脚停了下来。"你要是想要不同的视角，没有比这更不同的视角了。坐一程？"

她吐出一口气："我才不要去高处。"

"你恐高的话，拉斐尔也会恐高。我4岁的时候看到我妈被一只蜘蛛吓得跳到椅子上去了，从此以后我就特别讨厌蜘蛛。"

她揉了揉额头，说："我不想他遗传我的恐高。"

"那就来呀，振奋一下。"

• • •

我们付了钱，却发现婴儿车过不了旋转门，这让玛妮差一点转身就走。幸运的是，售票处的人说我们可以把婴儿车留在他那儿，直到我们坐完下来。

"搞定。"我说。

"下雨也安全吗？"我帮她整理婴儿背袋的时候，她问道。

"挺安全的，"那男人说，"维多利亚时代的人不论什么样的天气都来坐。"

她虚弱地笑了笑。我们在绿色车厢里相对的椅子上坐下来。木头上到处都是涂鸦——并没有什么特别原创的，不过就是些心形和"某某爱某某"之类的鬼画符。我的座位下面有个被踩扁的果倍爽利乐包，还有颗已经变成棕色的苹果核。尽管车厢窗户大开，里面还是弥漫着一股臭味。

玛妮很长一段时间都拒绝看窗外。她坐在那里咬着嘴唇，膝盖在发抖，她抚摸着拉斐尔的头，一言不发。

铃响了，她明显紧张起来，把怀里的婴儿抱得更紧了。拉斐尔开始号啕大哭，她把自己的小指头伸进他的嘴里。车厢开始摇摇晃晃地启动了，载着我们缓缓攀上山坡。

"噢，上帝！噢，上帝！噢，上帝！"

"到底是怎么回事呢？"我把脚搭上她那边的座位。她摇摇头，闭上眼睛，双手紧紧抓着厢门，"你不回短信，也不接电话——"

"我没有不理你。"

潮湿的岩石和雨水的气味冲进窗户，我深深地吸了一口。"那你为什么不接我电话？"

她站了起来，缆车的颠簸又让她不得不坐了下去。"我怎么会让你说服我上了这玩意儿？我不该在这里！得让他们停下！"

"你周六去不去卡迪夫呢？"

"什么？"她睁开了眼睛。

"'袋熊会'的大巴旅行呀，想起来了吗？去购物、看演出，在卡迪夫住一晚。"

"噢，不不不，不行，我去不了。"缆车突然顿了一下，她尖叫一声，依然死死抓着车厢侧壁，"快到了没有？"

"没有。才刚开始呢。"

"我不喜欢这个。我得出去。"

"你为什么不和我说卡迪夫的事？为什么丢下我不管？"

"别这么说了，拜托，"她喘着气说，"我跟你说了，我很忙，没时间。我的电话又老出问题——"

"噢，屁话说得还不够吗？我还以为我们都很重视这段友情呢。"

她直视着我，喘得更厉害了，额头上冒出了一层汗珠。拉斐尔还在哭闹，她又把小指头塞进了他的嘴。"好吧，我跟你说实话。我和你出来的时候，觉得太开心了。开心对我来说不是好事。"

"这是什么狗屁逻辑，"我说，"比狗屁不通还狗屁不通。"

她坐了下来，依然专注于她的呼吸。她说："我只是觉得如果我太开心，就会变得不正常。"她眼睛直勾勾地盯着我。我割断茉莉亚的喉咙的时候，她脸上也是同样的表情。这一定是恐惧吧。

"你宁愿自己现在这个样子？"我说，"战战兢兢、被人控制，每个行动都在他的监控之下，任由他在你朋友面前羞辱你？"

"他没有羞辱我。"

"你告诉我蒂姆对布丁俱乐部的成员说，你发现自己怀孕后，在Costa 咖啡店尿了裤子。他还跟她们说你胖了多少。"

"不小心说出口的而已。他不是故意的。"

我过度夸张地叹了口气："你把你那些芭蕾舞小人摆出来了吗？"

"没有。"

"听着，我没打算在这里把威尔逊·菲利普斯[①]的音乐全集给放一遍，小玛。但为什么你如此害怕自己快乐呢？为什么就不能放松点？"

"我不想再孤身一人了。那样我没法正常运转。在遇到蒂姆之前，我处在一个完全脱轨的状态，我就是一个迷失的灵魂。是蒂姆让我感到安全，他带我离开了利兹，远离那些不好的影响——我的朋友、家人——他带我来到了这里。我妈去世后我就彻底垮了，我酗酒、泡夜店，我对性爱上瘾，对自由上瘾。我沉迷于那样的兴奋感受，你能明白吗？"

"嗯，我明白那种感觉。"

"但我要被困死在那种感觉里。和你在一起的时候，那种自由的感觉又回来了，而那让我害怕。那感觉很好，但我不想再次迷失自我。我不想回到那种状态。"

"我也是一个人。"

"没错，但你比我要强大。我太害怕了，瑞。"

"但你是想离开的，不是吗？"

---

① 美国女子三人乐队。

"不，我不想。我放不下。"

"你必须放下。你可以做到任何事，玛妮。你能去任何地方。这世界上难道就没有你特别想去的地方吗？"

"阿拉西奥，"她终于回答道，"意大利的一个地方。我老家就是那里的。我想去那里，住在我弟弟家附近。"

"那就去呀。"

"不行。我弟弟很讨厌蒂姆。"

"我可没想叫你带着他去。"

"我不像你，瑞安侬。我没办法想做什么就做什么。我有家庭。"

"这话可真难听啊。"

"你明白我的意思。"

"你不需要和我一样，你只要别像现在这样就可以了，"我对她说，"别总是胆战心惊的。是他让你怕成这样的。不要再给自己设限了。"

"不行。"

我抓住她的手腕，把她的手轻轻从车厢侧壁上拿了下来。"站起来。"

"我做不到。"

"我也站起来了。和我站在一起。来啊，你能行的。你不必睁开眼睛。站起来，玛妮。"

她一点一点站了起来。缆车又顿了一下，她又尖叫了起来。拉斐尔又开始闹。

"我抓着你呢，小玛。"

眼泪顺着她的双颊流了下来。"我不喜欢这个。我觉得不安全。要是我摔下去怎么办？"

"你不会摔下去的，我抓着你呢。"

"我做不到。"

"星期六和我一起去卡迪夫吧。"

"风险太大了。"

"不过是一群信教的女人出去过个周末，风险最大的部分是选出在车上要唱哪首赞美诗，或者是吃到个不太新鲜的杏仁水果蛋糕。"

她睁开眼睛，说："你不知道我不受控制的时候是什么样子，瑞安侬。"

"偶尔冒一次险，玛妮。我向你挑战。"

"别又扯到这个了。"

"你可能会有那么一点点享受这感觉的。"

"我害怕。"

"害怕什么？蒂姆吗？"

"我自己。"

"你比你想象的要强大，小玛。你都做到了这个。今天，你靠自己的力量征服了恐高症。"

"啊？"她环顾着四周。缆车已经停了下来，我们回到了山脚。她甚至都没注意到。

　　玛妮最后还是来了卡迪夫。我不知道她对蒂姆说了些什么才得到的准许，我提着旅行包上大巴车的时候，她已经坐在车里等我了。我兴奋地尖叫起来，她也兴奋地尖叫起来，就好像过去的 20 年光阴都不存在，克雷格和宝宝都不存在，我们不过是两个好朋友，一起去参加学校组织的秋游。

　　旅程的前半段还算顺利，除了大巴的座位让我的背有些痛以外，没啥好抱怨的。我们吃了自己带的杂拌儿糖果，共用一副耳机听音乐。她对女王碧昂丝的爱几乎和我一样，但对歌词显然没我记得熟。车上还放了部电影——《耶稣受难记》（ *The Passion of the Christ* ），后来下面像大象一样松的玛奇晕车了，电影就给关了。起初我还以为玛妮这次能多少远离蒂姆的影响，但显然，蒂姆还是阴魂不散。

　　我们的大巴开出来不过两小时而已，他们间便有了 6 条短信、两通电话、一次视频聊天。是的，这让我很生气。

　　我们在服务区停下，上了厕所。就是在这里，我犯下我最大的错误。我看到一家叫"马车"的酒吧，给玛妮买了一杯酒。

　　"让你放松放松。"她从厕所回来时，我举起一杯仙粉黛白葡萄酒对她说。

　　"不，我不能喝。我还在喂奶。"

　　"今天是你的休息日，还记得吗？"

　　"我酒量不好，瑞。一杯酒下肚我就会神志不清了。"

　　"来吧，就几口而已。就这么点酒，还不够塞牙缝的，奸商居然要卖

5 英镑。这会帮你解决问题。"

"什么问题？"

"你的焦虑。"

"我不焦虑呀。"她摆弄了会儿酒杯柄，又说，"我喜欢仙粉黛。"

"我记得你说过你怀孕的时候很怀念它。来吧，干掉它。今天就别做玛妮了，做一回瑞安侬吧。"

她仔细考虑了一会儿，然后 3 口喝下了那杯仙粉黛。她又点了一杯。

"喝了我才知道，我原来这么想喝，"她用手背擦了擦嘴，又说，"明天我身体里的酒就会分解掉了，对吧？"

"这个自然。"

我去上了第二次厕所。回到大巴的时候，玛妮示意我和她一起绕到车后面，在那里，她拿出一包香烟。

"你不抽烟的呀？"

"我以前抽，"她说，"蒂姆让我戒的。这包烟已经在我包里放了好几个月了。"

她点上一根，把头往后一仰："这很好。"

就是在这个时候，我完全明白了她之前为什么会说她害怕自己。因为当玛妮喝了酒，她就像是完全变了一个人。

"你今天还真是把你坏女孩的一面释放得很彻底嘛，是不是？"我拿腔作势地对她说——就像魔法保姆麦克菲①面对突然暴力症发作的克里斯·布朗②。

"那酒对我大有好处，我觉得超放松的，"她哈哈大笑，笑得几近疯狂，仿佛笑对她来说是件很新鲜的事情，"我确实需要放松，你说得对。我以前是恨瑞安侬的，很久以前了。"

"真的？"

---

① 电影《魔法保姆麦克菲》中的主角人物，她用魔法驯服家中的顽劣孩子。

② 美国著名饶舌歌手，曾因暴力行为被判缓刑，后因再犯被送入康复中心强制接受情绪控制方面的治疗。

"必须是真的。"她说着伸手从包里掏出一小瓶刚才在酒吧里喝的那种仙粉黛，"为了放松放松。"

"你什么时候弄的？"

"你去上厕所的时候我买的。"她像个小妖精似的咯咯笑着，在大巴车皮上摁灭了烟，又点上一根。她的脑袋向后仰得很厉害，我都担心它会掉下来，"上帝，这简直就像是口腔里来了次高潮呀。"

自大的艾德娜提着她的毛毡手提袋从车旁走过，她说："我希望我刚才听到的不是上帝的名讳。"

"就是他呀，艾德娜，"玛妮飞快地向她喊道，"他要去汉堡王来着。我冲他挥手了，他没认出我来。"

艾德娜做出个极度难看的表情，拖着沉重的脚步上了车。

一群小伙子吵吵闹闹地穿过停车场，手里拿着麦当劳的袋子，走向一辆花里胡哨的绿色掀背车。他们显然是出来过单身周末的。

"嘿！嘿！"他们冲我们大叫。不，不是"我们"，只有玛妮。我都忘了我现在还大着个肚子——现在的我是会把男人都吓跑的那一型。

玛妮撩起上衣，露出她因喂奶而下垂的乳头。

对面响起了一连串的欢呼和"哇嘿"声。一个小伙子——至少比我们小 10 岁，皮肤黝黑，身材魁梧得像个拳击冠军的家伙——笑得歇斯底里。他径直向她走来。那种风格你懂的——人工美黑出来的肤色，《浴血黑帮》（ Peaky Blinders ）里面的发型，硬挺的黑色牛仔裤，倒三角的体型，永远坚挺的胸肌。

我退回到阴凉处站着，不太相信自己眼前的一切。微风吹起地上的碎屑，环绕了我。

后面的车引擎轰鸣，朝着他们冲在前面的这位饥渴男孩鸣起了笛，还闹哄哄地放起难听得要命的某伊比沙岛混音版本的王子乐队的《走开》（ Get Off ）。这一幕让我突然觉得自己简直是个 100 岁的老女人，所以我拖着脚回到了大巴上，和其他老女人坐在一起。

玛妮又过了 20 来分钟才上车，她是最后一个。她醉醺醺的，连坐都快坐不稳了。"他们在过单身周末。特洛伊，就是刚才跟我说话的那个，他说我们如果愿意的话，今晚在卡迪夫可以去找他们玩。他还挺帅的。"

"他才 8 岁吧。"

"实际上，是 22 岁。"她狠狠白了我一眼说。

"那这关我什么事呢？"

"他们请我们出去喝酒。"她笑得就跟温布尔登网球公开赛的观众一样——实在没什么好笑的也非要笑。

"我们？"

"没错，你和我。"

"为什么要请我？"

"我说你去我才去。他们看起来都很有爱呢。"

"他们没有爱才怪呢。你都给他们看你奶子了。"

车喇叭一阵轰鸣，加速驶上 M5 高速公路。一颗麦提莎巧克力从我们前面的座位下滚了出来，玛妮在地上胡乱一抓，把它抓了起来，直接塞进了嘴里。

"还挺有意思的呢。他们在市中心一家酒吧订了一个特别套餐——那酒吧叫'遇见'——免排队，私人包房，专人服务和调酒。他们中间有一个下周末结婚。来嘛，好不好？"

我摸了两次自己的肚子，希望她能明白我的意思。可她并没有。"呃，我不能喝酒，你忘了吗？而且这是个基督教团体大巴旅行欸，你也忘了吗？"

"嗯，我知道呀，但是来嘛，会很好玩的。和我一起去吧？拜托了！"

"你那该死的老公呢？今晚你不需要在老鹰窝打卡了？你喝醉了他肯定能听出来的。他隔着电话线都能闻出来。"

"是你叫我甩了他，是你说蒂姆就是个控制狂小贱人，我得取掉我脚踝上的跟踪器。我照做了。我和他说我晚点再打给他，我也会打的。我不想去想明天，瑞安侬。重要的是今天。"

♪ ♪ ♪

我知道，我有一天也会老，开始享受老年人的特权，可是我的老天啊，老女人的行动真是太慢了。卡迪夫城堡也很有意思，但也是因为玛妮和我一起才有趣的。而发酒疯的她让这一切更有趣了——她太容易犯错了。城堡里有个投石器，我们花了老长时间讨论，当我们用它把"袋熊会"的成员挨个发射到城墙上时，她们分别会发出什么样的尖叫声。我们冲着展品中男裤前面的褶皱哈哈大笑，假装偷古董，肆无忌惮地咒骂。其他的"袋熊"们明确表示，她们可不觉得我们的行为很有趣，尤其是艾德娜，她"花了很大的精力来组织这次旅行"，她很不喜欢我们的所作所为。

我一整天都笑个不停。那些玩笑是玛妮挑起来的。她说丽塔的屁股"看起来就像两个装满水的垃圾袋"，然后我插嘴道："至少她不像黛比一样长着满口跟墓碑一样的牙。"不幸的是，我们当时正走在一条石头走廊里，音响效果很好，我们谈到的两个女人都把这些话听得清清楚楚。白南希也抱怨说"难听的话就跟五彩纸屑一样满天飞"。现在，我们在她们眼里肯定不再是好人了，说不定连个人都算不上了吧。

要是袋熊有羽毛的话，她们身上的羽毛现在应该全都竖起来了吧。

我们不得不提前去酒店办了入住，好让玛妮把酒劲儿睡过去。安顿好她后我一个人去了商店。我在卡迪夫海湾一家豪华的意大利餐厅吃了午餐，那餐厅叫"嘴里的水"，服务生长得像撒盐宝贝。他说服我点了松子和意大利乳清干酪方饺，尽管松子总会卡我的牙，我根本就不喜欢意大利乳清干酪，也没那么喜欢方饺。味道倒是不坏。我周围的其他人似乎都在吃米兰风味火鸡或者牛排。这样的场面已经不再像之前一样让我恶心了，我对肉的厌恶大概已经过去了吧。

"妈咪，你为什么拿走那个人的牛排刀？"

下午晚些时候，我回到了我们住的雷迪森酒店。我走路跟僵尸似的，脚抖得厉害，满脸是汗。肚子里的宝宝踢我踢得很厉害，因为午餐时我喝了一杯普罗塞克葡萄酒。回到房间我就躺下了，一直躺到了现在。我们得马上开始收拾准备出门了，约了那帮小伙子 7 点见面呢。有时候啊，有个朋友真是没有你们想象的那么好。

"那普罗塞克酒顺着脐带进了我的大脑。这对我的大脑有害。这下你开心了吧？"

∙ ∙ ∙

约会还没开始玛妮就很醉了。这是当然了，她把所有的仙粉黛都给吐了出来，但我们的脚还没碰到"遇见"酒吧的门槛，一杯双份伏特加便已经下了她的肚。这时她的醉酒又达到了一个新境界——对周围的所有人口无遮拦无话不说。

检查衣物的那位绅士真是太棒了——他检查了我的外套，但没有检查得太仔细。我暗自记下回头要多给他些小费。

那些个"高岗上的饥渴男孩"——他们是从格拉斯顿伯里来的，看我这双关多么完美 ① ——全都依照承诺准时出现了，并没有交通事故夺走他们的生命。他们全都穿着笔挺的短袖衫，油亮的尖头皮鞋，裤子把下身包裹得紧紧的，你能清楚地给他们按大小分类。饥渴男孩特洛伊给玛妮发了个消息，约她在顶层，也就是 6 楼和他们见面。

"小玛，你确定你想这么干吗？"她抓住我的手腕，拉着我上电梯的时候，我问她。

"是呀，"她马上迅速坚定地回答道，"我要去。"

"遇见"是一家标准的市中心娱乐场所，一共有 6 层，分别是不同的聚会房间。第一层全部装饰成了丛林主题，摆着柳条椅，还做那种夜光的鸡尾酒——这地方一个人也没有。第 6 层，也就是我们所在的那一层，似乎是电音主题。灯光刺得要命，音乐一直在重复，酒保们穿的马甲简直让人要得癫痫。

---

① "格拉斯顿伯里高岗"是格拉斯顿伯里最著名的旅游景点，宗教圣地。

"带我离开这儿！现在！"

本来喝完第一杯酒我就该回酒店了，但有件事阻止了我——玛妮。我在一个铺着美人鱼皮的卡座边上坐了好几个小时，看着她跳舞、喝酒，和那帮男生里的每一个人调情，感觉自己简直就像修女进了妓院。当然，不是只有她。这房间里挤满了人，都在全情投入地打情骂俏、跳江南 Style 和各种奇奇怪怪的舞。一个大肚子男人把拉格啤酒往自己身上倒，一个瘦高个女人吐在了自己的提包里。我甚至看到一个头发上满是发胶的浑蛋在约会对象的百威啤酒里下药，我并没去提醒她——那个红头发女人在外面排队的时候从我旁边挤了过去。

第三杯无酒精鸡尾酒下肚后，我控制不住了，点了一杯普罗塞克葡萄酒。

"你明白我在这里的每一分钟，大脑损伤都更严重，对吧？我要上海报了。"

4 个饥渴男孩勾搭上了 4 个女人，从此消失。玛妮和特洛伊在卡座的角落里亲热。我还抱有模糊的希望，希望这些男孩子中至少还能有一个和我聊聊天——通常像这种情况下总有那么一个的——但这一次，我彻彻底底错了，他们全是贱人。我很快总结出来了，他们只对开放、饥渴、毫无顾忌的女人感兴趣，至于聊天，并没有那么重要。我让一个叫布莱德利的 19 岁男孩摸了我的乳房，同时警告他如果胆敢碰我的肚子，我就掰断他的手指。他哈哈大笑。他的脑子转得还算是快。我不知道玛妮看上了特洛伊什么。这些个到处滥交、留着一半头发的饥渴男孩哪来那么大的吸引力？我不明白。

"你是做什么工作的呢，瑞安侬？"布莱德利在我耳边喃喃道。

"我怀孕了。"我大口喝着我的普罗塞克，酒在口中的感觉很厚重。

"我知道。怀孕之前呢？"

"噢，呃，在一家银行工作。"

他毫无理由地笑了起来："哪家？"

"呃，国民西敏寺银行。"

再次毫无理由地大笑："你喜欢那份工作吗？"

"不喜欢。"

"想再来一杯吗？"

"只是问问啊，你是想和我在垃圾桶的后面亲热吗？想还是不想？"

他第三次大笑了起来，我忍不住握起了拳头。"哈哈，那你想不想？"

"你还真是不挑啊？"

"是不挑。"

他喝了一大口啤酒，又笑了一次。他只会大笑和大口喝啤酒。我真想剥下他长满痘痘的脸皮，用来铺椅子。

特洛伊和玛妮从他们坐的长椅上溜了出去。她紧紧抓住他，好似他是她的助行架——这助行架的短裤里还有根杆子，跟曲棍球的球棒似的。"我们要去休息室，好吧？等会儿回来找你们。"

"休息室在哪里？"他们走后我问布莱德利。

他正和坐在他和另一个男生中间的穿 6 码衣服的黑发女人说话。"隔壁，我们的私人包间。我们订了那间房，嗯，整晚。那房间，是，私人的，所以他们能比较有隐私，之类的，嗯。"

外面的走廊里，5 间休息室的门都关着，但每一间的门上都有个小玻璃窗。房间里分别有不同颜色的灯——绿色和黄色的房间里有人在乱搞，蓝色的房间里有 3 个男人在睡觉，白色那间则是空的。还有一间的颜色格外粉，粉得像是粉红豹刚在里面爆炸了，我看到玛妮和特洛伊在里面没轻没重地互相爱抚。

我并没敲门。

"小玛？我要回酒店了，你一个人没问题吧？"

特洛伊慢慢放开了她的脖子。玛妮的眼睛是闭上的，头向前耷拉着。"我会送她回去的，不用担心。"

我看了看她，又看看他，说："最好是别强奸就送回来。"

"啥？"

我不耐烦地冲他皱皱眉："你最好是控制一下自己那东西，她现在连头都抬不起来了。"

"呵，滚开，扫兴的家伙！"

玛妮靠在他肩上睡了。他又开始在她的脖子上舔来舔去。

"小玛，你要和我回酒店吗？玛妮？"我弹了弹她的耳朵。

"走开，"她吐出含糊不清的几个字，"这里好玩。"

"听到了吗？"特洛伊说，"她在这儿玩得很开心。你给我滚开，扫兴女人。"

他那双锐利的蓝色眼睛死死盯着我。当我的刀尖一下一下刺穿那双瞳孔，那将是多么美的一道风景啊。

我不再理会他们，重重摔上了门——好吧，我用我最大的力气摔了门，可它被那堆粉红色毛茸茸的东西卡住了。

我回到人潮涌动的走廊，吸进肺里的全是伏特加呕吐物的味道，酒吧的音乐让我头疼。我找着电梯，去哪里的电梯都可以。就在这个时候我听到了那个声音。

"别把她一个人留在这儿。"

"我一分钟也不要在这里多待了。我讨厌夜店。"

"她不知道自己在做什么。她喝了一天的酒了。"

"我的脚痛死了，头也痛。这里味道太难闻。而且我满脑子都是酒店迷你吧里的那两块苏格兰奶油酥饼。"

"她需要你。她是暴风雪中的鼷鼠，而你是田鼠。你必须找到她。"

"为什么我必须这么做？"

"因为她是你的朋友。还记得乔·里奇死的时候吗？你那时候没和他在一起，这让你感觉有多糟？"

"那我该怎么做呢？"

"你手上还有餐馆里拿出来的那把牛排刀呢。"

"哇，你的风格变了啊？"

"看，他们要走了。"

我混在一群除了胸罩、内裤和脖子上围着一圈红羽毛，几乎什么也没穿的女人中间，看到特洛伊带着玛妮出了粉红豹房间，穿过走廊，穿过舞厅。他一直搂着她的腰。她咯咯笑个不停，跟跟跄跄，裙子卡在了短裤里。我在更衣室帮她拿完大衣后，他们便不见了。

门外，每家酒吧和夜店外面那些黑漆漆的台阶上都挤满了抽烟的人，一张张邪恶的笑脸莫名其妙地哄笑聊天，嘻嘻哈哈。我穿上外套，看着玛妮和特洛伊走进夜色。一个穿着金丝裙子的女人扶着电灯杆吐了起来，她的朋友站在她身后大声咒骂迟到的出租车司机。

一群男人穿着裙子，系着"单身派对"的丝绸腰带，站在劳埃德银行门口抽烟。还有一群学生沿着一家波兰超市的窗户排成一排乱搞，像在进行计时赛。

没有人注意到我。我是属于这夜晚的生物，在被风吹乱的垃圾和反射着灯光的黑黢黢水坑之间摸索前进，眼睛从未离开我朋友和她的约会对象。我戴上帽衫上的帽子。

一个男人躺在人行道上，裤子褪到了脚踝处，对着一个空汉堡盒哭。一个流浪汉和他的狗坐在"雨季"餐厅的门口，吃着一个汉堡。我打开玛妮的钱包，把剩下的3张10英镑钞票给了他。天开始下起雨来。

"你确定吗？你不会突然爆发逼我停手吧？"

"她遇上麻烦了。只有你能帮她。"

我越过瘫倒在人行道上的人们，他们在路中间打滚、喊叫、厮打，一个穿着橄榄球衫的男人遨游在一片垃圾袋的海洋，一个女人因为丢了气球而大哭。两辆警车疾驰而过，警笛大作。穿着夜光背心的警察在人群中穿梭，和两个穿黄色衣服的"行为不当"的女人"谈话"。

我继续往前走，仿佛是在穿越一片丛林，而不是开阔的世界。在帽衫遮挡下的视线里，我尽可能地控制自己的视线。我能清楚地闻到玛妮的香水味。

玛妮和特洛伊沿着街道蹒跚而行，他们嬉笑着，互相抚摸着。我一直盯着他们，离得远远的，好不让人看见。他带她离开了混乱的人群，沿着一条叫"沃顿道"的僻静小街走了进去，和警察刚才所在的地方是另一个方向。特洛伊四下望了望，又抬头看了看——没有监控摄像头。我钻进一家理发店的门廊处，听到他说："来吧，我们马上就要到你的酒店了，看——"

这地方离酒店很远。酒店完全在另一个方向。

这小街旁边还有一条路——贝克巷，是各种建筑的后门所在地，还有垃圾桶。特洛伊推着玛妮进了旁边一条鹅卵石的小道。

我从包里拿出牛排刀，藏进衣袖，把包包挂在一个室外水龙头上。

"我们确定要这么做吗？"我低声问道，几乎要喘不过气来。

"你别无选择。"

我听到玛妮的呢喃："想吐。"紧接着猛地一下，然后是液体哗哗落地的声音。

"啊，妈的——你吐在我脚上了，伙计。"

"噢……好多了。"她发出一阵懒洋洋的笑声，头发糊在脸上，塞在眼睛里、嘴里。

"动手。现在动手！"

"来呀，站起来。不，你哪儿也别想去，亲爱的。"

"他要强奸她——你必须动手，妈咪，上啊！"

我又往近处挪了挪，俯身蹲到一个带轮子的垃圾桶后面。

又是一阵呢喃。"不，"她说，"不行。"

"来，把你这短裤脱了。"

"你还在等什么？杀了他！"

我又走近了两步。特洛伊用自己的胸膛把她顶在水泥墙上，脸贴住她裸露的乳房，死命地吸吮着、咬着，黝黑的大手抓住她的大腿两侧，扯下她的短裤。她的眼睛是闭着的。"不，不行，不行。"她试着打开他的手。

我喘不过气来。大雨倾盆而下。"我要是失手了怎么办？"

"你从没失过手。在他反应过来是怎么回事之前刺进他的脖子，要不然他就会反击的，如果他反击你，他就会打到我。保护她，保护我。现在杀了他！"

玛妮的短裤已经被褪到了脚边——一只鞋也已经被脱了下来。特洛伊开始解他的裤子拉链。他把她顶到墙上，用她的腿环住自己。

"干掉他。狠狠干掉他！"

我来到他身后，像只母狮般悄无声息地举起刀刺了下去——他膝盖一弯，朝地上跪去，还伸手想抓住点什么。玛妮呻吟着滑倒下去。

"怎么回事？"她自顾自地喃喃着。

刀锋深深刺进了特洛伊的气管——我想，一旦声带被切断，他就发不出声音了。至少不会有尖叫。

"再使点劲！"

耳畔传来呼吸声——那是我自己的呼吸声，深深的、深深的呼吸声，仿佛空气把我从头到脚冲刷得干干净净。净化身心的呼吸。

他抓住刀柄，用他沾满血的滑溜溜的手指将刀拔了出来。他像块滚烫的岩石般跪倒在地。

"啊……"

"结果了他。"

他的血汩汩地往外冒，淌到地上，顺着鹅卵石的缝隙渗下去。我跨坐在他的腹部——他的身体在我大腿间扭动，我从他手里夺回刀，我没有停手。

他大口喘着气。我也大口喘着气。

"好了，可以了。"

直到我感觉刀锋碰到了骨头……他的呼吸变得微弱，肌肉没有了力量，因为没有足够的血液供给它们了。

他在我身下蠕动的感觉真好。身体贴着身体，鲜活贴着死亡。雨打在我的脸上，我的手放在刀上。

"可以住手了！"

我拔出刀，在他的衬衫上把刀刃擦干净。他躺在那儿，喉咙里发出含混不清的咕噜声——他的眼睛睁得老大，死死盯住我。我有一种极其强烈的想要抱住他那游走在死亡边缘的身体的欲望，但我光荣地控制住了自己。我在水龙头下洗了手，然后回到他身边，欣赏他濒死的呼吸。

我弯下身去，他咳嗽起来，血喷了我一脸。"抱歉扫了你的兴啦，宝贝。"

站起身来的时候，我感到一阵恶心。我把想吐的感觉咽了回去。

特洛伊还在发出咕噜声，像是水在水槽里涌动那样的声音。他显然有健身的习惯，体格很健壮，有力气反抗。

"你得赶快离开这里。"

他坐了起来，但我又把他推倒在地。

他的眼珠还在四处转动，搜寻着什么，嘴巴张得老大，鲜血汩汩地涌出来。他的脸和 AJ 的脸渐渐重合到了一起。AJ 的头从脖子上掉了下来。

我感到一阵恶心，于是站起来，扑倒在那个带轮子的垃圾桶旁，把这一整天我胃里消化的所有东西都给吐了出来。

"快离开这里。现在就走！"

"是你吗？是你让我犯恶心吗？"

玛妮在垃圾桶旁动了动。我把她被雨水淋透的短裤拧干，放进自己的口袋里，扶她站了起来。

"怎么回——"

"没事了，是我。我们现在回家。没事了，没事了。"

# 11月10日，星期日

怀孕整 27 周

1. 酒店卫生间里挂着的那些"为了保护环境，请重复使用毛巾"之类的标语——我才不在乎什么所谓的环境。我要开着灯，开着水龙头。我付了 100 英镑每晚的价钱就为了睡个觉，为了让这钱花得值得，我会在床上拉屎。

兴奋感来得快去得也快。我知道这不是我的问题——我知道是因为她——我肚子里那棵"芜菁"。我怀孕期间是没法享受杀人的快感了，这一点现在已经很清楚了。这事儿现在就和吃肉一样——让我厌恶。我本该兴奋得想跳舞，肾上腺素注满了我四肢的每一寸，兴奋到眩晕。但现在我只觉得空虚。

"你就是那样杀死了我爹地。还记得你砍断他手臂的时候，浴缸里他的脸吗？"

我又吐了，吐在酒店外面的灌木丛里。0 点过后，我和玛妮跌跌撞撞地路过酒店大堂时，前台接待员看了我们一眼。我们两人都浑身湿透，脚步沉重，一看就是在酒吧度过了疯狂的一晚——这正是我想要给自己塑造的形象。

"爹地的血滴落到浴缸里，汇聚在水池里……"

我把玛妮身上的湿衣服换下来，挂在浴室的毛巾架上，用酒店的浴袍裹住她的身体，把她放到床上躺好，还在她背后放了个枕头，好让她保持侧卧的姿势，以防她呕吐。

大约凌晨 3 点的时候，她还真吐了一次，吐在了垃圾桶里，吐完便又回床上睡了。我前前后后加起来也就睡了一个小时，做了一连串可怕的梦。凌晨4点，我实在受不了玛妮的鼾声了，于是起来洗了个澡。

令人惊喜的是，子宫里的情况似乎一切安好——没有疼痛，没有出血，连上多普勒仪器后，我听到的心跳声很强壮。没什么好担心的。但我还是会有恶心想吐的感觉，还有一种强烈的、知道自己昨晚做错了事的感觉。

我根本还没开始多疑，但这一次我做得太容易被发现了。比伯明翰那次还要糟糕。要是那附近有摄像头怎么办？衣物纤维呢？那个带轮子的垃圾桶里我的呕吐物呢？也许那场雨会把关于我的一切痕迹从他身上抹去吧。雨是我的朋友。雨还在下，我一边吹着头发，一边从酒店的窗户往下看，看着下面空空荡荡的街道。

玛妮安静得很。她用摇头回答了我的两个问题："你要用我的护发素吗？"和"要黑咖啡吗？"除此之外总共也就说了那么两个单词。我一个人下楼去吃早餐——"袋熊会"的人似乎没人愿意和我说话。自大的艾德娜投过来一个我不知该如何解读的眼神——是"我对你没去看《芝加哥》（*Chicago*）的演出非常生气"呢，还是"我们桌没位子了"。

反正不管是哪一个，我单独找了张桌子坐下了。

我的水果沙拉吃到一半的时候，发髻超紧的多琳终于过来和我说话了。她一张嘴我就想揍她。

"瑞安侬，我们的一些组员对你和你朋友昨天的行为颇有微词啊。"她快速眨着眼，身上松垂的肥肉跟着她讲话的节奏在抖动，"而且你没来看《芝加哥》，我不确定你是不是适合再来参加我们的郊游活动。"

"我猜到了。"我舀了一勺甜瓜，翻着这桌前一位客人留下的《星期日电讯》（*Sunday Telegraph*）。

"不好意思，你说什么？"

"从一开始，你们就都不喜欢我和伊莱恩参加你们的活动，不是吗？"

艾德娜急忙跑过来，站在多琳身边："这不是真的，瑞安侬。"

"这就是真的。你们接受伊莱恩，是因为当你们把罪恶感强加于她的时候她逆来顺受，我可不会那么干，所以你们就觉得不爽了。"

"我要求你住口！"艾德娜的呼吸粗重起来。

"你们那些鬼鬼祟祟的眼神我都看到了，角落里那些窃窃私语我也听到了，你们说伊莱恩的'儿子是魔鬼'，还说'那个魔鬼的怀孕女友'。我猜宽恕大概只适用于针对 60 岁以上的人吧。"

"你这么说可不公平，"多琳说，"你和伊莱恩从开始加入'袋熊会'起就受到了我们的欢迎。"轮椅玛丽这时候也加入了进来。

"算是你们忍受了我们吧。特别是你们两个。"有些人就是长着一张欠揍的脸，不是吗？在某种程度上，这可能并不是她们的错。但在另一层面上，这完全就是她们的错。

"谋杀是一种罪，"玛丽插嘴道，"我觉得我们这个团体不该允许你加入，你们俩都是。那男人就是个魔鬼，他父母住在我们镇上已经够糟糕了，你还要在这里影响我们。"

多琳试图缓和局面，黑南希这时从取餐区拿了水果和酸奶过来，也想要帮忙。

艾德娜完全无视了她们。"不管杀人的是谁，你作为一个谋杀犯的家属，居然支持杀戮，你都应该感到羞耻。"

"上帝也杀过人呢。"我这句话一出，眼前这三个听众全都倒抽了一口冷气，"他杀了很多人。《旧约》的故事里充斥着谋杀。上帝左左右右前前后后地杀人，你们好像都很赞成他杀人呢？"

"这是对神的亵渎！"轮椅玛丽大骂道，"完全就是亵渎！"

"不，这不是，这是事实。我在我的《圣经》里还把其中几段给标出来了，你看，"我从包里把那本《圣经》翻出来，"所多玛和蛾摩拉——死了几千人……许多以色列人，犹大的长子——都是神所吩咐的。"

多琳开始画十字。艾德娜的松垂赘肉在微风中摆动。

"《列王纪》，"我说，"上帝派了两只母熊从树林里出来，要把42 个小男孩撕成碎片，因为他们嘲笑了一个秃头的家伙……《撒母耳记》第 6 章 19 ~ 20 节——上帝攻击了伯示麦人，因为他们看了约柜。还有罗得的妻子。《出埃及记》就更别提了。"

"你把和杀戮有关的段落都标记出来？"多琳问。

"没错，我感兴趣。以西结：'我必使死人充满你的山。你的山、你的谷、你的河，都充满了被刀杀的人。我必使你永远荒凉。你们就知道我是神。'而克雷格不过干掉了 5 个性犯罪者，你们就要针对他？"我摇摇头，"上帝的工作方式还真神秘啊。"

在回家的火车上坐到半程时，玛妮才算真正清醒了过来。恶心想吐的感觉过去之后，她的罪恶感又回来了。

"真不敢相信，"她一遍又一遍地说，"我们为什么在火车上？"

在那之前，她都不过是如提线木偶般机械地做着各种动作，完全不加思考。"哦，我们被赶出'袋熊会'了。我忘记告诉你了。"

"但大巴的钱我们付过了呀。"

我抓过她的手，摊开手掌，把一张 20 英镑的新钞放在她掌心。"感谢自大的艾德娜。我从推车售货员那儿给你买了个燕麦棒和一杯黑咖啡。"我把桌上的这些东西推到她面前。

"就因为我们没去看《芝加哥》？"

我在自己的手提包里翻来翻去，找口香糖之类的东西——酒店自助早餐的食物粘在了我的舌头上。"不，不光是那个。还有我们昨天在城堡的所作所为，我们的不当言论，我早餐时说的话，我早餐时做的事。要薄荷糖吗？"

她摇摇头："你早餐的时候做什么了？"

"朝白南希泼了酸奶，把轮椅玛丽推到果酱堆里去了，还给艾德娜取了个外号。"

"什么外号？"

"一个很不好的外号。"

她缓缓地吐出一口长长的气："该死，蒂姆会怎么样呢？我不能骗他。他会发现我们没看演出的。"

"他怎么会发现呢？他不认识'袋熊会'里的人，对吧？"

"我说谎他就会发现的。我该怎么和他说呢？"

"你就说：'嘿，亲爱的，我回来了。这是在卡迪夫城堡给你买的彩虹色铅笔。我们昨天吃了一顿超棒的午餐，看了一场超赞的《芝加哥》演出——那个被《X音素》（*X Factor*）①淘汰的演员最后原来没有用自动修音呀，看完我们回酒店好好睡了一觉。'你就这么对他说。"

"这么一大段我没法全说下来。我会忘的。"

我把薄荷糖塞回包里，说："那么你打算告诉他那个留着半边头发的饥渴男孩特洛伊的故事喽？"

"我昨天基本都是醉着的，根本不知道自己做了些什么。欸，这就是为什么我这么害怕放飞自我。我不知道什么时候该停下来。"

"生在笼子里的鸟认为飞翔是一种病。"

"什么？"

"网上看到的一句名人名言。我在搜被家暴的妻子，谷歌就给我看了这句话。"

"我不是被家暴的妻子！"

"这就是你昨晚做的事情，玛妮。你飞了一程。"

她皱了皱眉，但不是对我——我整理手提包的时候她在看着，牛排刀的刀尖卡住了拉链。

"那是什么？"

"水果刀。"

"这水果刀也太大了吧？"

"我喜欢吃大个的水果。"我把刀塞进去，拉上拉链，将包塞在桌子底下，"还是来聊聊眼下的事情吧，聊聊你是怎么丢人的。"

"噢，上帝啊，我昨晚还做了什么，小瑞？拜托告诉我吧。"

"你还记得些什么？"

"夜店。到处都是粉色的。我吐了。我的脚很冷——掉了一只鞋。我还记得那音乐。我的脑袋里怦怦直跳。我的脚指头撞到门上了。我俩在一

———————————
① 欧美知名选秀节目。

个电梯里。你在笑。我记得我醒来的时候，我所有的钱都花光了。我真的把钱都花光了吗？"

"你都要把那家店喝空了。"

"老天啊！"她靠在桌子上，双手绞在一起。

我把包上的拉链紧紧拉好，重新放回桌子底下。"你就只记得这些了吗？"

"我全身都湿了。你把我的衣服脱了。我醒来的时候身上裹着浴巾。"

"天在下雨。我给你裹上那个好帮你保暖。"

"是你照顾了我。谢谢你。"

"千万别客气。"

"我摔倒了吗？我记得地面是湿的，还有鹅卵石。"

"那是酒店的卫生间，玛妮。"

"不，我在外面。我看到你和一个男人。"

"我把他从你身上拉开了。"

"瑞，请把一切都告诉我，拜托了。我需要搞清楚状况。"

"你差点要被他上了。"

"啊，不——"

"但你没有。我带你回了酒店，把你弄上床了。"

"你确定他没碰我吗？"

"没有。我不会让他碰你的。现在把这件事从你记忆里抹掉，好吗？什么也没有发生。我们度过了一段无聊的时光，看了一场无聊的演出，和一些无聊的老女人聊天。就这样。"

"你真是个好朋友。"

"你最好相信这一点。"

## 11月13日，星期三

怀孕 27 周零 3 天

1. 在药店等着美沙酮的那两个精瘦的、过度活跃的吸毒者——他俩就像两只没穿袜子的昆虫，不停地嗅来嗅去，仿佛时刻在用鼻孔试图捕捉空气中最细小的海洛因颗粒。

2. 鞋店里那个紧张兮兮的大鼻孔女人——她才花了那么一点儿时间为我服务，就迫不及待地回去整理橱窗里摆得很雅致的那些拖鞋去了，她把那些看起来摆得不是那么雅致的拖鞋全部重新摆了一遍。

3. 桑德拉·哈金斯。

吉姆和伊莱恩花了整整一个上午给我看他们在湖区拍的照片——足足有 308 张呢。每一张照片里都有叮当——她坐在一块岩石上，她在树林里散步，她在一家乡村酒吧里和吉姆坐在一起，她在温德米尔湖的船上被伊莱恩抱在怀里。用他们的话说，她"像金子一样好"。

医院给我安排了个新的助产士——她大约 19 岁，头发染成了绿色，身上到处都是文身。她的名字叫惠特尼还是蒂芙尼之类的，刚刚通过了资格考试，就这么被分配给了我。她太欢快了，我可不喜欢。今天她给我做了个血检——发现我有点贫血，但"没什么好担心的"。她叫我多吃含铁、维生素 C 的食物，比如鸡蛋、豆类和绿叶蔬菜。

"贫血，"我重复了一遍这个单词，说，"这词作名字还挺好听的，不是吗？"

"给小宝宝的名字？"那贱人助产士说，"我觉得这简直是虐待呢！"

"你的孩子都叫什么名字呢？"

回答的过程中还用上了道具——她打开吊坠盒，露出一张照片，上面是两个没牙的宝贝。"这是尚特尔，这是布雷登。"

"嗯，"我说，"好棒。"

"你有想到什么好名字吗？"

"嗯，我要生 4 个女孩，然后分别叫她们暴力、无序、骚乱和混乱。"

她笑起来："那现在这个是哪一个呢？"

"这就得走着瞧了，不是吗？"

噢，对了，我在卡迪夫的杀人事迹上报了。看看这个……

**周末在卡迪夫市中心去世的男子家人对其进行悼念**

11 月 10 日周日凌晨，22 岁的男孩特洛伊·希勒的尸体在贝克巷旁边的小巷道里被路人发现。经过内政部的尸检，确认特洛伊死于胸部和颈部多处刺伤。

特洛伊的母亲梅兰妮·萨姆威斯说："特洛伊是我们深受喜爱的儿子。他的死让整个家庭都彻底崩溃了。他是一个非常好的人，如果你见过他，你会永远记得他。"

侦缉总督察劳伦·默顿说："特洛伊在和朋友们出去玩了一段时间后以悲剧的方式结束了他年轻的生命。他的死让他的家人陷入了深深的悲痛之中。我们对此深感理解与同情。在这一极为困难的时刻，我们当然也要向他们表示哀悼。调查仍在继续，我们欢迎公众向我们提供他们认为有助于调查的任何信息。"

真是个圣人嘛，啊？我猜这个特洛伊在业余时间还会为无家可归的人做义工，或者在"许愿基金会"做志愿者之类的吧。好人不长命啊。

回家路上顺便去了乐购超市，买了一盒冰冻闪电泡芙。还没等解冻我就把它们全吃完了。

# 11月15日，星期五

怀孕 27 周零 5 天

1. 不打招呼就碰我的人。

2. 在家搞烧烤，还邀请我参加聚会的中产阶级白人。

我原本不想去参加佩家的派对的。我子宫里那个蟋蟀吉米尼又给我带来一阵怠惰，所以当我精神上还算是有一半乐意的时候，肉体又遭到了蹂躏。我睡了大半天，然后爬起来洗漱、打扮，到大约下午 4 点的时候，搭了水上出租车去坦普利——镇上最富的人住的地区。

爬到她家房子的路简直要了我的命。佩的家是座豪宅，坐落在树林深处，就跟在躲猫猫似的。与其说是房子，这地方倒更像是个玻璃容器——那些窗户是如此巨大，让人可以清楚地看到里面的一切，这样任何人便都没有理由看不到他们家有多富。楼梯口有巨大的艺术雕塑，豪华的奶油色调客厅，光走廊就有吉姆和伊莱恩的整栋房子那么大。这家人确实很有钱，这一点毫无疑问。

一个长着近亲结婚才能生出来的奇怪牙齿和耳朵的小姑娘在门口迎接了我，说："带了礼物才许进来。"她说话的时候唾沫横飞，鼻孔朝天，上流社会的孩子大都这个样。

"嗨，瑞安侬，请进来吧。"佩从走廊上过来，她穿着丑得要命的超大号旋涡纹运动服和金色凉鞋，"玛百莉，你能去叫爸爸再拿点黑皮诺来吗？嗯，真是个好姑娘。"

玛百莉开开心心地蹦跳着走开了，有钱人家的孩子知道自己一天也不用工作的时候大都这个样。

我跨过门槛，递给她一瓶价值不菲的柠檬水作为礼物。"生日快乐！"

"谢谢你，亲爱的。"她说着，夹住我的脑袋，长满胡子的脸冲着我的脸就来了，硬给我的两边脸颊上各来了一个倩碧化妆品味道的吻。接着她又打量起我隆起的腹部，捧住它的两侧，说，"你这大肚子看起来真是光彩照人呢，大美女！"

"你就打趣我吧！"我一边说一边打量着她的肚子，它看起来就像那个儿童故事里吞下了大石头的狼。然后她做了一件可怕的事情——她把自己的肚子顶在了我的肚子上，我俩的肚子贴在了一起。

一阵恶心侵袭了我所有的感官。

**"她在搞什么鬼，妈咪？！弄开它！弄开它！"**

"嗯，你在做什么？"我尴尬地大笑，想要消化掉不适。

"克莱夫？"她叫了起来，"快来拍照，亲爱的。瑞安侬来了。"

克莱夫是个秃顶的小个子男人，从头到脚都穿着蓝色港湾男装，脚踩柳条鞋，急急忙忙地从转角处钻了出来，手里还拿着个手机，像是在探测着什么——此刻，他探测的是一个合适的羞辱我的时机。

"冲我竖个大拇指，瑞安侬。"佩咯咯笑着，冲着镜头摆好了姿势。

我的老天爷啊，除了肚子碰肚子，还要竖大拇指？咔嗒。

"噢，太棒了！"克莱夫咯咯一笑，"瑞安侬，嗨，抱歉，我们在收集两个孕妇碰肚子的照片，我们要做一幅拼贴。"

"这太妙了！"我痛苦地咧嘴笑了笑，恶心稍稍过去了些。

"大家都在外面呢，瑞，"佩说，"今天晚上外面挺热的，但我们还是弄了烧烤。晚些时候我们还会放点烟花，你没问题吧？有些人会被烟花吓到。"她翻了个白眼。我知道她说的是海伦。

"我可没那么容易被吓到，别担心。"

"出去和大家聊天吧。我还得盯着点儿我的奶油蛋卷。"

跨进院子的那一刻我就知道了，我不属于这里。

在昏暗的暮色中，花园里到处是小圆蜡烛和圣诞树小彩灯，大人们嘈杂的聊天和孩子们的尖叫合成一片混乱的交响。在场的大部分都是白人，几个几个站在一起，或是坐在一排排的椅子上，就是那种懒洋洋的中产阶级社交团伙的感觉，发出超夸张的笑声，从冒着气泡的酒杯里大口大口喝着酒。每个人的脸看起来都有那么点儿像马的意思。烧烤那边冒起的浓烟把我们都呛得咳嗽起来，一个红色卷发、牙长得跟兔八哥似的女人开始没话找话地就着这个话题聊了起来。

"你们看到那新闻了吗？有个王八蛋用铁锅煎一条狗。"我说。

"呃，没有，没看过。"

"太恶心了，"我说，"你知道在有些国家人们是会这样做的吗？他们把活着的动物直接扔到锅里，因为觉得这样肉比较嫩。"

我还在抱怨着呢，她就走开了。我正打算去草坪中央的充气城堡，和孩子们一起玩，却被布丁俱乐部的成员挡住了去路。她们在讨论疫苗接种的问题。

"我很担心，"斯嘉丽摸着她的肚子说，"罗迪想让孩子去，呃，打针，因为他的叔叔，呃，没有打，然后他得了，呃，自闭症。我该怎么办？"

内维喝了一大口香槟："我们选择不给简蒂丝和阿拉纳接种疫苗，没见对她们有任何坏处。医生靠打疫苗赚钱，所以要编故事出来吓唬人。孩子就是孩子，该生病就是会生病。"

海伦是疫苗的坚定支持者："但你忘了，这些疫苗已被证明是有效的。打疫苗的好处太多了。"

"比如？"内维问。

"它能帮助孩子们对抗一些疾病，尤其是麻疹。我记得我小时候身边就有个孩子得了麻疹，最后只好四肢全部截肢。"

"嗯，反正也没有害处（胳膊）①嘛。"我挨个看向她们——3个搅拌着大锅的药水的女巫。

"嗯，嗯，"海伦转向斯嘉丽，满脸一本正经地对她说，"赶紧去给孩子打疫苗，这是你作为一个母亲的职责。"

---

① 害处的英文"harm"和"胳膊"的英文"arm"在语速较快的情况下听起来区别不大，所以角色在这里特意做了这个双关。

"你打算，呃，去给孩子接种吗，瑞安侬？"斯嘉丽问。

我从路过的送食物的托盘里拿了杯接骨木花果汁，说："呃，不。"

"你必须去！"海伦说，"你为什么不去？"

"因为我不在乎。"顺便说一句，我这是骗人的。我当然在乎。可是，眼看着海伦越来越愤怒，那种激动人心的感觉太诱人。自从我的小海绵宝宝在我的子宫里安了家后，我抓住一切机会找乐子。

"你必须给她打针，瑞安侬！我们这可是在谈论你宝宝的生命安全啊！"

"那么我想，我就等到宝宝长大了自己去决定吧。"

海伦激动地说："不，你必须要预防。等到他们自己能做决定的时候就太晚了。过去20多年里我照顾过几百个孩子，从没见过一个因为接种疫苗而受到什么伤害的，倒是见过一些因为没有接种疫苗而得了重病的。"

"嗯，"我大口吸着我的果汁说，"嗯，真提神。什么时候开始放烟花呀？"

"所以你会去给你的孩子打针喽？"海伦说。不是请求的语气。

"长官，是的长官！"我并拢脚跟，敬了个礼。这引来了好几个其他异性恋白人的侧目和内维的狡黠一笑。

海伦的丈夫贾思珀——要是我见过一个没煮熟的人形面团，他大概就是那个样子——扭着身子走了过来，说他把他的羊毛衫落在了路虎上，他想要车钥匙，因为"天开始变凉了呢"。

这可不是什么冰岛迷你汉堡或者肯德基全家桶档次的自助餐——这里的食物全是自制的小薄饼、点心、烧烤和牛馅的小面包，还有盛在骨瓷碗碟里的贵得离谱的中产阶级薯片——聊的话题都是什么西班牙辣香肠和歌剧院、卡门培尔奶酪和游艇俱乐部、鹅肝和高尔夫裤之类的，以吃完手上的小点心剩下上面插的小旗子标签作为结束。我比毕业舞会之夜上的胖女孩吃得还要疯狂——当然，除了任何肉食。很显然，蟋蟀吉米尼还是不喜欢肉。

自助餐桌边的聊天并没出现什么特别引人入胜的话题。

"我们试过羊奶，但吉尔斯吃后生病了，所以我们换了牦牛奶。"

"普拉姆在运动会上得了第一呢……真的是太棒了！"

"我们在布德买了间海边小屋，只要差不多 15 万英镑。等我们的阿斯顿马丁可以下海了，带全家过来玩呀。"

"我们现在在花坛边边上埋可可豆的皮，这样整个花园闻起来就像盛夏里温暖的布朗尼蛋糕，真是太美妙了！"

"噢，现在叙利亚的情况是不是很糟糕？还有谁要凯歌夫人香槟的吗？"

要是克雷格在的话，我们会找一个安静的角落，自己找乐子——玩玩喝酒游戏，开开刻薄玩笑什么的——但现在只有我一个人，便有了机会接触现在的这些事情。一盏戴维安全灯和一把鹤嘴锄可没法让我参与到这些对话中来，所以我沿着石板小道向孩子们玩耍的草坪走去。

我把头探进温迪屋的窗户，看到 4 个小女孩在玩着假食物和假餐具。

"我可以加入你们吗？"我问，"我太无聊了。"

"你要玩过家家吗？"一个玉米辫里编着紫色丝带的小女孩问我。她正在一个小塑料炉子上做菜——一道名叫石头汤的美味。

"嗯，玩呗。"我一边答，一边从门里挤了过去。她们都觉得这很滑稽。我在一个粉色的豆袋坐垫上坐下，刚好能放下我的半边屁股。

"你和我们的妈妈一样，肚子里也有宝宝吗？"一个正烤着泥巴派的戴眼镜的小女孩也插了进来。

"嗯，是啊。你们一定是内维的女儿吧？"

眼镜点点头："你的宝宝是怎么跑到你肚子里去的呀？"

玉米辫在她妹妹的胳膊上打了一下，说："你不能这么问，阿拉纳，这太无礼了。这是因为爹地和妈咪有了一个特别的拥抱，种子就喷了出来，这样就有了宝宝。"

阿拉纳目瞪口呆地看着我。

"我叫简蒂丝，"玉米辫说，"她叫阿拉纳。"她又指着另外两个正给变形金刚穿上芭比娃娃衣服的女孩说，"那是卡尔珀尼亚和莫德。外面那个是泰德。"

泰德穿着雷神的衣服，腰带上还别着个锤子。他似乎在对着一只蜗牛的壳使劲吸吮。

简蒂丝递给我一杯空气和一盘混着杂草的塑料鸡。我说我是素食主义者，她给我把鸡肉换成了乒乓球。

"这是独角兽的便便。"她骄傲地说。

于是我们便玩起了过家家——我还给她们编了超级棒的辫子，说了些入门级的骂人话，之后又给大家化了妆，这下这群小女孩看起来就像是一个又一个的琼贝妮特①了。她们在小径上来来回回即兴走起了秀。我们后来又去了果园里捉虫子。我已经好多年没有如此享受过派对。

但这时发生了一件事。

捉虫子的时候，我发现阿拉纳不见了。吸蜗牛的泰德看到佩的那个浑蛋女儿玛百莉把一条虫子放到了她的头发里，他告诉我她跑回温迪屋去哭了。

我从窗户把头探了进去："你在这里干什么呢？"

她抽抽鼻子，手上不停地给她的贝兹娃娃梳头发。

"想聊聊刚才发生的事吗？"

她摇摇头，继续给娃娃梳头。

"好吧……那，想做点什么吗？"她挠了挠自己被涂成绿色的脸蛋。我继续说道，"我认为玛百莉需要得到点教训，你觉得呢？"她伸出自己的小手臂——那上面全是用签字笔乱涂乱画的东西，"是她干的吗？"

她又抬起脚踝。那上面也被涂了字——

**你真丑**

"够了，那个小贱人可夺不走属于你的阳光。她把虫虫放到你头发里，你就把蛇放到她内裤里。"

阿拉纳用手挡着脸，咯咯笑起来。"她在你脚踝上写字，你就在她脸上涂鸦。"她又咯咯笑了，"她胆敢伤害你，你就踢她的脸，大喊'今

---

① 美国著名童星，曾获得儿童选美皇后，后在家离奇被杀。

天可不是时候，撒旦！'好吗？老——娘——不——忍——了。跟我说一遍。"

"小——羊——不——忍——了。"

我听到温迪屋另一边有人叫我的名字，抬头一看，是玛妮，她正和她的老伴麦美人手牵手，穿过草坪走过来。他和我想象的一模一样——又高又瘦，金发，留着希特勒年轻时的发型，脖子短到看不出来。他推着婴儿车，穿着打扮和其他男人别无二致——清爽的淡色 Polo 衫、工装短裤和帆布鞋。他看起来并不像一个家暴的人，倒像是个房地产经纪人。不过是为第三帝国①工作的。

"我得走了，我朋友来了。回去和他们一起捉虫子吧。捉好后要把虫子放回去，好吗？别让泰德把它们吃了噢。"

我和阿拉纳碰了一下拳头，玛妮和蒂姆走到温迪屋跟前时，她飞快地跑掉了。玛妮看起来状态很好——卡迪夫的宿醉在她脸上已经了无痕迹，取而代之的是清新的妆容、干净的头发和一条新裙子。她显然听从了我的建议，把上星期六发生的事从头脑里完全全抹去了。

"嘿，小瑞。"玛妮说着，探身过来和我拥抱，又来了个飞吻，"这是蒂姆。蒂姆，这是我的朋友瑞安侬。"

玛妮介绍我是她的朋友的时候，我的胃里有一种微小却肯定的兴奋在蠕动——这已经是她第三次用"朋友"这个词来称呼我了。

我们各自说了"很高兴认识你"并握了握手。

我想：就是这个男人不让你继续跳舞，每5分钟给你打个电话，什么都不让你做。

他的握手像鲨鱼的鱼翅般僵硬。他的另一只手上还拿着一瓶酒。"她都是怎么说我的呀？"他问我。曼彻斯特口音。见鬼，一般说来，我喜欢曼彻斯特人。

"噢，她成天说起你。"我说着，弯下腰去看婴儿车里的拉斐尔。他睡得很香。

---

① 指希特勒统治下的德国。

他蹭了蹭玛妮的耳朵。"真好，宝贝。怀孕的感觉怎么样？"

"简直不能更棒啊。"我微微一笑，大口吸着我的果汁。

我们聊宝宝的事情聊了好久——蒂姆似乎对此很着迷，我却觉得无聊死了。他似乎还执迷于向听众透露玛妮怀孕期间的小秘密，主要是发生过的所有尴尬的事。

"她跟你说过她在玛莎百货排队的时候尿裤子的事吗？天哪，那太好笑了。是不是啊，亲爱的？"

玛妮脸红了。"不，那时候可不觉得好笑。"

"但到孕后期的时候她便秘很严重，你呢？你也有这些症状吗？"

"并没有，"我发觉他这是想让我难堪，于是撒了个谎，"我大部分时候都在拉肚子。"

这让他脸上得意的笑容黯淡了下去。

"我要进去看看佩有没有什么需要帮忙的。"玛妮说。她的脸红得像是要被烧出一个洞来。

人们把你介绍给一个完全陌生的人，然后自己跑掉了，把你一个人留下和他别别扭扭地聊着天——你不觉得这很可恨吗？这样的事情已经发生过太多次了，这次我坚决拒绝费劲去找话题。

结果证明根本不需要我来。

"在报纸上看到你男朋友的新闻了，"蒂姆说，"老天啊，真是个变态呢。"

"嗯，可不是嘛。"我们被食物吸引回到了自助餐桌前。

"还有修道院花园的事。我在新闻上看到你了。我记得你的脸。"

"嗯，一场屠杀和一个杀人犯手下的唯一幸存者。想要签名吗？"

他大笑起来，一只手举着酒瓶痛饮，一只手摇着婴儿车。真是厉害的男人。

"你和他一起住了4年？你对这些事一点都没有察觉吗？同性恋的事，还有他做的那些事情之类的。"

"呃，不，我一点都不知道。"我伸手越过他去拿哈罗米奶酪小吃。

"庭审的时候你会出庭做证吗？"

"看来我好像非去不可。"

"肚子里的孩子也得跟着去呢——你一个人打算怎么办呢？"

"我会想办法搞定的，"我叹了口气，"我就像只母狮子。你看过那纪录片吗？真是很棒呢。"

"你朋友们说的都是真的吗？他会打你？"

他的呼吸带着大蒜味儿，这让我的胃，或者是肚子里的孩子——我也不知道到底是哪个——开始翻搅起来。还好，玛妮拿着两个空的取餐盘回来了，递了一个给蒂姆。"你们现在互相了解啦？"她这话问的，就像是父母希望同父异母的兄弟姐妹和睦相处的时候会说的话似的。

"嗯，"我说，"他在问我关于克雷格那些肮脏的小秘密。"

"噢，蒂姆，你怎么能这样？我说过不要提这些的。"

"我只是问如果他被判了终身监禁她一个人要怎么办。"

玛妮探身去餐桌上拿了个萨莫萨三角炸饺，蒂姆则看着我，眼神从我的双脚、双腿，一直打量到我的肚子，最后是我的脸。还真是不知羞耻啊，这算是用眼睛把我给强奸了。

*"不是每一个看着你的男人都想要你的。"*

"你和蒂姆说了卡迪夫的事儿吗，小玛？"

她把萨莫萨塞进嘴里，慢慢嚼着。"嗯，那趟玩得很不错呢，是吧？等宝宝长大一些我们要带他去。"

"你们喜欢那音乐剧吗？"蒂姆问。这时候拉斐尔在他的婴儿车里发起脾气来。

"嗯，真是太棒了，对吧，小玛？"

她一边嚼着一边点了点头。

"她不想再全职参加'袋熊会'了。"蒂姆一边往自己的盘子里装薯条一边说。

"噢，为什么呀，小玛？你和她们在一起不开心吗？"

玛妮用眼神恳求我不要再继续聊下去了。"嗯，我当然和她们相处得很开心。我只是想念蒂姆和拉斐尔，仅此而已。"

"噢，这我可以理解。"我于是也就势收住了话头。

拉斐尔哭了起来。一股臭气从婴儿车里升腾而起。

"他拉屉屉了。"蒂姆边说边从婴儿车下方隔层里抽出个袋子。

"噢，我来吧。"玛妮说着，从他手上去抱拉斐尔。

"我弄就行了。我去车里弄，省得臭气熏到大家。"

蒂姆走后，玛妮也就不得不独自面对她最新的恐惧——我。

"你还好吗？"我低声问。

"别碰我。"她说着便走开了，往花园走去。

我跟上她，问："你怎么了？"

她全身紧绷，像是被一块锯齿状的石头顶住了脖子。"整整一个星期我都在装，假装一切正常，试着把发生的事情从我的世界里抹去。我很擅长假装，但在你面前我装不下去。"

"假装什么？"

"假装一切正常。因为一切并不正常。我甚至没法看着你。"

"呃，很明显我不明白你在说什么，玛妮。能说清楚点吗？"

她从外套口袋里拿出手机，递给我。屏幕上是一篇新闻报道——上周二的日期。

### 一名年轻人在卡迪夫的街道上被刺身亡

南威尔士警方发言人表示，受害人 20 多岁，尸体于凌晨 3 点 30 分被发现。现场在市中心沃顿道旁贝克巷的一条小道里，发现时受害人已经死亡。

警方在沃顿道的交叉口处设立了警戒线，并于今天上午展开了一系列调查，包括查看附近的监控录像和现场法医检验。

任何人如掌握对警方办案有用的信息，请拨打 101 联络南威尔士警方，或拨打 0800 555111，匿名向"犯罪终结者"组织报告，联络时可提供以下案件编号：66721/44。

"天啊，"我说，"太让人难过了。可怜的家伙。"

玛妮一把夺回了手机。

"是他，对吧？"

"他？哪个'他'？"

"别骗我了，瑞安侬。是特洛伊。是你干的？"

"我？"

她摇摇头，眼泪落了下来。"噢，天哪！你捅死了他？"

"你情愿被他强奸？我当时别无选择。"

"什么？"

"你还真是一点都不记得了，是吧？夜店记得吗？沿着主街走出来记得吗？他带你走到小巷里记得吗？你倒在鹅卵石地面上。"

"我知道我倒在地上了。我说过我记得这个。"

"那就好。我从他手下救了你。他当时要强奸你，所以我做了我不得不做的事情。我保护了你。不用谢。"

她过了好一会儿才终于说得出话来。"你有把刀。不对。在火车上我看到你包里的刀了。你说那是水果刀，我就知道那不是。"

"你得冷静点，赶紧的。在'我的元首'①回来前去弄点佩家的潘趣酒。"

"你不在乎。你根本就不在乎，是不是？"她甩开我的胳膊。

"好了好了，我不碰你了，敏感小姐。"

她使劲摇着头。"其他人是不是也是你杀的？那些……是不是你陷害了你男朋友……噢，上帝啊……"

"事情不是这样非黑即白的。我可以解释。"

"不，不必了。离我远一点，瑞安侬，行吗？求你了。"

"好吧。但我们还是朋友，对吧？"

---

① 希特勒的属下对他的称呼。

她摇摇头，腮帮子鼓得老高，像是马上要吐出来似的。"我都不知道你是个什么。"

这伤害了我。我胸腔深处的某个地方，裂开了一条缝，无法愈合。我试着告诉自己这没什么，我以前也失去过朋友，她对我什么也不是。

但唯一的问题是——她对我很重要。

蒂姆在离开玛妮后5分钟就回来了，想知道我们聊了些什么。我感觉自己握剑的手有些蠢蠢欲动，于是开溜去了洗手间。我坐在马桶上，百思不得其解为什么从一场强奸中救下一个人会让我失去唯一的朋友。这时候，外面传来了一声令人毛骨悚然的尖叫。

没人知道发生了什么，直到佩领着玛百莉跑到花园里。小女孩的脸上全是红的，我还以为她往脸上涂油彩涂得太浓，很快却发现那不是颜料，是血。

"出什么事了？"内维领着一群人跟在佩后面问。

"她的脸被人踢了。"佩叹了一声，让玛百莉在早餐台上坐下。

我待在走廊里，看着这戏剧性的一幕将如何发展。

"她还好吗？"内维问。

"不，她不好。你女儿踢了她的脸。"

玛百莉鼻子里喷着血泡。她说："她叫我狗'羊''痒'的。"

"嘘，宝贝，嘘。别再说这个词了。"佩柔声哄道。她一手捧起她的一边脸，往她鼻子里塞了一小团浸湿的纸巾。

内维不敢置信："简蒂丝干的？不，她不会的。"

"不！不是简蒂丝！阿拉纳！"

"阿拉纳？"内维笑了，"别傻了，阿拉纳甚至不会伤害一只——"

"就是她！就是她！"玛百莉尖叫道，"是她叫阿拉纳做的。"

玛百莉指向了我。我走回厨房。外面，一张张脸看向我；里面，一张张脸看向我。家长们都拉着孩子离我远远的。这多像《小鬼当家》里的一幕——"看看你都做了些什么？你个小浑蛋。"

不过我一点也没难为情。我倒是觉得很兴奋。

这种关注令我振奋。我肚子里像是开了瓶香槟。

"伤在头上总会出血比较多，"我说，"实际上不会有看起来这么严重的。"

佩转向我："你叫阿拉纳踢我女儿的脸？那个词也是你教她的吗？你究竟为什么要这么做？"

简蒂丝出现在内维身边，抱住她的大腿。"玛百莉总是欺负阿拉纳，妈咪。"

"我只是告诉阿拉纳要反击。看起来她果然这么做了。"

阿拉纳在外面，靠在她另一个妈妈黛比的肩膀上抽泣。玛百莉还在早餐台旁接受救治。

院子里传来窃窃私语声——"太不负责任了。怎么能让孩子做这种事情？她不知道'思过墙角'这样的教育方法吗？"佩重复了这些话。

"如果这就是你的教育方式的话，我为你肚子里的孩子感到难过，瑞安侬。拜你所赐，在这么一个本该开开心心的场合，现在有两个孩子哭得这么难过。可真是要感谢你啊。"

沉默。更多不赞成的眼神。清嗓子的声音。抹盘子的声音。"瑞安侬，你真是颗毒瘤。"一些孩子回到了外面，迫不及待地回去继续玩他们的了。

"看来派对结束了，"我放下酒杯，环顾了一下四周，"我原本很期待烟花的呢。"

我能看到他们的嘴唇在动——蒂姆抱着拉斐尔，在和其中一个爸爸聊天。我看向玛妮寻求支援，她把目光转向了别处。

我还在为烧烤派对那天的事生气。

"如果这就是你的教育方式的话，我为你肚子里的孩子感到难过，瑞安侬。"

我生气不是因为她说了这句话，也不是因为她说这句话的语气，而是因为我没能想出一句绝妙的反击顶回去。要来口舌之争，我通常能像伐木工人砍树那样把对手一击即倒，但这一次，她正中我的要害。

因为佩说得没有错。我的孩子还没出生呢，我的教育方式就已经很糟糕了。我教孩子说脏话，我教孩子踢其他孩子的脸，孩子一哭我就躲得远远的。我会是个糟糕的母亲。我一直都是。我只会夺走生命，不懂如何抚育生命。

今天我订购了修缮井屋的物品——和之前一模一样的陶器、靠垫、沙发和一把扶手椅。买这些劳什子可要彻底把我给花穷了，因为大部分东西都只能在易趣上买到，而破坏已经造成，没法撤销重来了。东西都会被直接送到井屋，我只需要找到动力，在他们送货前去把那一片烂摊子给收拾掉。我得尽快。

玛妮不回我短信，也不回我的 WhatsApp、推特消息。她会去向警察告发我吗？谁知道呢？也许她就该去告发吧。

伊莱恩退出了"袋熊会"。周一晚上的聚会上，多琳和艾德娜"悄悄"和她谈了谈（打了她个措手不及）。从昨天到今天上午，她大部分时间都待在自己的房间里生闷气，没对我和吉姆说过一句话。

今天早餐的时候她倒是对我说了一句话："我读到一篇文章说孕妇可

能被土壤里的细菌感染。瑞安侬，你可能还是不要再去花园了比较好。"

前行路上的又一道障碍。不能做高海拔运动，不能玩水肺潜水，不然连羊都会为我担心。我恨怀孕——我告诉过你这一点了吗？

我倒是还可以读《圣经》。这一条快乐之路依然向我敞开着，即使"袋熊会"要我交还这个权利，我也不会屈从的。我常常读它，主要是在睡前。也许这就是我到现在还没睡着的原因吧。

《彼得前书》第 1 章 3 ~ 9 节这么说："不可以恶报恶。行恶的人，耶和华必向他们变脸。"但《帖撒罗尼迦前书》第 15 章又说："总要彼此行善，并要善待众人。"

那么，除掉恋童癖或者强奸犯这样给人类带来这么多痛苦的坏蛋，又如何不是在为人类做好事呢？要想善良，你就必须残忍，不是吗？

《罗马书》里，上帝说："申冤在我，我必报应。"但即使是上帝也需要偶尔休息一天，不是吗？我只是在帮他减轻工作量。这不就有点像我在《公报》工作的时候嘛——只不过现在我不煮咖啡、开邮箱，也不写没人愿意去写的花展评论，我做的事情是为民除害。我不明白这到底有什么错。

但在这一点上，我的身体背叛了我。杀死特洛伊并没有让我开心。只要这宝宝还待在我的肚子里，我知道杀人不会像以前那样让我满足。也许永远都不再会了，这我也不知道。我从没想过有一天我会有这样的感觉。一切都不对劲。

我不明白为什么玛妮不和我说话了。我不明白为什么今天早上我去城里找她的时候她当我是空气。她应该是我的朋友，最好的朋友。也许她是吧，也许正因为她是，警察才还没有找上我。她保守了我的秘密，就像一个真正的朋友会做的那样。

我感觉糟糕透了。周六晚上杀人带来的兴奋感已经完全消退，取而代之的是宛如陷在混浊的凝胶里的感受——我的胸中仿佛有赫特人贾巴[①]大小的一团毒药。我想要我的朋友回到我身边，我想要再次听到我的宝宝和我

---

① 电影《星球大战》系列中的人物。赫特人是星战中的一个种族，身形肥胖，像腹足类动物。

说话，而不是仅仅透过多普勒听到她的心跳。我不停地拍着自己的肚子——

咚咚咚，咚咚咚。谁在那里呀？小宝宝。哪个小宝宝呀？

可我一点回应也没得到。所有人都离开了我。一直有人告诉我，耶稣是我的朋友。可他的家在哪儿呢？有什么迹象表明他与我同在，照看着我，跟《月中人》(*The Man in the Moon*)似的呢？我是不是只要去相信就对了？我不知道我能不能做到这一点。

全都是屁话，不是吗？可我还是又一次沉溺其中。

我走路去了井屋，开始清理上次留下的烂摊子——实在是不能再拖了。我在花园里待了一会儿，躺在 AJ 的坟墓上。一切都变冷了，花园也死气沉沉，做好了过冬的准备。这并没有让我觉得好受一点。我从后门进了屋，准备好面对一片残局——

可是一切都不见了，一点痕迹都没留下。所有的碎瓷片，所有的沙发填充物，全都凭空消失了，仿佛从没掉在那儿过。房子里还出现了一股新的味道——就像干洗店的味道。我还能闻到这地方地下有腐烂人体的味道，但肯定有人清理过了。玛丽·波平斯用魔法把那些东西都弄走了。破沙发、破窗帘、破盘子，全都不见了。

客厅里，唯一留下的家具是一把扶手椅。

今天，有人坐在那椅子上。活着。微笑着。

而且，如果我没弄错的话，那自鸣得意的微笑和雨衣的组合，意味着他是个警探。

"你好啊，瑞安侬，"他说，"我还在想你什么时候才会回来呢。"

*♪ ♪ ♪*

我无法记录接下来的 30 秒发生的事情，因为我昏了过去。一定是因为看到他坐在那里，让血液疾速流向了我的脑袋。他是个大块头，懒洋洋地靠在椅背上，轻松而得意，就像 Met Gala（纽约大都会博物馆慈善晚宴）上的吹牛老爹。而我像块砖头一样倒在了客厅的地毯上。

醒过来的时候，我正躺在地板上，两只脚搭在两个垫子上。他则坐在一张扶手椅上。

"嘿，你醒了。"他说。伦敦北部的口音。

"你是谁？"我边说边往后退，紧紧靠着墙。我的肚子像只篮球般绷得紧紧的，脑袋里一阵怦怦跳。我可以去厨房——去拿我的刀。但我只要跨出一步，他就能抓住我。

他盯着我，视线环绕着我，脸上浮现出一丝奇怪的微笑。

"你——到——底——是——谁？"我又问了一遍，"你是杰里科的人吗？"

"我是凯斯啊，瑞安侬。"他笑着说，仿佛这句话就能回答我脑子里所有的问题，"不过两年而已，我变化没有那么大吧？无非也就是两鬓的头发白了点儿。你收到我的字条了吧？"

我的心狂跳不止。逃跑还是战斗？战斗还是逃跑？战斗还是逃跑？好吧，以我的状态两者我都没有胜算。他吃定我了——我就像条困在木桶里的鱼，拼命拍打着桶壁。

"什么字条？"

"我至少往你家门上塞过 5 次字条。你和你公公婆婆住在海边，对吧？我是凯斯啊，瑞安侬，凯斯。"

我的大脑无法正常运转。他的脸在我的视线里进进出出。我没有地方可以跑，除非跑出大约 30 米开外的大门，还得跃过悬崖。我死定了。

"霍伊尔警长记得吗？抱歉，前警长——我差不多一年前退休了。"他揉了揉自己太阳穴旁的灰发，我觉得很奇怪，因为他看上去并没那么老。

我站起来，靠在墙上稳住了自己。他依然坐在扶手椅上没有动。一切慌乱和恐惧在这时烟消云散了。我认出了他。

"字条？'致我甜蜜混乱的家'？"

他皱着眉头笑了："我字条上写的是'汤米的朋友，凯斯顿·霍伊尔'[①]，

---

[①] 由于字迹潦草，女主将字条上的 "Tommy's mate, Keston Hoyle" 认成了 "To my sweet messy home"。英文手写中由于很多字母的笔画之间存在连写的，所以会被如此错认。

还有我的电话号码。我试着打过电话——一个男人一直叫我滚开。"

"我们以为是新闻媒体打来的。你可以假装是我校友什么的呀。"

"我可不这么觉得。"

"你的字写得也太难看了，我们还以为是个疯子。"

他摊了摊手说："我的错。应该全部大写的。"

我想坐下，却没看到多余的椅子。凯斯顿从那扶手椅上站起来，让我坐下。"你过去常常和我爸在健身房吵架。"

"是啊，膝盖手术之前我老去那儿。"

我笑了，我想是由于放松吧。我看他越久，印象就越清晰。这灿烂的笑容，晶亮的眼睛，枫叶一样的粗糙大手。刚才我只是看到了警察的形象，但现在，我看到爸爸扶着拳击沙袋，他则在另一边打得很起劲。我看到他训练结束后和爸爸在咖啡厅大笑，看到他坐在我家厨房的椅子上，妈妈在沏茶，爸爸靠在操作台边站着。那天晚上他帮着我和爸爸把皮特·麦克马洪埋在树林里，用他的大手温暖我冰冷的双手。他是爸爸很好的朋友。"最好的朋友之一"，我仿佛能听见爸爸在我耳边说。

记忆里凯斯顿的形象越来越清晰。"你来参加了葬礼。你和你妻子送了个花圈——还是阿森纳球队的颜色。亚洲百合、红玫瑰和菊花。"

"好像是没错，"他微笑道，"我和她分开了。"

"爸爸去世的那个星期，她给我和塞伦送了好大一篮子吃的。你去殡仪馆看爸爸了。我出来的时候你正好进去。"

"我总是为我的朋友们做这个，为他们送行。我也不知道为什么，但每次都会。但我一直希望我没有去送汤米。我一直记着他的样子，而那绝不是汤米。"

有时候我能看到人们的感受。从凯斯顿的脸上，我能看到他在那个棺材里看到了什么——几缕头发，萎缩的嘴，蜡黄的皮肤。那不是爸爸。凯斯顿说得没错。我们都记得他原本的样子：满身肌肉，文身，高飞狗式的笑，像一只青年狗一般有着无限的精力。

"有张我刚出生时候的照片，他一只手抱着我，另一只手把塞伦拎了起来。'阿特拉斯①托起我的世界'——他在照片背后写了这么一句话。他曾经那么强壮。可自从他生了病，他就开始消失了。首先是下水道里掉的头发，后来结婚戒指被戴到了拇指上。我看到他的表从手腕上滑下来。"

"他简直就是个泰坦巨人，"凯斯顿说，"他为我做了太多。"

"是吗？"

"当然。他为我们所有人坐了牢，不是吗？"

"为你们？"

"我们所有人，所有的兄弟们。他被抓的时候，警方知道参与的不止他一个人，但他什么也没说，没有出卖任何一个兄弟。要不是癌症扩散，他还要坐更长时间牢的。我要是被抓，麻烦会比他们中的任何一个都多，会失去养老金，彻底完蛋。你能想象他们会怎样对待一个犯了事的警察吧，何况还是个黑人。你的眼睛和他的一模一样。"

"他说过我可以有一样的眼睛。"

他露出一个大大的笑容："真是一个模子刻出来的呀。"

我心中闪过一丝自豪。能遇上一个像我一样记得爸爸的人真好；听到别人谈论着他，感觉他如此真实地在这世上存在过，这感觉真好。这让我觉得，他不再是只有我一个人见过的、广岛的某个阴影，不再只是我那恶心的头脑凭空想象出来的一个朋友。

"汤米说过，你喜欢看我们处决那些男人的时刻。"

我没说话。

"嗯。他说你对此很着迷。我知道是你干的，瑞安侬。我知道你男人是无辜的。到现在你做了几个了？"

我知道我无须分辩，所以我没有。我只是咬着嘴唇，微微耸了耸肩。"记不清了吗？"凯斯顿的声音更大了，也更加沙哑。那是老烟民的砾石般的嗓音。他往前坐了坐，摇摇头。"都是该死的人，对吧？"

"没错，都是该死的。"这是我第一次对他撒谎。

"你种下什么因，就会收获什么果，瑞安侬。世事总是如此。"

---

① 希腊神话中大力神的名字。

"你就没有啊。"

"对，因为我有汤米这样的朋友帮助了我。而我答应过他，如果事情变得棘手了，我会照看好你。你和克雷格在一起后他可开心了。"我死死盯着他，"他真应该被如此对待吗？"

"他和别人乱搞了。"

凯斯皱了皱眉头："这惩罚也太重了吧？乱搞一场的代价是5起谋杀？"

"不是乱搞一场。他爱她。"

"还是不公平呀。"

"我想让他受点苦。"

"他可能要面对终身监禁，瑞安侬。要我说，这一轮你赢的可不止一点点。他现在可是命悬一线啊。"

"那你为什么不抓我？你肯定很想吧。"

"我想我确实可以把他们带到这儿来，检测一下厨房里那个洞。我还可以让他们在那花坛底下挖一挖，告诉他们仔细查查在那些本该是你男朋友出去杀人的那些晚上你都在做些什么。但你也可以对我做同样的事情，不是吗？"

"我可以吗？"

"当然。你可以告诉他们莱尔·德瓦尼去采石场的那天晚上你在那儿看到我了。还有那天在仓库，那天在林子里。"

"我得喝一杯。"我像是在和他确认我能不能站起来。他跟着我来到厨房，但保持了一定距离。橱柜里有两个完好的玻璃杯，我拿出一个，倒上酒。我一口气喝了下去，又重新斟满。口渴的感觉怎样也挥之不去。

"我凭什么相信你？"

"你记得你杀掉你姐姐男朋友的那一晚吗？你、我，还有你爸爸，我们在房子后面的树林里挖了那个坑，记得吗？这件事只有你和我知道。"

"还有月中人。"

"什么？"

"月亮上的男人也在那儿，透过树林往下看，看着我们。"

"瑞，听我说——他们的骨头上全是我的 DNA。"

"他是我杀的第一个人，皮特·麦克马洪。"

"但你是为了正当的理由，不是吗？为了塞伦，因为他正对她做的事情。"

"她一直都没原谅我。"

凯斯顿站在井边。他从微波炉顶上取下手电筒，往下照去。我随着光束的方向往下看。井里是空的。"看起来不错，是不是？"

"他在哪里？"我问。

"还在那下面呢——以某种形式。碱和氢氧化钾——把他的皮肉都给化掉了。不过是尸体腐化降解的自然过程，我只是让它加速了那么一点。"

"可是我什么都看不到了。"

"嗯，他身上还盖了层新的混凝土。那有机玻璃的盖子就先敞着吧，让混凝土干一干。让洞里进点空气。"

"你都是什么时候做的？"

凯斯顿给我把早餐凳拉了出来。"就在你那天离开以后。那天后你再也没回来，我想你需要点帮助。"

"我不需要任何人来帮我收拾烂摊子。"

他的眉毛挑得老高。"很显然，你需要。你原本打算什么时候开始收拾的？"我耸耸肩，"他到底是谁呢，洞里那个人？"

"帕特里克·爱德华·芬顿。"

凯斯顿从屁股口袋里掏出手机，迅速搜索了一下。"嗯，好吧，好吧。"

"谢谢你帮我……那个。"我含糊地指了指整个房子，说道。

"趁我还在，还需要我帮别的忙吗？"

"你什么意思？"

"你提到了杰里科。她在查你，对吧？"

"你认识她吗？"

"我知道她。老天啊，瑞安侬，那可是只会顺着你的味道一路追到底的警犬。没什么特点，但自从她被提拔以来，警方的破案率提高了两成。"

她可不管那么多有的没的，随时随地都在工作。你倒是不在乎，是吧？”

“我喜欢杀人，”我说，“杀人的时候我才知道自己是谁。我和克雷格在一起的时候曾经控制住了自己一段时间，可很快那种冲动又回来了。我停不下来。我没有理由让自己停下来。”

他看着我的孕肚：“你面前就有一个很重要的原因。”

“我觉得这还不够。”

凯斯顿噘起嘴唇，说：“杰里科会把事情查清楚的，而当她查清楚的时候——不是‘一旦’，而是‘当’——她会马上要你好看。监狱里有很多连环杀手，他们在里面一待就是几十年。你能受得了这个吗？”

“不行。”

“每天只有一个小时时间能够外出，所谓的外出也不过就是个冰冷的混凝土操场。连环杀手太危险了，不允许靠近其他人。还老被虐待，食物里不知道被人放过什么东西。还和那些整晚都在尖叫的瘾君子待在一个牢房。还有更糟糕的呢，他们还可能送你去布罗德莫精神病院。”

“嗯，感谢你针对监狱系统的这通男人式说教。”

“我是和你一边的，瑞安侬。”

“我需要这个，凯斯顿。我需要杀人。我需要桑德拉·哈金斯。”

“那是谁？”

我拿出手机，打开之前保存过的一个网址，那是关于她的新闻报道。我翻到有她的犯人登记照的那一页，递给他。

“她是重点关注对象。你不能靠近她，尤其是以你的情况。”

“我的情况，我的情况。”我冷笑。

“瑞，看看她的体格。”

“她对我的宝宝是个威胁，”我说，“对所有的宝宝都是。”

“没错，她只是其中之一。上帝啊，你知道每一天都有多少性侵犯从我们身边经过吗？”

“不知道。”

“监狱根本就不够关他们的。根本没有足够的土地来建这么多监狱。

这和口袋妖怪游戏不一样，你不可能抓住他们所有人。"

"你和爸爸就这么做了。"

"不，我们有选择地杀了几个一直在和整个系统作对的人，几个我们知道没被发现，并且容易解决的目标，还有几个他们的律师。就这些。你必须停手，现在就得停手。"

厨房突然显得狭小而令人窒息，仿佛我是正在变成巨人的爱丽丝[①]，胳膊和腿马上要从窗户里伸出去了。我闻到凯斯顿弄的插入式空气清新剂的味道——令人作呕的人工合成薰衣草香气。

"我得出去。"

我跑着，穿过后门，朝远处的海滨小路和田野走去。悬崖下方的大海波涛汹涌，浪花拍打着岩石。世界上所有的空气都不够我呼吸的。

"你不能一直这样干下去，还认为自己能逍遥法外，"他的声音一路跟在我身后，"你在沿着路上的面包屑走向监狱。一旦那扇门在你身后关上，它就再也不会打开了。你的孩子怎么办？"

"什么怎么办？"

"你想过你进了牢房她会怎么样吗？"

"我当然想过。"

"那肚子里面的是你的未来，是你拥有的唯一美好的东西。相信我。没有什么比这更重要了。她一出生，你就会意识到这一点。也许做一个母亲对你来说就足够了，你终将可以放下这一切。"

我们两个人都望向了远方的地平线，汹涌波涛背后的平静大海。

"我可以试着帮你抹掉些线索，瑞安侬，但这只能拖住杰里科一段时间而已。我想我们得把你弄出去。"

"从哪里弄出去？"

"离开这个国家。我有个老熟人，大胖邓肯。他专搞假护照。"

"一个老熟人？你是说他为这事儿被抓了？"

"不，他是因为入室行窃被捕的。他是我们一边的，不用担心。他做

---

① 故事《爱丽丝梦游奇境记》中的情节。

假护照很有一套。你会拥有一个全新的身份。"

"那瑞安侬·刘易斯呢？"

我们看着下方的海浪拍打着悬崖。他没有回答，我也没有再问。

"我有钱。"

"很好。你会需要钱的。"

"我去哪里呢？"

"最好是没有引渡条约的地方。阿根廷、巴林、俄罗斯。他拿出手机。"

"你以前干过这种事吗？"

他摁下一个号码："有一阵子没干过了。"

"所以这家伙跟《风骚律师》（*Better Call Saul*）差不多喽？"

"也不尽然吧。他能给你弄到靠谱的身份文件，仅此而已。不过这需要时间，我们还需要拍几张新照片。这个我们在这里做就可以，"他朝向井屋点点头，"剩下的就要靠你自己了。"

# 11 月 22 日，星期五

怀孕 28 周零 5 天

1. 在超市的收银台结账时不帮你放下隔板的人。

2. 戴着半月形眼镜的那个老家伙，他朝着我的杂拌儿糖果打了个喷嚏——待我把你的耳朵割下来，看你还能把眼镜挂在哪儿。

3. 在推特上说教、抱怨或者发泄的人。简直好像我一天早上醒来，发现每个人都是马丁·路德·金。

布丁俱乐部的海伦发来了短信：内维今天凌晨 5 点 38 分生下了双胞胎。她还发了一大堆关于他们的身高体重的废话，还说内维已经开始给他们喂奶了。都实在很无聊。短信的最后她提出了一个要求——"我们所有人"凑 30 英镑买花送给她。所以尽管我不能再去参加他们的聚会了，但我还得凑份子钱。

呃，屏蔽。

我的肚子痉挛了起来——像是个倒置的蹦床。这种情况以前从未发生过，我也不知道现在它为什么会发生。

"和我说句话。你为什么会这样？怎么了？"

没有回应。自从那天晚上杀了饥渴男孩特洛伊后，她就再也没和我说过话。现在我用多普勒机器也听不到她的心跳了。我要去医院。

♪ ♪ ♪

宝宝原来是在打嗝。根据那个贱人助产士的说法，这是完全正常的，我没有必要担心。"你只是保护心太强了。"她说。

我太不舒服了。没有一种现成的坐姿能够不让我感觉到难受的——不管哪种姿势，总会给我身体的某个部位施加太多压力。她给我做了糖尿病测试——我得喝下去某种液体，然后她抽我的血。她认为一切都很好。那贱人助产士对我的其他症状完全不以为意——重新出现的乏力，还有便秘、肚子发痒、失眠。她只是说："这就是你的孕期感受！"然后像卡通角色猪小弟一样笑了。

"但她的心是在跳着的吧？"

"是的，她一切正常，不用担心。你的新书怎么样了？"

"挺好的，嗯。"我都忘了我自己撒过的一些谎。她以为我是个出版过小说的作家。插播一条快讯：写小说这条特别的快乐之路不久之前已经被彻底封锁了，但我说我写书的时候，她觉得这特别迷人，特别厉害，所以我就让她继续做着这个关于我的小梦吧。

"你还在参加瑜伽和游泳课吗？"

"是呀，我现在一天游 20 个来回了。"

"噢，你真棒！这些付出都会得到回报的。是不是交了很多准妈妈朋友呀？"

"嗯。"我抖了一下。妈妈朋友，呃，我真是想往她身上尿尿，直到她断气。

试着给凯斯顿打了个电话，但他的手机关机了。玛妮也还是不理我。我在 WhatsApp 上给她发消息，上面甚至都不显示她的头像了，我得到的反应也只是我发出去的消息旁边显示着一个灰色的小钩钩。这意思是我被屏蔽了，对吧？那一定是他做的——海因里希·"蒂姆"莱①。

我轻轻拍了一下自己的肚子。还是没有回应。今天就连森贝儿家族也没能让我高兴起来。我实在是无聊死了。

---

① 海因里希·希姆莱是纳粹帝国党卫军首领，这里依然是借用相近的名字读音将蒂姆比作纳粹。

• • •

一阵敲门声将我惊醒。是吉姆在敲我卧室的门。

"有人来找你，瑞安侬。杰里科督察想和你聊聊。"

她跷着二郎腿坐在吉姆的扶手椅边上，棕色的皮包放在地板上，身穿黑色雨衣、丝绸衬衫和一条粉红小花的裙子。"季风"牌的，也可能是"Next"牌。一切都熨得很妥帖，甚至头发也整整齐齐，夹在脑后。她戴着金色耳钉。一切都是那么有序、克制。这很杰里科。

吉姆找了个借口走开了，让我们私聊。她示意我在她对面的沙发上坐下。我想尽量优雅地坐下去，没能成功。

"我想我应该让你知道调查有些进展——拉娜·朗特里去世了。很明显的自杀。"

我试图摆出震惊的表情。

"你看起来不怎么震惊嘛。"看来我没成功。

"我知道她有抑郁症。她以前就尝试过自杀。"

"看起来她已经去世至少两周了。你在拉娜死前的几个月见过她，对吧？你们成了好朋友？"

"朋友谈不上，谈不上。我为她感到难过。而且我当着办公室里所有人的面打了她，我觉得很不好意思。但我们算不上朋友。"

"你最后一次见她是什么时候？"

"几周前吧。怎么了？"

她注视着我，拿起她那杯喝了一半的茶——吉姆用了家里最好的瓷器给杰里科泡茶，其他人都只能用搪瓷杯子。她抿了一口，小心翼翼地把杯子放下，一点声响也没有。"10 月 18 日，我们在监控摄像里看到你往拉娜家的方向走。"

"所以呢？你认为是我杀了她？你们已经把克雷格关了起来，现在又来找我？你们这帮人到底有什么毛病啊？"

"我们想知道你是否在拉娜死的那天见过她。这或许能帮助她的家人理解她为什么自杀。"

我打了两次哈欠——她一次也没有。两次。要不是我了解她，我会以为她也是个精神病呢。也许要逮住精神病，你自己就也得是精神病吧。

"有时候人就是会崩溃啊，"我说，"生活太艰难了。"

"是什么把她在悬崖边推了一把呢，瑞安侬？看到你的大肚子？"

"没错，正是。我想你已经解开了谜团。我，瑞安侬·刘易斯，现在要对别人脑子里想些什么负全部责任。把我铐起来呀，督察大人，我有罪。"

她默默叹了口气，说："我不是在指控你什么，我是在请求你的帮助。"

"我最后一次见拉娜的时候她在抱怨新闻媒体。有个记者一直缠着她，克雷格的辩护团队也是。两方都给了她不小的压力。"轮番得到男人们的注意——我本以为拉娜会喜欢的呢。

"你就不能集中精力假装震惊和骇然吗？不然我们都得被关进监狱做苦工了！"

"什么报纸？"督察问。

"《普利茅斯星报》吧，应该是。"

"他们是怎么知道她和这案子有关系的？这些信息之前可都没有向公众公布过。"

"那你就得去问他们了。"

"拉娜的血液中检测出了曲马多的成分。"

"噢？"

"一种强力止痛药。并没有医生给她开过这个。实际上，我们在她公寓里也没有发现这种药。"

"那可真是奇怪了。"

"她在《公报》的前同事们说，她的性格活泼开朗，特别是在她和克雷格约会的那几个月里。他们说那是他们见过她最快乐的一段时光。"

我尽可能尖锐地看向她："你有床可上的时候，可不就是会快乐些吗？"

　　杰里科在她的手提包里翻了一会儿，拿出她的 iPad，在屏幕上滑了几下，递给我。我盯着它看了一会儿。起初我不知道那是什么，但后来我看明白了——那是一具沙发上的尸体。一个金发女郎，皮肤已经变成紫红色，脸胀得老大。她蜷缩在扶手椅上，扶手上还有干掉的呕吐物。咖啡桌上放着干掉的甜豌豆花。

　　"正如你在照片里看到的，尸体已经开始腐败——"

　　我最初的反应嘛，当然是没有反应。我本该呆立当场，我本该干呕之类的，给她看些正常人类看到这样的画面该有的生理反应。但我做不到。有那么一小会儿，我想让她看看我是谁。当这房间里只有我们两个人的时候。

　　"甜豌豆，"我抬起头，说，"我的最爱。"

　　她没有回答。这是我第一次在她眼睛里看到了些东西。我知道的她都知道。有那么一会儿，我们达成了共识。

　　外面的走廊响起了脚步声。我尖叫起来，用上了简直能得英国电影和电视艺术学院奖（BAFTA）的演技，扔开那台 iPad。"啊！看在上帝的分儿上，为什么你要给我看这种东西！"

　　吉姆冲了进来。"什么？怎么回事？发生什么事了？"他从地毯上捡起那个 iPad，看了看，"这到底是什么东西？噢，我的上帝啊！"

　　"是拉娜，"我紧紧抓住他的羊毛衫，"她自杀了。"

　　"就那个女人啊，和我们的克雷格有——噢，天哪！"我依偎在他的毛衫上，抽泣着。感谢上帝这让我疼痛的面部肌肉得到了短暂的休息。

　　"拉娜自杀的时候你在哪里，瑞安侬？"杰里科问。

　　"吉姆——她在迫害我。她缠着我，一直给我看我不想看的东西。她疯了。她给我看死去女孩的照片。这是警察对市民的骚扰。请把她赶走，求你了！"我从吉姆身边挣开，捧着自己的肚子，坐回到了沙发上，使劲呼吸，就像在上生产练习课一样。

　　"我想你最好是离开，杰里科督察。"吉姆把 iPad 递还给杰里科，我看着她走出客厅。是吉姆领着她出去的，他挡在我面前，像一个人形盾牌。我竭尽所能装出害怕的样子。

"谢谢你抽时间和我谈话。"

吉姆一路领着她走出门外，礼貌地威胁她要采取法律行动。我没听见杰里科再说一句话。

"你得给凯斯顿打个电话。现在，马上。"

# 11月25日，星期一

怀孕 29 周零 1 天

1. 那些才刚周一就问"周末到了吗"的人。

2. 那些车不熄火就在外面停上几个小时的人。

3. 那些用电子邮件发附件，却忘了添加附件的人。

南威尔士警方有一幅模糊的监控图像，上面有个戴着兜帽的女人走在卡迪夫的街道上，但那监控画面并没拍到我的脸。上帝保佑卡迪夫的雨。上帝保佑凯斯顿·霍伊尔。也许这意味着我可以信任他。我很想信任他，但我禁不住想，他的出现好得令人难以置信。是爸爸在我最需要朋友的时候给我送了一个过来吗？凯斯顿是个乔装打扮的天使吗？再给我一个信号吧，爸爸。一个告诉我能够相信他的信号。

今天早上那些报社的家伙又聚到了门前。其中一个把相机都顶到了我的肚子上。我一把从他手里夺过相机，摔在地上。

"哎呀，"我一路从他身边轻快地走过，嘴里说着，"真是抱歉。"

"……要告你，贱人。"我听到他说。我还听到他说它很贵。另一个家伙赶紧跑开了，尽管他的相机穿了根背带挂在脖子上，我没法同样扯下来摔掉，"我们只是想从你的视角写点报道，你个卑鄙的贱人。"

我走到那个大喊大叫的家伙跟前，和他脸贴着脸，靠在他耳边低语："你都这么客气地问我了，我又怎么能拒绝呢？"

"你得赔我个新相机！"

"怎么证明呢？"说话的是"弗雷迪－顺便提一句"，我的黑发英雄。

"你当时也在，你看到她做的了。"

他看看我，又看看他，说："我什么也没看见啊，哥们儿。假新闻啊，如今到处都是呢。"

他径直朝我冲上来，大肚子撞到了我的肚子上。愤怒的烟雾笼罩了我的双眼。"你弄坏了我的相机，你得赔我。"

"你自己把手伸到我身上来了，还把你自己的相机弄坏了。你自己会更相信谁的故事呢？"

他往后退了退，跪在地上开始捡拾相机的残片，嘴里依然不住地念叨着"贱人""告你"之类的。

弗雷迪引着我沿着小径向大门走去。"他以前就收到过这样的警告。你还好吗？"

"嗯，当然了。你又是从哪儿冒出来的？"

他的声音有些颤抖："我是来看你的。有时间一起喝杯咖啡吗？"

我还是不能喝咖啡，便和弗雷迪沿着海边走了走。他给我买了个加双份脆片的草莓冰淇淋。我们闲聊了一会儿，结果发现我们吃奇巧巧克力的方式都不对，都养了一只叫叮当的吉娃娃，都喜欢《油脂2》多过第一部《油脂》。

"你对《修女也疯狂》（*Sister Act*）怎么看？"他问。

"第二部比第一部好多了。"

"又是一样！"他笑了，"哇，这也太巧了！"

我们于是一起哼唱起来："如果你想成为某个人，如果你想去到某个地方……"一直唱到大山商店停车场有两个粗鲁的遛狗者向我们投来莫名其妙的目光，我们才停下来。

"哈，真不知道我们怎么就聊到了《修女也疯狂》。"

"我也不知道，"他笑着说，"对了，我要离开《普利茅斯星报》了。我已经交了辞职信，告诉他们我会待到1月的第一周。"

"为什么呢？"

他望向大海的方向："我想你应该听说拉娜·朗特里的事了吧？"

"嗯。"

"我是压垮她的最后一根稻草。'去找她，'我的编辑跟我说，'跟下去，不管付出什么代价，挖出这个故事。'两周后这个女人就死了。这是我造成的，瑞安侬。是我的错。"

"不，不是的。"

"是的！她自杀了，因为我在骚扰她，从早到晚地骚扰她。她出门拿牛奶时我在，出来扔垃圾时我也在，想要找她说话。她一直叫我走开，可我没有走开。"

"克雷格的律师团队也在找她。不是只有你。"

"我一直为此感到内疚。不管怎么样，事情已经发生了。我只是想向你道歉。今天之后我们不会再见面了。"

一阵静悄悄的风从我们身边刮过，扬起我们的头发。风停后，我说："走之前想来一发吗？"

他的下巴都要掉到地上了。"呃，我其实是同性恋。"

"你听起来不是那么肯定嘛。"

"不，我真的是同性恋。"他拿出手机，点亮屏幕——屏保图片是他和另一个男人的合影，穿着燕尾服，依偎在一起，"不能更同性恋了。这是在我们的婚礼上拍的。"他翻动着图片：切蛋糕、第一个吻、闪烁的迪斯科灯光下的第一支舞，还有他们的孩子——米洛和蒂莉。

"性感的丈夫，可爱的家人，你还真幸运。"

"很抱歉如果我给了你虚假的——"

"不，没关系，"我叹了口气说，"我本该想到的。你太好了，肯定不可能是直男。"

他笑了："你也很好呀。"

"不，我不好。"

"不，你很好。"

"我开始和你聊天纯粹是因为觉得我们有机会来一发。"

"这也不意味着你是坏人呀。"

"不，就是意味着我是坏人。我真可怕。我在《绿里奇迹》（*The*

*Green Mile*）里唯一喜欢的就是那只老鼠。"

"我也是。"我们彼此对望，他的脸上露出了一个傻乎乎的笑容，有史以来我见过的最傻乎乎的笑容。

"啊，别这样，我讨厌吃不到的果子。"

"对不起。我说，你为什么不好好利用你的名气呢？我听说有好多电视和杂志想付钱给你做访问呢。"

"全都是些一模一样的破事。基本上都是些经纪公司说给我点小钱，让我以个人形象出现在媒体上，做点无聊的事情。有一次是某电视台的节目，让女人穿着露点的衣服接电话；还有一个人的想法是等孩子出生后制作健身的 DVD。去他的吧。"

弗雷迪大笑着跳上了海堤。"克雷格的故事是足够有意思，但你有修道院花园的故事，还有个快出生的孩子。你有个性，有美貌，你有成为明星的潜质，瑞安侬。你就是迪莉尔·范·卡地亚。"

"哈哈，你就说笑吧。"

"不，你就是。'让我们说清楚一件事情，亲爱的。我现在不是，从来也不是，一个拉斯维加斯的跳舞女郎。我就是头条。'那就是你。你不该躲在后面，你应该在舞台中央。"

"听起来不太对呀，弗雷迪，"我对他说，"有人死了呢，记得吗？"

"当然，当然。"他说着，眼里的光彩不再。

我当然是开玩笑的。关在监狱的克雷格变得这么出名，本就让我很不爽。我试图避免这事的发生，但当你和我一样，大部分时间都生活在一个网络如此发达的世界，这是不可能的。扮演他的最佳女配角不是一种享受，而是一种忍受。这是唯一的办法。

"我之前在写一篇关于你的故事，"他说着，从牛仔裤的后袋里掏出一张折好的纸，"你不必现在就读——"

我从他手中一把夺过那张纸，读了起来。那是一篇完全关于我的文章呢！我，我，我。

### 瑞安侬·刘易斯：这个年代的幸存者

如今，打开一份报纸，你便注定会读到些我们这个时代的可怕的厄运和悲惨的故事。新闻故事中如此多的邪恶和残忍，让你怀疑人类是否值得被拯救。我们经常被提醒，要"寻找帮助我们的人"，因为他们在最糟糕的时候也在那里。

但幸存者也是如此。他们不断地摔倒在甲板上，但又像凤凰一样重新站起来，抖去羽毛上的灰尘。有时候，提醒自己这世界上还有像瑞安侬·刘易斯这样的人存在，是件好事。像她这样的人，在受过命运如此残酷的对待后，却能一直坚持下去。

瑞安侬6岁时，命运在一场震惊全国的悲剧中给了她毁灭性的一击。在布里斯托尔的布拉德利斯托克市，她和她的5个朋友在修道院花园的一家托儿所遭到疯狂袭击。负责照看孩子们的艾莉森·金韦尔对她已经分居的丈夫安东尼·布莱克斯通提起了离婚诉讼，而这成了压垮他的最后一根稻草。一天早晨，他闯进托儿所，残忍地杀害了艾莉森照看的6个年幼的孩子——瑞安侬是其中唯一的幸存者。后来，在理疗和语言治疗的帮助下，她成长为了一个更加强大的人。她重新学会了走路，重新学会了说话，她上学了，通过了所有的考试，还念了大学。今年，她和男友发现他们有了孩子，于是订了婚。

可命运并没有打算放过瑞安侬。

又是一场惊天动地的变故。在发现怀孕后不久，瑞安侬的未婚夫被逮捕，并被控谋杀——还是多起谋杀。克雷格·威尔金斯被控残忍杀害5人，被称为"同性恋开膛手"，目前正在布里斯托尔的监狱等待审判。他被拒绝保释。

7月的一个温暖早晨，当我在她公公婆婆家门口见到她时，她显然以为自己成为媒体焦点的日子已经结束了。

"我只想继续我的生活。"她说……

我翻了一页，但后面全是空白了。"没了？"

他耸耸肩："嗯。你不肯和我多说嘛。"

"我很喜欢你的文章。"

"太好了。我很高兴你喜欢它。"

"接下来你有什么打算？"我把那张纸递还给他，继续吃我的甜筒。

"不知道。我丈夫杰森在申请一个伦敦的广告公司职位。"

"弗雷迪与杰森①？"我偷笑起来。他冲我挑了挑眉毛，很是无奈的样子，"哇，你俩终于合好了，真是太好了！"

他傻笑着说："我们可没少被开玩笑。"

"你也在找伦敦的工作？"

"嗯。我正在申请几个编辑助理的职位。我想在一家大报社工作。我还是想当记者——也可能会去家杂志社吧。写独家报道什么的。有必要的话，我愿意从沏茶和扫地做起。我得先踏入这一行的大门。"

"我想一个重大独家新闻可能会对你有帮助？"

"上帝啊，不，我不是在影射任何事情，我保证！"他惊慌地说，"不，瑞安侬，我们结束了，我保证。我今天是来道歉的，仅此而已。如果我能以任何方式补偿你些什么，请告诉我。"

"我猜来一发还是不在选项内对吧？"我不想放过机会。他笑个不停，"好了好了，我明白了。所以说，做记者是你的福佑？"

"我的什么？"

"你的福佑。这是你最爱做的事情。"

"嗯，我想是吧。我喜欢写作，我喜欢研究故事。我喜欢和人打交道，了解他们的生活。我对别人感兴趣。"

"哇，"我说，"那是什么样的一种感觉呢？"

他哈哈大笑。尽管我真的很想知道答案，我还是和他一起笑了。我们路过零食小店，我买了一块蒙克斯湾的岩石棒，包装纸上还画着缆车图片。"给你，好让你记住我。"

---

① 美国有一部恐怖片叫《弗雷迪与杰森》。

"谢谢。"他微笑着，塞给我一张他的名片作为回报。"弗雷迪·利顿-切尼——记者。"《普利茅斯星报》的地址用蓝色圆珠笔涂掉了。

我勉强挤出一丝微笑，希望他能理解到我想传达的意思。"祝你好运，弗雷迪。希望你能搞到你的大新闻。"

· · ·

我已经在这儿坐了一个小时了，又钓了几条变态鱼——佛罗里达有一个叫"极客男孩3000"的，是最近在身上刺下花朵图案的人。他给我发了一段10分钟的视频，在里面哭着说他有多爱我。

拉黑。

一个脸长得跟僧帽猴似的，留着灰白头发，取名叫"送子使者"的人给我发来几张下体的照片。

拉黑。

接下来我看到了一些我过滤掉的消息，它们来自我几个月前设成"新消息不提示"的一个家伙。他说如果我不回复他往身上刺花的照片，他就从当地的高架桥上跳下去。于是我回复了。

小甜豆：去自杀吧。其他所有事你都干不好。

拉黑拉黑拉黑。我今天简直是在这里开自嗨的拉黑派对啊。

之后我更新了AJ的脸书状态——现在他"在泰国，和朋友们见面"。作为一个死人，他走动得还真是不少啊。

"哎哟！"就为这句话，我被踢了一脚。

总之呢，我把他的头像PS到了某个"塑料姐妹花"成员间隔年期间认识的一个澳大利亚朋友身上，让他来到普吉岛的沙滩上，和一只流浪狗玩耍。不算PS得多么好，但除非你刻意在寻找图片的异常，否则是不会看出来的。

一切搞定。

这就是我现在做的事情。我更新一个死人的脸书状态，去网站上钓那些变态，却根本没想和他们见面。我坐在梅尔与柯利农场商店的停车场里，等着桑德拉·哈金斯来上班。

我在临近打烊时再次过来，看着她离开。过去一周她的轮班时间都是一样的。靠近她是我现在能做的最接近快乐的事情了。

"快乐不是生活的全部。"

嗯，对了，肚子里的小茄子又开始和我说话了。

"这不会让你感觉很好的。你又会觉得恶心。我这次会让你感觉更糟。你要是让她流血，我就也让你流血。"

• • •

农场商店本身是个很可爱的小地方。那是一间大棚屋，瓦楞屋顶，卖一切中产阶级人士可能想要的东西——高价的有机水果和蔬菜、骆驼奶、果酱、酸辣酱、当地稀有品种的猪肉和鸡蛋，还有一系列传统工艺手工制作的奶酪，以及为你恨的人准备的礼物——花卉图案的记事本和蜡烛之类的。小店前面还竖着块牌子，上面写着"生态原木——自己砍"，以及一袋袋的干柴和煤。他们已经为圣诞节做好了装饰，货架上铺了金箔，冰箱上挂满了小彩灯，入口处还有一个真人大小的霓虹灯圣诞老人，以及摆好试喝的热红酒和试吃的肉馅饼。圣诞老人的脖子上挂着一块牌子，上书："尽情吃、喝、玩、乐吧！"

我看到以前叫桑德拉·哈金斯的恋童癖——现在已经叫"简·里奇"了——正在整理圣诞贺卡。老天哪，她比我印象中在花园中心看到的还要丑。尽管现在瘦了些——监狱的食物就是会让你瘦吧，我想。但她还是那么油腻，双下巴颤啊颤。我马上回忆起赛巴迪刀在我包里的哪个位置。

"你好呀。"我用最为轻柔温和的声调说。

"嗯？"她应了一声，上上下下地打量着我。在我有限的恋童癖追猎生涯中，这是他们对打招呼的标准回应。芬顿和德里克·斯卡德都以这种方式打量过我。不管你是在表示友好还是要向他们泼硫酸，他们都会这样。

遗憾的是，现在我手上并没有硫酸。此外，作为一家朴实无华的农场商店，他们在监控摄像的画面中居然比实景好看多了。

对于接下来该说些什么或做些什么，我并没有想好——我只是那么看着她，想着她对她照顾的那些孩子做过的事，她给那些男人寄的照片，她提供给他们享乐的那些孩子。我花了好长时间才冷静下来，终于能开口对她说话了。"请问无麸质的面点在哪里？"

她气鼓鼓地放下手里那堆圣诞卡片，走到店的另一头，那里放着两个大冰柜，里面装满了冰冻的面点和馅饼。她用她厚而粗糙的手指了指冰柜，就像一个愤怒的魔术师在等待观众的掌声。

"太好了，谢谢。"我甜甜地微笑着说。我就那么看着她摇摇摆摆地走回那堆圣诞卡片，那是一个人看向自己爱人的眼神。唯一的区别是，我可不想睡她。

"妈咪……"

"我知道，我知道。"我一边假装查看冰柜里的东西，一边用一只眼睛盯着"桑德拉·狄"[①]的动向。我看了看时间——商店马上就要关门了。我没有别的选择，只能跟着她回家了。

*"妈咪，请不要这么做……"*

所以我回到自己的车里，在停车场等着。大约17点零5分，桑德拉·哈金斯离开了商店。她肩上背着红色的手袋，手臂上搭着绿色羊毛披肩。她锁上店门，走到门前的一张野餐桌旁，靠在上面。不到5分钟，一辆挡泥板脏兮兮的绿色沃克斯豪尔"骑士"车冲进停车场，在她身边停了下来。她坐上副驾，就那么走了。我也发动了我的车——

*"我现在要让你痛了噢……"*

"噢，天哪。"我大叫起来。我的腹部从中间开始一阵收紧，我简直无法呼吸。

*"我告诉过你这太冒险了。我叫你离开。"*

"你让我杀了特洛伊。她活该被杀！"我把车熄了火。

---

① 桑德拉·狄是一位童星出身的演员。这里用她来指代桑德拉·哈金斯以示讽刺。

"回家。"

"好的，我回家。拜托别让我疼了，拜托！"我快速上网搜索了一下怀孕时感觉肚子痛怎么办，出现的第一个结果是布拉克斯通·希克斯宫缩（假宫缩）。一个可能的原因是脱水。

我从包里掏出一瓶水，咕嘟咕嘟喝了下去。

"这不是脱水，是我。我不喜欢你杀人。还要我再说多少遍？"

"停下来，拜托了。停下来，算我求你。"

"那就回家吧，妈咪。"

"这就回，这就回。"

# 11月26日，星期二

怀孕 29 周零 2 天

呃。

1. 那些负责制作下午档电视节目的人。《007之雷霆杀机》今年已经播了多少次了？

2. 那些屁股特别大，把超市里整个过道都堵住的人。他们让你根本挤不过去挑你想要的蛋黄酱。

3. 那些把尿滴在马桶座圈上的人。

今天醒来的时候，我的乳房在漏奶，还便秘。还真是前疏后堵啊。紧接着伊莱恩让我在餐桌旁坐下，攻击了穿着睡衣的我。

好吧，并不是真的"攻击"。她只是用一大堆枯燥乏味的表格伤害了我的眼睛。

"这是什么？"我昨晚没睡好，这时依然睡眼惺忪。我又做了一连串生动的梦，梦见我的孩子被叉在烤肉叉上烤焦了。

"这是你的生产计划，上次产前检查的时候助产士给你的。我觉得我们应该把它填了。来吧。"

"这玩意儿是放在我包里的。"

"没错，但你都还没看过。我认为我们应该把它填了。"

"你翻了我的包？"

"嗯，我没乱翻，别担心。现在——"

如果她翻了，她会看到我的日记，我的刀，可能还有一个小小的闪光标志，上面写着"这个包属于一位连环杀手，最好不要告诉她你私自翻过"。

"第一页，在哪里分娩。你想在哪里——"

"医院。"

"好的。其他的选项是在家分娩，或者水中——"

"医院，床，医生，护士，药物。"

"好的。陪产人呢？"

"不需要。"

"你确定吗，亲爱的？我和吉姆可以——"

"不需要陪产人。下一个问题。"

"你想采用什么姿势分娩？"

"姿势？"我说，"正常的姿势——仰躺在床上，腿朝天上伸着，痛苦地惨叫，谢谢。"

"你还可以选择蹲着或者站着。"

"我可以到时候再选吗？你觉得呢？"

"好吧，"她在几个选项上打了钩，然后翻了一页，"止痛方式。"

"嗯。"

"上面说你可以选择呼吸、按摩、针灸……"

"药物。"

"安桃乐气体，哌替啶，硬膜外麻醉。"

"嗯。"

"哪个？"

"全部。"

"肌肤接触。孩子生出来之后你想马上抱她吗？"我不知道该怎么回答。幸运的是，没等我回答，伊莱恩便已经替我做了决定，"是，你肯定想。你想过要怎么处理胎盘吗？有些妈妈会选择不剪断，做所谓的莲花分娩。"

"呃，绝对不。烧了那该死的东西。"

"瑞安侬，注意一下你的措辞，亲爱的。"

"我不想吃了它，做成菜，也不想把它当成什么时尚潮流贝雷帽戴在脑袋上。我不想把我的脐带做成自行车打气筒，不想把我的羊水和奇亚籽混在一起做成美味的奶昔。我也不想推着一辆里面有一大条还在跳动的生肉的婴儿车到处晃。把它们都处理掉，全都处理掉。"

"好的，"她在另一个框里打了钩，"现在是会阴切开术的问题。这说的是万一医生需要切开你的阴道——"

没等她说完，我便离开了房间。从此之后她再也没有提起过这些表格。

晚些时候，她让我从婴儿世界订购的婴儿床到了，吉姆开始组装。他们已经开始布置婴儿房了——那是我原本用作衣帽间的房间。他们甚至在讨论"把墙打通，这样宝宝离你就不过几步之遥了"。那听起来可真是开心死了。

●　●　●

他们粉刷墙壁的时候，伊莱恩不希望我待在房子里——即使那油漆是无味的，她也"不能冒这个险"。于是我被派去海边带叮当散步了。

我尝试尝试再尝试，但不管怎么试，也无法想象宝宝住在那个房间里。我甚至无法想象她从我肚子里生出来，无法想象皮肤贴着皮肤地抱着她。我无法想象她躺在那个婴儿床上，踢着小腿，团起拳头，吮着自己的指关节，四下张望。我不想让她睡在那张婴儿床上，不想让她待在那个房间里。我不想让她待在我身体以外的地方，让每个人都能接近她，让桑德拉·哈金斯能够接近她，让像帕特里克·爱德华·芬顿这样的男人能够接近她。在我身体里，她是安全的。

"是吗？我不得不说，这里还挺危险的，妈咪。"

我的手机响了。是塞伦。嗯，她打过来是要干什么？我很好奇。

"嗨，瑞。"

"噢，嗨，你好吗？"

"挺好的，谢谢。我打过来是要对你说感恩节快乐。"

噢，对了，感恩节。她丈夫科迪让她每年至少在这一天给我打一次电话，因为"在内心深处，你很高兴你有一个姐妹"。

"你也是。一切都好吗？你们的新家怎么样？"

这一次她倒是听起来很高兴："你敢相信吗？我们现在的时差只有 5 个小时了呢。我们在这里开心太多了，我简直说不完。"

"你那里现在还很早吧，塞伦。这里才中午 11 点。"

"嗯，我凌晨 3 点就起床做准备了，根本睡不着！昨天晚上我们也花了好长时间才让孩子们睡下。"

"真好。"爬上海滩边的台阶时，我松开了叮当的狗绳，"你要准备些什么呢？"

"所有吃的。我们有三家朋友今晚要过来，在这里过夜，他们都有孩子，所以我和科迪要准备个宴会，孩子们要在小屋里过夜。"

这听起来还真像梅格·瑞恩的电影啊，真美好，不是吗？我望向远处的大海，不知道海水有多冷。

"……你知道的，就通常的火鸡和配料之类的。我在做一种猴面包树果的馅料，还有红薯沙拉、南瓜派和饼皮。孩子们在外面的花园里玩寻宝游戏。他们很快就在学校里交到了好多朋友。我们在这里都开心多了。"

"嗯，你说了。开心。知道了。"

"这很大程度上还要感谢你，瑞安侬。"

"我？"

"嗯。我知道在卖掉爸妈的房子这件事情上我催你催得有些紧了，但卖掉那地方后，我们才得以更快地搬到这里来。这是我们梦想中的房子。"

"我很高兴你那边一切都正好了。"我说着，向叮当扔了一根棍子，她没有去追，"你们这新家是在哪里呢？"

"在温莎县的韦斯顿。这里没太多可做的事情，但气候更好，而且风景很美。当地人可热情了。"

"我真为你高兴。"

"谢谢。那么，你都还好吧？"

你也会在乎？"嗯，我还好。"

"你现在开始休产假了吧？"

"嗯。克雷格今天在装修宝宝房，他不想让我吸入任何毒气，就叫我出来了。他过度小心了，上帝保佑。"

"啊，真甜蜜呢。他怎么样？宝宝都还好吧？"

"嗯，我们都好。不能更开心了。克雷格对做爸爸很兴奋。我还参加了一个很棒的产前小组，大家定期聚在一起喝喝茶、聊聊天什么的，你了解的。对了，组里的几个人晚点还要过来呢，今晚是女生聚会，吃冰淇淋，敷面膜——大概还会看点梅格·瑞恩的电影吧。"

"你确定你还好吗，瑞安侬？"

"是的，我很好。"

"你通常不喜欢这些东西，就是，呃，玩乐啊，朋友之类的。"

"也许做妈妈改变了我吧。"

"真好，"她说，"我真高兴。"

我听到电话那头还有一个声音。"那是什么声音？"

"科迪说他期待在新年的时候见到你和克雷格。孩子们也想见你。他2月份可以休假——你孩子出生的时候也许我们可以过来帮帮忙？"

"他们想见我？你'精神错乱'的妹妹？"我看着叮当在一丛海藻中嗅来嗅去，"他们没在 Netflix 上看过艾琳·伍尔诺斯①的纪录片吗？他们不知道我是什么样的人？"

"别这样好吗，瑞安侬？我在努力尝试修补我们之间的关系。"

"毁掉我们关系的可从来不是我，塞伦。"她那边是一片死一般的寂静。我磨去了我声音中的所有棱角，说，"我只是很惊讶，仅此而已。你以前从来没想过介绍我和他们认识。"

"他们总问起你。你是唯一记得他们生日的姨妈。"

"所以你是收到了我的卡片的喽？"我望向远处的大海，不知道海水有多深。

"或者你们也可以等孩子出生后过来玩，看看我们的新家。你绝对会喜欢这里的。这里和蜂蜜小屋很像，但要大多了。我们有六间卧室，你和克雷格还能有独立的浴室。在这里，花同样的钱你能得到的要多得多。"

---

① 艾琳·伍尔诺斯（Aileen Wournos），世界著名连环女杀手。

"和蜂蜜小屋怎么个像法呢？"我问。

"嗯，可以用木头生火，有木头屋檐、自己的菜园、南瓜地、鸡笼。这里又大又舒服。我们喜欢这里。"

"嗯，你已经说过了。"

"你和克雷格怎么还住在公寓里呢？你们也可以用卖爸妈房子的那份钱买个房子呀，对不对？"

"嗯，但我们喜欢这里。而且这样我们也不用工作得那么辛苦。我们就可以——在一起，享受生活。"

"挺好的。"

"嗯。你还会想起蜂蜜小屋吗？"

"有时候会，"她说，"这里的许多事物都让我想起那里。这里有间卧室的墙纸和奶奶房间的一模一样，还有橡树房梁和穿过后院的骑马小道。我有时也会想起不好的事情。"

"看到那些人把爷爷从河里拉上来的场景？"我说。

"嗯。"

"我让你想起那些不好的事情，是吧？"我望向远处的大海，不知道如果今天我溺死了，尸体会被冲到哪里去。

"别这样。我们谈得很愉快，别再重提过去的事了。"

"过去是一个习惯，有时候会自己冒出来呢。"

我摸了摸肚子，宝宝轻巧地一踢，踢开了我的手。就连叮当也跟在一只放荡的杰克罗素狗后面跑到沙丘里去了。塞伦是如此热爱她"美国派"一般富足又娇气的生活，甚至都没想到过要看看最近英国的新闻。克雷格在布里斯托尔监狱的生活完全没有引起她的注意。我很享受我在她身上的这一点点掌控感。

我差点就告诉她了，但我没有。我慢慢享受这个过程，就像吸着一块汽特别足的柠檬冰糕。

1. 主持《探店小餐馆》（*Diners, Drive-Ins and Dives*）节目
的那家伙，真是个幸运的浑蛋。

不知为什么，和塞伦的那通电话竟会让我如此沮丧。我想大概是听到
她说起科迪和孩子们，还有他们的感恩节晚餐和来访的朋友们，这让我意
识到，我本来也可以拥有那样的生活，而不是现在这样的生活。我永远也
不可能有那样的生活了。如果我现在正在折磨着桑德拉·哈金斯，我甚至
根本不会去想它。在某一个平行宇宙，或许我就正在过着那样的生活吧。
或许我也能享受一些简单的事情，比如在家宴客，做些大猩猩舒芙蕾或者
其他什么乱七八糟的。

新家具已经开始陆陆续续运到井屋了——现在只差一个新沙发了。现
在那里看起来就像什么也不曾发生过，没有过情绪爆发，没有过混乱，我
的孕肚也不曾被意外刺伤。没有过帕特里克。空气清新剂的化学味道还在，
但我想你不会注意到它的存在是为了掩盖某些更不好的味道。凯斯顿显然
不是第一次做这种事了。

今天早上，我重新布置了我的森贝儿家族运河船，还沿着拖车道在隔
壁开了一家糖果店。做这些的时候，伊莱恩走了进来。"来取要洗的衣服，
好塞满洗衣机。"

"这只怎么了？"她指着地毯上那只没有头的猫妹妹问。

"她死了，"我说，"我要把她葬在她父母旁边。"

"森贝儿家族也有墓地吗？"

"没有，但易趣网上有人在卖一个婚礼教堂，我一直想买。它还配了一辆系着彩带的小婚车，还有一对新人。我可以用硬纸板做墓碑。我要把那对新人扔掉。"

她捡起小猫的头。我抬头看向她。她正盯着房子里面被捣毁的客厅——被打翻的圣诞树，碎掉的窗户。"是叮当干的吗？"

"不是，"我从她手上接过猫头，放回原处，"圣诞前夜他们家遭遇了入室抢劫，猫妈妈被杀了。"

"噢，这样。"我听到身后噼啪一声响——她发现了我枕头下的企鹅橡皮糖包装。

"你吃太多甜食对宝宝可不公平。"她说着，把包装纸揉成一团，和我的一堆衣服一起拿了出去。

公平？她想和我讲什么叫公平？如果这是个公平的世界，我们就应该有更多大卫·鲍伊，更少卡戴珊、维多利亚·伍德，还有里克·梅奥尔和王子乐队就应该还活着。《前任沙滩见》（*Ex on the Beach*）和《爱情岛》（*Love Island*）里的每一个人都应该径直走回那该死的大海里去，再也不出来了。这样才公平。

如果这是个公平的世界，像我这样的人就不该能生育，我应该像戈壁沙漠一样贫瘠。可我并不是那样，不是吗？我为这宝宝做的每一件事都是错的。我没有足够的锻炼，没有合理的饮食，没有为她的未来做足够的计划。我企鹅橡皮糖吃得太多。要照伊莱恩的说法，我宝宝的婴儿房现在应该已经准备好了，有满满一衣柜 Jojo Maman Bébé 牌的衣服，还有一个个人储蓄账户。

当然，我并没和她说这些话。在能控制住自己的情况下，在伊莱恩身边我尽量少说话，因为：第一，说了她也不会听的；第二，她这个人实在是太太太无聊了。

现在我只是联想到桑德拉·哈金斯，都会被假宫缩折磨。所以，尽管我是那么想接近她，却依然还是一点一点地学着接受了我不能接近她这个事实。

哎哟。

● ● ●

去了乐购超市。除了我不停放屁以外，没发生什么特别的事。一定是我吃错了什么东西。我在银宝黄油的货柜前放了个屁，转了一大圈之后回到那里去拿牛奶，那气味居然还在，飘荡在空气中就像个摄魂怪。

● ● ●

今天下午杰里科和我那位老朋友——《油脂》里的矮胖探长一起出现在门前。事情迅速升级。

"我想让你跟我和我的同事一起去趟警察局，我们需要澄清一些事情。"

"什么事情？"

"关于克雷格那些所谓罪名的调查的一些细节。"

她紧紧抓住"所谓"这个词不放，仿佛那是个悬崖绝壁。"我们需要你提供一个正式的证人陈述，仅此而已。"

"我不能在这里做吗？"

"我们想把全程录下来，如果你不介意的话。"她并不是在询问我的意见，"我们知道我们到访会对威尔金斯太太带来多大的压力，或许你今天不想让她那么着急，就跟我们走一趟吧。"

"见鬼，见鬼，见鬼，见鬼，见鬼。等等，先看看他们手上有什么牌吧。"

伊莱恩从厨房里喊道："瑞安侬，是谁呀？"

"耶和华。"我冲她喊了一句，又回头对杰里科和她朋友说，"如果我被捕了，她需要知道，而且我需要一个律师。"

"你没有被捕，瑞安侬。你也不会被捕的。"

我对伊莱恩编了个故事，说我刚想起来布丁俱乐部有个会要开，然后和警察们一起离开了。

由于周六堵车，我们花了 3 个小时才开到布里斯托尔。一路上他们谁也没和我说一句话，只有那个矮胖子给了我一颗薄荷糖。他们甚至连电台都没有开。

到了之后，我被关在一间灰色的审讯室里，又过了差不多两个小时。在那里，我被迫把我以前对他们说过的那些废话全部重温了一遍——克雷格最好的几个朋友的名字，他和我爸认识多长时间，他们之间关系怎么样。我去看了拉娜几次。他们播放了一段拍到了我的监控摄像，画面清晰如镜，那是我穿过小镇走向她住的公寓的画面——我一只胳膊下夹着一个特百惠的餐盒，里面装着脆皮米糕，另一只手里拿着花。

"盒子里是什么？"矮胖子嚼着薄荷糖问道。

"蛋糕。我给她做了点蛋糕。"

"什么蛋糕？"

"脆皮米糕。拉娜的最爱。"

"你为什么要这么做？"杰里科撕开一包特浓薄荷糖的包装纸，悄无声息地往嘴里塞了一颗。她并没问我要不要。

"我只是想尽量对她好一点。"我说。

"蛋糕里有什么？"矮胖子问。

"卜卜米和融化的巧克力。这种蛋糕挺容易做的。你需要食谱的话我可以写给你。"

矮胖子往前靠了靠，杰里科往后靠了靠。"还有什么？"

"没了。有时候我会往里面放小棉花糖或者葡萄干，但大多数人只想要卜卜米和融化的巧克力。何必多此一举呢？"

杰里科的薄荷糖从牙齿上掉了下来。"瑞安侬，我上次去你家拜访的时候，用了你家的洗手间。柜子里有这个。"

她从桌子上推过来一张彩色复印的照片。"为了录像的关系，我在此解释，我给刘易斯小姐看的是一瓶曲马多的照片，曲马多是医生开给住在蒙克斯湾滨海大道黄房子的伊莱恩·威尔金斯太太的。吉姆·威尔金斯告诉我，伊莱恩服用这种药是为了缓解焦虑，但她用药的剂量很低。我们询问了两位在你几次拜访拉娜期间见过她的人——"她看了看自己的笔记，"8 月的第一周，10 月的第一周，然后是在 10 月 18 日，带着蛋糕和鲜花，也就是你被监控录像拍下的那一天。"

"哪两个人？"

"一位理发师，还有一位是她公寓街角商店的老板。他们都说她的状态在这段时间里变差了。她变得紧张、困惑，还有一次，陷入了极度偏执的状态，'瞳孔变得很小'。这些都是滥用这种药物产生的副作用。但她并没有拿到这种药物的处方。"

"所以呢？"

"你第三次去见她是为什么？"

"她叫我去的。"

"为什么？"

"她被侦探和记者们骚扰，想找个人聊聊。她看起来很难过。"

"你是去安慰她的喽？"

"我们要不要谈谈你在没有搜查令的情况下在我家四处窥探的事情？"他们彼此对望了一眼，"你告诉我你们不是在调查我，结果却在我家浴室的柜子里翻来翻去，警方的监察专员对此会怎么看呢？"

杰里科把拉娜尸体的彩色照片放在药片的照片旁边，又放上一张我送她的甜豌豆花的照片。"我们解剖拉娜·朗特里的尸体后，在她的胃里发现了曲马多的痕迹。大量曲马多。"

"所以呢？"

"胃里的其他成分包括扑热息痛、威士忌、麦片和巧克力——这两样可能来自你的脆皮米糕。"

"她没有把那些甜豌豆也给吃喽？"我说。

"你给她带了花，你给她带了蛋糕。你是不是在这些蛋糕里加了曲马多呢，瑞安侬？"

"不，我没有。"

矮胖子又往前倾了倾身子："你想让拉娜消失。你让她改了不在场证明的证词，这样克雷格就惨了，然后在她最低谷的时候，你鼓励她自杀。"

"我为什么要让她改变不在场证明的证词，然后让她自杀？"

杰里科用她的一根断指摸了摸自己的下巴。"你喜欢那种刺激，"她说，"你喜欢操控别人的感情，也许是因为你自己没有感情吧。"

我微微一笑，舔着自己干燥的嘴唇说："我给拉娜做了些蛋糕去安慰她。我走之后她做的任何事情都与我无关。"

"她的曲马多是从哪里来的？"

"我怎么会知道？"

矮胖子和杰里科又互相对望了一眼，然后矮胖子收拾起照片，宣布他将离开房间，然后便迅速出去了。现在只剩下我和杰里科。

*"他们什么证据也没有。记住这一点。"*

她吧嗒吧嗒地咬着那块越来越小的薄荷糖，仔细打量着我，像是在比对油漆色板，像是她在决定要走哪种路线。

"你的父亲汤米曾经是你的英雄，对吧？"

"爸爸是大多数小女孩心目中的英雄，不是吗？我想你小时候也一样吧。"

"汤米教过你打拳吗？"

"他教过我怎么出拳，没错。以防万一哪天我需要。"

"你需要过吗？"

"在学校有过那么一两次。"

"对茱莉亚·柯德纳？"

*"噢，她这是在把你逼上绝路啊，妈咪。"*

"不是。我之前跟你说过了，我和她根本不熟。"

"你对她的手指做了什么？"

我高声大笑起来。"真的吗？你真要往这条路上走？你说的我不需要律师，你说这只是一次非正式的谈话，目的是记录下一些证词。你说我只是来做证人陈述的。"

杰里科关掉录像机。"你把茱莉亚·柯德纳关在哪里了?"

"我不知道你是什么意思。你的手指怎么了?"我用眼神示意了一下。

"你对她的手指做了什么?"

"你聋了吗?"

"在拉娜·朗特里死前的几个星期里,你去拜访了她多少次,刺激她,给她动力自杀,给她的食物下药?"

"拉娜的不幸早逝和我一点关系都没有。"

她向后靠了靠。没有了薄荷糖,没有了她的同事,只剩下我和她,这是一场不眨眼竞赛。她先眨眼了。

"耶!加油妈咪。"

她收拾好文件,把椅子往后推了推,站了起来,走出房间。我听到走廊里有说话声——太模糊了,听不清楚。整整半个小时后,一个人回来了,却不是杰里科。

"你可以走了。谢谢你的时间,"矮胖子说,"我叫一辆警车把你送回去。"

"你最好这么干。"我边说边收拾好我的东西。

# 12月1日，星期日

怀孕整 30 周

今天是爸爸的生日。如果他还活着，今天就 57 岁了。每年的今天我还会为他点蜡烛。今天我却找不到蜡烛。我想我旧公寓里的扬基蜡烛都被放到储物间去了。我只能出去买一根了。

怀孕依然给我带来无穷无尽的"快乐"。今天是精神萎靡和下背部症状唱主角的一天。昨晚又睡得很差，宝宝的踢踏狂欢持续了两个半小时。

我做了一个关于占卜师的梦。她在井屋外面的悬崖顶上，怀里抱着孩子，叫我走。"走！走！走！"她一直在重复这一个词。后来我就到了水里，醒着，但是脸朝下。我的身体一次又一次地撞到岩石上。

我再也不喜欢睡觉了。我在自己的头脑中感到不安全。

这周我应该开始上产前培训了吧。在我孕期接下来的时间里，每周要去两个小时。我应该学习所有关于饮食和锻炼、呼吸技巧、应对分娩、母乳喂养和产后护理，还有宝宝到底会从哪个洞里出来之类的知识。我敢肯定这是浪费时间。大部分东西我都能在网上搜到。

· · ·

对于噩梦和下背部疼痛，我无能为力，但针对精神萎靡不振的情况，我决定采取点行动。早上我进城去买蜡烛，最后却去了教堂。我决定去那里点一根蜡烛。周日的礼拜已经结束了，但"袋熊会"的两名成员——随便女人波茨和神烦的贝亚·摩尔埋伏在那里，整理着赞美诗的册子。我在后面的儿童区徘徊。上一次，在去卡迪夫的长途汽车上和那个没完没了、疯言疯语的贝亚·摩尔聊天时，她一直在说她在写的一本图画书，听得我烦得要命——什么书名叫《萤火虫皮普》、出版无望之类的。伊莱恩告诉她我也写过一本书，而且在新闻行业工作，所以我对这些事情有些了解。

孩子们的画板都比她画得好。纸盘子上耶稣的脸，A4 大小的纸板上对上帝长什么样的阐释，纸拼图上面的题目是"我们每个人都是上帝伟大计划中的一部分"，周围还用彩色棒棒糖棍做成的十字架装饰着。

我朝绿色的祭台走去，那祭台旁边有一张桌子，上面摆放着点燃的小蜡烛，每一个都代表了对逝去的人的怀念。我为爸爸点燃了一根。

"你好。"牧师的声音传来。一个面容俊美的年轻人从法衣室走出来，跟个幽灵似的。

"抱歉，我进来点蜡烛可以吗？"

"当然没问题。"

"这是为我爸爸点的。今天是他的生日。"

他点点头，说："他会感受到火焰的温度的，你可以相信这一点。你喜欢今天的礼拜吗？"

"我没来参加，抱歉。"

"没关系的。"

"但我喜欢《圣经》，我经常读它。"

他笑了："有特别喜欢的段落吗？"

"嗯，很多。"

本想告诉他我标注出来的那些，但我又想了想，还是给出了"我喜欢诺亚方舟"这个更安全的答案。

"嗯，这也是我最喜欢的。"

"我可以坐下来和上帝说说话吗？他没有打卡下班吧？"

他笑起来，说："没有。他总是在你身边。"

贝亚和波茨已经整理完了——那些赞美诗的小册子现在都整齐地堆放在长凳两头，跪垫立起来，风琴合上了，花全都换过。就连灰尘都静止了，空气也凉了下来。只有我一个人。我沿着中央的过道走向雕着金色雄鹰的诵经台。我坐在前排的长椅上，盯着教堂前面三扇彩色玻璃窗上的画。中间的窗户上画着的是一对母子——圣母玛利亚和耶稣。

"爸爸？"我说，"你可能根本就不在上面——不管那'上面'是哪里吧——我也不知道。我该怎么做呢？我需要一些指示。我知道，当我的时刻到来的时候，我可能会走向另外一条路。但如果说现在有人能给我指出正确的方向，那就是你了。凯斯顿说他能帮我离开这儿，但我能相信他吗？我又该去哪里呢？还有……这有意义吗？这个世界需要我吗？我不想死，但与此同时，我也不知道该怎样活着。"

一片寂静。窗户在晨光中仿佛闪着光，那诵经台上的鹰死死盯着我，锐利，鸟嘴尖尖。

"塞伦说我把你当成一个神，我觉得她说得没错。我崇拜你。到现在我还是崇拜你。你总是出现在我的梦里。你总是把我从困境中拉出来，你是我投入的怀抱，是那个说着一切都会好的声音。现在你是我的'月中人'。我需要一些指示。告诉我该怎么做吧。我该去哪里？宝宝会没事吗？"

我低头看向我的跪垫——纯蓝色的，空空如也，很是破旧。旁边的跪垫上用十字绣绣了一幅图案——是一艘船。

还是一片寂静。蜡烛在烛台上闪烁了起来。

"就是这个吗，"我问，"一艘船？这是不是意味着什么？我会在一艘船上找到答案吗？哪艘船？"

依然寂静。蜡烛又闪了几下。我拍了拍跪垫，检查下面是否有字条之类的东西，我周围扬起微微的灰尘。"严格说来这不是我的跪垫。我的是空白的。我应该如何解读呢？你这是告诉我应该上一艘船？你能说得更具体一些吗？给我一个明确的信号——我是会在一艘船上找到答案，还是应该上一艘船？船又是什么意思呢？"

蜡烛又闪了闪，我盯着它，它却完全熄灭了。"诺亚方舟，是吧？你和牧师的意见一致，对不对？"

蜡烛又亮了。我眨了眨眼睛，我没看到它是怎么发生的。这并没有发生。"爸爸，你是在和我开玩笑还是怎么回事？"

 ♪ ♪ ♪

周日午餐，伊莱恩为我们做了一顿美味的烧烤——我只能吃红薯派，但那里面加了所有的配料。我们还吃了蓝莓酥（恶心），吃完后一起坐下来看了《修女也疯狂2》。我甚至并没介意他们从头到尾都在聊天。我和叮当一起蜷在沙发上打盹，思考圣诞节我要给他们买什么礼物。叮当的礼物还是那些老东西——塞满整个圣诞袜的零食和几根牛阴茎。我在考虑给吉姆和伊莱恩来点实质性的东西——比如一次度假什么的。

或者一次邮轮游。我能听到"月中人"在云层之外的某个地方嘲笑我。

# 12月4日，星期三

怀孕 30 周零 3 天

1. 那些送你 Baylis&Harding 牌洗护用品当礼物的人。

2. 那些对怀孕的女人说"如果这孩子有 10 ~ 11 磅重，你会很不容易，因为你的屁股很小"的人。

3. 那些因为我吃巧克力就不停盯着我看的人。

4. 那些跟我说"你的肚子很大，但胸没长大"的人。

5. 伊莱恩——上面说的人基本都是她。

我打算今晚去玛妮和蒂姆那儿。我想我应该给那个老纳粹一点信任吧。除此之外，我只是想去见见我的朋友，尽管她并不想见我。我想念她的微笑和她的气味，我想念和她共处一室，有她在身边的感觉，你能明白吗？你明白想要靠近某人的感觉吗？我买了乐购超市里最大的比萨，一份袋装沙拉（反正我也不打算吃），还有一瓶仙粉黛白葡萄酒——玛妮的最爱。

是蒂姆开的门。

"噢，嗨，蒂姆，你好吗？"

"噢，瑞安侬，你好，"他边说边扣上自己白 T 恤的扣子。他肚子上有几块湿漉漉的，"嗯，挺好的，谢谢。你怎么样？"

"我很好，谢谢。不好意思，我是不是打扰到你们了？"

"不，我刚洗完澡。你还好吗？"

"嗯，其实我有点无聊。我想来看看玛妮怎么样了。我试过给她发短信，但是她不理我。她还好吗？"

"嗯，她很好。"他把门缝拉大了一点，玛妮就站在走廊尽头，穿着背心打底裤，怀里抱着熟睡的拉斐尔。

"瑞安侬？你来这里做什么？"

"你好呀，我只是来看看你怎么样。我刚刚还在和蒂姆说，手机上都联系不到你。"

"噢，我一定是关机了。"

"关了两周？"

她看着蒂姆，蒂姆看着我，我看着蒂姆，随后又看向她，最后举起我手中的袋子，说："我带了比萨和面团。"

"我们今晚打算叫外卖的，是吧？"她说着，也走到门口，组成了一道三人的人墙，不让我进去。

"不用现在吃嘛，不是吗？"我差点把他们推开。

"我去开烤箱。"蒂姆说。

玛妮笑了，说："嗯，没问题。你介意把鞋脱了吗？我刚打扫过地毯。"她就那么站在门边，我脱了鞋，拖着脚跟着她和蒂姆走进厨房。

我首先注意到的就是不整洁的地方——在这里，完全没有。没有上一餐吃剩的盘子、杯子、面包屑，什么也没有。这厨房就像是用来展示的，只是落地窗的角落里还有一个摇篮。所有的餐具都立在一尘不染的黑色花岗岩桌面上，巨大的美式冰箱就像刚从包装盒里拆出来的。这实在是让人很不安。

"你们是要把这地方卖了吗？"

"没有呀，"蒂姆说着，打开了烤箱，"为什么这么说？"

"这里太干净了。"

"这是因为我，"他说，"我当兵时候的习惯。我喜欢东西摆放得整整齐齐的。"

我把比萨递给蒂姆，玛妮则接过酒，放进了冰箱。要说正常人家里有一个地方可以乱七八糟的，那一定就是冰箱了，不是吗？但在这里可不是。第一层的架子上是罐子，接下来是牛奶，再接下来是蔬菜，然后是肉类。每一类东西都整齐地堆在一起，靠外的一侧贴着标签。没有滴出来的汁水，没有哪个包装袋格外突出。这还真是够特别的。

"我的乖乖。"

"怎么了？"她说着，向我转过脸来。

"你的冰箱太干净了。我们家的看起来就像刚被抢劫过。"

他们谁也没有接话。可能只是因为我是不请自来的吧。我在美剧《救命下课铃》（*Saved by the Bell*）见过一次类似的场景——扎克和斯克里奇带着比萨出现在那个肌肉男的家，他见到他俩可开心了。我还以为玛妮见到我也会很开心。但我看她并不开心。

"喝黑加仑汁吗？"她问。

"好的，谢谢。"

她知道我是个杀人犯。是不是蒂姆现在也知道了，所以气氛才这么奇怪呢？他们是不是看到我开车上来了？她是不是已经去杰里科那里为我杀饥渴男孩特洛伊的事情做了证人陈述？杰里科他们现在是不是已经在来逮捕我的路上了？

"很抱歉我不请自来了，玛妮。但正像之前说的，我打过电话，你没有接。"

"噢？"她去拿放在一边充电的手机，点亮屏幕，说，"没见到有未接电话什么的呀。肯定是信号有问题。"

"我也发了短信，"我说，"还在 WhatsApp 上发了消息。都显示对方已接收呢。"

"有什么问题吗，小玛？"蒂姆一边拆开比萨的塑料盒子，一边问。

她皱着眉头点开手机短信。"没有啊，我没收到。你确定你没输错号码吗？"

烤箱预热好了，蒂姆转过身把比萨放了进去。我对玛妮做了个"放屁"的口型——她把目光移开了。她看起来很不安，给我倒黑加仑汁的手在微微发抖。她往浓缩果汁里加了水，递给我，看着我喝起来。

尽管气氛尴尬，我还是说了句："好喝。"我站在那儿，杯里的饮料还剩下一半。我能感觉到她的目光落在我身上，转向烤箱上计时器，又转回我身上。"你这是在给我计时吗？"

她笑了："天哪，当然不是啦。"

"那次烧烤之后你还和布丁俱乐部有联系吗，瑞安侬？"蒂姆靠在水槽上问。

"不，没有。反正我也觉得我天生就不适合那些个破事儿。"

"什么？烧烤？"

"不，朋友。至少不是那种类型的朋友。她们太小团体作风了。我也不太赞同她们的意识形态，比如，我们都应该是女权主义者，要帮助我们的姐妹变强大，不管怎样都要支持她们。但如果你的姐妹就是个贱人呢？碰到这种情况怎么办？你就睁着眼睛说瞎话？"

蒂姆清了清喉咙，看了玛妮一眼。玛妮抱着拉斐尔，摇来摇去，眼睛盯着雨水敲打在院子门上。

"反正呢，我常说少即是多。一个好朋友抵得过一千个点头之交。"

我刚把空杯子放到餐具柜上，玛妮便马上把拉斐尔放进摇篮，走过来把杯子洗掉了。我口中最后那口黑加仑汁甚至都还没来得及咽下去，她便已经沥干了杯子，放回橱柜。

她和蒂姆都站在那里，没有再说话。

"一切都好吗？"我问。

蒂姆把双臂抱在胸前。和佩家巨大的花园比起来，他在这房子里要显得更高大——就像是一只熊，站在一个干净得没有一点瑕疵的山洞口。

"我是不是来得不是时候呀？"

蒂姆转向我，说："玛妮把卡迪夫的事情都告诉我了，我觉得你对她的影响不好，瑞安侬。嗯，我就这样直接当着她的面说了。这下你开心了？"玛妮突然哭了起来，仿佛那些眼泪一直藏在舞台后面，而他刚刚把幕布给扯了下来。

"她都和你说什么了？"

"说了你和她出去的事。你们喝酒喝了一整晚，尽管你怀孕6个月了，而她还在哺乳期。这太糟糕了。是你鼓励她喝的酒。"

"鼓励她？"

"玛妮有饮酒问题。"

"可不嘛，她想喝，可你不让她喝。"

"不，这都是你的问题，"他打断了我的话，伸出一根粗壮的手指指向我，"她在那种状态下，发生什么事都有可能。"

我慢慢地把头转向玛妮。她一只手放在摇篮上，目光凝视着窗外的花园。

"我不希望你再和她见面了。"

"哇，我很震惊呢。我不介意告诉你这一点，蒂姆。"

"可耻的是你。你对你自己的身体爱做什么都随便你，但你的宝宝不行。我的妻子也不行。"

"你的妻子对她自己的身体没有自由？"

"当然没有。她还在给我们的孩子哺乳的时候不行。"

我看着他的脸，就像叮当有时看我的样子——一会儿把脸歪向左边，一会儿又把脸歪向右边。"你这是什么毛病啊，蒂姆？"

"请再说一遍。"

"你的妻子可能有她自己的思想，这一点为什么会让你觉得受到威胁呢？"

"这里是我家，我可不接受你这样对我说话。"

"那我们就出去呀，阿道夫。我不介意在街上和你说。"

玛妮向摇篮走去，紧紧抓住不松手，仿佛拉斐尔是她的盾牌。雅利安人①先生则朝我走来。"你说话最好给我注意点，瑞安侬。我可不喜欢别人给我取外号。"

"怎样，阿道夫？我还叫过你更难听的呢。对吧，小玛？"

他猛地回过头去看她。

---

① 雅利安人是一个古老的游牧民族，"二战"时期希特勒曾声称日耳曼人是雅利安人的后代，还曾经计划在欧洲制造"优等雅利安人"。

玛妮摇着头："瑞安侬，求求你离开吧。"

他比我高出足足一英尺。"你还叫过我什么？"

*"上帝啊，你这是要我死在这里啊。"*

"戈培尔。去他妈的老公。'蒂姆'莱。还有传统又简单的'那个贱人'。"

他的鼻孔鼓得老大。我做好了被攻击的准备，却没有退后。我不会退后的。我想到了茱莉亚——想到她在学校时的样子。我想起了爷爷。我想起了修道院花园的安东尼·布莱克斯通。他们有着一模一样的蓝眼睛，一模一样的淡淡微笑，一模一样臭烘烘的口气，一模一样健壮的、随时准备出击的拳头。

"尽管放马过来呀，"我说，"别在意我是个孕妇。来吧，打我呀，掐我呀。我想让你这么干。"

"蒂姆！不要！"玛妮的尖叫声从远处传来，有些模糊。

但他还是做了。他掐住了我的脖子，就在这厨房里，这家庭挂历墙的下面。"给我看看……你的真实嘴脸，"我断断续续吐出这么几个字。他掐得更紧了，"给……我，宝贝。"

他的脸贴上我的脸，我都能感觉到他滚烫的皮肤，尝到上面的咸味。

"给——老——子——滚——出——去！你——这——臭——婊——子！"

说完，他松开了手。我弯下腰，咳嗽了一会儿才缓过气来。我站直身子，面颊滚烫，微笑地看着他说："不——吃——完——比——萨——我——才——不——走。"

这微笑彻底激怒了他。他猛地打开烤箱门，没戴手套便伸手进去拿出了比萨，朝我脸上扔过来。他又抓过那袋沙拉，野蛮地撕开袋子，一把倒在了我头上。面粉团一个接一个地飞到我头上，就像一颗颗子弹。当然没有子弹那么硬，但它们都是冰冻的，所以其实也挺硬。

"给——你——吃——了——你——的——比——萨——离——我——和——我——老——婆——远——一——点——还——有——我——儿——子。"

对哦，以上这句话的每一处停顿都代表了一个面粉团。这让我得了个教训——以后要买大一点的包装。

他一直将我推到外面，砰的一声关上了门。

我在门口的台阶上等着，头发里还能扯出黏糊糊的生菜来。我能听见他俩的喊叫声——玛妮也算是尽了全力了。"去他妈的。去你妈的。他妈的瑞安侬。婊子。贱人。"摔门声。他用梅尔·吉布森式的喉音喊叫着，她用高八度的嗓音吱吱喳喳。孩子哭个不停。

走到路的尽头时，我回头看了一眼他们家。玛妮在楼上，站在卧室的窗户旁，正拉上窗帘。她看到了我。我站在那儿等了一会儿。窗帘拉上，她消失了。

回去后，我看了《厨房噩梦》（*Kitchen Nightmares*），有那么一集简直就是我的经历再现：儿子把生意搞得一团糟，父母又有健康问题，餐厅濒临破产。戈登尝试了一切可能的办法。让儿子去接受戒酒咨询，为他们的餐厅进行了改造，设计了全新的菜单，甚至还给他们买了新收银机。但这并没能改变什么。儿子酗酒更加严重，老爸心脏病发作了，顾客抱怨上菜太慢。最后，戈登放弃了。

我想，有时候你也只能放弃吧。

上帝这是在走喜剧演员路线。他给我送来了船——好多船——一共100多艘——以"蒙克斯湾圣诞船队"的形式。这是这里的一个年度活动，每年12月的一个周六，太阳下山时举行。届时，港口所有的船只都装饰上童话般的灯光，鸣笛航行，大声放着诺弟·霍尔德的圣诞音乐。

对蒙克斯湾的居民来说，这支船队无疑是今年的亮点。所有人都出来观看，也真算是个老少咸宜的家庭活动了。

或许这就是为什么它让我觉得如此格格不入吧。

港口边有一个圣诞集市。平常卖炸鱼薯条的棚位都变成了卖栗子和蛋奶酒的小摊，厨师们在滋滋作响的烤架上翻动香肠和可丽饼，往黄铜的桶里撒糖。港口还有一个临时搭建起来的溜冰场，一个夜光的迷你高尔夫球场，和一个巨大的充气雪球，里边装满了纸片做的雪花，供人们在里面拍照。妈妈、爸爸、姐姐、妹妹，还有狗。"袋熊会"唱诗班高唱着颂歌，敲着慈善筹款桶。我慷慨地捐了钱给动物和无家可归的人，却无论如何也找不到理由要为镇上关掉的游泳池捐钱。

现在我肚子里的宝宝已经有椰子那么大了，而奇怪的是，31周的到来给我带来的是，我再也没法站立超过20分钟了。一切都开始变槽。我重得像头小象，背痛得就好像干了整整一星期扛箱子的体力活儿。

我觉得双脚都要着火了，于是在码头的一根系船柱上坐下，摩挲着我疼痛的肚子。

"你还好吗，亲爱的？"伊莱恩问，"是哪里疼吗？"

"就一个地方，我的背。"

我们每人坐在一根系船柱上，看着船在鱼儿畅游的水里颠簸、晃动。叮当跳上我的腿，但很快发现我的肚子顶得她没有地方待，便又跳了下去，跳到吉姆身上去了。

"祝大家圣诞快乐，新年会更好！"他举起手中的蛋奶酒，向我们致意。

"我不想去想明年。"伊莱恩叹了口气，抿了一口蛋奶酒，接着却马上把酒倒进了海里，"呃，结块了。别喝了，瑞安侬。"她过来拿过我的杯子，把我的酒也给倒了。

"那就别去想新的一年了，"我说，"让我们关注当下，而不是未来。"

"说得好，"吉姆微笑着，举起杯子，"敬'活在当下'！"伊莱恩拍了拍我的肚子，勉强想要说些什么，最终却只是吐出一口气。

"好了，我得去买点东西。"我说。

"噢，我和你一起去。"

"我得自己去，伊莱恩，"我说，"要惊喜，你懂的。"

她笑得很灿烂："噢，明白了。好吧，亲爱的，我们回家见。"

"让我们关注当下，而不是未来。"——穿过镇上的时候，我自己的这句话一直萦绕在脑海。当下我试着要踏入圣诞节。当下我试着吃了棉花糖。当下我沿着港口边走着，看着船只在水中轻晃，甲板上的人们在碰杯，看着码头上的烟火。当下我站在那里，听着"袋熊会"毫无节奏感地毁掉《我看见三只小船》和《圣玛利亚的小男孩》这些圣诞颂歌。

我如此努力地试着感到满足，去感觉这一切都很正常，这对我来说就够了。我如此努力地试着去相信，每家商店都在放的那震耳欲聋的《铃儿响叮当》和希金斯·史蒂文斯的歌就是我想要听到的；而我的朋友玛妮像戴着镣铐般和蒂姆手牵手走在一起，也并没有让我想要尖叫。

但我感觉到的只有胃灼热和脚疼。还有那个穿芥末色套头衫的女人，走进博姿化妆品店的时候她没帮我拉着门。那个穿棕色夹克的人从我旁边挤了过去。软糖店的那个人没给我袋子。而那个恋童癖桑德拉·哈金斯，她吃着一个太妃苹果糖，在观看船队的表演——灯光的照耀下她目光迷离，随着艾尔顿·约翰的音乐跳起舞来。她拎着新的手袋，和朋友一起欢笑——还有她朋友的孩子。

朋友的孩子。朋友的孩子。她被允许出现在孩子周围。在她做过那些事情之后。她这个朋友知道她的过去吗？她知道这女人在前世都造过些什么孽吗？

不，不是前世。就是她的现世。

"你要着眼积极，消灭消极。抓住积极就好了，不要理会'一般般'。"

为什么唱诗班要唱这首歌？这又不是圣诞歌曲。

我匆匆走进隔壁还有 10 分钟就要关门的旅行社，抓了一大堆宣传小册子，我要从这里面给吉姆和伊莱恩挑圣诞礼物。一价全包的欧洲团，澳大利亚经济游，邮轮游。我会全部看一遍，从里面挑一个。也许加利福尼亚吧。我想让吉姆去看"鲜花大盛开"。我都能想象他的表情。

● ● ●

凯斯顿终于接电话了。自从在井屋见过面后，我大概给他打了足足 17 次电话。他似乎并不怎么想和我聊天。

"瑞安侬，这件事你得相信我。让我慢慢来。"

"我得知道情况到底怎么样了。杰里科那边怎么样？我的新身份文件在哪里？那些照片怎么样？我知道那假发有点难看，但我找不到更好的了。"

"没问题没问题，一切都在进行中。我和你说过这需要时间。"

"我在船队演出上看到桑德拉·哈金斯了。她和一个孩子在一起。"

"就她自己吗？"

"不，和她朋友。我想那是她朋友的孩子吧。可即使这样……"

"不要靠近她。我说真的。"

"她看起来很开心。她有什么权利？嗯？"

"别管她，瑞安侬，拜托。有紧急情况再给我打电话，好吗？我这边有进展的话会联系你的。耐心点。"

我对凯斯顿的疑虑挥之不去，难以忽视。没错，我知道他认识爸爸，他们是朋友，他们一起做过坏事，可他仍然做过警探，而我是个杀人狂。要我是他，我都想逮捕我。我也会想因此而被人崇拜。也许他这是在放长线钓大鱼吧。

他在警队里还有朋友。他发过誓要保护人民、为人民服务之类的——还是那玩意儿只是警察学校要干的？

我不知道。该死的孕傻让我无法正常思考。帮帮我，你倒是快帮帮我呀！给我点提示。

"我能帮什么忙？你想让我做什么呢？我只是颗椰子。"

"我能相信凯斯顿·霍伊尔吗？"

"也许能，也许不能。"

"请你说点有用的。"

"我满脑子想的都是你包里的法奇软糖。你一会儿还会拿出来吃吗？"

1. 走中间车道，还开得和内侧车道一样慢的卡车司机，让你完全无法超车。

2. 那些你给他们点了赞就要来找你聊天的人。

3. 那些去跑超级马拉松的人——一生中至少要跑一次马拉松是什么时候变成一种流行的？

今天我总觉得凯斯顿和督察杰里科在镇上的某个地方嘲笑我。我走到哪里都能听到笑声，它一直跟着我。我从浴室排水管里把头发弄出来的时候，它就在那水管里；它在海浪敲击岸边的声音里；它随着吉姆的花园里那些光秃秃的树枝摇晃。凯斯顿叫我不要给他打电话，他说一切都在掌握之中，但没有消息就是坏消息。没有消息就意味着发生了点什么。没有消息就意味着癌症复发了，还扩散到了他的大脑。

"爸，你倒是给我个信号呀！你在哪里呢？"

那天我问了凯斯顿杰里科那边怎么样，但他没有正面回答我。他只叫我离哈金斯远一点——"不要靠近她。我说真的。"为什么呢？为什么他会在意哈金斯？他和我一样痛恨恋童癖。他花了自己职业生涯一半的时间来找到这些人，和他的伙伴们一起干掉这些人，再轻轻松松地避开警方的调查。

"或许他是在保护你？让你不被自己给害了。"

也许确实是爸爸派他来帮我的，他只是在照顾我——就像他自己所说的。但我不能把自己的生活寄托在"可能"上。我还是不能完全相信他。

我不能冒这个险。我唯一确定可以相信的人只有我自己。

"这听起来还真是让人放心呢。"

今天下午又做了一次超声波检查，因为前几次产检的时候我的肚子尺寸都偏小，她想看看胎儿是否一切正常。一切都很好，胎盘也来到了正确的位置——以前可不在。她给我量了血压，又做了尿检——一切正常，胎儿的心跳强壮得就像马蹄在啪嗒啪嗒。不知什么原因，她现在踢我的动作更明显了，就像是随时都可能发生的小小电击。我感觉自己像是带了个"龙威小子"①在身边。检查的时候她的尺寸看起来也超大的——她现在已经是完整的人形了。

"这好吓人啊。"我说。

"不，那是你的宝宝，"那贱人助产士说，"她已经准备好了。"

"这是什么意思？"

"这意味着她现在来到了合适的位置。"

"什么合适的位置？"

"出来。"

"出来？"我叫了出来，"她怎么能这么快就出来！我的预产期在2月，这也太早了，她会死的。"

"不，胎儿的头在这个阶段来到生产位是很正常的，我们经常见到，别担心。对了，你的产前培训上得怎么样了呀？"

"噢，好极了，"我说，"学到了好多。"

"到现在这时候，你该尽量少活动啦。尽量不要让自己太累。我们还得尽可能让她在你肚子里再长一长。"

"什么？如果我用力做点什么事情，她就会掉出来？"

"会不会掉出来我不知道，但你可能会要进产房，"那贱人大笑起来，"不过，你至少会得到点警告的。"

"多严重的警告？"

"尽量不要为此感到压力。你选好自己的陪产人了吗？"

---

① 出自经典电影《龙威小子》（*The Karate Kid*）。

"呃，嗯。我希望可以是我的朋友玛妮。她自己也生了一个。我正打算问她的，因为她知道该怎么做。"

"这主意不错。"

我当然不可能去问玛妮。她是如此迅速地离开了我的生活，就像她当初突然出现在我的生活中一样。我身边一个人也没有。我从一扇侧门离开了医院，一路上经过了几扇大窗户，里面全是那种肚子巨大、连走路都不得不往后仰得厉害的摇摇摆摆的孕妇，看起来就像你把屎拉在了裤子里，最丑最丑的样子。可怖又可怜。

今天我的肋骨疼，背也还在疼，但肋骨更疼。我的胸罩也勒得我直疼。助产士说我"需要不带钢圈的胸罩"，所以我去玛莎百货买了一堆孕妇胸罩。她还建议我"试着多吃些蓝莓"。

我还去博姿药妆店买了些婴儿沐浴用品，薰衣草香味的，因为有优惠。还买了些乳膏来涂发痒的孕肚——还真有这么回事呢，"孕肚发痒综合征"。我还看到一只可爱的粉红色小兔子，松松软软的，一只脚上画着个拨浪鼓，另一只脚上绣着"快乐小兔"。我把它拿起来，凑到鼻子边闻了闻——它是那么软，身上还有薰衣草的味道。我把这兔子也放进了购物篮。至少我的宝宝可以拥有一个可爱的毛绒玩具，不是伊莱恩挑的也不是经过伊莱恩允许的。一个老妇人认出了我，她在一个月前的新闻上见过我。

"看来开始'筑巢'了呀？"她咯咯笑着，整张脸都要埋进我的购物篮去。

"噢，没有啦，只是这个在打折，仅此而已。"

她往我的篮子看，瞥到了那袋玛莎百货买的胸罩。"噢，我觉得你就是呢。准备这一切真是太让人兴奋了，不是吗？我都还清楚地记得我当年快要生产时的感受呢。你生孩子的时候你丈夫能从监狱里出来吗？"

我花了3秒钟的时间，让自己住在她脑海中的世界——在她脑海中的世界，我怀上了克雷格的孩子，我们结婚了，正如我们计划的那样。仿佛克雷格随时都可以被放出来，回家，和我一起搬去蜂蜜小屋，正如我们计划的那样。

"他不是我丈夫。"我终于还是说出了口。她低头看看我的孕肚。有那么一瞬间,我以为她可能要去摸它,全身的血都涌向我的手。要是她真的上来摸了我的肚子,我或许会从她身上把那像纸一样皱巴巴的皮肤撕下来,给自己当围巾戴。幸运的是,她并没有把那关节炎的变形手指伸向我。

"噢,这样。那祝你好运啦,"她露出八颗牙齿微笑着说,"做母亲是一个女人最重要的工作。"我还没开口回答,她已经拖着脚步往老年人纸尿裤的方向去了。

付钱的时候,一张名片从我钱包里掉了出来。我以长颈鹿一般的姿势才捡起了它。那是希瑟给我的名片——怀瑞曼与阿姆菲尔德律师事务所。另一面还有一条烫金的小船。

我一回家就给她打了电话。才响了一声,她便接了起来。

"希瑟,是我,瑞安侬·刘易斯。你忙吗?我需要你。"

"只管说。"她说。

1. 不好好停车的人。

2. 把捕猎动物当成体育运动的人。

3. 在你怀孕的时候管你叫"妈咪"的人（比如，吉姆）。

4. 妮可·舒辛格拍的酸奶广告。

5. 酸奶制造商。

今天塞伦给我打了电话。通话时间不算长。

"那个，科迪今天上网搜了一下克雷格的建筑公司，发现了一些关于他的事情。"她的声音微微有些颤抖。

"噢，这样。"

"他发现……他发现克雷格进监狱了，罪名是多起谋杀。"她屏住了呼吸。

"噢，这样。"

沉默。

她又屏住了呼吸。"你到底做了什么，瑞安侬？"

## 12月19日，星期四

怀孕 32 周零 4 天

今天，吉姆和伊莱恩把阁楼上的圣诞装饰品拿了下来，我们把屋里装饰了一遍。在威尔金斯家，圣诞节装饰和圣诞节怎么过都是有一定传统的。其中之一是，伊莱恩要在每一级楼梯的角落放上一个毛绒玩具，还要用刚从花园里剪下来的冬青和常青藤缠绕在楼梯扶手上。另一个则是，他们要一边喝着雪莉酒，一边吃今年的第一块肉馅派，还要给树顶上的天使"敬酒"——那天使是克雷格 7 岁的时候做的。

他们还喜欢在装饰房子的时候放上某部特定的圣诞电影——20 世纪 70 年代版本专为电视制作的那部非常糟糕的《圣诞颂歌》（*A Christmas Carol*）。这电影的讽刺意味在我身上得到了很好的体现。或许被我杀死的那些人的鬼魂拜访，也能让我看到希望的光吧。或许我做过的那些关于 AJ 的梦也正是在告诉我同样的事情。或许看到我自己的葬身之地就能让我永远改变。

又或许，生活没有那么简单直接。

叮当咋咋呼呼地冲进来，嘴里叼着个本该放在梯级上的圣诞老人玩具。伊莱恩追着她满屋子跑，她却怎么也不肯还给伊莱恩。

"就让她玩吧，小伊。"吉姆哈哈大笑着说。这时候叮当跑出了房间。这是几个月来我第一次在伊莱恩脸上看到笑容。

我身体里有种被一万只蚂蚁噬咬的感觉——我原本以为是孕早期的胃灼热又复发了，但并不是那样。那感觉是因为，我知道在那个一直存在于自己想象中的平行宇宙里，这就是我的生活。他们就是我真正的公公婆婆，家里每一年的圣诞装饰都会像现在这样，克雷格随时都有可能走进门来抱起叮当，挠她的胸骨，就像他最喜欢的那样。然后他会走到我身边，摸摸我的肚子，我会和他依偎着坐下，看《铃儿响叮当》（*Jingle All the Way*）之类的无聊圣诞电影，大家还都要假装它不是那么一无是处。

虚假。这个场景就这样。虚假，脆弱，毫无意义。

光是思考这平行宇宙的事都让我筋疲力尽，因为我知道这距我眼下生活的这个现实有十几亿英里那么远。

装饰房子的过程中，过于友好的神烦的贝亚·摩尔还来短暂地拜访了一下。她是来感谢我给她的《萤火虫皮普》提过的所有建议，并且十分兴奋地告诉我，她"准备与出版商签约了"。这个过程中她碰到我右小臂的次数实在是太多。

我保持了惊人的镇定，说了所有合时宜的话——"干得真棒"和"太为你高兴了"之类的，尽管我的脑子就像被放在热砖上烤着一样。当时我手上拿着一条金箔纸，到了和她告别的时候，那上面的金箔几乎全被我搓掉了。

我目送贝亚·摩尔沿着花园里的小路走出去，却发现杰里科督察正坐在海堤上看着我。她穿着和上次来访的时候一样的短裙，手提包倒是换了一个——深绿色，上面还装饰着几个小挂锁。我不知道这重不重要，但我能从她身上读到的仅有的信息就是她的穿着了，她不再给我任何其他信息。我拉开了门。

"你又来了？"我边过马路边对她说，"来这里已经开始让你上瘾了嘛，督察。"

"我不需要太长时间。"

"好吧。但是我们能边走边说吗？"我说，"我婆婆很可能正透过飘窗看我们呢，这都马上到圣诞了，我可不想因为我带来一场灾难。"

"没问题，"她和我的步调保持了统一，"我想你大概会想知道这个消息——我被上级暂时从你的案子上调开了。有人投诉了，目前他们正在对此进行调查。"

"谁投诉的？"

"我不知道。"

大风在我们周围拼命地刮着，我费劲地呼吸。"你大老远过来，就是来告诉我这个的？"

她停下脚步，斜靠在墙上，望向大海。这是一个慵懒的姿势。通常情况下她都是一丝不苟、紧张兮兮的，这个姿势和她太不搭了。"瑞安侬，我对任何的杀人犯都没有任何一丝丝敬意。不管他们为自己的行为找了什么理由，也轮不到他们去告诉受害者的母亲、丈夫和孩子，他们深爱的亲人再也不会回家了。他们把这个沉重的责任放在我的肩上。"

"所以呢？"

"圣诞节之后我就会继续回来查这个案子。我会证明克雷格·威尔金斯是无辜的。"她站直了身子，死死盯着我，说，"我知道你在高层有朋友，但没有什么能永远被埋在地下。迟早，会有东西开始发臭。"

"既然这样，你现在不该和我说话的吧？"我转向她，说，"既然你都被调离这个案子了。"

"我希望你从我嘴里听到，我们——你和我——还没完。"

"你应该打电话的。"

她摇摇头，露出一个奇怪的微笑："我知道你是个什么东西。哪怕搭上我的下半辈子，我也会证明这一点。"

"如果有人知道你跑到这里来这样威胁我，想必你会惹上大麻烦吧？威胁一个预产期临近、身家清白得不能再清白的孕妇。"

"我不是在威胁你，瑞安侬。我是在向你保证。"

"保证什么？"

"当囚室的门在你身后关上时，我会在。我要听到那门关上的啪嗒声，哪怕那是我生命中听到的最后一个声音。"

我站直身子，也死死地盯着她，说："不，你不会的。你听到的最后一个声音会是我的声音，大笑声。"

"我会抓到你的，就像他们抓到你爸爸。"

"我的家人正等着开始过圣诞呢，"我说着，转身向吉姆和伊莱恩家的方向走去，"我相信你的家人也一样吧？"

她再次露出那个奇怪的微笑："尽情享受这圣诞节吧，瑞安侬。"

"你也是，警探，"我回敬道，"圣诞快乐。"

# 12月22日，星期日

怀孕整 33 周

　　1.路口那个开红色本田车的女人，她无缘无故从车窗里对我破口大骂。很显然，她讨厌刹车，讨厌吉娃娃，讨厌过马路的行人。

　　2.那些从自己的车里对女人吹口哨的男人——你们怎么不给个明显点的信号呢？你们到底是看上了我的狗、我的胸，还是我的屁股？我得知道这个，才好继续我的生活啊。

　　3.那些带着还在襁褓里的宝宝去参加圣诞火礼拜式，还站在我前排的长椅前，放任他们的宝宝从头到尾盯着我看的人。

　　记得在电影《怀胎九月》（*Nine Months*）里休·格兰特终于意识到自己是个彻头彻尾的大浑蛋，并开始照顾朱丽安·摩尔和她肚子里的孩子吗？记得她看到他装修的婴儿房的那一幕吗？一切都是崭新的，到处是可爱的玩具，还有活泼的背景音乐会突然响起，她眼含热泪，脸上写满了爱意和感激。吉姆和伊莱恩今天给我展示了他们为我的宝宝准备的婴儿房，那感觉和那一幕可完全不是一回事儿。

　　他们选择了柠檬黄和白色作为主色调。伊莱恩认可的玩具放在伊莱恩认可的婴儿床上，婴儿床上方还挂着一个伊莱恩认可的挂饰。窗户上挂着皱巴巴的柠檬黄的窗帘和伊莱恩认可的安全绳，角落里放着一把柠檬黄和白色格子布的摇椅，那是给我喂奶用的。一切都很好，不要误会了我的意思——吉姆在窗户下方根据尺寸搭好了一排排抽屉和一个换尿布的台子，我和伊莱恩在婴儿世界买的所有东西都被分好了类，整齐地分在了不同的盒子里，用她在家庭购物网上买的标签打印机做好了标签。

只是这不像是我的地方。

我知道不会有婴儿生活在这里的。

我尽力装出一副兴奋不已的样子，甚至还在拥抱他们的时候挤出了两滴眼泪。看起来这对他们就是很好的回报了。我把那只脚上有拨浪鼓的粉色小兔子放进婴儿床，但伊莱恩觉得这不合适。

"要不把它放在婴儿车里吧。"她把兔子递回到我手上。

我的胃翻了个底朝天。

"内疚，这就是你的感受。他们对你很好，而你将会用最坏的方式伤害他们。"

那天下午，我决定把井屋的信息挂到爱彼迎网站上去。不过 20 分钟，我便收到了两次预订咨询，一个是 1 月底的，一个是下个复活节的。有些人就是会如此之快地跳进你挖的坟墓。

●　●　●

下午茶时间，我和吉姆带着叮当去参加了"袋熊会"的圣诞火礼拜式。仪式是现场付费进入的，所以"袋熊会"没法阻止我来，但伊莱恩还没有准备好面对她们，便留在了家里，给圣诞树做酥饼装饰。每人都拿到了一个她们自制的圣诞火橙子，里面放着点燃的蜡烛。我径直走到离风琴最近的长椅尽头处，这样我就能在自大的艾德娜身边晃悠，在她每次翻歌本的时候能够瞪着她。即使是在这样嘈杂的环境里，我的声音也是她最该听到的声音。

玛妮、蒂姆和拉斐尔也在。蒂姆弯腰整理跪垫的时候，我向她挥了挥手，但不出所料，没有得到任何回应。她假装转头去找别人了。奇怪的是，我依然不恨她。如果换作是别人这样对我，我会在脑海中切掉他们的四肢，或者把他们烤成馅饼，可面对玛妮我并没有这样的感觉。她今天傍晚看起来显得比平常矮小了些。

布道的主题是，这个圣诞火橙子就代表了世界，中间的红丝带代表耶稣的血，小木签上的糖果代表大地的果实，那点亮的蜡烛则表示基督本身就是光。

牧师说："基督象征着黑暗里光明的希望。"我瞪着艾德娜，她突然被裙子上的污渍弄得心神不宁的。

当地小学的孩子们唱了《马槽圣婴》，牧师讲了"圣诞节的真正意义"。在史上最长版本的《平安夜》歌声过后，所有人都沿着中央走道走了出来，让圣诞之光"走向世界"。

我们念了主祷文。我们感谢了牧师给我们带来的棒棒的仪式。我们走出教堂，被赦免了所有的罪。

在教堂外面，吉姆遇到了一个叫莱恩的家伙，那是他保龄球俱乐部的朋友，自从膝盖手术后吉姆就再也没见过他。于是我就那么孤零零地站在那里，像是个多余的人。突然有人不知从哪儿冒了出来，抓住我的胳膊肘，把我拉进教堂后面的阴影里。

是玛妮。

"噢，你还愿意和我说话呢？"我跌跌撞撞地跟在她身后，穿过草坪走向一个阴暗的角落。我们最后停在了一块巨大的墓碑后面，墓碑的主人是一位名叫伊拉斯谟·珀西瓦尔·布伦金索普的教区主管牧师。

"我没有多少时间。他在跟一个踢足球的朋友说话，"她递给我一个绑了丝带的礼物，"先别打开，到圣诞节那天再打开。"

"我没给你准备礼物。我以为我们不再是朋友了。"

她摇摇头，说："没关系，我不是为了得到什么回报。我想把这个给你，我想让你知道……"

她突然停了下来。教堂墓地里摇曳的烛光也没能把她的脸照亮。她的呼吸很轻，时断时续，像是在哭。过了一会儿，她紧紧抱住了我，这是我被抱得最紧的一次。

"怎么了？"

"我知道你做了什么，在卡迪夫。我也知道克雷格的事。我知道那些事情不是他做的。"

"噢。"

"你喜欢做这种事，对吧？"

我点点头。

"你喜欢惩罚坏人。"

我又点点头。

"但是是谁给你的权利去决定别人的生死呢？"

"没有谁，"我说，"我就是这样的人。但是我永远不会伤害你。"

她松开了手，细细打量着我，下巴在抽动。"蒂姆在我家厨房掐你的时候，我透过你的眼睛看到他。我没能反抗他，你却做到了。"

"你也可以反抗的，玛妮。"

她摇了摇头，犹豫了一秒钟，把我拉进怀里，紧紧抱住我。不知怎的，我知道这将是最后一次了。我们就这么拥抱着对方，直到那个声音在黑夜里响起。她的身体变得僵硬，退开了。

"你要去告诉警察吗？"我问。

她摇摇头，淡褐色的眼睛湿润了。"也许这个世界需要你，也许不需要。我不知道。但是你，远远不止你做的这些事情。"她低头看了一眼我的肚子，走开了，"我得走了。"

"去哪里？"

她向后退去，消失在教堂墓地的空气中，仿佛从未出现过。

●  ●  ●

我和吉姆回到家时，伊莱恩状态很不好。克雷格打过电话。

"我给你俩的手机都打了电话，你们都没有接！我留了好多言。你们为什么不接我电话？你们去了哪里？"

"我们去圣诞火礼拜式了，亲爱的，我们说过的，还记得吗？你说你想给你的马德拉蛋糕做完糖霜。"吉姆握住她的胳膊肘说，他这是想阻止她的双臂像风车一样在空中挥来挥去。我抱起叮当，紧紧抱住。她也很不高兴——伊莱恩显然是昏了头，把她吓坏了。她在我怀里瑟瑟发抖。

"我们和你说过我们去哪里的，伊莱恩。"我说。

"他给家里打电话了。我听到他的声音了。"

"他说什么了？"

她呜咽着，我几乎听不清她在说什么。但大致意思是，他嘴里并没吐出什么不该泄露的秘密，他想念他的爸爸妈妈了，他祝他们圣诞快乐。

吉姆打开电视，调到《名人相亲会》，又给她泡了茶，拿来药片。伊莱恩一边吸着鼻子一边说："他想和你说话，瑞安侬。"

"噢，是吗？"我说。

"他会再打电话的。"

吉姆坐在伊莱恩旁边的椅子扶手上，抚摸着她的背。这是克雷格被捕以来她第一次和他说话。"你和他说话的时候感觉怎么样，小伊？"

她摇着头说："他的声音……我太想他了！"

伊莱恩继续在客厅里精神崩溃着，吉姆继续揽着她的胳膊，叮当则在厨房的油毡地毯上咬着她的牛阴茎玩具。我上了楼，等着克雷格的第二次电话。我等了大概半个小时，还以为他没胆子和我说话呢，可就在这时，他打了过来。

"克雷格？"

"我爸妈和你在一个房间吗？"

"没有。我在楼上。你想怎么样？"

"是你杀了拉娜吗？"

"她自杀了，克雷格。她没法面对自己身上的丑闻。"

我等了好久，他才恢复了镇静。趁着他哭的时候我换好了睡衣。"还有事吗？"

"是你……"他的声音低了下来，"把那个罐子放去她家的吗？"

"不，不是我。"

"但是你说——"

"一个'煮兔子的神经病'为什么要给你帮忙呢？"

我听到砰的一声，大概是一拳头打在墙上的声音吧。急促沉重的呼吸声。"我跟警察说了是她干的。按照你的要求。接下来呢？"

"烂在牢里？"我耸耸肩。

"作为你孩子的父亲，如果这一点还有意义的话，你就去做正确的事吧。去自首吧，求你，我求求你了。和他们坦白，让我出去。否则，我就要做点什么了。"

"比如？"

"自杀。"

"噢，少来了。你新年过后就能出来了。"

"瑞安侬，我不是开玩笑的。"

"我也不是。我会说出真相，所有真相，只有真相。所以上帝啊，帮帮我吧。"

沉默。"我不会相信的。"

"你在里面受罪了吗，克雷格？"

"你觉得呢？"

"有还是没有，克雷格？你受罪了吗？"

"我当然受罪了。这是在地狱啊，你个婊子。"

"说：'是的，瑞安侬，我受罪了。'"

我听到一声叹息。"是的，瑞安侬，我受罪了。"

"说：'是的，瑞安侬，我相信你。'"

"是的，瑞安侬，我相信你。"

"说：'我全仰仗你把我弄出去了，瑞安侬，因为我知道如果我不这么做，我父母就会有麻烦的。'"

"我全仰仗你把我弄出去了，瑞安侬，因为我知道如果我不这么做，我父母就会有麻烦的。"

"说：'孩子不是我的。'"

沉默。"什么？"

"'孩子不是我的。'快说。"

"但孩子是我的。"

"不，不是你的。快说。"

"孩子……不是我的？"

"'但我父母还是会有麻烦，所以我会乖乖的。'"

"我父母……还是会有麻烦……乖乖的。"

"现在挂电话。"

# 12 月 24 日，星期二

怀孕 33 周零 2 天

1. 那些给住在同一幢房子里的人送圣诞贺卡的人（比如：伊莱恩）。

2. 那些给肚子里的孩子送贺卡、以狗的名义送贺卡、给邮递员送贺卡的人（比如：伊莱恩）。

3. 那些告诉孩子们圣诞老人不存在的人（海伦今天在脸书上发了这么一篇夸夸其谈的帖子）——就让他们多享受享受相信这些神奇东西的时光吧。

我越是试着不去想玛妮，就越想她。要是她身边没有蒂姆，我能想象我俩一起在井屋里安家，就像《野姑娘杰恩》里的多丽丝·黛和那个女佣一样。我们可以一起抚养孩子长大，一起打扫房子。在某个平行宇宙里，也许我们就是这样生活的吧。

圣诞老人今天来得很早——门口的地垫上有一个 A4 大小的白色信封，上面的字迹潦草难认。我眯着眼睛看了又看，还试着念了各种可能性——"青蛙彩虹""脚上的香蕉""平坦的黎巴嫩"——最终我推断信封上写的应该是"致瑞安侬"。我打开了信封。

是凯斯顿帮我把事情搞定了。我收到了我所有的新文件——我的新护照、银行账户资料、我那戴着萨利·鲍尔斯① 假发的照片，还有伪造证件的人的银行账户资料，我需要把钱转给他。我还有了一个新名字，我一点也不喜欢，但我想抹掉瑞安侬·刘易斯的存在才是最重要的事情。我不得不

---

① 歌舞片《歌厅》（*Cabaret*）中的主要人物。

反复这样告诉自己。

"你手上那是什么呀？"伊莱恩边下台阶边问我。

"我姐姐寄的圣诞贺卡而已，"我说着，把东西放回信封里，"我准备再买点零碎东西。你们有什么需要带的吗？"

伊莱恩的最后一刻购物清单比她自己的胳膊还要长——明天要吃的所有蔬菜、调味品、土豆沙拉、凉拌卷心菜、鸡蛋，还有"足够我们喝的四品脱牛奶"，搞得好像我们要去地堡里待着似的。我坚持说我自己就能把这些东西拎回来，不需要任何帮助。

于是我摇摇摆摆地进了城——摇摇摆摆摇摆摆摆摇摆摆摆——在所有商家关门前做完了我的最后一点圣诞准备工作。我在邮局停下来，寄出了最后两个包裹——一个给塞伦的孩子们，一个给弗雷迪。

"恐怕你已经错过圣诞前最后一次的发件时间了，亲爱的，"柜台后面那个老妇人说，"这些包裹要新年才能到了。"

"正好。"我说。

回家路上，我按计划去了趟旅行社，花了比我预想中还要少的时间，便安排好了一切。我拿着一杯在 Costa 买的肉桂拿铁回了家，脚步中充满了春天的气息。咖啡又好喝了起来。做计划的感觉又棒了起来。我的世界里还有一个玛妮留下的空洞，但或许我能适应。我很擅长这个。

说到这个人，我回到家，还没走进前门，手中的咖啡就被一个极度愤怒的纳粹分子夺走了。

"她在哪里？"蒂姆冲我大喊。他把我从前门拉了出去，跌坐在房前的草坪上。

"什么鬼？"我茫然地说。他一下子把我拉了起来，抓住我外套的翻领使劲摇，好像这样就能带来什么奇迹，让答案从我的嘴里滴滴答答地漏出来。

"我——的——老——婆——去——哪——了？"

"我怎么会知道？"

"玛妮去哪儿了？"

"我不知道！"

"你肯定知道，她什么都和你说。"

"她离开你了？"我哈哈大笑，"哇，我都没想到她有这个胆子呢。"

"她把我的儿子也带走了！"他大叫着，"她带走了我的儿子！"

"她当然要带走了，不然呢？"

他的呼吸依然一股大蒜味儿。他到底刷过牙吗？这对一个退役军人来说可不太合适。我要是部队长官，看到一个兵这样，非得让他马上趴下做50个俯卧撑。

"快告诉我她在哪里，否则，我向上帝发誓我会让你后悔都来不及。"他的指关节抵着我的下巴，又冷又硬。

"喂，这是什么情况？"

我那穿着普瑞格买来的闪亮外套的骑士——吉姆，这时正卷起他的羊毛衫袖子，沿着前门的台阶向我们走来。叮当紧紧跟在他身后，在镶木地板的走廊上又是叫又是抓。

蒂姆松开了我的外套翻领，我又一次扑进了吉姆的怀里，就像他把我从那个缠着我不放的邪恶女警探手中救出来一样。自然，"我的元首"也转换到了他老派礼貌的那一套。

"先生，我的妻子不见了。很抱歉在平安夜造成这样的场面，但希望你也能理解我的难处。我必须找到她。她脑子不太正常，还带走了我的儿子。"

叮当在蒂姆的裤脚边狂吠，被他的长筒靴一脚踢开。她并没有理会，冲回去继续朝着他叫。

"瑞安依显然什么都不知道，所以我建议你在我报警前离开我的房子。"吉姆将我抱得紧紧的，揉着我的胳膊好让我暖和。

蒂姆举起双手，说："我现在就走。"他盯着我看了一会儿，然后朝着花园大门往外退去，"如果你知道，最好告诉我，否则……"

"她什么也不需要说，"吉姆对他喊道，"现在给我滚。"

蒂姆关上门，消失在门外。

吉姆护送我安全地进了房间，我还特意夸张地喘了几口气，好进一步展示我受到的创伤。他上楼换衣服，我则去了客厅。透过飘窗，我看见蒂姆坐在对面的海滨长椅上。我本可以让他就那样煎熬、困顿，继续受罪，不知道他的妻子去了哪里。这已经够折磨人的了。

但他踢了我的狗。没有人做了这样的事之后还能活很久。

我悄悄打开前门，溜到外面，让自己在冰冷的空气中振作起来。我穿过马路，在昏暗的街灯和圣诞的微风中摇曳的小彩灯下，站到了他面前。

"你不告诉我我就不走，"他说，"没有别的办法的话，我会整晚待在这里。你得明白，我很绝望。我的儿子，瑞安侬，我需要他。"

"我当然理解，"我说，"不然你以为我为什么会出来？"

"她是出国了吗？她的护照不见了。她告诉你她要去哪里了，是不是？她一定说过——"

"你知道井屋吗？悬崖路上的那个？"我问。

他皱皱眉："悬崖顶上那个？知道啊，怎么了？"

"你半夜来那里见我，我直接带你去找她。"

"为什么要去那里？为什么要是半夜？"

"到时候你就知道了。我保证。别迟到噢。"

1. 那些总抱怨年轻人"成天看手机"的老年人。

2. WebMD（美国网上医疗健康信息服务平台）上说婴儿踢你"也没那么痛"的那些医生。

3. 冬天穿夹脚拖的人。

4. 整个皇室家族。

早上醒来第一件事便是更新了 AJ 的脸书状态——"在中国祝大家圣诞快乐！我登上长城啦！"没过一会儿，便收到了 13 个赞。

今天过得还不错，圣诞气氛不算太重。尽管我身上挂满了金箔、彩灯和蔓越莓，但还是不错的。一起过节的只有我、吉姆、伊莱恩和叮当。我们一起拆了礼物——我送了吉姆一套船模工具包、须后水、一个园艺用的跪垫，还有本他一直想要的关于战争的精装书。

"噢，太棒了，真是想得太周到了。谢谢你，亲爱的！"

伊莱恩的礼物是一件毛衣、香水和配套的护手霜，还有一套扬基蜡烛。

"啊，瑞安侬，这一定花了你不少钱吧。我们太幸运了！"

他们送了我苹果树乡村别墅的全套套装，配有菜地、花园家具，还有熊猫家族（不错），一件上衣（丑得要命），几本书（两本给新手妈妈看的、一本《宝宝第一年》，还有一本森贝儿家族的日记本），让我起疹子的香水，一个戴不上的潘多拉手镯，还有几部电影的 DVD，全是我从没表现出过任何兴趣的影片。

"谢谢你们，这真是……太好了。"

接下来是必不可少的烧烤大餐，胃痛，放屁大狂欢，海边遛狗和电视马拉松。接下来还会有一周的狂吐，与我们为伴的只有慢性消化不良和彼此。

直到他们都换上睡衣，我才拿出同时送给他俩的那份礼物。

"嘿，我忘了这件礼物了，真是抱歉。我刚刚在沙发边看到才想起来。"我飞快地拿出那个白色信封，递给吉姆。

"还有？"他打着哈欠说，"你已经送我们够多的东西了，瑞安侬。"

"噢，算不上什么，真心话。来吧，快打开。"我抱起叮当，看着他俩好奇地剥去信封上的封口粘胶。

伊莱恩皱起了眉头。她看看吉姆，重新看看票，又看看我。"给我们的？"

"没错。给你们都订好了明天早上的卧铺车票。"

吉姆笑了："一周的苏格兰旅行，亲爱的。我们可以在那里过苏格兰除夕了！噢，瑞安侬，这礼物太贵重了。"

"不，不算什么。你们把我和叮当照顾得这么好，这是对你们的感谢。我也只能做到这些了。"

伊莱恩哭了起来："可是明天就走？我没法准备好。我都还没打包呢。看看现在厨房什么样。"

"我们可以现在打包，亲爱的。"吉姆说。

"是呀，我可以收拾这些，一点问题都没有。"我说。

她还在制造障碍："那我们要怎么去火车站呢？我们要把车停在哪里？这也太突然了。"

"这本就该突然的，这是个惊喜，伊莱恩，"我说，"我送你们去火车站，这样就不用担心停车的问题了。一切都安排好了。我还在爱丁堡给你们订了一家五星级酒店呢。"

伊莱恩摸摸叮当的头，问："我们什么时候回来？"

"1月1号。"

"那你怎么办？叮当呢？谁来照顾你们两个？"

"我可以照顾我自己。我在这里有朋友，需要的时候我可以给他们打电话。至于叮当，你们想带她一起去吗？就像上次带她去湖边那样。"

"我们要带她吗，亲爱的？"吉姆几乎是当场跳了起来。

"我没法像你们那样经常遛她，"我补充道，"带她去苏格兰吧，带她看看风景。她可以上卧铺火车。"

"嗯。"伊莱恩说着，抱起叮当贴在自己的脸上，叮当舔了舔她的鼻子，"我们带她去吧。"

伊莱恩盯着自己手中的票，吉姆看了我一眼："怎么了，亲爱的？"

"1月1号就是新的一年了。我还不想去想明年的事呢。明年一切都要来的，不是吗？庭审的日子。"

"那是明年的事了，"吉姆说，"现在我们还是想想今年吧。"

她泪流满面："我一直都想在新年的时候去度假。谢谢你，瑞安侬。"她俯身想去抱叮当，叮当却先发制人，直接从我的怀里跳到她怀里，"你确定我们可以带她吗？"

"当然。"

玛妮的礼物我是最后打开的。那时吉姆已经开始收拾包装纸，他把它们摊平，准备明年再用。伊莱恩则在洗衣篮里一阵翻，准备在下午洗衣服。玛妮的礼物是一本书——一本破旧的《柳林风声》，封面上还有稚气的笔迹：

**玛妮·加洛（三年级）的财产**

书里面，唯一的字迹是第23页用红墨水标记出来的一行字：

"对于新从地下居室解放出来的鼹鼠，这一天，只是一连串相似的日子的开端……"

这让我整个下午脸上都挂着笑。

• • •

确定吉姆和伊莱恩都睡着之后，我偷偷溜出房门，开车去了井屋。我打开后门，打开有机玻璃盖子上的螺栓，给自己泡了一杯茶，走到客厅，就这么等着。12 点零 3 分，我的老鼠被捕鼠夹夹住了头。

"放我出去！"洞口传来充满痛苦的回声，"我的腿给摔断了！求你了！"

"你会没事的，"我冲下面喊道，"有人在 1 月底要把这地方租出去。我相信他们住进来之前会想把你先赶出去的。"我给他扔下去一盒惊喜巧克力，"如果我是你，我会想办法努力挺过去的。"

蒂姆呜咽起来，哭声在洞底回荡，还不时被他自己短促的吸气声打断。

"噢，戏不要这么多。"

"我……我要杀了你，臭婊子！"

"我先把你杀了，你还能怎么杀我呢？"

● ● ●

今晚，我最后一次抱叮当上床睡觉。我以为她会像以前那样蜷在我的臂弯里睡去，但她没有。躺下半小时后，她听到吉姆的咳嗽发作，就跑出我的房间，去了他的房间。我听见她跳上他的床，在那里待了一整夜。

# 12月26日，星期四

怀孕 33 周零 4 天

1. 那些在加油站赖着不走的人——加好油，付好钱，离开。
不要又留下来买拿铁，买一袋木炭。快走吧。

一路顺利地送吉姆和伊莱恩去了火车站。

"你确定你没问题吗？"吉姆一边把叮当的床和一袋玩具装进福特车的后备厢，一边问我，"你不会觉得孤单吗？"

"我会好好的，我保证，"我摇晃着他们的钥匙，说，"我晚些时候要去布丁俱乐部参加他们的圣诞派对和室内游戏。我保证我会好好的。"

当然，我用谎言粉饰了我的行为。我没有任何计划，也没有任何人要见。我和外界所有的联结都被我毁了——没有"袋熊会"，没有布丁俱乐部，没有产前培训班的朋友，没有叮当，没有家人。只有我和我的大肚子，在雨中行走。

在火车站和叮当说再见很不容易，但她似乎一点也不以为意。我将脸颊在她天鹅绒般柔软的耳朵上摩挲的时候，喉咙痛得厉害，但她更想要回到吉姆的怀里，靠近他挂眼镜的口袋，因为那里面有她的鸡肉零食。

回来的路上收到了凯斯顿的短信：一切搞定，你将飞到肯尼亚尼耶里机场。下午 5 点来接你，航班 7 点 45 起飞。不要回短信。尽快处理掉你的手机。

这就像癌症病房里的芳香疗法一样让人安心，因此我整个上午都很紧张。

布丁俱乐部在 Instagram 上发布了一张所有成员的合影，大家全都穿着圣诞毛衣，戴着纸帽子，坐在佩家客厅里一棵装饰得很专业的巨大圣诞树前。孩子们穿着芭蕾舞裙和连体衣到处乱跑，海伦的表情太到位了，就好像她刚刚发现她的肉馅饼不是买自互惠贸易市场。佩的丈夫克莱夫系着围裙，挥舞着一个巨大的火鸡滴油管，像是要去让整个世界受孕。她们又吸收了几个新的孕妇进入俱乐部，全都是金头发白皮肤白牙齿，笑容灿烂，喜欢她们的各种胡扯。我敢肯定，她们都是一个类型的父母吧。

午餐后我去散了散步——穿过小街，沿着海边走。散步的时候没有狗在我身边感觉很奇怪。那是一种奇怪的自由。我不用在叮当停下来嗅灯柱或是去咀嚼沾着露珠的青草时停下脚步，我可以一直不停地走呀走。除了一些在海滩上放着圣诞节烧烤味道的屁的家庭外，周围并没有什么人。商店也大都关掉了，只有一家报摊还开着，还有一家咖啡馆，他们也会提前关门。我买了份报纸——头版上又是一个没能管好自己下半身的好莱坞明星。缆车和坦普利渡轮都要到新年才会再次开放。不知等到它们再次开放的时候，我和宝宝会在哪里呢。

"我不想离开。"

我绕着教堂墓园走。周围没有人。嗯，尸体还是有不少的，但是没有活人。"袋熊会"总是抱怨管委会不让她们打扫这墓园——这里的角落总有一堆垃圾，或者狗粪，还有些大坟墓的墓碑不是竖着的，而是横着倒在地上，因为"70年代的时候有一个墓碑倒下来砸了人"。这看起来很不雅观，但我想大概是必须的，毕竟这年代人们什么都告。

自从搬到蒙克斯湾以来，我绕着这墓园走过不下十几次，却从未读过墓碑上的字——从没想过上面的铭文都意味着什么。坟墓就是坟墓，对吧？很多墓碑上面都写着什么"爱的记忆"之类的，好几个上面写着"这里躺着我深爱的妻子"，还有"对我们挚爱的姐姐深情而温柔的回忆"。塔尔博特夫妇——在世纪之交去世、享年80多岁的一对夫妻——他们的墓碑上写着"我听到耶稣的声音说，来我这里安息吧"。

"你听到我说话了吗？我说我不想离开。我们不能就这么一走了之。吉姆和伊莱恩怎么办？叮当怎么办？你甚至连张字条都没给他们留。"

还有婴儿，这里有很多婴儿的坟墓。米莉森·奥格登——"一个月时被召唤去过更高的生活"；塞西尔·威廉·海姆斯——"1853 年，出生时便开始沉睡"；莎拉·玛丽·麦克塔维什——"去世于 26 小时的年纪"；"我们亲爱的简·康塞尔，1903 年分娩时和她的母亲贝拉一起去世"；还有双胞胎凯瑟琳和约翰，他们"只呼吸了几次就去世了"。

我的肚子很痛，有紧的拉扯感。我继续在墓园逛。一块墓碑的主人是一位在第一次世界大战中阵亡的海军上校——人们没有找到他的遗体，便将他的军装葬在了这里，以示永远的敬意。墓碑上面有一丛常春藤，绿叶下面掩藏了两艘刻着字的小船："那些坐船下海，在广阔的海洋中从事伟大事业的人，他们看见主的作为……他使暴风平静，波浪也平静，他们就因着这平静而欢喜；他就领他们去到他们所愿去的港口。"

又是该死的船。"好了好了，"我说，"我明白了。你可以别再给我看船了。"

*"我不会走的。我不要离开。你没法逼我离开。"*

埋在这墓地里的每一个人都被深爱着，或者被如此深地想念着，或是带走了某人的一颗心。这里没有谋杀犯，没有恋童癖，没有人的墓碑上刻着"他就是个大浑蛋，他在生命最后的日子里感受到的痛苦完全是罪有应得"。完全没有这样的话。我想管理委员会也不会让他们刻这样的字吧。

有些摆着鲜花的坟墓都是五六十年代立的了。人们依然记得他们。

谁会想念我呢？我的坟墓会在哪里呢？谁会站在我的墓前哭泣？不过我想，反正到那时候我也已经是个死人了，我又有什么好在意的呢？

长椅都被雨打湿了，所以我坐在了奥斯瓦尔德·福斯丁努斯·加兰德那个没有刻着十字架的墓碑底座上，他在 1895 年"进入了永恒的安息"。他去世时 19 岁，和 AJ 一样。除了肚子还在咕咕叫以外，我觉得自己得到了休息。我在死人周围的时候总是这样，仿佛其他的一切都不重要了，塞子被拔了起来，下水道里的脏东西一下子被全排走了——只有我，和我的创造者，在思考。

"我们会好好的，"我大声说道，"不管我们最后去到哪里，我们都会好好的。我们可以用新的名字重新开始，不再杀人了——如果你不想我杀人的话。我会停手的。我会从别的地方找到幸福。"

没有回应。

"你现在不和我说话了？为什么要让我痛？"

没有回应。

"我们必须走。再等下去太危险了。老天啊，今天你还真是痛得厉害。"

我的余光瞟到周围有动静——是一个戴着圣诞花环的老妇人——常春藤、红玫瑰、松果、冬青枝、干橙子片和捆成束的肉桂。那是"袋熊会"的玛奇。她通常不喜欢和人正面冲突，但我知道她要说什么，甚至知道她会怎么说。

"你在和谁说话呢，瑞安侬？"

"上帝他老人家。"我迅速回答道。她似乎对这个回答感到满意。

"我知道了。我有时候也和他老人家直接说话——当我需要一些答案或者指示的时候。你的圣诞节过得好吗？"

"一般般吧。"

"你知道你不该坐在别人的坟墓上吧。"玛奇说。

"长凳都湿了，"说这话的时候，一阵剧痛从屁股传向肚子，"不过这玩意儿坐起来也不怎么舒服。"我挣扎着站起来，疼痛延伸到了两条大腿。她伸出戴着手套的手，把我扶了起来。我示意了一下她的花环，问："今天你这是被花仙子安排值班啦？"

"不，我是来看斯坦的。我每年节礼日都来。他11年前的今天去世的。来看他对我来说很重要。"

我们朝斯坦的墓地走去——那是一块看起来崭新的黑色大理石小墓碑，上面嵌着金字，写着：斯坦利·劳伦斯·普，玛格丽特①深爱的丈夫，安德鲁和约瑟芬的父亲。因为我们相信耶稣死而复活，我们也相信主会把那些在他里面睡了的人，和耶稣一同带回来。

---

① 玛奇是玛格丽特的简称。

斯坦的墓地是长方形的，看起来不怎么整齐。玛奇在那里放下她的花圈，然后问我："你也是来看什么人的吗？"

"不，我只是来散步的。"

"一个人吗？"

"嗯。有时候我需要一个人待着。我不擅长和别人相处。"

"你应该回'袋熊会'来。不要理会艾德娜、多琳和南希——反正也没人喜欢她们，我们也只是尽量忍着不发作而已。"她轻轻碰了碰我的手肘，咯咯笑了。

"你为什么对我这么好？在'袋熊会'我都没怎么和你说过话。"

"一切苦毒、愤怒、恼恨，都要从你身上除掉。你们要以恩慈相待，彼此饶恕，正如耶稣基督饶恕了你们一样。"

"《箴言篇》？"

"《以弗所书》第4章，如果我没记错的话。"

"你严格遵照《圣经》的教义生活呢，是吧？"

"在这个世界上生活，你总得有所依靠吧。人总得抓住点什么，就像船离不开锚。"又是该死的船。

如果你足够爱上帝，他就会原谅你的一切，这似乎是永恒的箴言。但我不信这个。我也想相信，但我做不到。我也想生活在一个如此简单的世界，我们做了坏事，但通过祈祷就能抹去；我们爱的人在云朵上方等着我们。但世界不是这么简单的。对我而言，一切都不可能了。

"宽恕我们的罪过，就像我们宽恕那些冒犯我们的人一样。"

呵呵，我可不会宽恕。

"不要叫我们陷于诱惑。"

即使我们周围的人会被诱惑？

"但救我们免于凶恶。"

快送我到凶恶那里去吧。

因为我就是王国。

权利和荣耀。

直到永永远远。

阿门。

我慢慢地从玛奇身边走开。背部的疼痛开始加剧，如针刺一般。"祝你和你的家人圣诞快乐。"

"你也是呀，亲爱的，还有你的宝宝。上帝保佑你们。"

我没能离开她，因为她身上肥肉的褶皱里散发出难闻的气味，让我难受死了，又或许是因为她那肥胖的手臂不断在我身上摩擦。我下意识地走开是因为我不想让她知道马上要发生的事情，也不想让她来帮助我。

"我要出来了。"

还没等我走到墓园的门口，一股滚烫的热流便从我两腿之间喷涌而出。

## 12月27日，星期五

怀孕 33 周零 5 天

我要生了。现在我在医院，值班的还是那个贱人助产士。我想要米西提，想要她柔软的手、善良的眼神和真诚的关心。可恰恰相反，负责我的是这个消极的、具有攻击性的、全身到处是文身的鸟人，看起来就像是刚从舞池里被捞上来。真是棒极了。

困惑？剧烈的疼痛？刺激感？说的就是我。

· · ·

先是那喷涌而出的热流，然后是灼热的刺痛，一阵一阵有规律地刺穿我的身体。

"宫缩间隔有多长？"一个声音不停地在问。

"我不知道。间隔可短了。"我激动地说。这声音来自一个在海边遛狗的女人。她的狗一直在嗅我裤腿上滴落的液体。

救护车很长时间才到，但幸运的是它来了以后，一切都进展得很快。等我反应过来的时候，车门已经打开，我被担架抬下一个斜坡，进了医院。走廊里有两个醉汉在打架，一个保安在把他们拉开。砰砰的关门声，闪烁的灯光，消毒洗手液和咖啡的味道，搬运工推动病床的声音。这走廊可真长啊。我的裤子呢？我的鞋呢？

直到看到那个贱人助产士在水池边洗手，我才意识到我们已经来到了南安普顿综合医院的产房。

"嗨，瑞安侬。你来得很早嘛，宝宝！"

"见鬼，不要……"我想不起来这家伙的名字了。沃洛克？不是沃洛克？听起来好像不太对。"啊，求你快别再疼了！"

我吐了——医护人员拿一个蛋盒接住了。

"需要我们帮你给谁打电话吗？"

"不，没什么人可以打。"疼痛仿佛从我的脊柱下段往外扩散——像是我的皮肤被从那里撕开。"我的老天哪，我可没法忍好几个小时这样的痛！"

"也许用不着几个小时了，瑞安侬，"那个贱人助产士说，"你已经露顶了。"

"露顶了？"

他们一直问我要不要打电话给什么人。我一直说不，但没有人相信我。"你们都知道孩子爸爸在哪儿，他在监狱里。就我一个人！"

我从未经历过这样的疼痛。它带走了我所有的思想和情感，从我身上尽数夺走，咀嚼它，扭曲它。除了这痛苦，我再也无法去想任何其他事情。我能想到的最好的描述便是世界上最痛苦的痛经，再加上安东尼·约书亚①一下一下打在你的背上。

我的屁股也像火烧一样。一根管子出现在我面前，没等有人说什么我便把它从助产士手里夺了过来，猛吸了一口。真是美好的气体，事实上，这是我呼吸过的最好的气体。我深深地吸气，呼气，吸气，吸气，呼气，再吸气。我怎么也吸不够。

"慢慢来，"一个卷发医护人员说，"平静地呼吸，轻松地呼吸。"

"我现在是坐在火上吗？"我一遍又一遍地问，"我的屁股着火了！"

"稳稳的，稳稳的。你做得真好。"

"真的吗？"那美好的空气不停地进入我的身体。屁股上的火被山上流下来的凉爽泉水浇熄了。真是天堂般的感受。但很短暂。才那么一会儿，疼痛便又排山倒海般袭来。

"看来她真是等不及要出来了呢，"贱人助产士说着，从盖在我下体

① 世界最著名的拳击运动员之一。

上的白床单下面钻了出来，"好了，现在深呼吸。每一次呼气，想象你身体的疼痛跟着呼吸一起被排出体外。你能做到的，瑞安侬。和我一起说：'我能做到的。'呼气。'我能做到的。'"

"吸气我能做到。呼气我能做到。"

"来嘛，瑞安侬，和我一起来。"

"不，你来。请别逼我一起来。我不想要这个孩子。"

我想象着克雷格坐在床边的椅子上，握着我的手，帮我把头发持向脑后。他肯定没用极了——每隔 5 分钟就要出去抽支烟，给他爸打个电话。但他不会错过这一刻。那把空椅子是我现在唯一能集中注意力的地方。

"好了，来吧，瑞安侬，宝宝现在需要你这样做。她不可能永远待在你肚子里。她需要你帮她出来。"

我试着回想我看过的每一部里面有女人分娩的电影，深呼吸，用力，试着找到当妈妈的感觉——《怀胎九月》《为人父母》（*Parenthood*），还有各种有的没的。

"她为什么这么早就要出来？预产期可是在 2 月啊！"

"你的宝宝想出来就出来了呀。"贱人助产士说。猪小弟一样的笑声。

"说点有用的。"

终于开始用力的感觉其实还挺好的。我的身体希望我这么做，因为它知道这是把疼痛推出去。

"好了，深呼吸，深入的腹式呼吸，把吸进去的空气使劲往你臀部推。"

我的身体在自己用力，做着我没有要求它做的事情。我就那么被动地接受着，都快把我自己从里到外翻出来了，满身大汗，撕裂般的疼痛。

"这太可怕了，"我哭喊着，"我想死。"

我吸了太多那管子里的气体，吐到了什么人的头发上。很不幸，不是贱人助产士，而是另外一个走进产房、在我下体里翻来翻去的助产士。这应该让她得到了教训吧。

贱人助产士一直对着我大叫："使劲！对！就快出来了，瑞安侬。再使一下劲，她就出来了！"

我生出来了点什么东西，却不是宝宝。"没问题，我们可以把它清理干净。现在再用大点力。"

我感觉身体的东西全都要出来了——子宫，肺，肋骨，宝宝——身体里所有的东西都被脐带搅在了一起。

"再来一次，加油，使劲。"

"你总说再来一次再来一次，我都已经再来了50次了！"

"我们要很使劲地来一次，瑞安侬。我们得把她的肩膀弄出来，其他部分就没问题了。再使劲来一次，加油！好姑娘！"

我照做了。我使尽全身的力气把她往外推。我知道如果我不这么做，她可能会卡在那儿——她可能会死在我两腿之间，相信我，没人会想死在那里。所以我那么做了，为了救她的命。这就是我为她做的。我为她做的。

一切似乎都顺利了起来——她从我身体里出来了，被医护人员抱在怀里。好些高音在喊着"做得好"和"好姑娘"，但全都是成年人的声音。我想听到的那个声音并不在其中——那个小小的人儿的自由呐喊。沉默。一个助产士和两个医生把她抱到房间的角落，放在一张小床上。

"他们在做什么？"

"他们在帮助她开始呼吸。"卷毛一边摘下手套一边说。

"她为什么没在呼吸？"

"马上就会开始呼吸的，别担心。给她一点时间。"

我依然躺在那里喘着粗气，两条腿大大张开，把胎盘推出来，推到助产士的手里。他们依然围着我的下半身忙来忙去，撕下一条条面巾，清理空袋子，收起手术器械。而我依然麻木地躺在那里，依然注视着那个小角落，等待着那声啼哭。

哭声终于响了起来——一声尖叫。就像只小麻雀。

我的体内宛若有一阵潮汐涌过。

"她在这儿呢，"贱人助产士说，"看到了吗？说过她很好。她只是有点吓坏了，仅此而已。这很正常的。"

我对那种感觉毫无准备。我都不知道我能有这种感觉。贱人助产士把她抱回我身边，我的眼睛都无法从她身上移开——这个不停哑着喉咙哭叫的小小肉团，周身皮肤都是紫色的，蠕动着，皱皱巴巴的脸上满是黏糊糊的白东西，一脸不高兴的表情。

就像她的妈妈。

"她很漂亮。"贱人助产士说着，把那条蠕动的鱼放到我的胸前。她立刻停止了哭泣。

"看看，她想要她的妈咪呢，是不是呀，亲爱的？"

我低头看着她——我的女儿——她小小的手举到了下巴上，手指张开，就像她的脸是一朵花的中心。这个在我身体里成长起来的小女孩，违背了我的意愿，强迫我去感受我不想去感受、我以为自己没有办法去感受的东西。她曾是我的一部分，由我的肌肤、骨骼、头发、指甲构成。她曾被紧紧地包裹在我的身体里，我现在想松开也无法松开。

"你给她取好名字了吗？"

一直到这个时刻，一个合适的名字才出现在我脑海。"艾薇，"我说，"她叫艾薇。"

"啊，真好听。这是家里长辈的名字吗？"

"不，就是常春藤①。"

贱人助产士点点头。"真好。她需要去新生儿病房一段时间，我们好给她补充营养。得把她再养胖点，是不是呀，小可爱？我们没想到你会这么早出来呢。"

艾薇依偎着我，因为她已经是她自己的主人了，不需要再忍受所有那些高高在上的废话。我的身体被掏空了，而她来到这里，温暖、真实，小小的胸脯不停地起伏。我从头到脚都在发抖。

"肾上腺素的关系，"贱人助产士说，"这很正常。"

艾薇睁开了眼睛，把我彻彻底底地吓了一大跳。

"哇！我不知道婴儿这么快就能睁开眼睛！"

"噢，是呀，看看这眼睛。"贱人助产士一边清理着我的下身一边说

---

① 艾薇，Ivy，即英文"常春藤"的意思。

话。我倒是什么也没感觉到。"真漂亮。"

"她的眼睛和她爸爸一样。"我说。眼泪又流了下来。

贱人助产士当然还以为这是克雷格的孩子，就像这世界上除了克劳迪娅以外的其他人那样。"他想参与进来吗？"

我没有回答。艾薇在我怀里哭了起来。我知道她在想什么——"**我真正的爸爸已经死了。是她杀死了他。**"

玛妮曾经说，一切会嗒的一声，突然一下子安置就位。第一眼看到自己宝宝的那一刻，我就会意识到这么久以来我想要的到底是什么。但这并没有发生。她哭起来的那一刻，我感受到的只有疼痛，头脑中、胸腔里震惊而又恐惧的疼痛。我能听到的只有尖叫的声音、哭闹的声音、玻璃杯打碎的声音。

我回到了修道院花园。

一个花瓶被砸在硬木地板上。

血从婴儿床的床垫上滴下来的声音。

绳子来回摆荡时屋檐发出的吱吱声。

我死去的朋友们，他们也都还是婴儿。

胃灼热的感觉一直蔓延到喉咙。"我觉得我又要吐了。"

我把艾薇交给助产士。"你能先抱她走吗？麻烦了。"我从床边的柜子上抓过一个空的蛋盒。

"你要是想的话，可以多抱她一会儿。"

"不，不用了，"我用颤抖的手紧紧抓着蛋盒，"你说她得去新生儿病房。"

"嗯，我们需要照看她一段时间。我们会 24 小时不间断地监控她的状态，我向你保证，她会得到最好的照顾。你确定你不想给谁打个电话吗？"

艾薇还在哭。她不肯告诉我原因——是因为我，还是这助产士呢？她在想自己的爸爸吗？我需要她走，我需要她离开这里。

"克劳迪娅。你可以打给克劳迪娅。"我伸手去拿扶手椅上我自己的手提包，她匆忙起身帮我，拿出我的手机交给我。我找到号码，把手机递给了她。"她是孩子的教母。能麻烦你现在把她带走吗？"

"她的体重很不错，五磅两盎司。这是好迹象。"

"谢谢你。"

"不用谢。"

一直到助产士抱着艾薇出了门，走到走廊上，我的胃灼热才开始好转。一直到她穿过第二扇双开门，我都还能听到她的哭声。这之后是一片寂静，完全的寂静。我的头也开始恢复正常了。我再也听不到声音了。我一个人在床上坐了起来。什么声音也没有。

然后我开始大哭起来，哭得欲罢不能。

* * *

我醒来时，身边是浆洗过的粗糙床单，还有消毒剂的味道。我不再发抖了，也不再是一个人。

床边的扶手椅上，有一个模糊的金发身影——克劳迪娅。

"嗨，小甜豆，你感觉怎么样？"

"有点糟。"我答道。

"她决定要早点来到这世上呢。"

"是呀，没法阻止她。她有点小。"我揉了揉脸，好让自己清醒过来。我的右手腕上戴着个医院的手环，我不知道是谁给我戴上的——上面写着我的名字和生日。

克劳迪娅带来了一个粉红色的气球和一大束花——非洲菊和玫瑰。"她在哪儿呢？新生儿病房？"

"没错。你今天不要上班吗？"

"调休了。助产士说你一个人生的？"

"是的。"

"克雷格的父母呢？"

"他们过完新年才回来。"

"你该早点打电话给我的，我可以在这里陪着你。"

"你现在就在陪着我了。"

"是的，我还打包了一些行李。只要你需要，我可以一直留在这里。"

我点点头："谢谢。你可能还真得待一阵子了。"

# 12月28日，星期六

1. 桑德拉·哈金斯。

## 上午 10 点——出发前 9 小时

嗯，生完孩子后大便还真是场噩梦。感谢所有提醒过我这一点的人。那感觉简直比推倒一整座议会大厦还要艰难，我甚至一度以为自己又要生了。我满身大汗，下身血流不止，但那贱人助产士却向我保证这不过是"生孩子这个伟大奇迹的一部分"。

"嗯，嗯。快给我拿个冰袋和橡胶圈。"我尽我最大努力忍住想把她甩到火星上去的冲动。

我还在等着自己母性大发，好让这些个破事儿不再让我那么恼火，但到目前为止，还没有。一切事情都让我心烦。我隔几秒钟就得换个尿布，就这样每次上面还全是血。我的乳头漏奶漏得就像水龙头。其他产房里的婴儿哭得厉害。一群叽叽喳喳的助产士站在护士站旁边大笑，用一点都不搭的马克杯喝茶，聊昨晚的电视节目。到处乱转的医生都是一副又性感又博学的样子。那些本该在我身体里发挥作用的内啡肽现在去哪儿了？难不成都跟着孩子一起出来了吗？

今天早上，我穿着睡衣，跟《五十度灰》女主角似的走到新生儿病房去看艾薇。那里有好几个婴儿睡在保温箱里，身上连着各种管子和线，都有忧心忡忡的父母和奶奶们坐在他们旁边，或是抱着他们坐在扶手椅上。我马上就认出了艾薇。她的头靠在那只兔子上。我把手伸进保温箱的洞里，透过她小小的白色连体衣感受着她的呼吸。在叮当还是只小狗的时候，我也这么做过。

她身上插满小管子，头上戴着顶毛茸茸的帽子，像个舒服的鸡蛋。值班的助产士说她"体重很好，但还得在这里再待一会儿"。

"我能把她带回家喂奶吗？"我问。

"不行，"助产士说，"她还得在这里待一阵子。"

"多久？"

"很难说。不过她有点早产，所以通常情况下要待一周左右。"

"一周？我可等不了那么久。"

"待在这里真的是对她最好的了。你想试试喂母乳吗？"

"被人看着喂？"

"这会让你不舒服吗？"

"我不想在这里喂。"

"我们可以给你安排——"

"我不想喂。我完全不想喂。"

"那也可以，没问题。"

艾薇长得太像 AJ 了，这让我震惊。这个小小的、蠕动着的家伙真是唤起我的罪恶感。她的脸皱成一团，像是要哭了。我本打算走，她却平静了下来，又睡着了。我把脸贴在保温箱上，用只有她能听到的声音和她说话。

"你没能见到你爸爸，对不起。他的事我很抱歉。"

我抚摸着她的小手——她的手指像花瓣一样柔软，她的皮肤像猫薄荷一样光滑。"我不知道我的未来会是什么样子，艾薇，但我知道我不想成为你的未来。我不想你到处躲躲藏藏地逃亡，我想要你有挡风遮雨的房子和一座大花园，还有玩具，有朋友。如果他们抓到我，就会把我关到一个超小的房间里。我需要新鲜空气。我需要一个花园。我还需要杀人。我知道你不喜欢，但我就是这样的人呢。那些都是会伤害你的人。我要让他们痛苦，让他们很痛苦很痛苦。你不需要这样的母亲。你需要一个比我好得多的母亲。"

我想，就是在那一刻，我知道了——我是一个母亲。我只想给她最好的。

泪水流了下来。"我不能带你一起走。我希望你和一个把你当成世界中心的人在一起。无论我怎么努力，我都无法让你成为我的世界中心。关于我，那个占卜师说得没有错。她能看到——一个满身是血的婴儿。那可能会是你。我可受不了那样。"

我把手伸进去，把我给她买的那只粉色兔子拿了出来，凑到鼻子跟前，使劲闻了起来。那上面有她的味道。她哭了起来——是那种洪亮的、重复不断的嘶吼，感觉像是谁要从里到外被磨碎了。

"我也受不了你哭。"

"我想她是饿了，"助产士穿着白色塑料围裙和笨重的厚底鞋，匆匆忙忙跑了过来，"你为什么不试试现在喂她呢？要是你感觉有一点点的不确定，我可以随时再把她抱下来。"

"我不想。"我边说边站起身来，尽量在我和那声音之间留出点空间。我擦干眼睛，把兔子装进慢跑裤的口袋。艾薇的哭声更响了，"我不想她靠近我。"

### 下午 1 点——出发前 6 小时

希瑟和我把表格都填完了。克劳迪娅吃完了中饭，回来看艾薇，我正给自己换上刚刚洗干净的衣服——感谢我们国家的医疗服务体系。

"噢，瑞安侬，她太漂亮了，我真是怎么看也看不够呢。艾薇这个名字也很完美——我喜欢死了。她长得真像她爸爸，真是神奇——他们该不会现在就叫你出院了吧？"

"这位是希瑟·怀瑞曼，她是个家庭法律师。"

她们握了握手。克劳迪娅看着我："你找律师来干什么？"

"她会帮你。"

"帮我做什么？"这时她才发现，我已经把鞋穿上了。说话间我把外套也披上了，"你是要自己出院吗？发生什么事了？"

"我得走了，克劳迪娅。我没法带艾薇一起走。希瑟帮我准备好了所有法律文书，让这件事正式生效。"

"什么？"克劳迪娅一会儿看我，一会儿又看看希瑟，"我不明白。"

"从现在开始，艾薇是你的孩子了，"我把胳膊穿进外套的袖子，系好前面的纽扣，"我给她设立了一个账户。希瑟会和你解释剩下的事。"

"瑞安侬，搞什么鬼？让什么正式生效？"

"你到底想不想要孩子了，克劳迪娅？"

"什么？什——可是……"她向前一步，眼里噙满泪水。她双手捧起我的脸，把自己的脸也凑了上来，说，"不要离开她，瑞安侬。"

"我非走不可。"

"她一个星期后就可以出院了，我们就可以带她回家了——你和我一起。你不用离开她的。"

"我做不到。"

"你们都可以来跟我住，没问题的。别这样。你的身体还没恢复过来呢。我们可以一起把她养大，你和我一起。你和艾薇都可以有自己的房间。"

"不。"我从她身边挤过去，朝门边走去。

"你不能就这样一走了之，"她哭喊着，来拉我的胳膊，"她也需要你。她需要她的妈妈，瑞安侬。"

我抽出胳膊，说："对不起。她需要一个比我好得多的妈妈。她需要你。"

### 傍晚 5 点差 5 分——出发前 2 小时

没有那个小小的声音。

没有人阻止我。

眼睛很湿。

屁股很疼。

胸脯在漏奶。

一颗接一颗地吃着扑热息痛。

现在我再没有什么可失去的。没有什么能再阻挡我了。

我把车停在农场商店外，坐在车里做了几个 BuzzFeed 网站上的测试。我发现了我最喜欢海绵宝宝里的哪一个人物（蟹老板），少女团体"小混混"里的哪一个成员会是我最好的朋友（杰西），还有我肯定会是鲁保罗变装大赛中第一个被淘汰的人。正如我所料。

这之后，事情发生的速度之快，让我有些应接不暇。

5 点差 5 分，我看到桑德拉在店里走来走去，关灯，翻过"正在营业"的牌子，大步走向更衣室。

我从车里出来，大步朝前门走去。我把所有规则都抛诸脑后了——我再也不在乎有谁会看见，再也懒得掩饰自己的行踪，再也不在意这地方有监控摄像，我的运动鞋上还有尼龙搭扣。这一次他们会马上找到我，而有史以来第一次，我一点也不在意。

我在木柴堆那儿停了下来，拔出一把斧头，照着门把手劈了一下。我进到了店里。

店里的喇叭播放着玛莉亚·凯莉的歌，她一边准备关店一边扭动身子，跟着音乐摇摆。

"抱歉，亲爱的，我们要关门了。"音乐声小了一点，说话声响了起来。一开始我没看见她，但马上便看到了。她就站在收银台后面，几乎身处黑暗中。她咔嗒咔嗒地关掉货架上的圣诞灯——一声接一声——最后只剩下背景音乐，和一个圣诞老人的霓虹灯发出刺眼的光芒，照亮她疲惫不堪、垂头丧气的脸。

我——想——要——的——圣——诞——礼——物——就——是——你。

桑德拉把手提包甩过肩膀——那个红色的、包口很松的手提包。

"嗨，桑德拉。"我边说边把门给闩上了。

她看了我一眼，说："抱歉，你认错人了。"便又转开了目光，去整理货架上那根本不需要整理的瑞士莲巧克力了。"我们要关门了。"

"我们？"我说，"只有你一个人。"

"不，不止我一个人。柯利在后面，我可以帮你把他找来。"

"柯利4点半就走了。他每天都这时候走，分秒不差。我观察你有一段时间了。"

她眼中的我样子一定很可怕吧——我在黑暗中向她逼近，只有玛莉亚·凯莉的高声歌唱稍稍有点缓和气氛的效果。"只有你、我和玛莉亚·凯莉。我已经把门锁上了。"

我挥舞着斧头向她走去，就像个虐待成性的军乐队女指挥。我把她逼到了收银台后面的一角。"你的孩子从社会福利机构领回来了吗？"

"不。退后，退后！"她说着，从收银台上抓起一罐假雪花，对准我。

"你拿个那玩意儿是要做什么？请讲给我听听。"我笑道。

她深吸一口气，蹲了下去。"求求你，不要，求求你，不要。救命啊！上帝啊救救我吧！"

"上帝不会救你的。他现在听我的。嗯，法官在庭审报告里怎么说的来着？你让那个7岁的男孩跪下，然后呢……帮我想想，桑德拉，我记性不好。"

"别这样，求你。快走开，离我远一点！"

"跪下，然后……张开嘴，就是这样，对吧？"

"不要，不要，你要我做什么都行，求你了，这里有钱……"

"我不要钱。"

"那你想要什么？你为什么要这么做？"

"我就是做这个的。我专杀恋童癖，专杀像你这样的人。"

她蹲得更低了，想把自己缩得足够小，好像这样我就会看不见她了似的。这希望可不大。她靠着墙往下滑，墙上的圣诞值班表掉了下来，扑通一声掉在铺满稻草的地板上。"不是我，是他们！"

"他们让你做的。照片是你拍的。"

"没错，可是……"

"你是有选择的。你选择了去拍那些照片。眼睁睁看着那些孩子尖叫哭泣的人是你。而你，拍下了他们的照片。"

"你要我做什么都行。想要什么随便拿，求你了。"

"什么都可以？"

"是的，是的。"

"真的什么都可以？"

"是的，随便拿。看。"她手忙脚乱地打开收银机，朝我扔过来一张又一张 20 英镑的钞票。钞票掉在地上，向四周飘去，"都给你。"

"我说了我不要钱，桑德拉。现在你给我跪下。"

$$\bullet \; \bullet \; \bullet$$

想想你生命中最快乐的时刻吧。有可能是你小时候玩拍人游戏的时候，可能是你婚礼的那一天，或者是你第一眼看到自己的孩子。想象一下，比那个时刻再美好一千倍，再把它裹在你吃过的最好吃的巧克力里，放在世界上最快的过山车上。即使是这样，你依然比不上我把桑德拉·哈金斯劈成碎片后离开那家商店时开心的程度。

是真的劈成了碎片。

我不知道手中的斧子花了多长时间才做到这一点，但并没有很长。完工后，看着这一地鲜血的景象，我的脑子里响起了那嗒的一声。就是它了，这就是我的福佑。

眼前的景象——这摊开在我面前的邪恶的血红色诗歌——让我流下了眼泪。那是珍贵的、狂喜的眼泪。我在狂热中陷入恍惚，实在是太有趣了。

由桑德拉内脏装饰的"闪亮的圣诞节"，啦啦啦啦啦啦啦。

她身体的一部分依然在抽动。

我肉体的一切疼痛都消失了。除此之外的一切都不再重要，只剩下我和斧子，还有我创造的这个美好时刻。我唯一完好留下的一样东西是她的脑袋……

回家的一路上我都没能憋住笑声——汽车座椅都湿透了，我却完全没有在意。

进门的时候，家中的电话在响。我直接上楼洗了个澡，戴上隐形眼镜，懒得吹干头发，直接把假发套在了湿答答的头发上。准备出门的时候，电话又响了起来。

"瑞安侬？谢天谢地。"是个男人的嗓音，声音听起来很遥远，还夹杂着电流声。

"凯斯顿？"他用的是车载电话。

"瑞，你看到新闻了吗？"

"没有。怎么了？"他们不可能这么快就发现桑德拉了吧。

"我在去接你的路上，好吗？我有两个小时的距离，但我在全速开车，所以耐心等着，好吗？我很快就到。"

"什么新闻，凯斯顿？"

"案子有新进展了。那房子——你爸妈的房子，他们在树林里找到了人的骨头。"

"什么骨头？"

"你觉得还能是谁的？皮特·麦克马洪的。白帐篷就搭在我们埋他的地方。"

"他们怎么会知道他被埋在那树林里了呢，凯斯顿？"

"我不知道。他们还没确认他的身份，但这就是为什么我们需要现在就把你送出去——"

"这个世界上只有3个人知道那具尸体在那里：你，我，爸爸。而爸爸已经死了。"

"瑞安侬，我发誓我从没告诉过任何人。这件事曝光也会给我带来同样的麻烦。你知道我不会对汤米做这样的事。"

"我怎么知道？"

"你当然知道。为什么我要冒这么大风险来帮你，为什么要让你离杰里科远远的？啊？讲点道理，瑞安侬，"他的声音断断续续，我能听见雨滴打在车窗上的声音，"这件事对我和对你一样没什么好处。他们一旦开始调查那片树林，除了麦克马洪还会发现更多东西。准备好了，我尽快赶过来。"

我抓起自己的背包和吉姆的车钥匙，检查过大衣口袋里的船票和护照，离开了家。

路上很安静。直到在驻车换乘点坐上一辆咔咔响的蓝白巴士开往公交总站，我才意识到我的错误。告诉杰里科那片树林里埋了什么的不是凯斯顿——我忘了还有另一个人知道那天晚上发生了什么，知道我做了些什么，看见我和爸爸在那之后拿着铲子穿过草坪。那件事后目睹了我们卑鄙行为的并不仅仅是月中人。

还有塞伦。

那个我为了她杀过两个人的姐姐——一个是我们的亲祖父，一个就是这个皮特·麦克马洪——那个满口黄牙的、不接受我姐姐说"不"的骗子，我动完手后，他赤裸的后背上全是一道道红色的口子。

那个曾和我一起躺在田野里的干草垛上，看英仙座流星雨的姐姐。

那个帮助我重新学会走路、学会说话、学会做精细动作的姐姐；和我一起玩过森贝儿家族玩偶，教会我滑冰、做单脚尖旋转和系鞋带的姐姐；教会我怎么卷舌头，怎么侧手翻筋斗，怎么拼写那些无关紧要的单词，怎么编法式发辫的姐姐；花了好几个小时帮我为她圣诞节给我买的星座时尚轮设计服装的姐姐；帮我从慈善商店里救出我的玩具，在花园里埋葬它们的姐姐。

这位姐姐，她及时醒了过来，正好看见我和爸爸从厨房门走进来，他的卡其色裤子上满是血迹，而我的双手则沾满了泥。这种形式的葬礼触碰到了她的底线。

塞伦不仅仅把我扔到了车轮下，她还把车倒了回来，从我头上碾过。两次。

我的亲姐姐，我的犹大。

• • •

我是最后登船的 20 名乘客之一。我一直等到最后一刻才去办登船手续。检查我的手续和护照的人说我"等到最后一刻才来是很明智的"，因为早上队排得可长了。我通过了 X 光扫描的安检设备，还安检了我的包，之后有一个搬运工帮我把大包拿到了船舱。安检并没有机场那么严格，不过还是有几个人对我大衣口袋里的粉兔子和一背包的森贝儿家族玩偶表示了一下关注——我就当没看见了。崭新的我。

直到看到一对带着婴儿的夫妇，我才开始想念艾薇。他们冲着摇篮里的孩子柔声低语，妈妈给她喂葡萄干，爸爸对她做着鬼脸。我感受到了那股所谓的母性力量，却抵挡住了。还是从现在开始就养成这个习惯吧。

队伍中排在我身后的是约克郡来的格洛莉娅和肯，我和他们没完没了地聊了一段——这是他们的第 10 次游轮行了。他收集古董吸尘器，她做糖手工，还做了 4 次丰臀手术。肯给我介绍了游轮提供的岸上短程旅游项目以及在自助餐厅应该避开哪些食物。格洛莉娅的声音像洋娃娃一样又高又尖，尽管船都还没离开码头，她却已经进入了假日模式——皮肤做了美黑，穿着白色骑行裤、金色系带凉鞋，脚指甲涂得鲜红。

"船上有很多事情可做吗？"我问他们。

他们都大笑起来。"可做？"肯咯咯笑起来，开始伸出手指头数着，"他们每晚都有歌舞表演、现场音乐演奏、喜剧表演，还有赌场、电影院——"

"还有美容院、健身课程和好多商店，"格洛莉娅尖声说道，"你在船上不会无聊的，不用担心。"

"有园艺工具吗？"我问。他们都一脸茫然地看着我。

"如果你对这种事感兴趣的话，船上可能会有插花课程，"肯笑着说，"亲爱的，你完全不用觉得孤单。如果愿意的话，你可以和我们玩，我们可以带你熟悉情况。"

"当然了，宝贝！"格洛莉娅说，"至少在你到下个港口和你丈夫见面之前。"

"你们真好，太感谢了！"我脸上挂着甜甜的微笑说，就像一颗小甜豆应该做的那样。

当然了，我得编个故事给他们听，因为独自旅行的人总会被问很多问题。新的我，有新的戏要演。

之后我被领到一个铺着地毯的大厅，人们在里面排成几条长队，用绳子隔开。我所在的队是最短的——这是为行政舱的乘客准备的。这让肯和格洛莉娅很是赞叹。我拿到了我的登船卡兼房间钥匙，还有一张船上的地图——

"海上花"号。

这船真是大极了——就像一座高高耸立的白色商场大楼，只是上面的甲板上还挂着圣诞彩灯和彩旗。弹簧般的金属舷梯上有个救生圈，我被要求在那里摆了个姿势拍了张照。我做了个代表和平的手势，还踢起脚后跟，这似乎勾起了格洛莉娅的幻想——在罗马的时候……

宽敞明亮的中庭里，乘客们涌向电梯和拥挤的楼梯——有些人已经打扮得光鲜亮丽准备好吃晚餐了。餐厅是华丽的金色和奶油色调，餐台上摆了免费小食和饮料，不过由于我上船晚了，大部分好东西都已经没了。我从水果篮子里拿起一个擦得发亮的青苹果和几根麦片棒。我都记不起自己上次吃东西是什么时候了。

船即将驶离码头，所有的乘客都聚集到了顶层甲板上，向下面的家人和朋友挥手告别。人非常多。面带快乐笑容的人，也有些在哭着、挥着手，还有气球在寒冷的晚风中扑腾来扑腾去。身后的某个地方，一个扬声器颤颤悠悠地播放着排箫版的《纵横宇宙》（*Across the Universe*）。

我的苹果吃到一半，才发现中间已经烂了，成了棕色。我把这烂果子扔进海里，等着那让人愉悦的溅水声，却什么也没有听到。其他的噪声太响了。我遥望着大海，感受着脚底下船的运动，海风吹起了我假发套的刘海。我的乳头又开始漏奶，弄湿的 T 恤凉凉的。我把大衣裹得更紧了些。

克雷格将在 1 月底回到家——他将重获自由。

吉姆和伊莱恩会重新见到他们的儿子，还有他们的车。

叮当会重新得到她的爹地。她可想他了。

克劳迪娅会知道我为什么道歉，以及为什么 AJ 不给她打电话。

杰里科督察会气得冒烟，因为她曾离抓到我一步之遥，却让我从她仅剩的那几根手指间溜了过去。

艾薇会有一个温暖、安全的家，还有一个爱她胜过宇宙上的一切的人。

而到元旦的时候，弗雷迪会收到一个包裹，里面有我全部的坦白。那时全世界都会知道小甜豆。

这艘巨轮缓缓驶出码头的时候，汽笛发出长长的轰鸣。甲板上面和下面的人全都开始欢呼起来，金色的气球飘向繁星点点的夜空。紧接着又是 3 声汽笛声响彻海面。瑞安侬·刘易斯已经死去，现在我得成为另外一个人了。死亡后重生。死亡后重生。死亡后重生。再重生。

我待在甲板上，凝望远方那无底深渊般的地平线，我脑海中的明天也是如此这般无底深渊。我还不想回舱室，那里感觉太小了，就像牢房。船上的某个地方，派对狂欢者们骚动了起来。

一对穿着晚礼服的夫妇手牵着手从我身边走过。

满头银发、满身亮片、踩着厚底鞋的女人啪嗒啪嗒地走来走去，一边抽烟一边用外国口音聊着天。

一群群西装革履的男人端着酒杯从旁穿过。

我独自一人，无尽的寒夜像裹尸布一般笼罩着我。从海的中央看起来，世界显得很大。我拼命吸气，直到肺都酸痛起来；我咬着自己的指甲，直到手指刺痛。口腔里弥漫起鲜血的味道——不知道是谁的。船上某处响起了孩子的哭叫声。我的肚子饿得直打战。我感觉到 T 恤湿湿的，在某种程度上，她依然和我在一起，她的卷须已经长进了我的身体，紧紧缠绕住我。我在这甲板上痛哭了起来。

我从手提包里掏出手机，在通讯录里翻，直到找到那个名字。电话拨了出去。我等待着。

电话终于接通了。"你好，"一个男人的声音，"请问哪位？"

我等待着，呼吸着。

"瑞安侬？"换成了一个女人的声音，塞伦的声音，"瑞安侬？是你吗？和我说句话。"沉重的呼吸。那是恐惧的声音，"瑞安侬，是我为你做的。也为了宝宝。克雷格不该被这样对待。总得有人做些什么。"

我的沉默似乎比任何其他的言辞都要更加让她不安。我继续听着——听着她那些"别无选择"以及"这么些天来一直在和自己的良知作斗争"之类的解释。

"你得去做正确的事，"她抽泣着说，"你造成了这么多伤害，夺走了这么多人的生命。"

我等待着，船上的汽笛又低沉而悠长地响了起来。

"瑞安侬，你在哪里？现在你必须正视你做过的事情。这不公平。看看你都对克雷格做了些什么。对那个孩子而言，你会是个怎样的母亲？瑞安侬？拜托，说点什么吧。随便说点什么，拜托！"

我把手机从耳边拿开，扔进海里，有多远就扔了多远——随着这手机飞向空中，然后掉进大海黑色的波涛里，我姐姐疯狂的尖叫声也越来越远。月中人是唯一一个看到我做这件事的人。他正因此而微笑。

塞伦不知道我什么时候会去找她，但她毫无疑问地知道我会去找她。也许明天，也许后天，也许之后的某一天。她不能确定。

## 致谢

致马修·斯尼德。远远地看起来，你一直是个非常好的表弟。